路上のX

桐野夏生

朝日文庫

本書は二〇一八年二月、小社より刊行されたものです。

目次

路上のX

第一章　真由

1

真由《まゆ》は、始発で「家」に帰った。音がしないように、注意深く玄関の鍵を開ける。中に入ると、いつもの臭いがした。安い酒の臭い。焼酎《しょうちゅう》だ。

また叔父夫婦が愚痴をこぼし合ったり、喧嘩しながら、酒を飲んで寝たに違いない。焼酎の臭いだけでなく、叔父の煙草臭い息までが、まだその辺に漂っているようで、真由は顔を顰《しか》めた。

電車の中でもほとんど寝ずに帰って来たから、眠くて堪らないのに、この「家」に帰るたびに、すぐにまた出て行きたくなる。

叔父の「家」は、築三十年以上経った古い公団住宅だ。玄関のすぐ右手に、狭いトイレや薄暗い風呂があり、短い廊下の先に八畳のダイニングキッチンがある。

ダイニングキッチンが、この「家」で最も広い部屋だが、テーブルと椅子、冷蔵庫、食器棚、箱買いしたペットボトルや米袋などが雑然と置いてあって、足の踏み場もなかった。テーブルの上にも、調味料やダイレクトメール、雑誌などが積み上がっている。

ダイニングの奥に、六畳の部屋がふたつある。左手の襖《ふすま》の奥が、叔父夫婦の寝室で、右手の襖ドアが、小学生の従姉妹《いとこ》たちの部屋だ。

真由は、従姉妹たちの二段ベッドの横に、布団を敷いて寝ている。どの部屋も、荷物や洋服などの物で溢《あふ》れ返っているし、もちろん真由の机なんかないから、真由は「家」で勉強したことはない。

ダイニングキッチンのカーテンをそっと開いて、真由は外を眺めた。陽はようやく昇り切ったところだった。早くも初夏の陽射しが感じられて、溜息を吐《つ》く。子供部屋にはエアコンがないので、昼まで寝ていると、蒸し風呂になる。

流しには、前の晩に使ったグラスや、マヨネーズで汚れた皿などが、だらしなく積まれていた。それを横目で見て、冷蔵庫から出した麦茶の入ったガラスボトルに、直接口を付けた。使えそうなグラスがなかった。

麦茶もペットボトルで買うと高いからと、叔父の妻の幸恵《さちえ》は、麦茶パックで作っていた。麦茶は作ってから時間が経ったとみえて、少し饐《す》えた味がする。

腹が鳴った。昨夜、マックでチーズバーガーを食べたきりだ。真由は、冷蔵庫を物色したが、柴漬けや納豆くらいしか食品がなかった。だが、隠したつもりか、野菜室に封を切っていない竹輪が入っていた。しけてると思ったが、素早く制服のスカートのポケットに滑り込ませた。

炊飯ジャーを開けると、ご飯が二膳分くらい残っていた。乾いて色が変わっていたから不味《まず》そうだったが、空腹だった真由はしゃもじで飯をすくい取った。食べようと顔を近づけた時、いきなり襖が開いた。

「また朝帰りか」

真由は慌てて炊飯ジャーの蓋を閉めたが、しっかり見られたのがわかった。

幸恵が、眠そうな顔で現れたのだ。小太りの体に、Tシャツと短パン。眉がなく、目も腫れているのに、最近目尻だけに施した睫《まつげ》のエクステが、異様に目立って怖かった。

「何、あんた、そうやって泥棒みたいにご飯食べてたの？　道理で時々ご飯がなくなってると思ってたよ」

さすがにきまりが悪くて、真由は黙って突っ立っている。

「お腹が空いてたわけだ」横に来て、真由の顔を凝視しながら問う。「そうなんだろう。だって、朝帰りだもんね。何してたの。いつも、何してそんなに遅くなるんだ？」

「部活」

真由はそう言って、態勢を立て直そうと胸を張った。

「朝まで部活？　嘘吐くんじゃないよ」

幸恵が不機嫌な顔で言い捨てる。幸恵は三十五歳くらいで、叔父の二番目の奥さんだ。最初の奥さんは、いつの間にかいなくなった。

前の奥さんより、言葉遣いや目付きなど、ヤンキー度が高いが、叔父は気が弱いので、妻にああしろこうしろと指図される方がいいのだろう。

「あんた、部活なんかやってなかったじゃないか。あんたが嘘吐いてるのはばれてんだから、いい加減にしろよ」

「あんたって呼ぶのやめてよ」

真由は、幸恵を押しのけて子供部屋に入ろうとした。

「何だって」

後ろから、存外強い力で肩を摑《つか》まれて、のけぞる。

「やめろってば」

手で払うと、幸恵がいきり立った。

「何がやめろだよ。あんたのやってることすべてが、うちの迷惑なんだよ」

開いた襖の向こうから、叔父がこちらを窺《うかが》ったような気配がしたが、襖はすっと音もなく閉められた。

幸恵が忌々《いまいま》しそうに寝室を振り返った。その隙に、真由は子供部屋に入ろうとしたが、制服のブラウスの袖を摑まれた。

「待て。まだ話終わってないよ」

「話って何だよ」

幸恵に正対すると、幸恵の方が少し背が低い。真由は背伸びして威圧しながら、義理の叔母を睨み付けた。

「あんたの態度に対する話だよ。はっきり言って迷惑なんだよ」

「だから？」

「だから、じゃないだろ」幸恵が苛立ったように、自分の太股を叩いた。「あんたが遅くに帰って来て、ずっと朝寝していて、皆がいなくなってから出て行くのが気持ち悪いんだよ。みんな迷惑だって怒ってるんだよ。バイトでもして遅くなるのなら、うちに金入れてからにしろよ」

「お金なんか、お父さんが最初に入れてるじゃない。あんたが盗み食いした飯の分も、金を入れろっての」

思わず金切り声になった。

「人聞きの悪いこと言うんじゃないよ」と、幸恵が憮然《ぶぜん》として言う。

「都合の悪いことだからでしょう」

「違う。あんたのお父さんは、全然入れてない。まったく足りないくらいだ」

真由が反発しようとした時、襖の向こうから叔父の怒鳴り声がした。

「うるさいよ。眠れないだろう」

「あんたの姪なんだよ。何言ってんの」

幸恵が振り向いて怒鳴った隙に、真由は子供部屋に入った。ばふっと音のする襖ドアを思い切り閉める。諦めたのか、幸恵はもう追ってこなかった。真由はほっとして、通学鞄を床に下ろした。

二段ベッドの下段に寝ている絵莉《えり》が、母親そっくりの三白眼で真由を睨んでいた。絵莉は姉の方で、五年生の十一歳。上段で寝ている瑠那《るな》は、二年生で八歳だ。

「あたしの布団がない」

絵莉は黙って押入を指差した。

「いちいち仕舞わないでよ。出すのが、面倒臭いんだからさ」

文句を言いながら、押入から薄い敷き布団を出していると、絵莉が冷たい声で言った。

「だって、邪魔だもん」

そう、自分はここのすべての人間に疎まれている。

真由はそう思いながら、早くも室温が上がっているのを感じて、額の汗を拭った。今の怒鳴り合いで、また喉が渇いていたが、次にダイニングキッチンに出て行くタイミングは、皆が出かけた後になる。

真由は暑いのを我慢して、掛け布団を頭の上まで引っ被《かぶ》った。制服のポケットから竹輪を取り出して、パッケージを破って齧《かじ》り付く。布団の中だけが、自分の空間だった。

気配を感じて裾の方を見ると、布団を持ち上げて絵莉が中を覗《のぞ》いていた。

「布団被って何か食べてる。気持ち悪ーい」

絵莉の軽蔑したような声が聞こえた。

いつ何時、幸恵が襲ってくるとも限らない。眠れなかった真由は、布団の中で息を潜めて、「家」の連中の動向を探っていた。

絵莉と瑠那の姉妹は、喧嘩しながら服を選んで、一番先に「家」を出て行く。登校班が組まれているので、「家」を出る時間はきっかり七時半だ。次に「家」を出るのは、叔父の靖《やすし》で八時少し前。

靖は、真由の父の四歳下の弟だ。リフォーム会社の営業をしていたが、体を壊して退職し、現在は工場に勤務している。

だが、非正規雇用でなかなか正社員になれない。それが不満で酒ばかり飲んでいるから、朝は不機嫌で極端に口数が少なかった。始終、幸恵と喧嘩している。

「だから、あんたから言ってよ」

会話が聞こえてくる。どうやら、朝帰りをした真由に意見しろ、ということらしい。しかし、靖は面倒臭がりやで、説教もしたがらない。

「何て言えばいいんだ」と、暗い声で靖が答えている。

「簡単だよ。朝帰りするな、早く起きて学校に行け。これだけじゃん」

「だったら、おまえが言えよ」

「言ったじゃん、今朝。だけど、何であたしが言わなきゃならないの？　あんたの姪なのに、何であたしなの？　あいつ、今朝も朝帰りして何て言い訳したと思う？　部活だって。何の部活だって。夜の部活だろって」

靖の答えは、聞こえなかった。

「朝帰って来て、昼まで寝ていて午後から学校？　そんな高校生あり？　あり得ないでしょう。だったら、学校やめて働きゃいいんだよ」

「じゃ、どうする？」

叔父がそう言ったせいで、幸恵がいきり立つのがわかった。

「どうするも何も、あいつはだらしがないし、やる気もない。見ていると苛々するし、絵莉たちにも悪影響があるから、出てってもらうしかないよ」

出て行きたいのは、こっちだよ。真由は心の中でぼやく。何でこんな境遇になったのだろうと思うと、悲しくて涙が出そうになる。真由の責任なんて、これっぽっちもない。

「出がけに、面倒な話をするなよな」と、靖が愚痴った。

「じゃ、いつ話すのさ。夜は飲んだくれてる癖に」

いいぞ、やれやれ。もっと夫婦喧嘩しろ。別れろ。

真由はスマホを取り出して、ネットのまとめサイトを眺めた。喉が渇いたから、一刻も早くキッチンに行って冷たい水をごくごく飲みたいし、おしっこもしたい。自由に何でもできるのが「家」なのに、ここはそうではない。

お父さんとお母さんは、今頃どうしているんだろうか。二人とも、とっくに死んでいるかもしれない。不安になったが、自分と弟が両親に見捨てられたことを思い出したら、何だかどうでもよくなって、そのうち眠ってしまった。

「やべ、やべ」

汗にまみれて目覚め、慌ててスマホを見る。午後一時だった。

学校に行くのもかったるいけど、行かないと出席日数が足りない。それに早く用意しないと、幸恵か、二年生の瑠那が帰って来てしまう。たった一人の時間を楽しまなければならないのに、つい眠ってしまった。

幸恵は、介護のパートをしている。午前中出かけて、夕方帰って来る。場合によっては、早朝出かけて一度戻り、また夕刻出かけたりもする。

真由は、皺《しわ》だらけになった制服のブラウスとスカートを脱いだ。狭い風呂場に入って、急いでシャワーを浴びる。いつ、幸恵が戻ってくるかと思うと、気が気でない。前に幸恵のシャンプーを使って怒られたことがあるので、マツキヨで貰った試供品のシャンプーで髪を洗った。袋に残った分は残念だけど、流して捨ててしまう。取っておける場所がないからだ。

風呂場から出て、制服のブラウスを替えた。汗に濡れた方は手で洗って、ハンガーに掛けて部屋で干す。洗濯機を無断で借りたことがあったが、幸恵に洗濯物が少ないのに電気代が勿体《もったい》ないから手洗いしろ、と言われたのだ。

ダイニングのテーブルに、パン屑が落ちていた。冷凍した食パンを焼いて、子供たちが半分ずつ食べて学校に行く。飲み物は麦茶だけ。子供たちは給食があるという理由で、朝食はそれしか食べさせてもらえない。だが、トーストのみの朝食も、真由の分はない。

流しの三角コーナーに、炊飯ジャーに残っていたご飯らしき物が捨ててあった。自分をおびき寄せる罠だったのか、と心が痛んだ。

スマホで時刻を確認すると、もう二時近い。これから学校に行っても、もう出席にはカウントされないから、行っても仕方がない。居場所がない。さすがに溜息が出た。

2

ぐずぐずしていると、幸恵が帰って来る。恫喝《どうかつ》まがいの説教は、二度とごめんだった。

真由は、水道の蛇口に直接口を付けて温《ぬる》い水を飲んだ。水を飲んだ途端、激しい空腹を感じた。急いで高校の制服を着て、歯ブラシや化粧水まで入れた通学鞄を持って、「家」を出た。

真由は、午後四時から十時まで、道玄坂《どうげんざか》にあるラーメン屋でバイトをしている。もちろん、学校には内緒だ。時給八百円という安さだが、賄《まかな》い飯が出るので助かる。

バイトが終わってから、渋谷で朝まで時間を潰し、そのまま学校に行くことが多い。今朝は、オールでカラオケルームにいたが、隣の部屋の酔っぱらいが闖入《ちんにゅう》してきたので、いったん「家」に逃げ帰ってしまったのだ。

公団の三階から階段を駆け下りる。その時、前の道路に、黒い車が停まっているのが見えた。車の前にいる初老の男が、公団の方をちらちら見上げている。真由は、たちまち動悸がしてきた。

あの男は、「伊藤伸一《しんいち》」の長女を捜しに来たのではないか。何も知らないなんて嘘っぱちで、本当は両親の行方を知っているだろう、と問い質《ただ》しに来たのではないか。

真由は不安でならず、しばらく階段の隅に身を潜めていた。やがて、待ち合わせらしい老女が現れて、二人は車に乗ってどこかへ行ってしまった。

真由はほっとして、へたり込んだ。考え過ぎだとわかっているけれど、ついびくびくしてしまうのは、真由の両親が、借金の返済ができなくなって夜逃げしたからだ。四カ月前、今年の二月終わりのことだ。

真由は中学卒業も目前で、すでに都内にある中程度の私立女子校への進学も決まっていた。

ある日、暗い顔ばかりしていた母親が急に明るい声で、「真由に進学祝いをあげるから、欲しい物があったら言ってごらん」と言いだした。英語の勉強に身を入れたい真由が、「電子辞書」と答えると、ヤマダ電機で三万円近い電子辞書を買ってくれた。

K市で経営している飲食店がうまくいかず、金策に苦しむ両親は喧嘩ばかりしていた。だから、景気がよくなって、両親も仲直りしたのかと嬉しかった。久しぶりに楽しい春休みになりそうで、心が弾んだものだ。

今年で十歳になる弟の亮介《りょうすけ》は「スマホ」と答えたが、「それは無理」と母に言われて、「何でもいいと言ったじゃないか」と怒っていた。スマホを買ってやっても、通信費の支払いができないと、母にはわかっていたのだろう。

真由には電子辞書、亮介にはゲーム機を買ってくれた日の夜、真由は両親に呼ばれた。

「この家を売ることになったから、パパとママはお金を稼ぎに出かけることにした。真由は靖叔父さんの家で預かると言ってるから、そこから高校に通ってほしい。高校だけは出た方がいいからね。その分のお金は靖に渡してあるから、心配しなくていい。亮介は、名古屋のおばちゃんの家に預かってもらうことになった。二人とも絶対に迎えに行くから、安心して待っていてほしい」

愕然《がくぜん》としたが、心の整理をする間もなく、翌日には、名古屋の母親の姉が、弟を迎えに来た。真由も一緒に行きたかったが、年頃の男兄弟がいるから女の子は困る、という理由で斥《しりぞ》けられたのは衝撃だった。大人の深謀遠慮に傷付けられるということを、真由は初めて知った。

両親に促され、仕方なしに身の回りの物を少しだけ持って、埼玉県T市にある叔父の「家」に行ったのは、いつか両親が迎えに来てくれると思ったからだ。

ところが、その夜、両親は出奔した。夜逃げだった。家がどうなったかは、以来、一度も行かないからわからない。

両親の夜逃げは、叔父の「家」に引き取られた真由が、不安になって母親に電話したところ、「現在使われていない」というアナウンスがあったため、驚いて伯母に電話して、初めて知った事実だった。

『お母さんたちは借金取りに追われているから、身を隠してるのよ。だから、あんたも連絡取ろうと思っちゃ駄目よ。それから、前の友達にも連絡しない方がいいよ。子供たちがどこに行ったか、連中が捜しているかもしれないから。ちょうど高校に入る時でよかったね。可哀相だけど、みんな縁を切るんだね』

亮ちゃんはどうしてるの、と聞こうとした時、背後から楽しそうな男の子たちの笑い声が聞こえた。自分だけ仲間外れになった気がして寂しかった。

叔父の「家」には、幼い頃に一度行ったきりだった。新しい奥さんの幸恵も初対面だったし、幸恵との間に、女の子が二人生まれていたことも知らなかった。

物がごちゃごちゃあって、全然片付いていないダイニングキッチンで、挨拶もそこそこに真由は家族に紹介された。滅多に口を利かない叔父に代わって、幸恵が喋った。

幸恵は太っているが、二十代と言っても通るような童顔だった。その童顔を生かすためかどうか、髪型を娘たちと同じツインテールにしているのが、薄気味悪かった。

「上の子が絵莉で、下が瑠那ね」

幸恵に年下の従姉妹たちを紹介されて、真由は頭を下げた。

「こんにちは、真由です。何年生ですか？」

「絵莉が今度五年で、瑠那が今度二年」

「何か習い事してる？」

「何もしてないよ」

姉妹に聞いたのに、すべて幸恵が答えた。以後、会話は続かず、真由は気詰まりで俯《うつむ》いた。手を載せると、べとつくテーブルが気持ち悪かったし、食べかすやソースの染みなどで汚れている床に、足を置いているのも嫌だった。真由はスリッパを勧めてもらえなかったのだ。それに、テーブルの下で突《つ》き合っては笑っている姉妹も不快だった。

「真由ちゃんは、いつまでうちにいるの？」

　ようやく絵莉が口を開いた。瑠那はつまらなそうに爪を噛んでいる。

「高校の三年間だけだよ」

　答えたのは、叔父だった。

「真由ちゃんは、今何年生なの？」

「今度、高校に入るの」

「あと、三年かあ」と、絵莉。

　その場にいる誰もが、あと三年、と思ったことだろう。真由だって、親戚とはいえ、全然親しくない「家」になど住みたくはなかった。できれば一人で暮らしたかった。

　その日、幸恵に言われたのは、私立に通えるだけのお金を預かっていないから、近くの新設された公立に入った方がいい、ということだ。すぐに転入手続きを取ってくれるというので、仕方なく頷《うなず》いた。

　父から幾ら預かったのか聞いてみたかったが、そこは子供で、なかなか言いだせない。

それでも、「家」に置いてくれて、高校に通わせてくれるというのだから、叔父夫婦には感謝すべきなのかもしれない、と真由は考え直した。

いっそ高校を辞めて自活する、という手段もなくはなかった。しかし、父親が言うように、何があっても高校だけは出ておいた方がいいだろう、という計算はあったし、両親と連絡を取るためには、叔父の「家」にいる方が確実ではあった。

若干の希望を持って高校に行ったのだが、真由はすぐさま大きな失望を味わうことになる。

授業中にも拘《かかわ》らず、私語がやまず、車座になって話している生徒までいた。英語の授業の時、電子辞書を持っていたのは真由一人で、辞書など持っていないどころか、見たこともない生徒がほとんどだった。隣に座っている女生徒は、二桁の計算もちゃんとできない。

真由は、学校では電子辞書を隠すようになった。そんな真由に、友達はできなかった。ともかく高校だけは出たい、と願ったのに、それすらも難しいと悟ったのは、学校には誰一人優しくしてくれる人間がいなかったし、居場所もなかったからだ。真由は、学業にさえも裏切られた思いを抱いた。

それで真由は渋谷に出て、年齢を偽り、ラーメン屋のバイトを始めたのだ。自分の自由になる金が欲しかった。なぜ渋谷か、と問われれば、「家」の近所にはいたくなかったとしか、言いようがない。

でも、渋谷に行くと、似たような女子高生や男子高生が大勢いて、みんなぼんやりした眼差しで、街を彷徨《さまよ》っていたから、何となく安心できた。T市から、東武東上線で渋谷に出られることも、幸いしていた。

3

うまい具合に、副都心線の直通に乗れたので早く渋谷に着いた。

真由は、今にも雨の降りそうな曇り空を見上げた。今夜、雨が降ったらどこに行こうか、とそればかり考えている。

駅前のスクランブル交差点で信号待ちしていると、早速、背広姿の男が寄ってきた。

「ねえ、彼女。時間ない？」

最初のうちは、大人の男に話しかけられると、緊張して硬くなっていたが、毎日なのですっかり慣れた。無視して、やり過ごす。

「ねえ、高校生でしょう？　よかったらお茶でも飲まない？」

スクランブル交差点を渡りながら、まだ男が追ってくる。

「ちょっと話したいんだけど」

横目で見ると、三十代のサラリーマン風だ。眼鏡をかけていて、お人好しに見えた。

しかし、女子高生に声をかけてくるのは、高校生が御しやすく、安い相手だと見くびっている男がほとんどだ。彼らは、女子高生が小遣い欲しさに、男から声をかけられるのを待っている存在だと低く見ているのだ。

　真由も、バイトが終わった後の金がない時、こういう男について行ったことがあった。その時は、飲み屋で食事を付き合って、二千円貰って二時過ぎに別れた。その金で、マンガ喫茶に行って時間を潰した。

　よほど相手を見極めないと危険な行為だが、金を持っていない時や行き場がない時など、仕方のないこともある。彼らが行くのは、飲み屋やカラオケ、場合によってはラブホテル。真由はラブホテルに行ったことはないが、カラオケで体をまさぐられそうになったことがある。

　一人で夜をやり過ごすなら、ネットカフェやマンガ喫茶、カラオケルーム。終夜営業のファミレスやマックの机に突っ伏すのだけは辛かった。でも、そんな場所でも「家」よりましだから、仮眠して始発を待った。あるいは、始発をやり過ごして、学校が始まる時間までいることもある。

　道玄坂を上って行くと、今度は高校生らしい男が声をかけてきた。髪をつんと立て、白シャツに黒い制服のパンツを腰まで下げて穿いている。いかにもちゃらかった。

「あのさ、俺と遊ばない？」

　単刀直入に聞いてくるので、首を振った。

「何で何で」と、寄ってくる。「何で何で」

「バイト」

「あらら、援助何とか？」と、にやにやして、どこかに行ってしまった。

真由は、道玄坂の路地裏にあるラーメン店「ゲン兵衛」の裏に回って、そのまま狭い外階段を上って行く。二階が、事務所兼従業員の休憩室になっていた。

「おはようございます」

ドアを開けて挨拶をすると、店主の木村がデスクの前で頷いた。木村は四十前の太った男で、店員から「ゲンさん」と呼ばれている。有名な店から暖簾《のれん》分けしてもらえたのは、ゲンさんの熱心さの故だと、男の従業員から聞いた。

木村は、真由がまだ十五歳の高校生とわかっているのに、「困ってるんだろう」と言って、採用してくれたから、感謝していた。

「ご苦労さん」

真由がロッカーに荷物を入れても、木村は出て行かずに、スマホを見ながらデスクの前に座っていた。

「すみません、着替えます」

「ごめん、ごめん」

やっと出て行ったが、真由は不安なのでドアに鍵をかけた。もっとも木村は、売上金の入った金庫の方が心配だったのだろう。

中華風の茶色の制服に着替えて鍵を開けると、外階段にまだ木村が立っていたので立ち竦《すく》んだ。

「あのさ、真由ちゃん。最近バイト終わった後はどうしてるの？」

「帰ってます」

「ほんと？　俺、こないだマックで突っ伏している真由ちゃん、見たんだよ。車で通りかかったら、真由ちゃんがこうやって寝てるのが見えた」

　木村は突っ伏している真似をしてみせてから、顎《あご》のあたりを太い指で擦りながら言った。

「だからどうだってわけじゃないんだよ。こう言っちゃ悪いけど、どうせ他人事《ひとごと》だからさ。余計なことは言いたくないんだけどね。でもさ、危なくないか？」

　まさか店主の木村に心配されるとは思わなかったから、真由は驚いて答えた。

「遊んで遅くなったりしたら、マックとかで寝ることもありますけど」

　言い淀んだのは、遊ぶことなんてないからだった。金も仲間も機会もない。必死にその日を生きているだけだ。

「だったらね、この店は十二時までで、どんなに遅くても一時には片付けが終わって、みんな引き揚げるからさ。万が一、終電逃したりしたら、この休憩室で寝てもいいよ。鍵開けて入ればいいんだから。その代わり、よほどの時だけだし、誰か連れ込んだりしたら駄目だよ」

「そんなことしないけど、本当に使っていいんですか？」

　木村は、休憩室の中を指差した。

「売上げは、俺が夜間金庫に入金しちゃうから大丈夫だよ」

「ありがとうございます」

真由の顔に喜色が表れたのだろう。木村が嬉しそうな顔をした。

「いや、未成年が補導されてさ、うちの店で使ってたとか言われると、後々困るんだよね」

そう言って、木村はサンダルをぺたぺた言わせながら、狭い階段を下りて行った。なるほど。店主の思惑というものもあるのか、と真由は思った。

しかし、いくら何でも話がうますぎるのではないか。真由は、賄い飯を食べながら、木村の真意について考えていた。

渋谷に一人でいると、常に騙《だま》されないよう、盗まれないよう、襲われないよう、気を張っていなければならない。

では、どうして渋谷に来るのかと問われれば、ともかく居場所がなくても、街に漂ってさえいれば、何となく過ごせて寂しさを忘れられるから、だった。

男たちに始終声をかけられるのも、危険でありながら、実は居場所のなさを、一瞬だけ忘れさせてくれるものなのだった。

「真由ちゃん、旨い?」

厨房《ちゅうぼう》の中でスープの味見をしていた木村が、レードルを持ったまま、わざわざカウンターまで来て訊ねた。

「はい、美味しいです」

今日の賄い飯は、野菜スープに、甘辛く煮た豚肉を飯に載せたルーローハンだった。賄いは、店のカウンターの一番端で交代で食す。

賄いを作るのは木村だ。店での木村は、三人いる厨房の下働きの男たちを、始終怒鳴りつけているばかりの怖ろしい存在だったが、女一人の真由にはなぜか優しかった。

「俺の賄いは、プライスレスだからね」

木村の冗談に、三人の従業員のうち、年若の二人がこっそり笑い合ったのがわかった。

木村がまな板の前に戻った後、一人がわざわざカウンターに身を乗り出して真由に囁く。

熊谷《くまがや》という名なので、クマと呼ばれているフリーターだ。

「真由ちゃん、気を付けた方がいいよ。ゲンさん、ロリだから」

はっとして木村の方を見遣ったが、木村は「らっしゃい」と、入って来た二人連れに向かって叫んでいた。慌てて、クマも振り向いて唱和している。

カウンター十席、テーブル席が三つの狭い店だが、昼時は行列ができる、まあまあの人気店だった。

八時頃から、とうとう雨が降りだした。十時にバイトが終わった真由は、傘を買う金もないので、休憩室で強い雨脚を眺めて途方に暮れていた。

たとえまっすぐ帰っても、駅から「家」まで濡れて歩くことを思うと憂鬱になる。制服のスカートが濡れると、代わりがない。

残るにしても、マンガ喫茶までの道のりを、ずぶ濡れで歩かねばならない。それに、雨の日はどこも混むから満室だったら、また別の場所を探さねばならなかった。だったら、なけなしの金をはたいて、近くのラブホに泊まろうか。もう、どうでもいいや。心が折れそうになった。

階段を下りて行くと、クマがビニール傘を持って立っていた。

「これ、持って帰っていいってさ」

客の忘れ物のビニール傘を手渡してくれる。

「え、いいの？」

「いいよ。ゲンさんが、真由ちゃんに渡してやれって」

そう言って、下卑た顔で笑う。店を覗くと、カウンターは酔客でほぼ埋まり、木村が額に汗して働いていた。

「お客さん、戻って来ないかな？」

「大丈夫だよ。他の客が差して行ったたって言えばいいんだ」

「じゃ、お借りします」

クマはまだ何か話したそうだったが、真由は遮るようにワンタッチボタンを押して、傘を広げた。駅とは逆の方向に向かって歩きだす。

濡れずに済んだことが嬉しかったが、今日の出来事が、何となく曖昧な不安として残っていた。クマが言うように、木村が何か特別な思い入れを自分に持っていたらどうしよう、という不安だった。

何とか得られたバイトなのに、面倒が起きたら辞めなくてはならない。そうなったら、どうしようか。

高校の学費や制服代、交通費などは、さすがに叔父が出してくれた。というか、親が前払いしたはずだった。

小遣いも、幸恵から月に二千円は貰っている。しかし、それで終わりというわけには、いかなかった。携帯の料金や昼食代、服飾費には到底足りない。来年の修学旅行なんか、逆立ちしたって行けそうもないから諦めるが、日々の生活のためにも、バイトしなければならないのだった。

不安や迷いが背中に出るのだろうか。109の信号の前でぼんやり立っていると、早速スカウトが横に立った。スカウトの差している透明のビニール傘と、真由の傘がぶつかる。

「ねえねえ、バイト探しているんじゃない？」

以前も話しかけられたことがある。真由は、男の顔を覚えていた。栄養不良なのか、体がやけに細く、女装しても違和感がないくらい、色白で華奢《きゃしゃ》な男だった。ただ髪の毛が黒々と多く、そこだけが猛々しい。

「ううん、探してない」

男は、JKビジネスのスカウトらしい。現役女子高校生が、客と一緒に散歩したり、カラオケに付き合ったりする仕事だ。中には、きわどいマッサージや耳かきなどもあるらしい。

「マジ？　じゃ、これからどこ行くつもりだったの？」

「決めてない」

信号が変わったのに何だか寂しくて、誰でもいいから喋っていたい。真由はぐずぐずしていた。

「決めてないの？　だったらさ、ちょっと俺とお茶でも飲まない？　話聞いてあげるよ。俺でできるならアドバイスするし、何か助けてあげられるかもしれないし」

スカウトが言うからには、これは罠だろうと思って身構えた。渋谷の街に三カ月いる間に、ある程度の予想は付くようになっている。

「でも、ちょっと急いでいるし」

「マジ？　だって、行き先決めてないって言ったじゃん」

「そうだけど」

「あ、わかった。俺と一緒が嫌なのね？　名前も知らないもんね」スカウトが笑いながら、名刺を出した。「俺、ヨネダっていうんだ」

名刺は雨に濡れて、少しふやけていた。洒落《しゃれ》た字体で、「ミストラ・プロモーション米田ヒロシ」とある。携帯番号が、大きな字で目立つように書いてあった。

「何か困ったことがあったらさ、ここに電話してよ。飛んで行くから。ほんとだよ。俺、こう見えても、結構頼りになるよ」

真由が顔を上げてヨネダの顔を見ると、ヨネダは真剣な目をして傘を持っていない方の手を振った。

「いや、これは仕事と別だよ。ほんと。嘘じゃない。俺、マジに困ってる女子見ると、助けたくなるの。きみ、困ってるでしょう？」

答えようかどうしようか迷った時に、掠《かす》れ声がした。

「嘘だよ。ヨネダの言うことなんか信用しないで」

驚いて横を見ると、女子高生らしい少女が立っていた。

蒸し暑い日なのに、ブラウスの上に、Vネックの白いセーターを着て、制服らしいチェックのミニスカートは下着が見えるほど短い。ブラウスの襟元に、臙脂《えんじ》色の大きなリボンを結んでいる様は、まるでアニメかゲームに登場する女子高生の格好だった。

長い髪は金髪に近い色に染めて、前髪を、瞼《まぶた》を覆い隠しそうなほどの長さに揃えて切っていた。エクステで睫を濃く長くしているので、逆に表情がわからない。ご丁寧にピンクのチークも塗っていた。

「こいつがね、あんたを店に紹介するとして、こいつに幾ら入ると思う？」

少女が親しげに、真由の肩に手を載せて訊いた。ブラウスを通して少女の体温が感じられたが、冷たい手だった。

「さあ」と、首を横に振る。

「十万くらいは入るんだよ。だから、マックでお茶なんて、こいつにとって、どうってことなないの。騙されちゃ駄目よ」

にやにやしながら見ていたヨネダが、苦笑した。

「やめろよ、営業妨害すんの」

「してねーよ。あんたの毒牙から、いたいけな乙女を一人、助けたんだよ」

「ドクガってか。偏差値三十なのに、難しい言葉知ってるじゃんか」

「知ってるよ、常識じゃん」

二人は親しい関係なのか、楽しそうに笑い合っている。やがて、ヨネダが真由に手を振った。

「じゃ、また会おうねえ」

取り残された真由に、少女が訊いた。

「あんた、これからどこに行くつもり？」

「マンガ喫茶かネットカフェ。混んでいたら、しょうがないからどこかで夜明かしする」

「まだ電車あるじゃん」

少女が口に指を入れて、歯に挟まった物を取りながら言った。ネイルが剝げて、地爪が露《あら》わになっていた。その色の薄さにどきりとする。

「あるけど、家に帰らないで、直接学校に行くことにしたから」

へええ、と少女が驚いてみせて、真由の制服を上から下まで眺めた。

「それ、どこの学校？」そう言ってから、手を振った。「あ、ごめん。聞くだけ野暮だったね。どうせ知らない学校だよね？　あたしもそうだよ、神奈川のど田舎の学校」

「でも、その制服、可愛い」

「これ、コスプレだよ。男受けするから、わざわざ違うのに着替えてんのよ。あたしの学校のなんて、地味でつまらないもん。あんたの着ている制服に似てるよ」

少女は軽蔑したように、真由の制服を見遣った。そんな手間をかけてまで「女子高生」でいたいのか、と真由は呆れる。一日も早く高校を卒業して、自由になりたいのに。

「あたし、これからカラオケでオールするから、一緒に来ない？　クーポンたくさん持ってるから、安くなるよ」

少女に誘われて、真由は嬉しくなった。

「いいの？　助かる」

願ったり叶ったりだった。二人で払えば、料金は少し安くなる。

「あんた、あまり見ない顔だね。名前何ていうの？」

二人で横断歩道を渡りながら、少女が訊ねた。

「伊藤真由」

「真由ね。あたしは未来《みく》だから、みんなミックって呼んでる。後で真由のＬＩＮＥ教えて。渋谷に来たら、みんなで助け合ってるんだよ。ミックって言えば、誰でも知ってる」

Ｋ市を離れてから、初めてできた友人だった。嬉しくなってミックの横顔を見遣った時、唇の横に皺が見えたような気がした。

4

雨脚が少し弱まったようだ。先を行くミックが、ビニール傘を少し傾げて空を見上げる素振りをした。それから、振り向いて真由に訊ねる。

「ねえ、あんた幾つ？」

真由は正直に答えた。

「十六歳になったばかり」

「まだ十六か。どうりで、若いね」ミックは、素早く横目で真由の全身を眺めた。「高校生になりたてって感じ。髪も短くて染めてないし」

「伸ばしている最中なんです」

「でも、その方が受けるよ。ショートカットのままでいいじゃんか」

ミックが物憂そうに言う。

「誰に受けるの？」

「ロリの男に」

「わあ、気持ち悪い」

真由は肩を震わせた。

「何で。そんなの騙して、金だけ貰えばいいんじゃん」

ミックはけらけらと愉快そうに笑った。歯並びの悪い口の中が覗けた。

「ミックは幾つなの？」

いかにも慣れた風に渋谷の街を歩くミックは前を向いたまま、真由の質問に答えた。

「あたしは高校四年」

「四年生？」

「そうだよ。留年してるから」

十九歳の高校生か。もしかすると、ミックは高校なんかとっくに辞めていて、女子高生の格好をしているだけなのかもしれない。一瞬そう思ったが、さすがに訊けず、真由は質問を呑み込んだ。

ミックは自分で言った通り、渋谷に顔見知りが多い。擦れ違う高校生らしき私服の若い女や男たちと、時折、挨拶を交わしている。場合によっては、立ち止まって話し込んだ。

ミックが話している間、真由は傘を差したまま、そばで待っていた。中には、「この子、誰？」と、真由を指差す女の子もいた。人恋しい真由は、紹介してほしいと願ったが、ミックは肩を竦めるだけで何も言わない。まるで紹介には値しない子、と思われているようで、寂しかった。

ミックは、雨の中を目的もなく歩いているようだった。ブラウスの肩が濡れてきた。蒸し暑い六月とはいえど、体が冷える。

どこのカラオケに行くつもりなのか、訊いてみようと思った途端に、ミックが道玄坂沿いのコンビニの上にあるファミレスを指差した。

「あそこで、何か食べてから行かない？」

六時に賄い飯を食べたが、早くも空腹だった。しかし、真由の持ち金は、ファミレスで食べればカラオケでのオールにぎりぎりだ。自分一人、ドリンクバーで過ごすことができるだろうか。

「いいけど」

躊躇《ためら》っていると、ミックは長い睫の下から、視線を投げかけた。

「あ、そうか。真由は金がないのか。いいよ、今夜はおごってやるよ」

「えっ、おごってくれるの？　マジ？」驚いて聞き返す。

「いいよ。この雨の中、一人で行くところもないんでしょう。あんた、何か捨て猫みたいで可哀相だもんね。必死な感じが出てるよ」

捨て猫とは、あまりにも的確な言葉だった。親がいなくなって初めて、他人に親切にされた真由は、涙が出そうになった。

「ありがとう」

「気にしなくていいよ」

ミックに促されて、ファミレスの階段を上った。入り口に、施錠式の傘入れがある。真由は傘を盗まれるのを怖れて鍵を掛けたが、ミックはそのまま放り出した。

「なくなったら、誰かのを貰えばいいじゃんよ」と、笑う。

「そういうのは好きじゃないから」

「真面目だね」

ミックは呆れたように言って、先に店に入って行く。深夜なのに、雨のせいもあってか、店はほぼ満席だった。ミックは躊躇わずに、喫煙席に向かった。

「あんた、煙草吸う？」と訊かれ、真由は首を振った。「その方がいいよ。余計な金を遣わなくて済むからさ」

喫煙席に向かい合って座った。煙草に火を点けようとしているミックの顔を、正面から眺める。齧歯《げっし》類の動物のように、前歯が目立つ小さな顔をしていた。目の周りは黒々とアイラインで囲まれ、エクステした睫が長過ぎるので、本来の目の大きさがわからない。テーブルに付いている電源で、ミックはスマホの充電を始めた。煙草の煙を吐きながら、写真入りメニューを真由に寄越す。

「何食べたい？　好きなもの言いなよ」

「本当にご馳走になってもいいんですか？」

「何でも言いな。お近づきのしるしだからさ」

ミックは、口を開けて笑った。煙草の吸い口に、ピンクの口紅がべったり付いている。

「じゃ、ビーフシチュー」

遠慮しながら言った。

「上品なものを食うね」

ミックにからかわれた。

ビーフシチューは、たまに食べたいと夢見る食べ物のひとつだ。母親の得意料理だったからだ。もっとも、父親の始めた飲食店を手伝うようになってからは、滅多に作らなくなってしまったが。

ミックは、チーズ入りハンバーグを注文して、真由に向き直った。

「真由はまだ十六なのに、どうしてうちに帰らないの？　だから、あんなヨネダなんかに引っかかっちゃうんじゃないか」

あの叔父の「家」を、「うち」と言うのだろうか。

最初の日、真由は誰も何も言ってくれないので、どこに居たらいいのかわからず、ダイニングキッチンの椅子に腰掛け続けていた。

幸恵は娘たちを連れて外出して帰ってこない。叔父の靖は休みの日だからと、真由と挨拶した後は、ずっと寝室に籠もったままだった。おそらく寝室で酒を飲んでは、寝ていたのだろう。

幸恵は夕方になっても戻らないので、薄暗くなる部屋の中で、真由はスマホを眺めたり、持ち物の整理をしたりした。

とはいえ、真由の持ち物はリュックサックひとつで、中に入っているのは、当面の着替えや若干の下着、スマホと充電器、文房具、電子辞書くらいだった。

お年玉を貯めた貯金通帳も持ってきていたが、残高は七万に満たなかったし、現金は出がけに母親に持たされた三万円のみだった。

マンガやCD、お気に入りのコートやワンピース、Tシャツなども、すべて家に置いてきてしまった。もっとも、持ってきたとしても、「家」にそれらを仕舞う場所などなかった。しかし、当時はまだ希望があった。ここにいるのは一時的なことで、いずれ両親が迎えに来ると信じていた。

「真由ちゃん？」

部屋が暗くなった時、叔父が寝室から顔を出した。顔が赤く、髪に寝癖が付いていた。叔父は照明を点けて回って、こう言った。

「照明くらいは点けていいからさ。そんなところに、じとっと座ってないでよ。暗闇にいるから、びっくりしたよ」

「すみません」

怒られているのかいないのか、わからずに慌てた。幼い頃に会ったきりの叔父という人に、まだ慣れていない。

「うちは狭いからさ。叔父さんも実を言うと困ってるのよ。幸恵が機嫌悪くてね」

阿《おもね》るように言われても、子供の真由にはどうしようもない。心底、ここではないどこかに行きたいと思ったが、そんな場所がないのはわかっていた。

「あたしは、どうしたらいいんですか」

「とりあえず、逆らわないでくれない？」

「わかりました」

叔父がテレビを点けてくれたので、真由は見たくもない番組を見続けた。チャンネルを変える勇気はなかった。

一時間後、幸恵が二人の娘を連れて帰って来た。

「ただいま。ご飯食べてきちゃった」

絵莉が、靖のいる寝室に向かって叫んだ。

「パパ、お弁当買ってきたよ」

瑠那が寝室に駆け込んで行く。テーブルの上に置かれたのは、二個のコンビニ弁当だった。感謝すべきだったのに、驚いた真由は、はっきりと失望を露わにしてしまった。自分が歓迎されていないことを知ったからだった。

「おうちじゃ、もっと美味しいもの食べてたんでしょう。ごめんね、おばちゃんのところは、これがご馳走なの。真由ちゃんのお母さんの得意料理って、何だった？」

その時は、幸恵の厭味《いやみ》とは気付かず、正直に答えてしまった。

「ビーフシチュー」

「ママ、ビーフシチューって何」

すかさず絵莉が、大きな声で問う。

「美味しいお料理だよ。ママが作れないような、豪華なお料理」

「ほんと？」と、瑠那が怪訝《けげん》な顔をして真由の方を見た。屈辱と忍従の日々が始まった瞬間だった。

あの日のことを思い出した真由は、あまりの悔しさから、思わず顔を両手で覆った。

「どうしたの？」

ミックが怪訝な顔をして、真由の顔を覗き込んだ。

「何でもないです」

「泣いてる？」

「まさか、泣いてません」

ミックは素知らぬ顔で、充電中のスマホをいじっている。頼んだ料理が運ばれてきた。

真由はビーフシチューをスプーンで掬《すく》って食べた。母親の味より濃くて旨くはなかったが、懐かしかった。

ミックは、不器用な手付きで、ナイフとフォークを握り、ハンバーグを真っぷたつに割っている。中からチーズがとろりと流れた。

「わっ、旨そうじゃんか」と、叫ぶ。「さっきの質問だけどさ。あんたは、何でうちに帰らないんだっけ？」

「叔父さんの家だから」

「何で叔父さんの家にいるの？」

「親がいなくなったから」

「あ、そう」と、ミックは肩を竦めた。「別に珍しい話じゃないよ。一人で生きていけばいいじゃん」

「どうやって？」

真由はミックの顔を見た。ミックは顔を皿に近付けて、ハンバーグに食らい付いた。いわゆる犬食いだった。

「大丈夫だよ。あんたＪＫだからさ」

「でも」

「女子高生は、好感度高いよ」

どうせ大人の男の好感度だろう。自分が渋谷の交差点に立っていると、ふっと横にやってきては声をかける男たち。

「そんなの嫌だなあ」

「何言ってんの。金が稼げるよ。そしたら、あんたは居場所を作れるかもしれない」

居場所？　真由の中で何かがむくりと頭をもたげた感じがした。

「どのくらい稼げるんですか？」

「それは、あんた次第だよ。仕事によっては、一日二万は堅いかも。二万貰ったら、一日に一万以上、貯金できるじゃん。まだ未成年だから、部屋を借りるのは大変かもしれないけど、そこは何とかなるよ。部屋を借りるのに、口利いてくれるヤツなんて、たくさん知ってるからさ」

真由は怒って言った。

「いくらなんでも、売春なんかしたくないし」

「ウリなんかしなくていいよ」と、ミックも大声を上げる。「そんなことしなくたって、いくらでも稼ぐ道はあるよ」

「あたしは、そういうのしたくない」

きっぱり言うと、ミックはそれが癖らしく、細い肩を竦めた。

「そうだね。正直に言えば、あたしもその方がいいと思うよ。頑張れ、真由たん」

ミックは、ライスにたっぷりと塩を振りかけ、不器用そうに食べ始めた。フォークで掬い上げる端から、ライスがぽろぽろと皿にこぼれ落ちる。全部食べ終わるのに、時間がかかりそうだった。

真由がその様子を眺めていると、照れ臭そうに笑った。

「塩かけご飯が好きなんだ」

「美味しそうに見える」

真由は唾を飲み込んだ。

「真由たんもこうやって食べるの？」

真由は、ゆっくり頭を振った。やりたくてもできない。

叔父の「家」の夕飯は、スーパーで安売りになるのを待って買った総菜がほとんどだった。それも炭水化物や揚げ物が中心で、サラダや肉類は滅多に買わない。ご飯は炊いたり炊かなかったりで、たとえ炊いたとしても、真由は茶碗一杯分も貰えなかった。

「はいはい、ダイエットね」

幸恵に突き出される飯茶碗には、ご飯が半分くらいしか入っておらず、あっという間に食べ終わってしまう。それと、総菜のコロッケ一個程度の夕飯では、到底足りなかった。しかも、真由の分の朝食はない。

真由は毎日ひもじくてたまらないから、学校の行き帰りに買い食いをするようになった。幸恵に貰う二千円の小遣いはあっという間に消えて、手持ちの金はすぐになくなった。貯金は最初六、七万はあったが、すでに一万を切っていた。携帯電話の料金が落ちるので、これ以上は手を付けないようにしなければならない。

弁当を持たされないのに、台所で調理するのも許されていないから、自分で弁当を作ることもできない。真由は、昼休みは菓子パン一個、もしくは何も食べずに過ごした。

居場所がないのも辛かったが、それまでひもじい思いをしたことがなかったので、空腹も苦しかった。

5

ミックのスマホが鳴った。ミックが発信者を確かめてから、フォークを置いて電話に出た。

「どうしたにゃん？」

相手の声が洩れ出てくる。女の声だった。ミックが急に怒った口調になって席を立つ。

「そんなの知らないよ。あんたのドジじゃん」

電話の相手は友達だろうか。何か揉めている気配がする。真由は、食べかけになった料理を前に放置された。

「お済みですか？」

若いウェイターがやってきて、不思議なイントネーションで訊いた。外国人なのだろうが、どこの国の人間かわからない。

「まだ食べているみたい」

真由が止めると、肩を竦めて行ってしまった。

十分ほど経って、ようやくミックが戻って来た。何ごともなかったかのように席に着いて、冷たくなったハンバーグとライスを食べ始める。ハンバーグから流れ出たチーズは、とっくに黄色く固まっていた。

「あのさ、カラオケ行くのやめて、ここでオールしてもいいかな？」

店は五時までやっているから、カラオケルームと同じだが、ファミレスでは横になれない。カラオケのベンチで、数時間仮眠しようと思っていた真由はがっかりしたが、選択の余地はなかった。食事をご馳走になっただけでも、幸運な夜なのだから。

「いいよ、構わない」

「誘っておいてごめんね。友達が来るかもしれないんで、こっちの方がいいんだ」

食事を終えたミックが、紙ナプキンで口許を拭いながら謝った。

「気にしないで」

「ほんとごめんね。そうだ、サラダバーとドリンクバーに行きなよ。それから、ここでスマホの充電するといいよ」

ミックがサラダバーやドリンクバーも注文してくれたので、真由は立ち上がった。総菜に付いている千切りキャベツだけでは物足りなかったから、久しぶりに生野菜が食べられるのが嬉しかった。

野菜をてんこ盛りにした皿を持って席に戻ると、ミックはものすごい速さでメールを打っていた。ちらりと真由を見上げただけで、何も言わない。

「すみません、サラダ頂きます」

真由が断ったのに、ミックはメールに没頭していて、何も答えなかった。

レタスやキュウリを腹一杯になるほど食べた真由は、ドリンクバーで紅茶を作った。香りなどまったくしないティーバッグだったが、お茶とは無縁の生活をしているから、美味しく感じられる。

紅茶を飲んだ後、真由は座席にもたれて目を瞑《つぶ》った。ファミレスのドアが開くたびに、外のザーッという雨音が聞こえる。うとうとしていたらしい。ひそひそと女の話し声が聞こえるので目を覚ました。

ミックの横に、明るい色に染めた長い髪を、腰の辺りまで垂らした少女が座っていた。前髪を長めに切り揃えているので、気の弱そうな垂れ目が目立つ。ミックと同じような制服姿で、アニメから飛び出てきたような風貌だった。体つきは華奢で、折れそうなほど細い。

「何かさ、それって激ヤバじゃね？」

「うん、あり得ない」

ミックは笑いもせずに、激ヤバ激ヤバと繰り返している。

「ミナはどこに行ったんだよ？」

「わかんない」

後から来た少女が真剣な顔で言う。

「何それ。どう考えたって、いい加減じゃん。ああ、頭来るなあ」

ミックが乱暴な口調で言ってから、真由が目を覚ましたことに気付いた。

「あ、起きた。紹介するね。この子はしおりちゃん」

しおりは、ミックと話していた時よりオクターブ高い声で挨拶した。まるでショップの販売員のような口調だった。

「こんにちはー。しおりです」

「真由です」

紹介し合うと、ミックがしおりに説明した。

「真由たんはさ、まだ高校一年だけど、うちに帰りたくないんだってさ」

「だから、オールしてんだ」

そうそう、とミックが頷く。しおりが真由の方を指差した。

「真由たんは中学生に見えるから、ちょっとヤバいね」

「そうそう、激ヤバ」

ミックが同意しながら、店内を見回す。ファミレスはほぼ満席で、若い男女がスマホに見入ったり、座席で目を閉じたりしていた。テーブルに突っ伏している者には、さきほどの若いウェイターが注意して回っている。

「何がヤバいんですか？」

真由が訊ねると、ミックとしおりが顔を見合わせた。

「補導だよ。真由たんは、まだされたことないんでしょう？　そんな顔してる。補導されたら、親や学校に連絡がいくんだよ」

両親は失踪しているから、叔父と幸恵のもとに連絡がいくことになるのか。

真由は、幸恵の怒る様を想像した。補導をきっかけに、「家」を出られるならいいが、さらに監視と管理が強まるのだとしたら、牢獄も同然になる。幸恵の怒り方や恫喝の仕方を見ていると、いずれは口より先に手が出そうな気がした。

勉強机もなければ、自分の衣服を仕舞うタンスもない。一人になれるのは、トイレに入った時だけだ。いっそ、トイレに住み着いてやろうかとも思うが、掃除の行き届かない、あの「家」のトイレに長くいるのも苦痛だった。

「あっ、今すごく嫌な顔したね」

ミックが目敏《めざと》く、真由の顔を指差した。

「本当に嫌なの。叔母さんが意地悪で、ご飯を食べさせてくれないし、お小遣いもくれないし、部屋が狭いから居場所がないの。外に行けよって感じで冷たくするくせに、あたしがここで時間潰して帰ると、朝帰りして何してた、不良だって怒る。どうしたらいいのかわからないんだよね」

「小遣いは、いくら貰ってるの？」とミック。

「月に二千円」

「ひえーっ、今時二千円。ネグレクトじゃん」

ミックが呆れたように白目を剝《む》いた。

しおりがミックの反応を見ながら、阿るように言う。

「あり得ないよね」

「じゃ、どうやって真由たんは、渋谷に来れるわけよ」

ミックに問われて、真由は正直に答えた。

「道玄坂のラーメン屋に、従業員募集って貼り紙があったから、働かせてくれないかって頼んだんです」

「真由たんは、下手したら中学生にしか見えないのに、そこの店主、よくオッケーしたよね。どこのラーメン屋？」

「『ゲン兵衛』って店」

二人は顔を見合わせた。

「あそこじゃね？　ほら、マークシティのところから出てきて右側にあるところ」

しおりが、「ああ、あるかも」と、気のない同意をする。

「そこのバイト代だって、高が知れてんでしょ？」

ミックが煙草に火を点けながら言った。

「時給八百円で、六時間労働だから四千八百円貰ってる。交通費は一日五百円出るから、まあまあです」

しおりが気弱そうな目で、ミックの方を見遣った。自分の意見を言ってもいいか、と許可を求めているかのようだった。が、ミックは無視している。

「でも、渋谷に来て、カラオケだの何だのに泊まってたら、そうは貯まらないよね」

「うん、ぎりぎり。だから、何で来てるんだろうと思うんだけど、結局、どこにも行けないから仕方がないんです」

「しおり、あんた、この子、泊めてやったらどう？」

ミックが煙草の煙を吐いた。

「いいけど、他の子が何て言うかわからないし」と、しおりはしっきりしなかった。「ミナが戻ってくるかもしれないじゃん」

「くるわけないよ」ミックが大声を出した。「だって、何かかにか、なくなってるんでしょ？　あいつが戻るわけないじゃん」

大声で否定されて、しおりが項垂《うなだ》れた。

「そうなんだけどさ」

いったい何が起きているのか。仲間うちのトラブルなのだろう。しかし、両親の失踪で、友達との交流すら断たれた真由には、トラブルさえも懐しい気がした。

「あのさ、しおりたちって、あんたみたいな境遇なのよ。みんな家に帰りたくなくて、学校も嫌で、居場所がないの。それで、そういう子が集まって、みんなで暮らしてんのよ。でも、今日、ミナって子が、みんなの服とか靴とかを盗んで出て行っちゃったんだって。それで、さっきから騒いでるんだよ」

真由は息を呑んだ。自分のような境遇の少女たちが、集まって暮らしているという話を聞いて、羨ましくてならない。

「いいなあ」と思わず洩らした。

「だからさ、しおり、この子をミナの代わりに入れてやればいいじゃん。ミナなんて、恩知らずなんだからさ」

しおりは困った風に眉根を寄せて、小さな声で呟いた。

「でも、まだ決定したわけじゃないから、そんなにすぐには決められないんじゃないかと思うんだよね」

ミックがしおりの薄い肩を、スマホを持った手でど突いた。

「戻ってこないよ。荷物ないんでしょ?」

「そうだけど」

「そうだけどじゃ、駄目だろ。しおり、あんたたち、みんなで共同生活するって張り切ってたじゃん。しっかりしなきゃ」

ミックに叱られたしおりが、うんうんと頷きながら言う。

「じゃ、真由たん、一度見にくる? 二間のアパートに、五人で住んでるの。みんなバイトして、そこから学校行ったりしてる」

「行きたい。行ってもいいですか?」

嬉しさで、すっかり眠気も飛んだ真由は懇願した。

「お願いだから、入れてください」

「でも、お金かかるよ」と、ミック。

「いくらくらいかかるんですか?」

「最初に一人十万。そこから家賃とか光熱費とか、出してるんだよね。なくなったら、また徴収するの。ミナはそれも出さずに逃げたの」

十万もの大金をどうやって作ればいいのだろう。落胆した真由は、椅子にへたり込んだが、スマホの電話帳を検索して、名古屋の伯母の電話番号を調べた。

6

伯母は、真由の母親、英子《えいこ》の五歳上の姉だ。伯母の夫は、名古屋で小さな工務店を経営していて、伯母は経理を手伝っている。子供は、高校生と中学生の息子が二人。

そこに真由の弟の亮介が突然転がり込んだのだから、家計に余裕のあるはずがないのは、子供の真由にも容易に想像できる。真由はさすがに借金、いや無心するのが憚《はばか》られて、スマホ上の伯母の名を見つめたままで、動けなかった。

「ねえ、ミナって子が戻ってくるかもしれないからさ。無理しない方がいいよ」

しおりが心配そうに、横からスマホを覗き込んだ。

「だけど」と、言い淀む。

ミナが帰ってきたら、せっかく空いた席がまた埋まってしまうことになる。今なら、共同生活に潜り込めるチャンスではないか。

焦った真由は、思い切って伯母に電話してみることにした。

コール音が鳴っている間に、急ぎ扉を開けて、店の外に出た。雨は相変わらず降っている。傘から垂れた滴で、ファミレスの玄関先はびしょ濡れだった。

伯母が電話に出たのは、コールを八つ数えたところだった。

「もしもし」

眠っていたらしく、迷惑そうな声音だ。

「真由です」

伯母は母と二人きりの姉妹だが、離れて暮らしていることもあって、日頃から疎遠だった。真由は伯母の不機嫌な声音に気圧《けお》されて、どう切りだしていいか、わからなかった。

「真由ちゃんなの？　どうしたの、こんなに遅くに。おばちゃん、もう寝てたんだよ。だって、十二時過ぎでしょうが」

「すみません」

伯母が耳を澄ましている気配がした。強い雨音や、水を撥ねて道玄坂を行き来する車の音が聞こえるに違いなく、真由はひやひやした。

「あんた、まだ外にいるの？」

案の定、伯母が、心配というより非難の色を濃くして聞いた。

「そうです」

「今、何してるの。どうして家にいないの？　誰と一緒なの？」

「ちょっと相談したいことがあったもんだから、電話したの」

「相談？　いいけどさ、こんな時間に何の相談なの？」

「おばちゃんにお金貸してほしいんだけど」

真由は、やっとの思いで切りだした。

「お金？　幾らくらい？」

　ええっ、と言ったまま、伯母が絶句した。少し間があってから、伯母が聞き返す。

「それ、何に遣うの？」

　自由になるため、とは言えずに、真由は言葉を探したまま沈黙する。途端に、伯母が畳みかけるように、矢継ぎ早に質問してきた。

「何に遣うの、真由ちゃん。言いなさいよ。でないと、そんな大金、貸せないよ。それに、靖さんからいろいろ聞いたわよ。あんたは夜帰って来ないで、朝帰りするんだってね。それは本当のことなの？　あんた、外でいったい何しているの？　今だって、外にいるわけでしょう？　誰といるの？　何しているのか、正直に言ってちょうだいよ。靖さんとこだってね、そんな素行の悪い娘、どう扱っていいかわからないってよ。うちもそうだけど、突然、親戚の娘を預かることになった、靖さんの奥さんの身にもなってあげなさいよ。大人はね、責任があるんだからね。それなのに、いきなり十万貸せって言う方がおかしいじゃない？」

「ごめんなさい」

　真由は小さな声で謝った。興奮して言葉を繰り出す伯母に、何と返していいのかわからなかった。

「だけどね、幸恵おばさんは、あまりお小遣いを渡してくれないし、学校で必要なお金だって、払ってくれなかったりするんだよ」

訴えると、伯母はきっぱりと否定した。

「そんなことないはずよ。公立に移ったんだし、真由ちゃんにはできるだけのことはやってます、っていつも言ってるよ。それなのに、あんたが言うことを聞かないって、嘆いていたよ。幸恵さんは、よくやってくれてる方よ」

大人たちが結託して、都合の好い話を作っているのだ。真由は憤慨した。

「嘘だよ。おばさんは、お母さんから貰ったお金を全部あたしに渡してくれないんだよ。ご飯もちゃんと食べさせてくれないし、お弁当も作ってくれないし、お腹が空いて堪らない」

「真由ちゃん、あんた幾つ？」

伯母が呆れた口調で言った。

「十六だけど」

「だったら、少しは想像してごらんなさいよ。お弁当も作ってくれない、ご飯もちゃんと食べさせてもらってないって、あんた、人聞きの悪いことを言いなさんな。小学生じゃないんだから、自分で何とかしなさいよ。お弁当なんか、自分で作ればいいじゃない」

そうくるのか。もう何を言っても無駄だ。

真由はうんざりして、伯母の説教が続く間、スマホを耳から遠く離して、道玄坂の方に向けていた。何を言っても通じない相手に、電話してしまったことを後悔する。

「ところでさ、おばちゃん、亮ちゃん、元気？」

伯母の説教の切れ間に、真由は素早くスマホを耳に当てて話を変えた。

「元気だよ。サッカーしてる」

「いいなあ」

思わず溜息が出た。

「いいなあじゃないよ。亮ちゃんは、あんたの方が羨ましいって言ってるよ。東京にずっと残れて、友達と会えて、いいなあって、いつも言ってる」

借金取りが心配だから、友達とは縁を切れ、と命じたのは伯母ではないか。言葉を失っていると、伯母が聞いた。

「ところで、お母さんたちから連絡あった？」

「全然ない」

「どうしているんだろうね。子供たちが心配じゃないのかしら」

「とっくに死んじゃってたりしてね」

「何言ってるの。縁起でもない」

伯母は怒ったが、真由は、それならそれでも仕方がない、と思うのだった。あまりに自分が生きていくことが過酷だから、捨てられた運命を嘆きこそすれ、親の心配をするところまではいかないのが現実だった。

「そりゃ、死んだら悲しいと思うけどね」

真由の言葉が付け足しに聞こえたのか、伯母が真面目な声で言う。

「真由ちゃんがそんな考えでいるって知ったら、お母さんも可哀相だよね」

そうかな？　と真由は思う。自分の方がよほど可哀相ではないか、と。ほとんど縁のなかった親戚に突然預けられて、虐待に近い扱いを受けているのだ。

なのに、伯母の愚痴は止まらない。

「今頃、英子がどこで何をしているかと思うと、不憫《ふびん》でしょうがないよ。英子をそんな目に遭わせるなんて、あたしは伸一さんを恨むわよ、ほんとに」

真由の父親と伯母は、あまりうまくいっていなかったことを思い出す。伯母は、父親が脱サラしてK市で飲食店を始めた時、「店は素人が考えるほど、甘いもんじゃない」と、知ったようなことを言って、大反対だったらしい。

その予言が見事に当たって店の経営がうまくいかなくなり始めた時、伯母はむしろ満足げだった、と母が悔しそうに言ったことがある。だが、伯母はその事実を知らない。

「おばちゃん、亮ちゃんと話せない？」

「もう寝てるよ。だったら、昼間電話して」

伯母は、夜中に話していることを思い出したのか、再び不機嫌に言った。

「わかった。じゃ、また」

電話を切った後、外からファミレスの中を覗き込んだ。雨が降って蒸し暑いけれど、ファミレスの中は冷房が利いているため、窓ガラスが曇っていた。

そのガラス越しに、ミックとしおりが何が可笑《おか》しいのか、笑い転げているのが見えた。

真由は一人だけ、幸福を摑み損ねた気がして、意気消沈して席に戻った。

「誰に電話してたのさ?」とミック。

煙草を指で挟み、フレーバーティーのティーバッグのタグをぶら下げたマグカップに、口を付けていた。

「名古屋のおばさん。駄目だって、お金出せないって」

「親戚ってさ、お金のことになったら、絶対にケチになるね。あれって、どうしてだろう」しおりがスマホを見ながら呟いた。「あたし、説教されても、金出してくれる男の方がずっとマシだと思うことがある」

すると、ミックが煙を吐きながら笑った。

「へえ、しおり珍しいね。そんなこと言うの」

しおりが唇を舐《な》めてから、さらに耳を澄まさないと聞こえないほど小さな声で言う。

「だってさ、みんな、こうなったのはおまえのせいだって簡単に言うじゃん。おまえが勉強しないから駄目だ、おまえが学校に行かないから駄目だ、おまえが親の言うこと聞かないから駄目だって感じで、ガンガン責めてくるじゃん。あれ言われてもしょうがないじゃん?」

「そうだそうだ」と、ミックが笑いながら同意した。

しかし、真由は失意のどん底にあって笑う元気もなかった。これで叔父の「家」から脱出するチャンスもなくなったのだ。こうなったら、何とか眠りを貪って、また厳しい明日に備えるしかない。真由がソファに背中をもたせかけて目を閉じると、しおりが気の毒そうに言った。

「そんながっかりすることないよ。どうせ、ミナも行くとこないんだから、戻ってくると思うしさ。また誰か欠けたら声かけるから、LINEだけ教えてよ」

真由は、しおりとLINEを交換した。しかし、声をかけてもらっても、十万もの金など作れないのだから無駄だ、と思った。

「真由たん、あんたに少し金貸そうか?」

突然ミックに言われて、真由は驚いてミックの顔を見遣った。表情のわからない睫の陰から、冷静な眼差しがこちらを見つめている。

「ほんとにいいの?」

「ちょっと待って。やるとは言ってないよ、貸してやるんだよ」と、ミックが念を押した。

「あたしも少しは貯金があるからさ。そしたら、この子たちの部屋に入れてもらえるかもしれないじゃん。ね、しおり?」

しおりが、戸惑った風に頷いた後、ミックの顔を見遣った。しおりは気が弱いのか、ミックには逆らわない。

「でも、すぐに返せないから悪いし」

そう言いながらも、ミックの金が喉から手が出るほど欲しかった。ともかく、叔父の「家」には帰りたくないのだから。

二部屋の狭いアパートで、そこに少女が五人いようが十人いようが、自分の荷物が置けて、堂々と横になれるスペースさえあるのなら、どんな待遇でもよいのだった。

「いつでもいいとは言わない。だってさ、十万も貸すんだから。でも、真由たんはラーメン屋でバイトしてるし、真面目に頑張ってるから、応援したい気持ちがあるんだよ。高校四年生のお姉さんとしてはね」

急に大人びた口調で言われて、真由は一瞬訝《いぶか》しく思ったが、それでも金を貸してくれる話は、跳び上がるほど嬉しかった。

「ありがとう。ほんとに嬉しい」

真由は、ミックの手を両手で取った。ガサガサして乾いた感触だと思った瞬間、ミックの方が気持ち悪そうに手を引っ込めた。真由は甘えた自分が恥ずかしくなった。

黙っていると、ミックがしおりに言った。

「じゃさ、この子の分は今度あたしが払うから、今夜泊めてやんなよ」

「いいよ。じゃ、おいでよ」

しおりが立ち上がった。制服のスカートが跳ね上がって、下に穿いている黒いショートパンツが覗けた。

「ほんとにこれから行っていいの？」

半信半疑で訊ねる。ミックは座ったままで頷いた。

「大丈夫。あたしがしおりに払っておく。だから、あんたのお金が貯まったら、しおりに返してくれればいいよ。てか、あたしはいつもこの辺にいるから、すぐに会えると思うけど」

「すみません、ご馳走になった上に、お金まで貸してもらっちゃって」

真由が頭を下げると、ミックが面映ゆそうにしおりに向かって言った。

「真由たんて、育ちがいいねえ。お礼言われちゃったよ」

二人が顔を見合わせて、うふふと笑った。

「じゃ、真由。部屋に行ってみる?」

「うん、行ってみたい」と、答えたものの、あまりにもトントン拍子に話が進んだので、ふと心配になる。「でも、いいのかな。今お金を持ってないのに」

「いいよ。あたしが貸すって言ったら、貸すんだからさ。行って横になんなよ。あんた、明日、学校行くんでしょ? 寝ないと辛いじゃん。心配しないで行きなよ」

ミックが優しい口調で言うので、真由は席から立ち上がった。先に行ったしおりが、店の入り口で待っていて伝票を突き出した。

「これ、忘れないで」

驚いて手に取ると、自分の分のビーフシチューや、ドリンクバー、サラダバーなどが別会計になっていた。ミックがおごってくれると言ったはずなのに、聞き間違いだったのか。

ウェイターが間違ったのかもしれない。振り返って見ると、ミックはこちらに背を向けて、一心不乱にメールを打っていた。

席に戻って問い質したい気持ちになったが、十万もの金を出すと言ってくれたし、と迷っているうちに、キャッシャーが来て無表情にレジを打った。

仕方なしに、金を払って外に出た。しおりが、入り口に立てかけてある大量のビニール傘から、一番程度のいい傘を選んでいる最中だった。真由は、鍵を開けて傘入れから「ゲン兵衛」の忘れ物だったビニール傘を取る。

「ちょっと歩くけどいい？」

しおりが感情の籠もらない声音で言う。

「うん、大丈夫」

しおりは道玄坂を上りきって、玉川通りを大橋方向にすたすたと歩いて行く。意外に足が速いので、真由は必死に後を追った。

「ねえ、その部屋だけど、最初に十万払うと、どのくらい払わなくて大丈夫なの？」

「二カ月くらいかな」と、しおりが振り返らずに答える。

「たったの二カ月？」

「うん。場所がいいから、家賃が高いんだよね。それに電気代とかガス代。あと管理費を払うと、結構いっちゃう」

十万も払って、たったの二カ月しか、その部屋にはいられないのか。真由はショックを受けて、歩道に立ち竦んだ。

少なくとも半年くらいはいられるだろう、と思った自分は甘いのか。しかし、そんなに短いのなら、ミックの借金を返す前に部屋を出ざるを得なくなる。

「あたし、やめようかな」

しおりが立ち止まって、長い前髪を透かして真由の方を見た。小馬鹿にしたような表情だった。

「でもさ、自分で借りたりしたら、敷金だの礼金だので、三カ月分くらい取られるんだよ。知ってた？」

「あまり知らない」と、首を振る。

「真由って、ほんとに何も知らないんだね。少し勉強しなよ」

しおりが気の毒そうに言ったので、急に不安になる。

「そんなに知らないかな」

「うん、まるで子供だよ」と、嘲笑《あざわら》われた。

その通りだ。狡《ずる》い大人だらけの街で暮らすには、自分は幼過ぎると真由は思った。

「ねえ、そこにはどんな人がいるの？」

「真由みたいな子ばっかだよ。どこにも行き場所がない子」

「しおりもそうなの？」

「そうだよ」

しおりが笑うと、大きな八重歯が目立って子供っぽい顔になった。歯が全部入り切らないほど、口も小さいし、顔も小さい。しおりは、いったい何歳なんだろう。真由が思わずしおりの口許を見ると、しおりは恥ずかしそうに唇を固く結んだ。

「しおりは何のバイトして、お金を稼いでいるの？」

「いろいろ。人それぞれ」

しおりが吐き捨てたので、真由は質問するのをやめた。

「あのさ、最初に十万って話だけど、他の子には絶対にしないでね」と、しおり。

「どうして」

「だからさ、立場は人それぞれだからだよ。絶対にやめてね」

念を押されて、真由は素直に頷いた。

7

雨の中を歩くこと二十分。ようやく着いたのは、山手通りから狭い路地に入り、古いアパートや小さなマンションが建ち並ぶ地域だった。

しおりは、三階建ての古いアパートに入って行く。門柱にアパート名が書いてあるが、暗がりで読めない。外階段で二階に上がる。端っこの部屋からは、明かりが洩れていた。どの部屋も、窓の枠にビニール傘が掛けてあった。廊下に滴が落ちて、黒い染みを作っている。端っこの部屋の傘の数が一番多かった。

しおりが無言で、その部屋の鍵を開けた。狭い玄関で目に入ったのは、夥《おびただ》しい数の女物の靴だった。パンプス、サンダル、スニーカー、フラットシューズ、クロックス、ブーツ。色とりどりの靴が、ところ狭しと並んでいて、足の踏み場もない。靴の数だけ見ると、五人どころか、十人以上の人間が暮らしているとしか思えなかった。

ふと顔を上げると、ダイニングキッチンのテーブルで話していた二人の少女が、真由を見て驚いた顔をした。二人とも、Tシャツとショートパンツ姿で、一人はショートカット、もう一人は金髪に染めた長い髪を垂らしている。テーブルの上には、カップ麺の殻や、飲みかけのペットボトル、スナック菓子の袋などが、ごちゃごちゃと置いてあった。

「お帰りなさい」

二人は煙草を吹かしながら、しおりに挨拶した。しおりは二人に軽く会釈しただけで、真由の背を押した。

「中に入って」

真由は一応、二人に頭を下げたが、二人の少女は真由をじろじろと眺めているだけで、何も言わない。

ダイニングキッチンの奥に、ふたつ部屋がある。左手は和室で襖が開いており、万年床らしき布団が、乱雑に敷いてあるのが見えた。

右手の部屋のドアは閉まっているが、多分、四畳半くらいの部屋だろう、と真由は思った。部屋の構造が叔父の「家」にそっくりなので、何となく想像が付く。

「ミナちゃんから連絡あった?」

しおりが訊ねると、ショートカットの少女が答える。

「ないよ。あいつ、あたしのTシャツ着てっちゃった。あと、モナちゃんのシャネルのバッグを持ってっちゃったって。モナちゃん、すげえ怒ってた」

「でも、あれ、本物じゃないじゃん」

金髪の子が掠れ声で言い、ショートカットの子がにやりと笑う。

「あいつ、本物だと思って、持ってったんじゃね？」

「でも、かなり出来のいいコピーじゃん？」

「だったらウケる」

「あいつ、マジ馬鹿だもん」

二人は顔を見合わせて笑っている。しおりはまったく会話に加わろうとせず、右手のドアを開けた。部屋は薄暗く、布団が敷いてあった。すでに誰かが寝ていて、黒い髪が布団からはみ出ているのが見えた。

「真由はこの部屋で寝て」

しおりは寝ている少女に構わず、蛍光灯を点けた。やはり四畳半で、窓には安物のカーテンが掛かっていた。部屋の隅には、寝ている少女の物らしい、キャスター付きのスーツケースが置いてある。

しおりは、入り口の右手にある半間《はんげん》の押入を指差した。

「布団は押入に入っているからさ、勝手に出していいよ」

「わかった」

「じゃあ、適当にやってね」

「うん、ありがとう」

しおりが部屋を出て行くと同時に、真由は入り口の右手にある押入から、敷き布団と枕、タオルケットを引き出した。部屋の隅に適当に敷き、Tシャツに着替えると照明を消してすぐ横になる。布団からは、安っぽいシャンプーとリンスの匂いがした。

真由は、いつもの癖でタオルケットを頭から被って、中でスマホを眺めた。普段なら、すぐに眠気がくるのだが、ミックに借りた十万をどうやって返そうかなどと考え始めたら、暗い気持ちになって目が冴えた。眠れない。

「ねえ、ミナの代わりに来たの？」

隣の布団から声がした。慌てて、タオルケットをはね除けて答える。

「そう。空きがあるって言われたの」

「空き、ねえ」と、少女がくくっと笑ったようだった。

「五人しかいられないって言われた。だから、入りたかったの」

「へえ、そうなんだ」

急に関心が失せたかのように少女が欠伸《あくび》をした。寝ろ、という合図らしい。真由も目を閉じた。とにもかくにも、叔父の「家」は脱出したのだから、金のことは後で考えればいい。そう思ったら、気が楽になった。

翌朝、スマホのアラームの音で目が覚めた。慌てて止めようとしたが、自分のスマホではなかった。それもそのはず、アラームを設定した覚えがない。時刻を見ると、まだ朝の六時だった。

「ごめん、起こしちゃった?」

隣で寝ていた少女がすでに起きて、身支度を始めていた。白いブラウスに、チェックのミニスカート。紺色のハイソックス。どこかの高校の制服を手早く身に着けている。

真由は、自分も学校に行くつもりだったことを思い出して、慌てて起き上がった。

「あたしも学校行かなきゃ」

「学校どこ?」

髪をとかしていた少女が振り向いて聞いた。前髪を揃えて切ったおかっぱ頭だった。髪が多いと見えて、前髪の量がこんもりしている。唇が分厚いので、ふてくされて見える顔立ちだ。

「埼玉の方の公立。地味だから、名前を言っても知らないと思うよ」

真由には、第一志望だった都内の私立女子校に進学が決まっていたのに、叔父夫婦に公立に変えさせられた悔しさがある。

「どうでもいいじゃん。どっちみち、興味ないし」

こともなげに少女は言い、小さなスーツケースの中に櫛や鏡を仕舞った。

「そうだよね」

確かに、叔父の「家」にいる限り、どうでもいいことだった。「高卒」という身分が欲しくて、出席日数を稼ごうとしているだけで、高校生活を楽しむ気分など、とうに捨ててしまったではないか。

「あのさ、あんた、昨日来たんでしょう？」

「そうだよ」

真由は通学鞄から、制服を取り出した。スカートが皺になっているが、仕方がない。Tシャツを脱いで畳んでいると、少女が声を潜めて言った。

「あのさ、悪いこと言わないから、今日帰って来ない方がいいよ。てか、早く逃げな」

「何で？」

真由が大きな声で聞き返すと、露骨に嫌な顔をした。

「静かに。皆が起きるじゃない」

「ごめん。どうして？」

声を潜めて聞き直すと、少女が身を屈めて耳許で囁いた。

「ここにいると、ウリをやらされるよ。あんたも十万とか言われたでしょう？」

「言われたけど」と、答えながら、真由は呆然としている。

「そんな金なんかないから、当然借りたでしょう？　それで縛られるんだよ。借金返すために、ＪＫ好きの客を取らされるの。ミックが大ボスで、しおりはカシラ。だから、早く逃げた方がいいよ」

真由には、にわかに呑み込めない話だった。スカウトのヨネダから救ってくれて、親切にされたと思っていたのに、騙されたなんて、とても信じられない。

「嘘じゃなくて？」

少女が苛立ったように、スーツケースのファスナーをやや乱暴に閉めた。

「信じないならいいよ。もう行くから」

「待って」

真由は、少女のブラウスの裾を摑んだ。少女が面倒臭そうに言い捨てる。

「あのさ、ミナって子が逃げたって言ってたでしょ。ミナは警察に行くって言ってたから、じきに警察が来ると思うよ。あたしは昨日逃げようと思ったけど、あいつらが遅くまで起きてるから、逃げられなかったの」

警察と聞いて、顔色が変わったのが自分でもわかった。

今にも警察が来ると思うと怖い。真由は震えながら、少女の後を付いて寝ていた部屋から出た。ダイニングキッチンは薄暗く、煙草の臭いが充満していた。

テーブルの上は、昨夜と同じくスナック菓子の袋や、ペットボトル、弁当殻などが散乱している。誰かが忘れたらしく、ナイト用と書かれた生理用品のパッケージがそのままぽんと置いてあった。

少女は、玄関を埋め尽くした靴の中から、茶のスリッポンを探し出して履いている。真由も遅れまいと、スニーカーを探した。真由のスニーカーは踏まれたらしく、泥が付着していた。中はまだ湿っぽいが、やむを得ない。

雨は上がっていたが、靄《もや》っていた。真由は、窓枠に引っかけてあったビニール傘を持ち、少女を追いかけた。少女は小さなスーツケースを抱えるようにして、さっさと外階段を下りて行く。

「ねえ、待って」

真由は少女に呼びかけた。声をかけて助けてくれたので、感謝の気持ちを伝えたかった。スーツケースのハンドルを上げて、歩き始めた少女が振り返った。無表情に、真由の全身を眺めている。

「何か用?」

「教えてくれてありがとう」

「何だ、そんなことか」

また前を向いて歩きだしたので、真由は並んで歩いた。

「これからどこに行くの?」

自分と同じような少女が、これからどこに行って何をするのか、知りたかった。

「誰かのうちに行くつもり」

「ついて行っちゃ駄目?」

「駄目」

即座に断られて、真由は路上に立ち尽くした。

「どうして駄目なの？」

「うぜえな、あっち行けよ」

怒鳴られて、呆然とした。親切かと思えば、突き放される。うざいって？　自分は甘えているのだろうか。どうしたらいいかわからず、突っ立っていた。ゴロゴロとキャスターの音を響かせて、少女が去って行く。

朝靄の中から、スーツを着た勤め人風の若い男が現れて、胡散《うさん》臭そうに真由を見た。擦れ違いざま、男からトーストの匂いがした。どうして自分には、誰も優しくしてくれないんだろう。真由は泣きそうになった。

8

学校では、誰も真由に話しかけない。真由も誰とも話さない。授業の間も私語が多く、真面目に聞く生徒もいないので、教師もやる気がない。出席だけ取って帰ってしまう教師もいるから、真由はほとんど机に突っ伏して寝ていた。堂々と床に仰臥《ぎょうが》する男子生徒さえいる。

昼休みは、ただでさえうるさい学校全体が、わんわんと音が響いているようにけたたましくなる。あちこちの教室を、大声を上げて駆け回る男子生徒たち。女子生徒はグループで集って弁当を食べたり、化粧をしたり、こそこそと内緒話をして、真由をガン無視する。

教室の中は、椅子や机が飛んできて危ないこともあるから、真由はいつも校庭に出て、菓子パンやコンビニの握り飯を食べることにしていた。今日は、一個百円で売っていたコンビニの握り飯をひとつ。

水飲み場で喉を潤してから、辺りを見回した。灰色のコンクリートの校舎には、黒いペンキで「Tバック！」だの、「さんじょ〜」などと意味のないことが書き殴ってある。こんな場所から出て行きたかったが、学校を出れば、「家」に帰るしかないのだった。

いっそ死んでしまおうか。不意に、こんな考えが浮かんだ。以前は心配で堪らなかった両親のことも、最近では自分を苦しめる元凶に思えて、憎しみが募っていた。

屋上から飛び降りたら、死ねるだろうか。三階建ての校舎でも、コンクリートの地面に叩き付けられれば死ねそうな気がする。

真由は校内に入って、階段を上り始めた。三階から屋上に向かう、細く暗い階段を上ろうとした時、何かの気配を感じて足を止めた。「来た来た」という囁き声が聞こえたような気がしたのだ。

もしかすると、男子生徒が、獲物が来るのを待っているのかもしれない。女子グループのお喋りが偶然耳に入った時、「屋上、危ねえよ」という声を聞いたことがあったと思い出す。

真由は恐怖で痺《しび》れたようになったが、すぐ我に返って階段を駆け下りた。すると、上から笑い声が聞こえた。

「馬鹿。おめえが声出すから、逃げられたじゃねえか」

危ないところだった。口止めのために動画を撮られることもある、という。真由は教室に通学鞄を取りに戻った。昼休みに「家」に帰れば、まだ幸恵は戻っていないはずだ。急いで駅に向かった。自分が死んだって、誰も悲しまないどころか、喜ぶ者さえいることに気が付いたら、馬鹿馬鹿しくなった。

鍵を開けて「家」に入った。午後一時過ぎだから、幸恵も子供たちも不在のはずだ。真由はほっとして、シャワーを浴びた。叔父の「家」にあるタオルは、どれも不潔で嫌な臭いがするから、自分のタオルハンカチで体を拭い、濡れた髪を拭く。

冷蔵庫から麦茶のパックが入ったガラスボトルを出して、直接口を付けた。相変わらず饐えた臭いがして、吐き気を催す。

冷蔵庫には、納豆のパックと卵があるだけで、めぼしい物はない。思い付いて、小さな鍋で卵を五個茹でた。戸棚にカップ麺を見付けて、素早くリュックに入れる。他に食べ物はないかとあちこち覗いたが、飯を炊くくらいしか炊事をしない家なので、ほとんど何も見付けられなかった。

ぐずぐずしていると、幸恵が帰って来るかもしれない。幸恵の介護の仕事は不規則で、午後早くに帰って来ることもあるので、用心が必要だ。

小学二年生の瑠那が、一人で帰って来ることもあった。瑠那は、五年生の絵莉よりは優しいところがあるので、叔父の「家」ではまだ話せる方だが、幸恵に何を言うかわからないから、会わないで済むに越したことはない。

真由は、叔父夫婦の寝室に忍び込んだ。安っぽい整理ダンスの一番上の引き出しを開けてみた。そこに、幸恵が自分のアクセサリーや、財布を仕舞うのを見たことがあったからだ。果たして、茶封筒があった。中を見ると、万札が五、六枚入っている。幸恵のパート代かもしれない。真由は、幸恵の金を盗むことに、何の躊躇《ちゅうちょ》もなかった。むしろ、幸恵がショックを受ける様を想像すると、暗い嬉しさで笑いがこぼれた。

子供部屋に行き、自分の荷物を全部リュックサックに詰め込んだ。教科書はどうしようか迷ったが、持って行くことにする。教科書なんか要らないが、自分の痕跡を、この「家」に残すのが嫌だった。

真由は二度と叔父の「家」に帰る気はない。学校に行く気もない。一人、渋谷の街で生きていくつもりだ。茹で卵とカップ麺と現金。これらを、餞別《せんべつ》代わりに貰って行くことにしよう、と思ったら、笑えてきた。

公団住宅のドアを開けて外に出た時、いつもの癖で、まず下にある自転車置き場を覗いた。すると、幸恵の自転車が停まっているのが見えた。

慌ててエレベーターホールに向かったら、下からエレベーターが上がってくるところだった。たぶん、幸恵に違いない。真由は階段を駆け下りた。してやったり、と思うと笑いが止まらない。

自転車置き場にある絵莉の自転車には、いつも鍵がかかっていないことを知っている。ピンクの子供用自転車の前籠に通学鞄を放り込み、リュックは背負って自転車を漕いだ。駅前の駐輪場で、絵莉の自転車は乗り捨てた。

来た電車に飛び乗って空いた席に座り、こっそり封筒の金を数えた。七万三千円。やった、いい気味。小躍りしたい気分だ。

渋谷に着いて、コインロッカーに荷物を入れた。封筒の金は、千円札を三枚だけ抜いて、ATMで自分の口座に入れた。口座の残額は七万と八千四百三十六円。当分、何とかなると思うと、嬉しかった。

真由は、三時前に「ゲン兵衛」に顔を出した。店裏の階段を上って休憩室のドアを開けると、木村がちょうど出てくるところだった。忙しい昼時が終わって、一服していたのだろう。煙草臭かった。

「あれ、真由ちゃん。今日は早いじゃないの」

木村は振り向いて、休憩室の壁に掛けられた時計を見遣った。料理人なので、腕時計をしていない。

「そうなんです」

「学校サボっちゃ駄目だよ」

冗談めかして階段を下りようとするので、真由は呼び止めた。木村は狭い階段の途中で、太い体を無理に曲げて振り向いた。

「すみません、あの、勤務時間なんですけど、もっとやってもいいですか」

木村が怪訝な顔をする。

「もっとやるって、長くするってことかい？」

「そうです」

「学校大丈夫なの？」木村が顔を顰めてみせた。「嫌だよ、俺。真由ちゃんが補導されて、俺の店が事情聞かれたりするの」

「お金が欲しいんです。だから、もっと働きたいなと思って」

「殊勝だね」木村が笑った。「早めに来れるの？」

「はい。早めに来て、遅めに帰ります。三時から十一時までやってもいいですか？」

木村が迷う素振りを見せた。

「十一時か。まあいいよ、うちは。でも、賄いは夕方に一回きりだから、腹が空くよ」

「別にいいです。じゃ、今日からお願いします」

「いいけどさ」と、木村は戸惑い顔だ。

真由は、ビニール傘を差し出した。

「それから、昨日借りた傘、返します」

木村が笑って言った。

「律儀だな、おい。殊勝で律儀な真由ちゃんか。いいね」

男の従業員には怒鳴りつけてばかりいるのに、真由には甘い男だった。いや、甘いというより、何か下心があるのかもしれない。気を付けよう。たった一日で、真由は賢くなった気がする。

制服に着替えて店に行くと、クマこと熊谷に声をかけられた。

「真由ちゃん、時間延長するんだって？」

「そうなんです」

真由が答えると、もうもうたる湯気の向こうから木村が言った。

「じゃ、そこのテーブル拭いて」

木村は、真由がクマと話していると不快そうだ。「はい」と、真由は素直に答えて、脂で光るテーブルを懸命に磨いた。

五時に店の隅で、麻婆豆腐の賄い飯を食べてからは、ほとんど立ちっぱなしだった。九時の休憩時間にはさすがに疲れて、誰かが置いていった少年ジャンプを枕にして、休憩室で横になった。

寝ながらスマホを見ると、留守電が数件、メールが十通以上きていた。全部、発信者は幸恵と叔父だった。最初のメールの件名は、「自転車」。次の件名は「泥棒」となっていた。真由はうんざりして、全部見ないで削除し、二人の電話番号とメアドを着信拒否にした。

休憩時間は二十分しかないが、少し寝ようと目を瞑る。バイトが終わったら、カラオケルームに行ってオールをしようと思う。いずれ部屋を借りて、一人で暮らすのだ。そう考

える と楽しかった。

誰かが階段を上がってきて、ドアがノックされた。

「真由ちゃん、お客さんだよ」

クマだった。真由は驚いて半身を起こした。ここでバイトしていることは、誰も知るはずがないのに、誰が来たのだろう。

「誰が来たんですか?」

「けばい化粧したＪＫ風の女」

ミックか、しおりだ。そう言えば、二人には自分がここでバイトしていると言ってしまったのだ。警察に捕まったと思ったのに、まだ捕まっていないのか。

「いないって言ってくれませんか?」

「ええ、俺、言っちゃったよ。今呼んでくるって」

「頼むから、いないって言ってください。あの人たち怖いんです」

クマがどすどすと階段を下りて行く音がした。少し経って、代わりにやってきたのは、木村だった。

「真由ちゃん、俺が追っ払ったよ。あいつは何だ。薄汚い女だったな」

「昨日知り合ったんだけど、何かウリをさせるとかいうんで、逃げてきたんです」

「真由ちゃん、まだ子供なんだからさ。変なのに関わっちゃ駄目だよ」

「すみません」と、真由は木村に頭を下げた。

木村は七分袖の調理服のポケットから、煙草を取りだした。一本くわえて火を点け、真由の目を覗き込む。

「真由ちゃん、あの女、いくつだと思ってるの？」

店に来たのが、ミックかしおりかわからないから、真由は首を振った。

「さあ、あたしよっか上だと思うけど」

木村が煙を吐きながら笑った。

「俺は、女の歳だけはわかるんだ。あれはね、二十歳を優に超えてるよ」

「えっ、高校生かと思ってた」

思わず叫ぶと、木村がにやりと笑った。

「高校生の格好してるけどさ。二十五くらいじゃねえか、あれ。気持ち悪いよな」

そんな大人にまんまと騙されたのか。高校四年と言ったミックの横顔が蘇り、真由は、見破ることもできなかった自分に自信をなくした。

木村が、壁の時計をちらりと見上げた。

「真由ちゃん、今、時間がないからさ、後でちょっと話し合おうか。時間が来たら、下は手伝わなくていいから、店の終わりまでここで残っててよ。片付けたら、すぐ来るから、出ないで待ってて」

「はい、わかりました」

頼れる大人はこの男しかいないのか、と情けなかった。真由は、踵《きびす》を返した木村の、油で汚れた白い調理服の背中を見る。

休憩時間が終わって店に下りて行くと、客はカウンター席に数人いるだけだった。呼び込み風の若い男と、会社員らしい中年男の二人連れだ。

厨房でラーメンを作っているのは、木村の二番弟子で三十代の山本という男だった。黒縁の眼鏡が湯気で曇っている。木村が太い腕を組んで、弟子がラーメン丼に一枚ずつチャーシューを入れる様を睨んでいた。

一番弟子はチーフと呼ばれている中年男で、口数が少なく滅多に笑わなかった。今は入り口に背を向けて、餃子を焼いていた。

クマは、木村が横に立っているので、窮屈そうな顔でコップを洗っている。クマが、店に戻って来た真由に、顎で表を指し示した。

狭い通りを挟んで対面にある牛丼屋の前に、ミックが立っているのが見えた。昨夜と同じ、高校の制服風の格好をして、煙草を吸っている。なるほど、二十五歳では、補導なんかされるわけがない。だから、落ち着いて煙草を吸っていられるのだ、と真由は思った。

真由がレジに立つと、ミックが真由を認めて通りを横切って近付いて来るのが見えた。身構える間もなく、自動ドアが開く。ミックが顔だけ中に入れて、手招きした。

「真由、ちょっと話があんだけど来てよ」

木村が追い払ってくれたはずなのに、ミックは図々しかった。真由は助けを求めて、カウンターの方を振り返った。木村が腕組みしたまま、ミックを睨んでいる。

「今、出られないんだけど」

真由が言うと、ミックは店の中に入って来た。

「お金貸したじゃん。あれ返してよ」と、耳許で囁く。

自分でも顔色が変わったのがわかった。あのアパートは逃げ出したのだから、借金をしてまでアパートに住む話など、ご破算になったと勝手に思っていた。

「あたし、借りてないよ」

「貸した、十万」

「借りてない」

「貸した」

ミックが引かないので、真由はどうしたらいいかわからなくて、泣きそうになった。何ごとかと、客が一斉に振り向いて真由を見ている。

店主の木村が、カウンターの板を跳ね上げてこちらに向かって来た。

「さっきも言ったけど、営業中なんで、やめてもらえませんか」

ミックの前に立ちはだかって、低い声で言う。

「あたしは、この子に金返してほしいだけなんだ」

ミックが剝げたネイルの指先で真由を指差しながら、平然と言う。店の蛍光灯の下で、ミックの顔の笑い皺が目立った。

「ちょっと、店から出てくれよ」

木村が、店からミックを押し出した。自動ドアが閉まる。二人が店の前で喋っている会話が、真由に聞こえてきた。

「ここでは、やめろ。営業妨害で警察に電話するぞ」

木村が低い声で脅している。すると、ミックが真由を指差した。

「妨害はどっちだよ。こっちは借金返してもらいたいだけだ」

「借金なんかしてないだろう」

「してるよ」

「ともかく邪魔だ、帰れ」

「あの子、まだ十六だよ。夜中働かせたら、まずいんじゃねえの」

脅された木村が、凄みのある声で恫喝した。

「おまえに関係ねえだろ。あっち行け」

「バカヤロ」と、ミックが怒鳴って去って行く。

木村が店に戻ってきて、鋭い目で真由を見た。

「あいつ、態度悪いな」

「すみません」

真由は木村と客に向かって頭を下げた。

「いいよ、後でな」

客の前で、ミックを怒鳴らざるを得なかった木村は、機嫌が悪かった。カウンターの向こうのクマと目が合ったが、クマが素知らぬ顔で目を逸らす。

十一時に上がって休憩室で着替えてから、スマホを充電する。寝転がって、ページがめくれた少年マンガをパラパラめくった。しかし、何も頭に入ってこなかった。ミックが「十万貸した」と、衆目の中で言い張るのが怖かった。本当に借りたような気がしてきて、ミックから逃げ回りたくなる。ミックが下で待ち伏せていたら、と思うと不安でならなかった。

やがて店が終わったらしく、どやどやと足音がして男たちが上がって来た。チーフと山本、そしてクマの三人だ。真由は慌ててスマホの充電器を外した。

「お疲れ様です」

真由の言葉に頷くだけで、三人はそそくさと着替えて出て行った。おそらく木村に何か言われているのだろう。

さらに待つこと三十分。時刻はすでに午前一時だ。ようやく片付けや仕込みの終わった木村が、休憩室のドアを開けた。

「ごめん、待たせちゃったね」

コカ・コーラゼロのペットボトルを二本、差し出して言う。わざわざ自販機で買ってきてくれたらしい。木村は下戸《げこ》だと、クマから聞いていた。

「すみませんでした」

両膝を揃えて謝ると、木村がプシュッと音をさせてコーラの蓋を開けて、一本を真由の手に押し込んだ。

「まあ、飲みなよ」

冷たく甘い液体が旨くて、真由は一気に半分飲んだ。ジュースやコーラは真由には贅沢で、飲みたくても飲めない。

胡座《あぐら》をかいた木村が、灰皿を引き寄せて煙草に火を点ける。

「あのさ、何があったのか教えてくれないかな。真由ちゃんは、いつも家に帰らずに街にいるから、ああいう変なのに引っかかるんだよ。そもそも、何であいつと知り合ったの？」

「バイトの後、道玄坂を歩いていたら、若い男の人に声をかけられたんです」

「ナンパ？」

間髪入れずに、木村が訊く。目付きが鋭い。

「いえ、何かスカウトの人みたいでした。そしたら、さっきのミックって人が来て、この人はスカウトだから、気を付けなきゃ駄目だよって、助けてくれたんです。それですっかり信用しちゃったんです。泊まるところがないって言ったら、一緒にカラオケでオールしようって言われたのでついて行ったら、ファミレスでオールしようって変更になって、そこにミックの友達が来て、その子が皆で住んでいるアパートに泊めてくれるということになったんです。で、最初に十万のお金が必要だって言われたから、そんなお金ないって言ったら、あのミックって人が貸してあげるからって」

「どうせ口裏合わせているだけで、現金なんか貰ってないんだろう？」

「そうです」

真由は説明するのが面倒になって、欠伸を嚙み殺した。慢性的な寝不足だから、いつも眠くて仕方がない。

「それでどうしたの」

「そのアパートに行ってみたら、同じ部屋に泊まっていた子に早く逃げた方がいいよって、言われたんで逃げてきました。そこにいると、客を取らされるって」

木村が笑った。

「その金を返すためにって言うんだろう」

「そうらしいです」

真由が頷くと、木村が声を張り上げた。

「だいたいさ、若い女が女衒《ぜげん》の真似をしてるんだから、世も末だよ。そうだろう？」

真由は適当に相槌を打った。女衒なんて言葉は知らない。そんなことより、目下の心配は今夜のねぐらと、下にミックが待ち伏せしているのではないか、ということだった。

木村は、真由と話すのが楽しいらしく、上機嫌で訊いた。

「ところで、真由ちゃんはどうして家に帰らないの？　家出少女？」

真由は苦笑して首を横に振る。

「いや、叔父さんのところが嫌なんです」

「親は？」

木村が畳みかけるように訊く。

「夜逃げしました」

「へえ、今時夜逃げか、レトロだなあ。ナニワ金融道じゃないんだからさ」

木村がおどけたので、真由はむっとした。両親のせいで自分がこんな悲惨な目に遭っているのに、自分までも嘲笑われたような気がした。

「でも、借金が返せなくて逃げたって、聞きましたけど」

木村は関心がなさそうにコーラを飲み干した。

「あのさ、今は破産なんか簡単にできちゃうんだよ。きっと親父さんたち、そういうこと知らなかったか、これ関係で揉めたんじゃない？」

木村が頬に指を当てたので、真由は怖くなった。

「知らないです」と小さな声で呟く。

木村が立ち上がった。

「じゃ、遅いから帰るよ。真由ちゃんはここに泊まっていきなよ。まだ、あいつがいるかもしれないし、どこにも行くとこないんだろう？」

こくんと頷くと、分厚い手で肩をぽんと叩かれた。

「一人で大変だろうけど、頑張れよ。俺も応援するからさ」

「クビにならないですか？」

おずおず訊ねると、木村がギョロ目を剝いた。

「そんなことできねえよ」

「よかった」と呟くと、木村が満足そうに笑った。真由は、休憩室に泊まることができて、ほっとしている。

「ここは朝の十一時近くまで誰も来ないから、安心してなよ。じゃ、おやすみ」

木村がやっと出て行った。真由はほっとして、煙草臭い部屋の空気を入れ換えた。その時、通りを見下ろしたが、ミックの姿はどこにもない。街のネオンも消えかかって、人通りが絶えていた。真由は再びマンガ雑誌を枕にして、そそけた畳の上に仰向けになった。

しかし、その夜、真由は何度も目を覚ました。もしかすると、木村が何か理由を付けて戻ってくるのではないか、と不安だったのだ。が、それは杞憂《きゆう》で、誰も部屋には入ってこなかった。

浅い眠りを繰り返して、ようやく起きたのは、朝の八時だった。断続的ではあるが、カラオケの個室でもなく、マックの椅子の上でもなく、はたまた叔父の「家」の二段ベッドの横の煎餅《せんべい》布団でもなく、久しぶりに一人で惰眠を貪った気がして、真由は満足だった。

9

ゲン兵衛のバイトは午後三時からだが、開店前の十一時から手伝うつもりだ。真由は近所のマックに行って朝飯を食べた。休憩室に戻って来ると、クマが来ていた。

瘦せて姿勢の悪いクマが、真由の通学鞄に触っている。

「やめて、触んないでよ」

真由が怒ると、振り向いて驚いた顔をした。

「真由ちゃん、ゆうべここに泊まったの？」

「うん、木村さんが泊まってもいいって言ってくれたの」

「無事だった？」と、せせら笑う。

「馬鹿」

真由は、クマの貧相な背中をど突いた。背骨が手に当たって痛かった。

真由にど突かれたクマが、黄色い乱杭歯《らんぐいば》を剝き出して嬉しそうに笑った。

「だって、ヤバいでしょ」

「木村さんは、あたしが行くところがないから、親切に言ってくれたんじゃないの」

「いやあ、そりゃ、ヤバいでしょ」と、にやにやする。「真由ちゃんには、まだわからないだろうけどさ」

「何がわからないの？」

真由は苛立って訊いた。いつも木村に怒鳴られている若いクマには、弟に対するように、何でも対等にものが言えた。

「へへへ」と、クマは卑しい表情で笑った。「男の気持ちが」

「だって、木村さんて、おじさんじゃん。うちのお父さんくらいの歳だよ」

口にした途端、嫌な気になった。真由の父親は、四十三歳だ。木村もそう変わらないだろう。そんな歳の男が、高校一年の自分に興味を抱いていると思うだけで、気味が悪い。

「馬鹿だな。隙あらば、に決まってるよ。気を付けた方がいいよ」

覗かれたりするのではないか、と不安だったのは確かだが、木村のような男に抱かれることを想像すると、嫌悪感で怖気《おぞけ》が走った。

「うわっ、気持ち悪い」

「言ったじゃねえか。あいつ、ロリだって」

クマがにやにやしたまま、真由が枕にしていたマンガ雑誌を数冊、自分のリュックサックに突っ込んだ。置いてあった携帯の充電器も入れる。その充電器は、真由が使わせてもらっていたものだ。

「あ、充電器。ここのじゃないの？」

「違《ちげ》えよ、俺んだよ。使いたい？」

どうやら、自宅で充電するのがもったいないので、ここでしていたらしい。

「いいよ、もうしたから」

「何だ。結構図々しいじゃねえか」クマが苦笑する。

「図々しいのは、クマさんの方じゃない。あたしの鞄に触らないでよ」

クマは急に不機嫌な顔になった。

「別に盗もうと思ったんじゃねえよ。何でこんなところに通学鞄があるんだろう、と思って見てただけだよ」

「それならいいけどさ」と、肩を竦める。

「あのさ、俺、今日で店辞めるつもりなんだ。もう来る気ないからさ。真由ちゃんともお別れだね」

真由は衝撃を受けた。クマがいなくなったら、この店で誰と話せばいいのだろう。木村、チーフ、山本の三人になったら、無駄口を叩く相手がいなくてつまらない。

「辞めちゃうんですか？」

「何だよ、急に敬語になって」クマは苦笑いした。「もう辞める。あいつら、俺に怒鳴るばかりで頭に来た。だから、荷物取りに来たの」

真由は落胆して、畳にぺたんと座り込んだ。

「俺とまともに話してくれたの、真由ちゃんだけだよ。後はみんな、顎でこき使いやがってさ。あいつら、死ねばいいのに」

クマは憎しみも露わに、鴨居のハンガーにそれぞれ掛かっている調理服を睨み付けた。

「この後、どうするの？」

真由は、縋《すが》るような気持ちで訊ねた。

「ちょっとのんびりしてから、仕事探す」

「何の仕事？」

クマは、少し躊躇いながら、恥ずかしそうに喋った。

「俺、本当はウエディング・プランナーになりたいんだよ」

それがいったいどういう仕事かわからず、真由は首を傾げた。クマは、打ち明けたことを後悔したように口を歪める。

「ここのラーメン、ゴキブリでダシ取ってるらしいって、食べログに書いてやろうと思ってんだ」

「そんなの書いたら、ばれちゃうじゃん」と、真由は笑った。

「んなもん、ばれねえよ。ばれたって、どうってことねえよ」

クマは、ポケットからスマホを出して時刻を確かめた。

「そろそろ行かなきゃ、あいつら来るしな。真由ちゃん、じゃあね」

クマが身を翻したので、真由は慌ててクマのTシャツの裾を引いた。

「待って」

「何だよ。伸びるだろう」

クマが冷酷な仕種で、真由の手を振り払う。真由はそれでも粘った。

「LINEかメアド教えてよ」

LINEを交換すると、少しほっとした。昨日の朝、別れた少女のように、「誰かのうちに行く」と言ってみたかった。だが、縁の切れたクマは、急によそよそしくなったから、頼りにならないだろう。

クマが出て行った後、真由は自分の充電器を出して、誰かが出勤してこないうちにちゃんと充電することにした。

クマが突然店を辞めたことは、あたかも最初から決められていたことのように、まったく問題にならなかった。木村は、真由を十二時間勤務のシフトに入れた。真由は、厨房での皿洗いもさせられることになったので、仕事はきつくなったが、バイト料が上がるので嬉しかった。賄いは、五時の一回のみだから、昼休みはコンビニで何か買って、二階の休憩室で食べた。

木村は相変わらず、休憩室を真由のために貸してくれていたので、居場所のできた真由は、ほとんど外に出ずに過ごした。渋谷の街には、ミックやしおりが彷徨っているかもしれないし、家出した自分を捜す誰かが待ち受けているかもしれないからだ。自分は、叔父夫婦に泥棒呼ばわりされているのだから、何をどう言われているか、わかったものではない。

しかし、誰も真由を訪ねてはこず、真由は平和な日々を過ごすことができた。時々、銭湯で熱い風呂に浸かり、コインランドリーで洗濯もした。スマホでニュースを見て、ＹｏｕＴｕｂｅで動画を眺めれば、テレビなんかなくても、楽しく暮らすことができるのだった。金も少し貯まった。

七月に入った土砂降りの夜のことだ。

クッションを枕にして、毛布の上に寝転んだ真由は、スマホの小さな画面でテレビ番組を眺めるのに疲れて目を閉じた。いつの間にか、部屋の照明を点けたまま寝入っていたらしい。誰かが照明を消した音で、いったん目が覚めた。

だが、寝ぼけていて、自分が育った家の自室で寝ているような気がしていた。よく母親が、「点けっぱなしになってるよ」と、真由の部屋の照明を消してくれたからだ。

「ありがとう」

礼を言ってから夢だと気付き、ついで部屋の空気が湿っぽくなったような気がして目が覚めた。窓を閉めたはずなのに、外気が入ってきているのはどうしてだろう。

その時、強い酒の臭いがした。部屋の中に、黒い影が立っているのに気付く。酔った男が休憩室に入って来たとわかった瞬間、恐怖でパニックになった。声が出せず、体が縮こまる。

それでも起き上がってスマホを手にしようとした瞬間、男がいきなり真由に覆い被さった。重い体重で、息もできない。何とか声を出そうとしたら、口を分厚い掌で押さえられた。男は左手で真由の口を押さえ、右手で素早く真由が着ていたTシャツをめくった。パジャマ代わりのジャージも引き下ろされて、たちまち裸にされる。

レイプされるんだと思ったら、頭の中が真っ白になった。中学生の頃、同級生の男子とふざけてキスをしたことはあったが、セックスをしたことはない。がたがた震えると、男が低い声で命じた。

「力を抜けよ」

チーフの声だった。常に黙礼するだけのおとなしい男が、自分を襲うのか。真由は泣きながら抵抗したが、相手は中年男だ。抵抗するだけ無駄だった。一発頰を張られたら、諦めるしかなかった。真由は長い時間、痛みと恐怖に耐えていた。

「調子に乗るからだ」

チーフが休憩室を出て行った後、真由はしばらく呆然として動くこともできなかった。これがレイプというものなのか。踏みにじられた心と体が元に戻ることは、もう二度とないように思えて、涙が止まらなかった。

店でチーフに会うのが耐えられず、真由は荷物を持って休憩室を出た。スーパーで買った枕代わりのクッションも毛布も不潔に感じられて置いて出た。

午前中は、マックの椅子に深く腰掛けたまま、動けなかった。午後になってから、思い切って店に向かう。木村に、昨夜のことを言い付けてやらねば気が済まなかった。それに、一週間分の給料も貰っていない。

店は満席だった。木村とチーフと山本の三人が厨房で忙しく立ち働き、どこで雇ったのか、中年女が一人、客の間を行き来していた。

真由は木村と目が合ったので、外から会釈した。木村が無視したので、勇気を出して店に入って行く。「らっしゃい」と、山本が叫んでから、真由に気付いて、ちらりと木村を見遣った。

木村は気付かないふりをして、チャーシューを切っている。チーフは何食わぬ顔で、丼鉢に汁を注いでいた。その横顔を見ているうちに、真由はどうしたらいいかわからなくなってきた。自分でも抑えられない憤怒が渦巻いているのだが、同時に、平然としている男たちに恐怖も感じるのだった。立ち竦んでいると、給仕の女が言う。

「あちらの席にどうぞ」

「いや、木村さんに用事があるんだけど」

「大将に？」と、女が振り返る。「今忙しいから無理ですよ」

「じゃ、お給料くださいって言っておいて」

真由はそう言って、店を出た。「ゲン兵衛」という赤い看板の前に立って、スマホを覗いていると、木村本人が出てきた。

「ほらよ」と、いきなり万札を五枚ばかり手に握らされた。

「足りないです」

驚いて抗議すると、木村が店を振り返りながら答えた。

「でもさ、真由ちゃんは休憩室を宿代わりにしてただろう。寮費ということで、少し引かせてもらうよ」

そんな約束はしていなかったのに、と思ったが仕方ない。真由は厨房の中にいるチーフの横顔を睨んだ。

「チーフが、昨日の夜、入って来たんです」

訴える端から悔し涙が出てきた。木村が目を背ける。

「そんなことでもないと、あんた、出て行かねえだろう。俺はたまにならいいという意味で言ったんだ」

驚いて木村の顔を見上げる。チーフの『調子に乗るからだ』という台詞《せりふ》が蘇って息が詰まった。

「わざとやったんですか」

涙が溢れて声にならなかった。

「何のことだかわからねえな」

木村が店の中に戻って行く。手の中にある万札を投げ返したかったが、それもできずに握り締めた後、自分がとてつもなく嫌いになった。

体が痛かった。生理痛や腹痛とも違う、物理的に傷付けられた痛みだ。道玄坂沿いのファミレスには、ミックやしおりがいるかもしれないから、真由は宮益《みやます》坂の方にあるカラオケに行って、個室で身を横たえた。

トイレに行く時、中年男が向こうから歩いて来たので、顔を強張らせた。その表情が癪《しゃく》に障ったのか、男に絡まれた。

「おまえ、俺の顔を見て、嫌な顔をしただろう。何だよ、文句付ける気か？」

口を利くのも億劫《おっくう》で首を振ったが、男は男で鬱憤が溜まっているのか、容赦がなかった。

「何だよ、口くらい利けよ。この野郎。偉そうにするんじゃねえよ」

真由は顔を背けることしかできなかった。すると、少女の声がした。

「すみません。この子、ちょっと具合悪いんです」

少女が真由の手を取った。乾いてがさがさした手だった。

「ちょっと待てよ」

「すみません。許してください」

少女がぺこぺこと謝り、男は何とかおさまったようだ。少女が手を取って、個室に連れて行ってくれた。真由はなされるがままになっている。

「ねえ、大丈夫?」

頷いて顔を見ると、同じくらいの年格好の可愛い少女だった。

「ありがとう」

「いいよ。あいつ、ヤバかったね」

少女が煙草をくわえて、物憂い表情をする。

「しばらく一緒にいてもいいかな」

真由が遠慮がちに訊くと、少女は真面目な顔で答えた。

「いいよ。あたしはリオナっていうの。よろしく」

「あたしは真由」

「真由、具合悪そうだね」

リオナが気の毒そうに溜息を吐いた。

第二章　リオナ

1

真由という子は、ひどく傷付いて怒っているように見える。それで自棄《やけ》になってるっぽいから、あんな昼間っからカラオケの個室で惰眠を貪っているオヤジの苛立ちを誘ってしまうのだ。「オメー、何か文句あんのかよ」ってヤツだ。

そんな男たちは、たくさん見てきた。本当は、いつも自分が後ろ指差されて、悪口を言われているんじゃないかとびくびくしている、小心者の被害妄想系オヤジたちだ。

あいつらが、自分たちを見る目つきと言ったら、イヤらしいなんてもんじゃない。頭が弱くて文句なんか言えないくせに、お小遣いだけ欲しがる図々しい女たち、と思っている節がある。

それに、憎しみさえ感じさせる男もいる。そういう男は、若い女というだけで得をしている、と思ってる。冗談じゃねーよ、あほ。弱い者イジメすんじゃねーよ。

リオナは、俯《うつむ》いたまま一向に口を開かない真由の前で、煙草を吸いながら、そんなことを考えていた。

真由は、十七歳の自分と同じ歳か、いっこ下くらいだろうか。小さな顔にショートカット。低い鼻がちょっと上を向いているから、愛嬌のある顔をしている。けど、まだ全然あどけない。

背はひょろっと高くて痩せ型。でも、骨格はしっかりしていて、いいうちの子っぽく見える。自分と違って、栄養のある食事をしてきた感じだ。

灰色のTシャツには、黒い字で大きく「ONE」と書いてある。ちょっと子供っぽいデザインだ。それに、ユニクロかどっか、ファストファッションのスキニー・ジーンズ。白いスニーカーは、誰かに踏まれでもしたみたいに、紐も爪先も黒く汚れている。

見るからに普通の女の子だけど、自分には、真由がどこにも行く当てがないことがわかる。少し薄汚くなってきているし、リュックサックを持った上に、通学鞄を肩に掛けてカラオケの個室にいるなんて、あり得ない。部活で忙しい健全な女子高生のわけはない。

「さっき、ありがと」

真由がようやく顔を上げて礼を言った。声が消え入りそうだった。

「いいよ、たいしたこっちゃないもん」

「でも、あんなこと言われるなんて、思ってもいなかったから、何かあたし、頭にきちゃって、どうしたらいいか、わからなかった」

真由が、ぽつぽつと浮かぶ言葉を、必死に掻き集めて無理に繋いだようにして喋った。他人とあまり話したくないのだろう。

「わかる。あいつ、何か女に恨みがある感じで、ヤバかったよね」

真由が頷《うなず》いた時、頬骨のあたりに微かな痣《あざ》があるのに気が付いた。

「そこ、どうしたの？」

リオナが指差すと、真由の表情がさっと曇った。頬骨を隠すように手で押さえたまま、答える。

「何でもない」

「殴られた？」

真由は横を向いたまま、答えなかった。その目に、じわじわと涙が浮かんできそうだったから、リオナは目を背けた。間違いないと思ったが、敢えて詳しくは訊かない。殴られたことなんか、無数にあるから、頬骨の痣が殴られた痕であることくらい、すぐにわかるのだ。殴った相手は、たいがい男だ。男の力は強いから、本人はそんな気がなくても、女の子の柔らかい皮膚には、すぐ傷が付いてしまう。

「痛そうに見えるよ」

リオナが新しい煙草に火を点けながら呟くと、真由が首を横に振った。そのことは訊かないでくれ、という意思表示なのだろう。

「そう、ごめんね。余計なこと聞いて」

「いいの。ねえ、名前、何て言ったっけ？」

「リオナ」

「リオナ？　どういう字？」

「適当。カタカナでいいよ」

何となく響きが好きだから、リオナと名乗っているだけで、どうせ本名じゃないんだから、どんな漢字を当てはめられようと、どうでもいいのだった。

「あたしの知ってる子はね、理科の理に、中央の央、奈良の奈だった」

真由が思い出すように言う。見るからに、勉強が好きそうで理屈っぽそうだ。こういう子は、とかく生意気に見えて損をする。男の嗜虐《しぎゃく》性をかきたてるのだ。

「へえ、そうなんだ」

何の関心もないリオナは、生返事をする。真由にも名前の漢字を訊いた方がいいかと思い、一応口にした。

「真由は、どういう字なの？」

「真実の真に、自由の由」

真由は言い慣れているらしく、すらすら答えた。

「じゆうのゆう」

ぴんとこなくて繰り返すと、真由が中空に指で文字を書いた。

「ほら、田んぼの田の上が出るの」

「ああ、そっかそっか」と、照れ笑いで誤魔化す。しばらく沈黙があった。リオナは、ポテトチップスの袋を真由の方に向けた。

「これ食べない？」

真由が首を振る。

「要らない。あまり食欲ないから」

「あ、そう。わかった」

リオナが袋を引っ込めると、真由が頭を下げた。

「ごめんね、親切に言ってくれてるのに」

「いいよ、いいよ」

真由が立ち上がって、ドアの外を窺《うかが》った。

「さっきのヤツ、もういないよね？」確認した後、ドアを開けてリオナに言った。「じゃ、あたし、自分の部屋に戻る」

「うん。じゃね」

リオナは手を挙げた。真由は「ありがとう」と小さな声で礼を言って、個室を出て行った。

数時間後、トイレでばったり真由に会った。真由は洗面所で顔を洗っているところだった。小さなタオルハンカチを使って、顔を拭いている。頬骨の痣のあたりは、注意深く避けていた。

「まだいたんだ。会えてよかった。さっきはありがとう。少し寝たら、元気になった」

口数が多くなっている。本当に元気になったのだろう。

「そう。あいつに会わなかった？」

「うん、大丈夫だった」と、真由は笑ってみせた。

リオナがトイレに行って出てくると、真由が待っていた。

「あのさ、よかったら、一緒に何か食べに行かない？　あたしがご馳走するから」

そんなことを言われたことがないから、リオナは驚いた。

「ご馳走してくれるの？　どうして？」

「リオナ、優しいから」

真由が照れたように言って笑った。


道玄坂方向には行きたくない、と真由が言うので、リオナは宮益坂にあるチェーン店の定食屋に誘った。リオナは魚の煮付け定食、真由は鶏の味噌焼き定食を頼んだ。

真由はこんな店があることも知らなかったらしく、「お味噌汁が飲みたかったんだ」と嬉しそうに言う。

「ねえ、何で道玄坂の方には行きたくないの？」

リオナが訊くと、真由は苦い顔で話し始めた。

「あたし、ミックっていう女の人に騙《だま》されたことあってね。最初、リオナもそういう人かと思ったの。道玄坂の交差点で、若い男の人が声をかけてきたの。何も知らないで話していたら、女子高生の制服みたいな格好をした人が来て、『そいつはスカウトだから気を付けて』みたいなことを言って、助けてくれたのね。お金を貸してくれて、部屋に住めるようにしてくれるっていうから、すごく嬉しかったんだけど、そのミックって人は、実は二十五くらいで、あたしたちみたいな子を騙して、ひとつの家に集めては、ウリをさせてたらしいの。それで逃げてきたんだけど、金返せって言われて」

真由がたどたどしく説明するのを聞いて、リオナは頷いた。そんな手合いはいくらでもいるし、たくさん見てきた。ミックという女も、きっと見覚えがあるだろう。

「そんなの返す必要ないよ。それで道玄坂に行きたくないんだね?」

まあね、と真由が少し曖昧な顔をしたからには、何か他にも理由があるっぽい。

「そのスカウトのお兄さんだけどさ。ヨネダっていう名前じゃね?」

リオナが訊くと、真由は首を横に振った。

「名前は覚えてないんだけど」

「体が細くて、黒い髪がやけに多いんだよ」

「ああ、それなら多分その人だと思う」と、真由がようやく笑った。「確かに髪の毛が多かったもん」

「ヨネダはスカウトだけど、そう悪いヤツじゃないよ。割と親身になってくれるって、知り合いが言ってた」

でも、スカウトした女の子にすぐ手を出すし、無慈悲に女を売るけどさ、とリオナは思ったが、それは真由に言わなかった。

「親身ってどういうこと?」

「恋愛相談に乗ったり、仕事探しているって言ったら、一緒になって探してくれて、いい条件の交渉もしてくれたりもするらしい」

「へえ、知らなかった」真由が浮かない顔で言った。「でも、仕事って、ＪＫビジネスってヤツでしょう?」

「そうだよ。あたしもやってるよ」

リオナが何気なく言うと、真由は驚いた様子だった。

「それってどんなことするの? 危なくない?」

「危なくないことはないよ。でも、あまり金にはならないよね。だから、いろんなオプションを付けるの」

「それって、どんなこと?」

「例えばさ、スカートめくって、ちらっとパンツ見せたり、頬っぺたに触らせてあげたり、腕を組ませてあげたりとか、いろんなことをさせてあげるんだよ。それで、一回につき二千円くらいずつ貰うの」

「リオナは可愛いから、もっとすごいことやりたがる人がいそうだね」

そう言った後、真由が何かを思い出したように、ぞくりと身を震わせた。リオナははっきり言った。

「そりゃ、危険なこともあるよ。レイプされた子も大勢知ってる」

「悪いけど、あたし、そういうのできない。男って生き物が気持ち悪いの」

リオナは思い切って訊ねた。

「ねえ、何があったの。よかったら教えてよ」

ようやく重い口を開いた真由が、ぽつぽつと話してくれたことは、ほぼ予想通りの出来事だった。しかし、店ぐるみの悪質な企みぶりには、リオナも驚いた。

「道玄坂に行きたくない一番の理由はそれなんだね。酷いラーメン屋があるもんだ」

「そう。ほんとに殺してやりたい」

呟く真由の目に、憎しみと悔しさが宿っている。

「警察に行ったらどう？　立派な犯罪じゃんか」

「それも考えたの。行こうと思ったけど、家出してきたから連れ戻されると思った」

「連れ戻されると困る事情があるわけ？」

「当たり前じゃん」と、真由。「叔父さんの家なんだ。二度と帰りたくない」

リオナは真由の顔を見ながら訊いた。

「ねえ、真由は殴られてレイプされてどう思った？」

「はっきり言って、思い出したくなんかないよ。抵抗してたら、二回くらい頰っぺたを打《ぶ》たれた。痛かったし、人に打たれたことなんかないから、ショックだった。それに、殺されるんじゃないかと思って、すごく怖かった」真由の声が震えたと思ったら、とうとう涙が頬を伝った。「初めてだったのに、あんなおじさんにやられちゃって、すごく嫌だ。ともかく気持ちが悪い。自分がすごく汚れた気がするの。ごしごし洗っても、何をしても消えない感じ。これで妊娠なんかしちゃったら、どうしたらいいんだろうって」

「わかるよ。それに、痛かったでしょ？」

「うん、痛かった。死ぬかと思った」

リオナは急に食欲をなくして、煙草に火を点けた。気が付くと、真由が真剣な顔でリオナを見ていた。

「リオナは、そういう経験ないの？」

真由には答えられないまま、リオナは窓ガラスに映った自分の顔を見つめた。自分にそっくりな顔をした、母親のことを思い出している。

2

リオナの本名は、田尻涙華《たじりるいか》という。小学生の頃から、「涙華」という名が嫌で仕方がなかった。いわゆるキラキラネームとも違い、「おまえの名前って、キャバ嬢みたいだな」と、男の子にからかわれたことがあったからだ。

のだろう。

男の子だったら、「泥門」と書いて、デイモンと呼ばせるつもりだった、と母親から聞いて、リオナは男の子でなくてよかったと思った。涙だの泥だの、リオナの母親・睦美《むつみ》は、子供にそんな名前を付けるような女だった。要するに睦美は幼く、何も考えていなかったのだろう。

睦美は、十七歳でリオナを産んで、高校を中退して相手と結婚した。ちょうど自分と同じ歳の時に、母親は妊娠・出産を経験したのだと思うと、本当に馬鹿な女だと軽蔑の念が湧いてくる。

睦美は、まだ三十四歳だ。年齢を偽って、桜木町《さくらぎちょう》でホステスをしているらしい。らしい、というのは、もう何カ月も連絡を絶っているからである。

リオナの実の父親は、睦美の二歳年上で、近所に住んでいるヤンキーだった。二人は、小学校、中学校と同じ学校に通った。睦美が言うには、父親と特に親しく口を利いたことはなかったが、横須賀の花火大会で偶然出会って大いに盛り上がり、それから、付き合いが始まったのだそうだ。

リオナが小学生の頃、母親のプリクラを見たことがある。ウエストでたくし上げて丈を超ミニにした高校の制服のスカートに、白いだぶだぶのルーズソックス。金髪に染めた髪を真ん中から分けて、いきがっていた。

可愛い顔をしているので、横須賀の町では有名だったらしく、父親は睦美に夢中だったと聞いた。

しかし、十九歳の父親は、「超」が付くほどの馬鹿で子供だった。思うようにならないと、すぐにキレて怒鳴り、睦美に手を上げた。睦美は喧嘩するたびに殴られて、顔に青痣を作っては、実家に戻るようになった。

ところがよくしたもので、睦美を「助けてやる」という新しい男が現れた。風俗店の呼び込みをしているような男だったのに、睦美は渡りに船とばかりに離婚すると、リオナを連れて再婚してしまった。

リオナの父親は、しばらくは未練たっぷりで、ストーカーまがいのことをしていたようだ。しかし、母親の新しい男は、実はヤクザと繋がっているような、ろくでなし中のろくでなしだった。

「二度と来るな。殺すど」と、男に脅されて、父親は怯え、睦美には近付かなくなったが、新たな問題が生じることになった。

新しい男は、父親と違って無口な分、口で罵ることはせずに、すぐに手が出るタイプだったのだ。

リオナが物心付いた頃には、喧嘩が絶えなくなっていた。リオナは、男に殴られた睦美が、壁にぶっ飛んだり、顎《あご》を外して救急車のお世話になったりするのを見て育った。睦美がその男と別れるのに、四年かかった。

三番目の男は、おとなしかったが、女癖が悪く、さんざん睦美を泣かせたあげく他に女を作って出て行った。それが二年。よほど懲りたのか、しばらくはリオナと二人きりの平穏な暮らしが続いた。しかし、それも時間の問題だった。

やがて、また男が出来て、睦美とリオナと三人で住むようになった。その男は、睦美には手を上げなかったが、リオナを躾《しつけ》と称して、時折殴ることがあった。殴るだけなら、まだましだ。リオナが家を出たのは、中学を「卒業」した直後だった。従って、リオナは正式には義務教育を終えていない。


「ごめんね、変なこと聞いちゃって」

真由の声ではっと我に返った。リオナは指先まで焦がしそうになっている煙草を慌てて揉み消した。

「いや、べつに変なことじゃないよ。だって、あたしはそういうことはなかったし」

おまえは嘘を吐《つ》いている。自分が自分に指を突きつけているのは、わかっていた。しかし、思い出すのさえも苦痛な出来事もある。

真由は真由で、喋ったことを後悔しているようだ。苦い表情で、湯飲みに入った薄い番茶を見つめている。

「どうしたの」

リオナの問いかけに、真由は目を上げずに一気に喋った。

「あたしなんか、生きてても仕方ないんだなと思った。ほんとのこと言うと、さっきまで死んじゃおうかなと思ってたんだ」

「マジ？」

真由が、突然顔を上げた。幼い顔に苦悩が浮かんでいる。

「だってさ、その方が楽じゃん。そう思わない？」

「確かに」

リオナはそう答えて、こっそり制服のブラウスの袖口を引っ張った。リストカットした痕を、真由に見られたくなかった。

この傷は、あの時のものだ。二度と思い出したくない、あの時のこと。死んでしまうつもりで切ったのに、血が止まった時はがっかりした。手首を切るくらいじゃ、人間は簡単に死ねないんだとわかったら、自分にはどこにも逃げ場がないのだと絶望したっけ。

「でもさ、たとえ死んだって、誰もあたしのことなんか気にしてないし、悲しくも何ともないんだと思ったら、チョー寂しくて、この世にたった一人で生きてるような気がして、怖くて仕方がなかった」

真由が喋っている。言葉もしっかりしているから、勉強が好きで、本を読んで、自分で考えてきた幸せな子だったのだろうなあ、と思う。いつも母親とその男に苦しめられてきた自分とは違うのだ。

「確かに」

リオナはまた同じ相槌を打ってしまった。だが、真由は気付かない様子で、溜息を吐いた。リオナはそっと携帯で時刻を確かめた。午後五時過ぎだ。

「ねえ、真由は今日どうするの？」

真由は、鶏の味噌焼き定食の皿に少し残ったマヨネーズを、箸の先で集める作業に熱中するふりをしている。

「どうしようかな」と、やっと答えた。考えたくないのだろう。

「またカラオケに戻る？」

「そうだね。マックで時間潰してもいいし、どっちにしようか迷ってる」

「金かかるね」

「仕方ないよ。でも、例のラーメン屋で給料貰ったから、少しは何とかなる」

給料どころか、慰謝料貰ったっていいくらいなのに。泣き寝入りかよ、とリオナの方が悔しくなった。

「よかったら、あたしのとこに来ない？」

「あたしのとこって？」

真由が不安そうに訊いた。ミックとやらに騙されたことがあるので、警戒しているのだろう。

「あたしのとこって言っても、友達の部屋なんだ。泊めてもらってるの」

「あたしなんかが、行ってもいいのかな」

遠慮がちだけど、真由の目に微かな希望が宿っているのがわかる。

会ってから、まだ三、四時間しか経っていない子なのに、こんなに親切にしていいのだろうか。でも、放っておけないのはどうしてだろう。

「多分、大丈夫だよ。その人、男の人なんだけど、親切で泊めてくれるの」

「彼氏ってこと？」と、真由が片方の眉を上げて訊いた。

「正確に言えば、彼氏じゃない。だから、やっぱ友達だよ」

リオナは、秀斗《しゅうと》との関係を何と説明すればいいのだろうと思いながら、言葉を探した。秀斗が、やりたいと言えば、やらせることもあるから、男友達とも言えないけど、彼氏でないことだけは確かだ。

「だって二人きりで住んでるんでしょ？」

真由が首を傾げた。

「そうそう。要するに、たまにやらせてやって、泊めてもらってる関係なんだよ」

はっきり言ってしまって、リオナは笑った。だが、真由は昨夜のことを思い出したのか、顔を強張らせた。

「どうしようかな」

「でも、行き場所ないんでしょ？」

うん、と頷いた横顔に、深い絶望が見えた気がした。こいつ、マジで死ぬ気かも。急に不安になって、リオナは真由の腕を摑《つか》んだ。

「ねえ、会ったばかりなのに、こんなこと言うのも変だけどさ。真由、ちょっとヤバいよ。心配。だから、おいでよ。真由と仲良くなりたい」

仲良くなりたい、という言葉に驚いたのか、真由がはっとしてリオナを見た。

「ほんと？　あたしなんかと仲良くなりたいの？」

「そうだよ」と、リオナが言うと、真由は両方の頰に手を当てた。

「嬉しい」

その言葉を聞いて、リオナも嬉しくなった。生の言葉だと思った。仕事では、「嬉しい」とか「幸せです」なんて、しょっちゅう使う言葉だ。でも、真実ではない。真由が発する言葉はどれも本物だった。

「ねえ、荷物、これだけ？」

足元に置いてある、リュックサックと通学鞄を指差す。

「駅のロッカーにまだ少し入っている」

「じゃ、取りに行こう。あたしも持ってあげるから」

「ありがとう」

ようやく素直に頷いた真由を見て、リオナはほっとした。

真由が駅のロッカーから、教科書や着替えの入った紙袋を出した。それは、リオナが持ってやった。

「教科書とか持ってるんだね。真由、学校どうしたの？」

「もう行かない」真由はきっぱり言う。「行っても最低の学校で、授業なんか誰も真面目に聞いてないの。友達もできなかったし」

二人はしばらく無言で、井の頭線の渋谷駅に向かって歩いた。井の頭線が珍しいのか、真由がきょろきょろ見回した。

「その人のうちはどこにあるの？」

「駒場《こまば》東大前って駅のそば」

「その駅、知らない。行ったことない」

真由はあまり嬉しくなさそうに、呟いた。雨が降りそうな空模様だ。リオナは、空を見上げて言った。

「雨降りそう。今日は商売に行かないことにする」

「商売って、客と一緒にカラオケしたり、散歩したりするんでしょう？　雨じゃ外に行くのは嫌だよね」

いや、本当はもう街に立ったりはしないんだよ。あたしたちは部屋で客を待つし、客の待つホテルに行かされることもある。そして、いやらしいことをするんだよ。

さきほど、ＪＫビジネスの話をした時の、真由の嫌悪の表情を思い出して、リオナは正直に答えられないでいる。うん、まあねと誤魔化した。

3

秀斗のマンションは、駒場東大前駅から、国際高校の方に向かって行く。ぽつぽつと降りだした雨の中、二人して先を急いだ。

「何だか不思議だね」と、真由が言う。灰色のTシャツに、雨の染みが点々と付いているのを見ながら、リオナは聞き返した。

「何が不思議なの？」

「だって、リオナと初めて会ったのに、こうやって泊めてもらうために歩いているんだもん」

「信頼できない？」

思い切って訊いてみると、真由は激しく首を横に振った。

「そんなことない。リオナのことは、初めて会った時から信用している」

真由の洞察力と率直さに驚いて、リオナは言葉を失った。だったら、ラーメン屋の連中の邪悪さをどうして見破れなかったのか、と問いたくなる。すると、真由の方から言った。

「ゲン兵衛の大将も、ミックのこともどうしてわからなかったんだろう。でもね、あの時のあたしは、誰かに頼りたくて必死だったから、何かおかしいなと思っても、抗《あらが》えなかったんだよね」

真由は、まだ十六歳くらいなのに、「アラガエナカッタ」と難しい言葉を使う。

「わかるような気がする」

「うん、ありがとう。わかってくれる人がいるだけで嬉しいの。何か急に大人になった気がするんだよね」

いや、それは諦めが身についた、ということではないのか。リオナは痛ましい思いで、真由の幼く見える顔を見遣った。

痛ましい？　リオナは不思議だった。自分はまだ十七歳でしかないのに、どうして、ほとんど歳の変わらない真由を、そんな風に思えるのだろうか。自分は優しい人間なんかじゃないのに。

真由は、辛そうに足を引きずって歩いていた。痛む体と心。それを見た途端、リオナは心の中で叫んでいた。「おんなじじゃん！」自分の経験した道を真由が辿《たど》っていて、その傷付けられた瞬間を目撃している。

真由は、大人の男に踏みにじられた痛みを負っている。それは、どんなことがあっても、絶対に忘れない深い傷だ。傷付けた男たちには、そのことがわかっていない。

「真由、頑張んなよ」

突然言うと、真由がきょとんとしてリオナの方を見た。

「なんで？」

「あたし、わかるんだよ。真由の気持ちが」

「どうして」

「同じ目に遭ったことがあるから」

思い切って言うと、真由が突然立ち止まって、リオナの顔を見た。そして、ぼろぼろと涙を流した。両の拳を目に当てて、子供のように泣いている。

「泣くなよ」

リオナは、自分より背の高い真由の頭をぽんぽんと掌で叩いた。真由は泣きやもうとしているようだが、涙が止まらない。しゃくりあげるようにして言う。

「リオナ、可哀相」

「何言ってんの。真由も可哀相だよ」

薄暗くなった道を、向こうから二人連れの女子高生が歩いてきた。夏の制服姿に、通学鞄を持っている。ちらりとこちらを見て顔を強張らせたまま、道路の反対側に渡ってしまった。住宅街の路上で大泣きしている真由を見て、引いたのだろう。

「あたし、あいつら、絶対、許さないよ」絞り出すような声で、真由が呟く。「ぜってえ許さない。ぜってえ」

「わかってるって。やっつけてやろうぜ。あたし、手伝うよ」

「マジ？」と、真由が睨んだ。「それ、マジ？」

目が据わっていて怖い。

「マジだよ。あたしが真由の復讐《ふくしゅう》を手伝ってやる」

そう言ったら、ほっと安心したように真由の力が抜けた。そのままずるりと地面に座りそうになる。

「どうしたの。しっかりしなよ」

リオナが頽《くずお》れる腰を支えると、真由は泣き笑いのような顔をした。

「本当の味方もいるんだと思ったら、気が抜けた。ずっとさ、一人きりで生きてきたような気がして辛かったよ」

「わかってる。顔見た時、そう思った」

「リオナに会えてよかった」

そう言って、また涙を流している。

「もうちょっとだから、頑張って歩きなよ」

リオナは、真由の背中を押した。

国際高校の角を曲がると、レンガ張りの低層マンションが見えてくる。築年数は古いらしいけれど、高級に見える。

「あそこだよ」

リオナが指差すと、真由が眉根を寄せた。

「いいとこだね」と言いながらも、警戒心が仄見《ほのみ》える。「ねえ、その友達って、どんな人?」

「心配しなくてもいいよ。大丈夫だから。あたしを信用してよ」

リオナは、真由の腕に触れた。汗と雨でべとべとしている。洗っていなさそうな髪が、ぷんと臭った。本人は気付いていないだろうけど、少女ホームレスの一歩手前だ。

「リオナの彼氏じゃないってことは、一時的に泊めてもらってるだけだよね？」

真由は、まだ不安そうだ。

「そうだよ、言ったじゃん」

「じゃ、リオナの家はどこ？」

「あたしのうちは横須賀なの」

リオナは、初めて他人に実家の場所をばらした。本当のことなんか、滅多に喋ったことがないのに。

「横須賀かあ。ペリー上陸だね」と、クイズ番組のように真由が答えた。

「よく知ってるね。おめー、優等生だな」

ふざけて言ったのに、真由は悪びれない。

「まあね」

こういう天真爛漫なところも、男からすれば生意気に見えて苛《いじ》められるのだ。世慣れたリオナは、何も気付かない真由が可哀相になる。

「これから行くマンションの人ね、トーダイの学生なんだよ」

そう言って、真由の反応を見たが、真由は、「へえ、そうなんだ」と言ったきりで、驚きもしなかった。リオナは、次の言葉を呑み込む。

秀斗は、もとはあたしの客でJK好きなんだよ、と。でも、そう言ったら、真由はきっと嫌がるだろう。しかも、秀斗のあの変な癖を知ったら、気持ち悪がって出て行ってしまうかもしれない。心配だったけれども、他に行き場がないのだからしようがない。

秀斗の部屋は、三階の東南にある角部屋だ。カメラの前で部屋番号を押すと、すぐにオートロックのガラスドアが開いた。三階の部屋の前でインターホンを押す。

すぐにドアが開けられて、秀斗が顔を出した。いかにも栄養がよさそうな、丸く肉が付いた顔と体。色白で、黒縁の眼鏡をかけている。ふやけた感じのミントグリーンのTシャツに、黒いジャージのハーフパンツ姿だ。この格好以外、見たことがない。いったいどんな格好で大学に行くのか。秀斗は東大の教養学部に通う二十一歳の学生だ。

秀斗は、廊下の暗がりに、真由が立っていることに気付いて驚いている。

「この子、友達なの。入れてあげてよ」

リオナは一気に言って、先に部屋に入った。秀斗は呆気にとられた顔をしたが、何も言わない。いや、言えないのだ。リオナは、一向に動こうとしない真由の手を取って、中に引き入れた。

「すみません、お邪魔します」

真由が、まるで部活の中学生みたいに、礼儀正しく一礼した。

「この子、真由って名前。どこにも行くとこがないから、秀斗、泊めてやってよ」

「うん、いいけど」

秀斗は一瞬戸惑ったようだが、無印良品のスリッパを揃えて真由に差し出した。こんなところは、いいうちの子っぽい。もちろん、リオナはスリッパなんか履かずに、ずかずかとフローリングの床を歩いて行く。真由がスリッパを履こうとしたが、恥ずかしそうに言うのが聞こえた。

「あの、靴下が汚れているので、ここで脱いでもいいですか?」

「どうぞ」

秀斗が困ったように小さな声で返事した。二人とも、遠慮しちゃって、幼稚園のガキみたいだ。リオナはそのままリビングに行って、ソファに座った。真由が後からついて来たが、驚いた顔で部屋を見回している。

2LDKで、リビングは十二畳くらいある。ふたつ部屋があって、ひとつは秀斗が寝室兼ゲーム部屋に使っていて、もうひとつは納戸みたいになっている。リオナは、そこで寝かせてもらっていた。

「何か飲む?」

秀斗が、真由に気を遣っている。真由が、どうしたらいい? という風にリオナを見たので、秀斗に命じた。

「リオナは、コーラ飲みたい。真由もそれでいいって」

秀斗がロボットみたいに、くるりとUターンしてキッチンの隅にある冷蔵庫に向かって行く。驚いた顔をする真由に、リオナは囁いた。

「秀斗にはね、命令してやるといいよ。喜ぶの」

わけがわからないという風に、真由が首を傾げたが、リオナはソファに座って、断りもせずにリモコンでテレビを点けた。たけしの出ているバラエティ番組をやっていた。真由が横に来て浅く腰掛ける。行儀が良かった。

「秀斗はね、新潟から来たんだって。お父さんがすげえ金持ちなんだってさ。薬局のチェーン店やって儲かってるんだよ」

「へえ、いいな。羨ましい」

真由ががらんとしたリビングを見回して言った。この部屋で目立つのは、大型テレビと大型冷蔵庫だけだ。その冷蔵庫から、秀斗が缶コーラを三本出している。

ドアの隙間から隣の部屋が見える。机の上のパソコンで、スクリーンセーバーがゆらゆらと揺れている。ゲームでもしていたらしく、パソコンの前には、カップ麺の殻や、スナックの袋が散らかっていた。

「秀斗、ポテチある？」

リオナはポテトチップス中毒だ。コーラとポテトチップスだけで生きていると言ってもいい。

「あるよ」秀斗が冷蔵庫の横にあるレジ袋を覗《のぞ》いた。

「何味買ったの？」

「コンソメ」

「何でだよー」リオナは唇を尖らせて怒鳴った。「リオナはさ、しょうゆマヨが好きだって言ったじゃんか。何で買わないんだよ」

「ごめん」

秀斗が項垂《うなだ》れるのを見て、もっと言ってやった。

「何であたしの言うこと、すぐに忘れちゃうんだよ。駄目じゃん。トーダイなんて嘘だろう。頭悪いじゃん」

「ごめん」

秀斗の声がだんだん小さくなるに従って、隣に座っている真由が、いたたまれない様子で身じろぎしているのがわかる。泊めてもらうのに、こんな態度を取っていいのか、と焦っているのだろう。

「じゃ、コンソメ味でいいから、持ってきてよ」

秀斗が、素直にコーラとポテトチップスの袋をローテーブルの上に置いた。リオナはポテトチップスをパーティ開けにして、真由の前に置いた。

「食べようよ」

秀斗がちらりと真由を窺っているのに気付いて、リオナは命令した。

「秀斗、お風呂溜めてきてよ。真由が入りたいってさ」

おとなしく風呂場に向かう秀斗の背中を見ながら、真由に説明する。

「あいつ、あたしたちが偉そうに命令しないと退屈するよ。退屈すると追い出されちゃうから、あんたもいたいなら、威張ってやんな」

真由が口を半開きにしたまま、首を傾げた。

「どういうことか、わかんない」

「どMなんだよ、どM」

秀斗が戻ってくる前に、真由の耳に囁いた。

「ええっ、めんどっちい奴」と、真由が言ったので、リオナは笑い崩れた。

そう、確かにめんどっちい。でも、こうしてやんないと、居場所がない。どうやったら、自由に好きに生きられるんだろう。自分も真由も何も持っていないんだから。

「じゃ、真由に見せてやるよ」

「何を？」と聞いてくる真由の声は無視する。

「入れてきた」

手持ち無沙汰に突っ立っている秀斗に、リオナが言った。

「ああ、リオナ沢庵《たくあん》食べたいなあ。ある？」

「あるよ。持ってくる」

秀斗が嬉々として、冷蔵庫から沢庵が並んだ白い皿を持ってきた。ラップを取って割り箸を添えて、リオナに渡してくれる。さあ、ゲームの始まりだ。リオナは、割り箸で沢庵を一枚取り、口の中に入れた。ぽりぽりと噛んでから、箸でぐちゃぐちゃになった沢庵を取り出して、秀斗の顔の前に差し出す。

「はい、あーんして」

秀斗が犬のように口を開けた。その中に、咀嚼《そしやく》した沢庵を入れてやった。唾液が垂れている。振り向くと、真由が啞然として見ていた。

秀斗は、リオナの咀嚼した沢庵を味わい尽くすようにしてから吞み込んだ。数枚食べたら、喉が渇いたらしく、コーラを飲み干した。

「真由もやってあげなよ」

リオナは真由の脇腹を肘で突いて、割り箸を渡そうとした。だが、真由は気味悪そうに見ているだけで、箸を受け取ろうとしない。

「えっ、やだよ」

真由の小さな拒絶の声が、秀斗には聞こえたようだ。秀斗が、真由の方に向き直った。

「すみません、お願いします」

その乞うような表情に、真由が驚いている。

「あたしもするの?」

「そうだよ。ぽりぽり嚙んでから、それを秀斗にやればいいだけだよ。簡単じゃん」

リオナが言っても、真由はいやいやと拒絶する。

「やだ。そんなこと、したことないもん」

「お願いします」

秀斗が土下座したので、真由が慌てて制止している。

「そんな、お辞儀なんかしないでください」

リオナは苛々して、真由に囁いた。

「それもゲームなんだってば」

真由は、どうしてわからないんだろう。リオナは、まだ「いい子」でいる真由に呆れた。見も知らない女の子を泊めてくれて、風呂も貸してくれて、冷蔵庫に入っている冷たい飲み物も飲ませてくれるっていうんだから、何でもしろよ、真由。そう怒鳴りたくなる。

とうとう観念したらしく、真由が箸で沢庵を摑んで口に入れた。数回噛んでから、箸で沢庵を取り出す。透明な唾液が垂れた。

「ありがとうございます」

真由は、秀斗が口に入れるのを見ないようにして目を背けている。

「もう一回やって」

リオナが指示すると、真由は素直にもう一枚、沢庵を口に入れた。秀斗の満足そうな様子に、リオナは安心する。この分なら、二人でしばらく居候していても平気だろう。

「秀斗、風呂借りるよ」

沢庵の儀式が終わった後、真由を風呂場に案内した。歯ブラシとデンタルフロスくらいしか置いていない殺風景な脱衣場に、立派なドラム式の洗濯機があるのを見て、真由が目を輝かせた。

「これ、使わせてもらってもいいかな」

リオナは首を振った。

「ちょっと待って。明日の様子を見てからにして」

「まだ何かするの？」

不安そうな真由に、リオナはリビングを振り返った。秀斗は、ゲームのためにパソコン部屋に戻ったらしく、姿がない。

「洗濯は勝手にできないの」

「何で駄目なの？」と、真由が訊いた。

「秀斗は、あたしたちの下着を、自分のと一緒に洗いたがると思うんだ」

顔を顰《しか》めた真由が、洗濯機を指差す。

「だって、これって自動でしょ？」

「うん。だから、入れるだけなんだけどね。入れる過程を自分でやりたがるんだ」

「それって、キモくない？」

「キモいよ、キモいさ。キモいに決まってるよ」

リオナは叫んだ。男の嗜好《しこう》は千差万別で、本当に気味が悪い。経験豊富でしたたかになったはずの自分だって、何度も吐きそうになったことがある。

縛らせてほしい、縛ってほしい、頬を思い切り親指と人差し指でつねってほしい、制服を着て、くるりと一回転してほしい、腕の産毛に頬ずりさせてほしい。

「真由はさ、まだ何も知らないんだよ。だから、覚悟した方がいいと思う」

つい脅すようなことを言ってしまうのは、真由が無垢過ぎるからだ。

「何を覚悟するの？　行き場がないって、そんなに悪いことなのかな」

真由に問われて、言葉に詰まった。もちろん、悪いことなんかじゃないよ。悪いのは、そこに付け込んでくる大人の男たちだよ。そう言いたかったが、口にできない。今さらどうして、そんなわかりきったことを言わなくちゃいけないのって感じだ。ガキ過ぎるんだよ、真由は。

「ともかく、秀斗って気分屋だからさ。こっちが調子に乗ってると、出てけって怒鳴ったりすることもある。気を付けないと」

「そういう時はどうするの？」

「また芝居したりして、ご機嫌取るんだよ」

それもいつまで保つか。秀斗の本心なんか、わかりっこない。どうせ、自分の欲望を果たすことしか考えてなくて、果たせば、後は知らん顔するんだ。

そしてまた、欲望が募ってくれば、「ここにいて」と頼み込んでくる。その繰り返しだ。でも、いつか、その繰り返しが壊れる時がくる。他の誰かに興味が移ったり、もっと欲望が募って、こっちの手に負えなくなった時だ。その時のために手を打つことも必要だ。

「大変だね」と、真由が他人事《ひとごと》のように言う。

「当たり前じゃん。人んちにいるって、そういうことじゃん」

真由が嫌なことを思い出したように、吐き出した。

「何かあったの？」

真由が軽く何度も頷いて、咳払いをした。

「叔父さんの家にいる時、部屋がなかったから、トイレで寝ようかなと思ったことがある。だって、子供部屋の二段ベッドの横に布団を敷いて寝ていたんだけど、狭いから布団が全部敷き切れないの。だから、足を曲げて寝てた。勉強机もないし、引き出しひとつもらえなかったの。リュックの中に、荷物入れたまんま。ご飯も食べさせてもらえなかったし、お金もくれないし、ほんとに辛かった」

リオナはふと不安になって訊ねる。

「ねえ、叔父さんに何かされたりしなかった？」

「何かって？」と、真由の顔が曇った。

「エッチなこと」

はっきり言うと、真由が大声を上げた。

「何言ってるの。叔父さんは、お父さんの弟だよ。そんなこと絶対にあるわけないじゃん」

「あんたは運がいいよ」

リオナはそう言って、ドラム式洗濯機のガラスの扉を覗いた。中に、取り忘れた洗濯物が入っているのが見える。リオナの下着が一枚、秀斗のパンツと絡んでいる。リオナは素早く自分の下着を取って、ポケットの中に突っ込んだ。

「ねえ、リオナ。それってさ、どういうこと？」

真由が聞きたがっている。リオナは簡単に告げた。

「あたしは中学生の時、義理のオヤジにやられたんだよ」

4

言葉にした途端、また苦いものが込み上げてきた。嫌だ、嫌だ。本当に嫌だ。夜になるのが怖くて、友達の家を泊まり歩いた。でも、それも限度があって、仕方なく家に戻ると、義父が自分の帰りを待っている。しかも、ちゃんと母がいない時を狙って、家にいるようにしているんだ。悪魔の知恵。

寝ている自分の布団に、すっと入り込んでくる大人の男。どんなに抵抗したって無駄だ。最後は諦めて無気力になると、自分が死んでゆくのがわかる。押し倒されている自分を、上方から見て涙を流している自分。性の臨死体験だ。

「それ、すごく嫌だね」

真由が蒼白になっているのがわかる。あのことを思い出しているんだ、きっと。

「真由、お風呂入りたかったでしょ？　体洗ってきなよ」

リオナが優しく言うと、真由が涙を堪《こら》えて頷いた。

リオナは、また真由の頭に掌を置いて、そっと撫でてやる。どうして、あたしたちはこんな目に遭わなくちゃいけないんだろうか。

真由が風呂を使っている間、リオナはリビングに戻った。さっき点けたテレビがそのままになっていた。秀斗の部屋のドアは閉じられている。きっと夢中でゲームをやっているのだろう。秀斗は、子供の時からずっとゲーム三昧だったらしい。だが、頭がよくて、要領がいいから、うまい具合に東大に入れて、喜んだ親がこんな高いマンションを買ってくれたそうだ。

でも、秀斗のやっていることと言ったら、ゲームと、女子高生とSMごっこをするくらいのもの。勉強しているところなんか、見たことがない。リオナは、秀斗に対して湧き上がる軽蔑の念を抑えることができない。

ソファに腰掛けて、見たくもないニュース番組をぼんやり眺めている。ポテチの袋から、四、五枚摑んでは、ぎゅうぎゅう口に押し込む。ポテチの破片で、口の中が切れた。強い塩味が粘膜に沁みる。リオナはそんな食べ方しかできない。

油で汚れた指を舐《な》めてから、嚙み切って短くなった爪を眺めた。そして、手首にある傷を見た。まだ薄赤いのは、一昨年の傷。これで死ねるかと思うほど深く切ったのに、気付いたら血が止まっていた。その上の白くなった傷は、四年前。義父にとうとう犯されてしまって、絶望して切った。狙われていたのがわかっていたから、気を付けていたのに迂闊《うかつ》だった。

母親の睦美が、リオナの実の父親と別れた後、付き合った男は数限りなくいたが、再婚した相手は二人だけだった。

一人目は、最初の夫と別れてすぐに結婚した、風俗店の呼び込みをしていた男だ。この男はＤＶ野郎で、睦美はしょっちゅう鼻柱を折られたり、横っ面をぶっ飛ばされて、顎を外したりしていた。そのたびに泣き喚くので、近所の人に一一〇番通報されたことも、二度や三度ではない。

壮絶な喧嘩が始まると、小学生のリオナは押入に入って目を閉じ、両手で耳を押さえていた。暗闇の中でじっとして、必死に想像をした。自分がある女の子だったら、という想像だ。

同じクラスに、優しい女の子がいた。その子の家に遊びに行った時、家が広くて大きいのにも驚いたけど、たくさんの人が一緒に住んでいるのにはびっくりした。

お父さん、お母さんは当たり前としても、お祖父さん、お祖母さん、若い叔母さんも一緒だった。そして、その子のお兄さんとお姉さんと妹。大勢の人間が暮らしていた。

誰もが優しくしてくれて、シフォンケーキと紅茶をご馳走になった。温かい紅茶を飲んだのも初めてなら、手製のケーキを食べたのも初めてだった。コンビニのペットボトルしか知らないリオナは、紅茶の葉っぱという物を初めて見たのだった。

リオナはその家の子供になって、冷蔵庫を開けて、ラップのかかったシフォンケーキの皿を眺めたり、兄姉や叔母さんが、テレビを見ながら「こっちにおいでよ。面白いよ」と呼ぶ声に耳を澄ましている。そんな想像だ。

母と義父の激しい喧嘩がおさまると、突然、喘ぎ声が聞こえることもあった。押入を開けてそっと覗くと、鬼のように怒鳴り合っていた二人が裸で絡み合っている。義父の背中にある鯉の入れ墨の鱗が蠢《うごめ》くようで、気持ち悪かった。

しかし、最初の義父は乱暴者でどうしようもない男だったが、リオナを可愛がってくれた。殴ったことなど一度もないし、機嫌のいい時は、あちこち遊びに連れ出してくれて、キティちゃんの付いた運動靴を買ってくれたりもした。リオナは、本当の父親よりいい人だ、と思っていた。

最悪なのは、リオナが小学校六年の時に、母親が再々婚した男だ。その男は、まだ母親と結婚しているから、戸籍上はリオナの義父になる。

母親からは度々LINEがきて、「どうしてるの？　元気なら一度帰ってきて」などと言ってくるが、リオナは連絡はしない。二度としないだろう。

その義父は、レンタルお絞りの業者だった。今は何をしているのか知らないが、籍を入れた当初は、母より十歳も年上の、頼れる優しい男に見えた。

リオナの母親は、実年齢よりも遥かに若く見える。どう見ても二十五歳以下にしか見えない母に、十二歳の娘がいるとわかった時の義父は、小躍りしたのではなかろうか。義父は若い娘、いや子供が好きだったのだ。

まさか自分が狙われているなんて、最初は思いもしなかった。そのうち、些細《ささい》なことが気になるようになった。義父がやたらと肩に手を回す回数が多くなったなと思っていると、肩に手をやる時間が、次第に長く感じられるようになる。撫で回しが多くなった。そして、自分を見る目が違ってくるのがわかる。

母親は夜の仕事なので、帰りは夜中だ。二人で帰りを待つことが多い。義父は、以前は自分も飲んで遅く帰ってきたのに、やたらと早く帰ってくるようになった。ある晩、風呂に入っている時に、洗面所の扉が開く音がして固まった。義父が入ってきたのだった。

義父はその日の朝、職場の飲み会があるから遅くなると、睦美とリオナに言い置いて出かけた。だからリオナは安心して、風呂に浸かっていたのだ。

この頃の義父は、嘘を吐いてでも、リオナと二人きりになりたがっていた。それを薄々気付いていたのに、油断していた。

リオナは、義父の声を聞いてもどうにもできず、小さなユニットバスに蹲《うずくま》っていた。ユニットバスといえど、風呂付きのアパートに暮らせるようになったのも、定収入のある義父のおかげだった。

睦美が付き合った男、結婚したことのある男は、どの男も定職がなく、あったとしても続かないから、ほとんど睦美のヒモのような暮らしをしていた。睦美が新しい夫を気に入ったのは、自分の稼ぎが多少悪くても、夫の収入が生活を支えてくれるという安心感からだった。

義父が猫撫で声で、風呂場の外から呼びかけた。睦美も義父も、「涙華」というリオナの本名から、こう呼んでいた。

「ルイちゃん」

「お風呂に入ってんだよ」

リオナが思いっきり叫んだのと、浴室のドアが開いたのは同時だった。

「一緒に入ってもいい？」

義父の顔は、酒で赤らんでいる。でも、まだ着衣だったのは、幸いだった。

「ドア、閉めてよ」

リオナは怒鳴りながら、バシャッと手でお湯をかけた。半身を風呂場に入れかけていた義父の服に湯がかかり、義父がたじろいだのがわかった。

「何だよう、ルイちゃん。おじちゃんにお湯なんか、かけないでよう」

柔らかい言い方が気持ち悪かった。

「あっち行ってよ、スケベ」

リオナが大声を上げて、ひたすら湯をかけまくったため、義父は苦笑いしながら風呂場から出て行った。リオナが風呂から上がって居間を覗くと、義父はサッカー中継を見ながら、胡座《あぐら》をかいて焼酎《しょうちゅう》を飲んでいた。じろりと横目でリオナを見遣る。その視線が、ますます鬱屈を溜めていそうで怖かった。

リオナは急いで衣服を身に着けると、濡れ髪のままアパートの外に出て、母親の帰りを待った。小学校六年の初冬のことだ。

髪にタオルを巻いた小学生の女の子が、夜の通りに震えて立っているのだ。勤め帰りの男たちが何人か通ったが、不審そうに眉を顰《ひそ》めるだけで、誰一人、リオナに話しかけてはこなかった。

十二時前、やっと睦美の姿が見えた。いつものように酔った足取りだったが、その夜は店で何かあったのか、機嫌悪そうに眉間に皺《しわ》を寄せて歩いてきた。薄っぺらな白いダウンコートは、義父の誕生日プレゼントだ。

「お母さん」

リオナが立っているのを見て、睦美はぎょっとしたように立ち止まった。

「何だ、ルイか。びっくりした」

「お母さん、あたしがお風呂に入っていたら、おじさんが入ってきたんだよ。一緒にお風呂入ろうって言って」

「何だ、そんなことか。風呂なんか、一緒に入ってやればいいじゃんか」

睦美が投げやりに言う。

「嫌だよ。キモいじゃん」

そう言った途端、睦美にいきなり拳固で殴られたのには驚いた。睦美の拳固はリオナの側頭部に当たり、右手の薬指にしたフェイク・ルビーの大きな指輪が、頬を掠《かす》めて顎のあたりに擦り傷を作った。

「痛いなあ、何すんだよ」

リオナが飛びかかっていくと、睦美はリオナの攻撃をうまくかわしながら背中を突き飛ばした。リオナは前のめりにつんのめって、頭を覆っていたタオルが地面に落ちた。

最初の結婚と、二番目の男との喧嘩で、睦美もまた口より先に手が出るようになっていた。リオナはタオルを拾って、そのタオルを思い切り睦美に投げつけてやった。

「馬鹿!」睦美が怒鳴った。「あんただって世話になってるんだから、そのくらいサービスしろよって言ったんだよ」

母親とも思えない言葉に、リオナは逆上した。

「何、むちゃくちゃ言ってんだよ。あいつはＤＶじゃないけど、ドスケベだよ。お母さん、知ってた?」

「どうだっていいんだよ、そんなことは」

睦美はそう言い捨てて、さっさとアパートに入って行った。寒かったので、リオナも仕方なく後をついて中に入った。すると、義父が睦美を無言で見遣った後、背中に隠れたリオナをぎろりと睨んだ。

「ルイがあることないこと言ったんだろ?」と、義父。

「いや、ないことないこと、だよ」

睦美がそう答えて、安物のブーツを脱いだ。義父が安心したように、テレビの方に向き直る。

何だ、一件落着か。リオナは落胆したが、睦美に裏切られた思いなど、掃いて捨てるほど経験していたから、今後はどうやって義父から身を守ろうか、と考えることにしたのだった。

とどのつまり、義父と二人きりにならないよう心がけるなら、誰かの家を泊まり歩くしかない。同級生に、比較的仲のよい母子家庭の子がいたので、リオナは一人でコンビニの握り飯やカップ麺などの夕食を食べた後、その子の家に行った。

その子はミトという名で、母親は若いシングルマザー。十七歳の時、男と別れてから妊娠がわかったが、男が暴力をふるうので、敢えて妊娠は告げなかったという。だから、ミトは、父親の名を知らない。

ミトの母親は、スーパーの鮮魚部で働いていたが、それだけでは食えないからと、夜は近所の居酒屋でバイトをしていた。そんなわけで、ミトも一人っきりで留守番をしていたから、リオナが行くと喜んでアパートの部屋に請《しよう》じ入れてくれた。

ミトは、夜一人で過ごすことが多いせいで、酒も煙草もとっくに経験済みだった。リオナはミトの家で、まだ小学生の身でありながら、酒も煙草も経験した。

「涙華って名前、大嫌いなんだ」

リオナが打ち明けると、ミトはすぐさまこう言った。

「だったら、名前を変えればいいよ。別人になれるよ。あたしも聡美《さとみ》だったけど、ダサいから、自分でミトにした」

「じゃ、あたしはリオナにする」

「いいじゃん」

こうして小学六年生だった二人の少女は、冬の間、巣ごもりするように仲良く過ごして中学生になった。

中学に進学するとすぐに、ミトには二学年先輩のボーイフレンドができた。そのうち、ボーイフレンドがミトの家に入り浸るようになり、その仲間たちも集まってきた。

こうして、ミトの母親が必死に家賃を払うアパートは、たちまち少年少女たちの溜まり場になってしまった。

義父を避けるため、リオナは仕方なくミトの部屋に来ていたが、次第に居辛くなった。少年たちは粗雑だから、ゴミは散らかし放題だったし、煙草の煙がいつも充満していた。食べ物は勝手に食べ尽くされ、米まで炊かれたり、持ち出されたりした。誰かが猫を拾ってきて飼い始め、部屋は荒れ放題だった。

ミトの母親が怒って、少年たちを出て行かせようとしたが、ミトは好きな男に何も言えない質《たち》だった。彼らはますますのさばった。

「ミト、あいつらに勝手にさせない方がいいよ」

リオナが見かねて注意しても、ミトはボーイフレンドに遠慮して、涙ぐむばかりだ。それに、何か言うと、殴られるのだという。リオナは、がさつな少年たちが大嫌いだったし、下手をするとレイプされかねないこともあるので、ミトの家に行くのをやめにした。代わりに、少し親しくなった同級生の家を、愛想を尽かされない程度に渡り歩いた。

その頃、義父はリオナが男たちと泊まり歩いている、と信じ込んでいたらしい。着替えを取りに帰った時など、「おまえは外で何してるんだ」と、よく怒鳴られたものだ。しかし、リオナがどんどん成長して、外へ行こうとしているので、焦っているようでもあった。いい気味だ、とリオナは思った。

ある日、学校で会ったミトが、途方に暮れたように呟くので驚いた。

「リオナ、お母さんがいなくなっちゃった」

「どういうこと？」

「帰ってこないんだよ」

「連絡取れないの？」

「携帯も繋がらないし、部屋も早く出ていけって大家に言われてる。もう何が起きたのかわからない」

少年少女が大勢集まって非行の温床になっている、と近所から苦情が出るようになり、ミトの母親は娘に愛想を尽かして、どこかに行ってしまったのだ。もちろん、ミトは大家に追い出された。

この出来事は、リオナにも衝撃を与えた。親子でも気に入らなければ縁を切ってもいいのだ、ということ。ミトの場合は、母親に棄てられたわけだが、リオナは逆だ。母親と義父と縁を切りたくて仕方がなかった。

出て行けばいいのだが、自分はまだ中学生で何も持っていない。中卒では就職先もないと聞いたから、何とか義父の興味を殺《そ》ぎながら、高校まで出してもらうしかないと考えていた。今思えば、まだ甘かった。

一方、母親に棄てられたミトは、中学を卒業して左官になった、件《くだん》のボーイフレンドと同棲を始めた。そこにも少年たちが押しかけてきて、まるで合宿所のようだったと聞く。

そして、ミトは左官の親方にレイプされて、怒ったボーイフレンドに骨が折れるほど殴られたらしい、という噂が駆け巡った。

ミトとの付き合いは絶えていたから、真偽のほどはわからなかったが、ミトが辛い状況にあることだけは伝わってきた。しかし、助けようもないのだった。誰もが経済的に困窮して、性的に危険な目に遭っている。でも、誰にどう助けを求めていいのか、わからなかった。

そして、あれは中学一年の冬休みのことだ。真冬の寒い日で、灯油が切れていた。リオナは一日布団の中でぐずぐずしていた。その日に限って家に留まっていたのは、睦美が風邪を引いて仕事を休み、家で寝ていたからだ。睦美さえいれば、義父は手を出さないだろうという目論見があった。

やがて、義父が勤めから帰ってきた。二人で床を並べて寝ているのでびっくりしたらしい。

「ルイも風邪を引いて、男遊びは休みか」

そんな厭味を言った後、義父は灯油を買いに行って、石油ストーブを点けた。部屋が暖まってほっとしたリオナは、いつの間にか寝入っていた。

夜半、布団を剝がれて寒さで目を覚ました。部屋は暗くなっている。どこからか、睦美の鼾《いびき》が聞こえた。いつの間にか酒でも飲んだのか、大きく深い鼾だった。

リオナは寒くて布団を探そうとしたが、周囲に見当たらない。おかしいなと思った時、隣に人がいることに気付いた。驚いて伸ばした素足が、男の毛臑《けずね》に触れて思わず悲鳴を上げかけた。その時、いきなり大きな手で口を塞がれた。抵抗すると、強い力で押さえつけられ、両手を高く上げた形で縛られてしまった。後は覚えていない。あまりに辛くて、自分自身で記憶を消してしまったのだろう。

わかったことは、ただひとつだ。義父は睦美に何か睡眠薬のようなものを飲ませたのだろうということだ。翌朝になっても、睦美はなかなか目を覚まさなかった。昼過ぎにやっと起きて、頭痛がするとぶつくさ言って、また寝てしまった。

自分をレイプするために、睦美に睡眠薬を飲ませたのなら、自分にも睡眠薬を飲ませてほしかったとリオナは思った。

しかし、嫌悪しか感じないおぞましい記憶や、一向にやまない肉体の痛みは、日々、リオナを悩ませることになった。リオナは、自分が汚れたように思えて仕方がなかった。

そして、義父にまた襲われたらどうしようと、怖ろしくて家にいることができなくなった。

しかし、どこにも行く場所はないのだ。ミトのところはすでに行けない状況になっているし、級友たちも、毎日は泊めてくれない。高校生や働いている年上の男と付き合って、部屋に転がり込んだとしても、いずれは男の玩具《おもちゃ》になるか、妊娠して、欲しくもない子供を産むか中絶するかしかないのはわかっていた。周囲にいる若い男たちは、誰一人、避妊などしないのだから。

5

真っ昼間のどぶ板通りは、店のほとんどがシャッターを下ろしていて、ただの薄汚いストリートに過ぎない。あの日も、リオナは行くところがなくて、学校帰りの制服のままで、横須賀中央を彷徨《さまよ》っていた。中学一年も終わろうとしている、三月の寒い日のことだった。昼間は見るべきものなど何もないのに、観光客がぞぞろ歩いているのがうざかった。リオナは不機嫌な顔で、わざと道の真ん中を歩いてやった。義父や母親のことを考えると、わけもなく苛々して、誰にでも当たり散らしたい気分だった。

「ねえ、あんたさあ、もしかして涙華ちゃんじゃないの?」

突然、嗄《しわが》れた声で名前を呼ばれた。

驚いて振り返ると、白髪を不自然なほど明るい茶に染めた老女が、「こっちこっち」と、手招きしていた。小柄で痩せているが、白いトイプードルが描かれた紫色のトレーナーに、しまむらで売っているようなデニムパンツ風のスパッツという派手な形《なり》をしていた。

その痩せた腕で、トレーナーに描かれた犬とそっくりなプードルを抱いている。プードルは目許が赤く焼けていた。貧相な老女と犬の組み合わせだった。

「誰だよ」

リオナは睨み付けてやった。まったく見覚えがない。

「やだ、あんた。覚えてないの。こっちにおいでよ」

老女が、リオナを路地に手招きした。その先には、「プーちゃん」と黄色い看板の出ている小さなバーがあった。こんな汚い店にも米兵が来るのか、看板には、ＢＥＥＲ＆ＣＯＣＫＴＡＩＬと、下手な字で書き添えてある。

「覚えてなんかいねえよ」

リオナは口を歪めて、老女から顔を背けた。誰も見たくない。誰とも話したくない。誰のことも気にしたくなかった。

一週間前に手首を切ったばかりで、心が荒れている。

こんな世の中、生きていたって仕方がないと、自殺を決意した。学校をサボって家に誰もいなくなるのを待ち、台所にあった包丁で、左手首の内側を切った。だが、包丁はろくな手入れをしていなかったとみえて、なかなか深く入らず、血はすぐに止まってしまった。

そのうち馬鹿らしくなってやめた。床に垂れた血は、義父のＴシャツで拭って捨てた。

どうにも癪《しゃく》に障って、睦美が義父に買ってもらった十八金のネックレスを持ち出して、質屋で売ろうとしたが、未成年では相手にもしてもらえず、さらに、メッキだとかで千円にもならないと言われたのは、とんだお笑い草だった。

「あたしはね、多分、あんたのお祖母さんだよ」

睦美の母親？　リオナは驚いて、「祖母」と名乗る老女の顔を見遣った。

リオナは十三歳で、母親の睦美が三十歳。睦美の母親も若くして睦美を産んでいるから、まだ四十八歳のはずだ。が、目の前の老女は、どう見ても七十歳を優に超えている。

「嘘吐け。お祖母ちゃんはもっと若いよ」

リオナは吐き捨てるように言った。

睦美の母親は、まだリオナが小さい頃に離婚して、かなり年下の建具職人と再婚し、徳島の方に出稼ぎに行ったと聞いた。リオナは、祖父母が近くに住んでいたなら、そっちに避難できたのに、と何度も残念に思ったものだ。

「いや、あんたが涙華ちゃんなら、あたしは間違いなく、あんたの祖母だよ」

老女は腕の中で暴れるプードルを下に下ろしてから、確信に満ちた声で言う。

「睦美のお母さんなら、もっと若い」

この頃のリオナは、義父を「あいつ」、母親を「睦美」と呼び捨てにしていた。

「悪かったね、若くなくて」老女は苦笑いした。「違うよ。あたしは、あんたのお父さんの方のお母さんだよ」

リオナは、実の父親の係累とは、誰一人会ったことがない。両親は、リオナが小さい頃に別れたきりで、父親は会いに来たこともなかった。

「んなの、わかんねえよ。会ったことねえもん」

リオナが怒鳴ると、老女が驚いたように眉を上げた。眉は明るい茶のペンシルで、実際の眉より大きくはみ出して描かれている。

「あんた、言葉遣いが悪いね。そういうのって、流行《はや》ってるのかい？」

「別に」

ふてくされて見せたが、荒れた心で彷徨っていただけに、祖母に呼び止められたのは、嬉しかったのかもしれない。

その頃のリオナは、自分の心の有様さえわからず、いつも空中に浮遊しているようで心許ない状態だった。

「それにしても、大きくなったねえ」

しみじみと言われて、少し素直になれそうだった。

「ねえ、何であたしのことがわかったの？」

「あんたのお母さんにそっくりだから、もしかして、と思った」

祖母は、歩道でおしっこをしているプードルを横目で見遣りながら答えた。

「あたし、睦美に似てる？」

母親のことが大嫌いなリオナは、暗い顔で訊ねる。

「何だ。睦美って呼び捨てかい」と、老女は呆れた顔をした。「似てるよ。そっくりだからすぐにわかった。うちの隆治《りゅうじ》になんか似なくて、幸いだったよ。可愛い顔に生まれてよかったじゃないか」

隆治というのが、実の父の名だったと思い出しながら、リオナは肩を竦めた。

「そうかな」

睦美に顔が似ていて、睦美よりも若いから、義父にレイプされたのかと思うと、涙が出るほど悔しかった。まったく自分のせいではないのに、突然負わされた荷物は重過ぎて、十三歳で早くも年老いて、死にそうだ。

義父の顔を見るのも苦痛で、義父が帰ってくる寸前に家を飛び出し、義父が仕事に出ると家に戻る生活を続けていた。

「お祖母ちゃん、お父さんは元気なの？」

リオナは投げやりに聞いた。そんなことは、どうでもよかった。どうせ弱虫のＤＶ野郎で、ろくな人間ではないとわかっていたから。

「ねえ、お祖母ちゃんなんて、呼ばないでよ」

祖母に言われて、リオナは聞き返した。

「へえ、じゃ、何て呼べばいいの」

「キミエさんて呼びなよ。カワサキキミエって、名前なんだから」

祖母が澄まして科《しな》を作って見せたので、リオナは笑った。

「じゃ、あたしのことも涙華って呼ばないで。その名前、大嫌いなんだよ。いかにも頭が悪そうな名前だと思わない？」

「そうだね。あたしも、あんたの母親は趣味が悪いと思ってた。『涙』なんか、名前につけるもんじゃない」

キミエがしゃあしゃあと言ってのける。

「あたしは、お父さんがつけたって聞いたけど」

「そうかもね。似た者同士の馬鹿夫婦だったから、責任を押し付け合ってるんだろう。じゃ、何て呼べばいいの？」

「リオナにした」

「リオナか。洒落《しゃれ》てるね。涙華よりずっといいよ」

キミエはプードルを抱き上げると、リオナに手で示した。

「せっかくだから、ちょっと寄っていきなさい」

「あの店？」

リオナは、「プーちゃん」を指して聞いた。

「そうだよ。この子の名前から取ったんだ」

祖母は、愛しげに薄汚いプードルの頭に頬ずりした。

「じゃ、その子、幾つ？」

「この子は七歳。前の犬も、その前の犬も、みんなプーちゃんて名前なんだよ。あたしはね、この店を開いて二十五年になるけど、ずっとプーちゃんて犬しか飼ってないの。この子は、三代目のプーちゃんだよ」

キミエの店は、鉤形《かぎがた》のカウンターに七席しかない、本当に小さなバーだった。カウンターの背後にある棚には、リオナの知らない名前のウィスキーが並んでいる。

「リオナちゃん、あんた、まさかビールは飲まないだろうけど、何か飲むかい？」

犬を店の中に放ってから、キミエが聞いた。犬は薄汚れた床の上でころんと横になった。

「あたし、コーラ飲みたい」

リオナは背の高いスツールに苦労して腰掛けてから、答えた。

祖母は冷蔵庫から、コーラのペットボトルを出してカウンター越しに渡して寄越した。自分は缶ビールを開けて、乾杯の真似をする。

「孫娘に会えたから、乾杯だね」

「隆治はどうしてるの。睦美から、お父さんはすごいＤＶ男だったって聞いてるけど」

キミエが顔を曇らせた。

「乱暴者でね。あんたのお母さんは別れて正解だよ。今は刑務所にいる」

「何をしたの」

実の父親が刑務所にいることは知らなかった。

「車泥棒。車上狙いを何件かやって、その後、他人の車を勝手に乗り回していたんだよ。傷害事件も起こしてるし、してないのは人殺しだけだ。本当にどうしようもない」

「やっぱ、ろくな家系じゃないんだね」

リオナは溜息を吐いた。小学生の頃は、いつかラッキーな出来事があるのではないか、と想像したこともあるけれど、現実はどうしようもないほどありきたりで、あまりにも残酷だった。

「隆治の父親がよくなかったからね。酒飲みのぐうたらで、乱暴者だった。あたしは男の子を三人産んだけど、一人としてまともなのはいなかった。一番上は、ギャンブルに狂って、行方不明になって十年以上経つ。二番目が隆治で、ムショ暮らし。三番目は新宿でホストをやっていた。阿漕《あこぎ》なことして儲けているという噂を聞いて、ちょっと頼もしいと思ったけど、その後、借金でどうにもならなくて、自殺したんだよ」

キミエが煙草に火を点けて、煙とともに吐き出した。

「陰惨な家系じゃん。ギャンブル狂いに刑務所暮らしに自殺か」

コーラをひとくち飲むと、しばらく冷蔵庫に入っていたらしく、冷たくて歯に沁みた。

リオナの中で、ほんの少し残っていた希望が、たった今、消えたような気がした。睦美は自分の娘を夫に売っても平気な女だし、実父の家系はろくでなしだらけなのだ。自分がどうあがいたって、運命を変えることはできそうもない。

「ねえ、ホストやってた叔父さんは、どうやって自殺したの？」

「新宿の高いビルから飛び降りたんだよ。借金の取り立てがやってきて逃げ回ったけど、逃げ切れなくて、その辺のビルの屋上から発作的に飛び降りたんだろうって、警察に言われたけど、案外、殺されたのかもしれないな、と思うこともあるよ。隆治もそんなことを言ってたな。保険金をかけられたんじゃないかって」

キミエがさも嫌そうに溜息を吐いた。

「そのこと、睦美は知ってるの？」

「知ってたってどうってことないはずだ。あんたの母親は、悪いけど冷たくて性悪だよ。アメリカ風に言えばビッチだ。さっさと面倒から手を引いて、後は知らん顔。隆治は、あんたの母親が好きだったんだよ。でも、嫌われてしまった。まあ、女に乱暴してるんだからしょうがないけどね」

米兵相手に商売をしているせいか、ビッチと吐き捨てた時のキミエの発音は、素晴らしくよかった。

「じゃ、残ってるのは、キミエさんだけ？」

「そうだよ。あんたとあたしだけ」

キミエが、そう言って缶ビールをコーラのペットボトルにぶつけた。べこっと変な音がした。

「ねえ」リオナは思い切って言った。「あたし、時々ここにきてもいい？」

「いいよ。おいで」

「よかった」

そう呟いてすぐに目を伏せたのは、涙が出そうだったからだ。

「これ、どうしたの？」

キミエが、リオナの制服の袖口から見える包帯を指差した。リオナは左手を隠した。

「何でもないよ」

「あんたの母親は再婚したんだろう？」

「そうだよ」

「どんな人と再婚したの？」

「最低の男と」

そう言った途端に涙がこぼれてしまった。リオナは慌てたが、キミエがおしぼりを差し出して言った。

「泣け泣け。悲しい時は泣けばいいんだ」

6

その日の夜、リオナはキミエと出会ったことを睦美に話した。睦美とはほとんど口も利かない状態だったのに、キミエと会ったことがよほど嬉しくて、心が緩んでいたのだろう。

「今日、カワサキキミエって人に会った」

睦美が背を丸めて煙草に火を点けた後、振り向いた。

「誰、それ」

「覚えてないの？　あたしのお父さんのお母さんだって」

「あんたの父親？」

睦美が煙を吐き出して、怪訝《けげん》な表情をした。普段は童顔のせいで可愛らしく、歳より遥かに若く見えるのに、そんな時の睦美は醜かった。

「それがどうしたんだよ」

「今、刑務所に入ってるんだって」

「ああ、隆治か。なるほど」睦美は思い出したのか、嘲笑《あざわら》った。「そんなこったろうと思ったよ。本当にアホなDV野郎だもん。何をやっても続かないから、稼ぎも悪いし、人殺すほどの根性もないから、こそ泥かなんかやったんだろう？　一族もみんな似たり寄ったりで、近所でも嫌われ者だったんだよ。特に、キミエ。ゲロ不細工なくせに、意地悪な女でね。あたし、よく苛められた。ああ、思い出したら、腹が立ってきた」

そう言って、身震いまでしてみせる。

「それなのに、よく結婚したね」

リオナは呆れた。

「隆治が言い寄ってきたんだもん。おまえが好きでたまらん、俺のそばから離したくないって言ってさ。そしたら、他の男を見ていた、と言ってはボコボコ。色目を使った、と言ってはボコボコ。あたしはモテモテだったから、大変だった」

そんな嫉妬深い乱暴者と結婚して娘を作り、当の娘の前で自慢する神経がわからなかった。

「あんた、クソミソに言うけどさ。あたしの父親でしょ？　よく言うよ」

リオナの言葉に、睦美は前歯に挟まった食べかすを長い爪の先でこそげとりながら、苦笑いした。

「そうそう。あんたはあいつにそっくりだよ。子供の時から強情で、気に入らないことがあると暴れるし、ほんとに手を焼いたんだから。そのたびに、この子はあいつの血が濃い、と思って情けなかったよ」

ここまで言われては、実父が哀れでならなかった。もちろん、その娘である自分も。

「お父さんは、殴った後、謝ったりしなかったの？」

「そりゃ、泣いて謝るさ。二日間くらいはね。でも、謝った翌日から、また酒飲んでDV。マジ、疲れたわ」

「そんな男と結婚するあんたが、馬鹿だよ」

「何だと」

睦美が殴ろうとしたので、リオナは拳をかいくぐって部屋の隅に逃げた。思わず笑いが洩れる。

「すぐ手が出るところなんか、あんたも同じじゃん」

「親に向かって、あんた言うな」と、睦美が怒鳴った。

「何だよ。いい親ぶって。何が親に向かって、だよ。ちゃんちゃらおかしいじゃん」

「出てけ、出てけ。おまえなんか、中学行くことないよ。そのまま野垂れ死ね」

「いいよ。あたしはキミエさんと暮らす」

「何がキミエさんだよ。性悪のアル中ババアじゃねえか」

睦美が哄笑《こうしょう》した。

「中学生の娘に手を出す義理の父親よっか、ずっとマシだよ」

とうとう口に出した、と思った瞬間、頬を張られた。

「嘘吐くんじゃない」

「嘘じゃないよ。本当だもん」

叫んだ途端に、悔し涙が流れた。

しかし、睦美は確信に満ちた顔で断言した。

「おまえは嘘吐きだから、おまえの言うことを信用するなって、言われてるよ」

睦美が言っていることがよくわからず、リオナは唖然とした。

「どういうことだよ」

「あの人が言ってた。涙華は自分に都合のいいように嘘を吐く癖があるって。きっと、何度も父親が代わったから、母親の関心を惹《ひ》きたくて嘘を吐いてしまうんだろうって。だから、俺が何かしたと言っても、絶対に信用するなって」

狡猾な手を使う義父に腹が立ってならない。リオナの泣きながら、叫びながらの抗議は、うまく言葉にならなかった。

「そんなの嘘だよ。あたしとあいつと、どっちを信用するんだよ?」

答えを聞かなくても、睦美がどちらを取ったかは明白だった。

「いい加減にしろ。嘘吐いてまで、そんなに義理の父ちゃんが憎いか。あんたみたいな手癖の悪い子がいて、苦労してるんだからさ。涙華がいると、いろんな物がなくなるってぼやいてたよ」

「何がなくなったんだよ？　言ってみろよ」

自分はあいつに何を盗られたのか。それは、二度と取り戻せないものではなかったか。リオナの涙は乾き切った。同時に、心がどんどん冷えていく。

「自分で盗った物を思い出せばいいじゃないか」

睦美が笑って言った。義父の嘘を信じて味方をする。こいつは母親ではない、絶対に許さない、金輪際信用しない、とリオナは思った。

実は、義父はあれから何度もリオナの部屋に入ってきた。２ＤＫのアパートの部屋は、襖《ふすま》で隔てられているから、侵入するのはいとも簡単だ。

義父は、最初は睦美に睡眠薬を盛っていたが、近頃では、飲んで鼾をかいている睦美から数メートル離れたところでも、大胆に忍び込んでくるようになった。

リオナが激しく抵抗すれば、こっぴどく殴られた。リオナは諦めて、死んだようになっていた。

『睦美に言ったら、殺すぞ』

ある夜、義父はリオナの首を絞める真似をした。死の恐怖というより、こんな男に自由に殺されるのは嫌だった。だから、自殺しようと思った。

しかし、自殺さえも容易にできないのだ。だったら、自分がこの家を出て行くしかない。キミエの存在は、闇夜を照らす灯台のように感じられたのだった。

リオナはその夜、睦美が仕事に出かけた隙に家を出た。中学の制服と通学鞄。携帯と服。荷物は、それほど多くはない。誰もいない時にちょくちょく帰って、必要な物を持ち出そうと思った。

バスを乗り継いで、「プーちゃん」に向かった。看板には紫色の照明が点《とも》っていて、昼間よりも妖しく見えた。

店のドアを開けると、スツールに腰掛けている米兵らしき若い外国人が、リオナを見て驚いた顔をした。二人ともメキシコ系のような、濃い顔立ちをした男たちだった。気の優しそうな細い男が、膝の上にキミエのプードルをのせている。

「あれ、リオナが来た」

カウンターの中で、煙草を吸いながら談笑していたキミエが手を挙げた。服装は昼間と同じだけれど、ローズ色の口紅が派手で、少し若く見えた。

物問いたげな男たちに、これは私の孫娘だ、と英語で説明している。

「お祖母ちゃん、今夜泊めて」

リオナが懇願すると、キミエが頷いてカウンターから出てきた。キミエが表に出ようとしているので、プードルが焦って、男の膝から下りようと細い脚で空中を掻いた。

「どうしたの」

店の横の階段を上りながら、キミエが抑揚のない声で訊ねた。

「帰りたくないんだ」

「わかった。ここに泊まんなさい」

キミエの部屋は、店の二階部分のひと間だけで、壁際にベッド、真ん中に小さなダイニングテーブルのある、簡素な部屋だった。犬用のペットシーツがあちこちに敷いてあって、中の一枚は尿で汚れていた。

「睦美に追い出されたの？」

キミエが笑いながら問う。

「まあ、そんなもんだけど」

リオナは何て答えていいかわからず、荒れた唇を嚙み締めた。すると、キミエが笑った。

「あんたに彼氏を取られたんで、頭にきたんじゃないの？」

はっとしてキミエを見る。そうだったのか。

「あいつは自分のことしか考えられない女だからね」

だから、薄々義父の動きを感じていても、睦美は自分を守ってくれないのだ。

「だったら、あいつに怒ってくれてもいいじゃないか」

リオナが吐き捨てると、キミエはテーブルの上にあった灰皿で吸っていた煙草を消した。

「そりゃできないよ。捨てられたくないだろうし」

キミエの何もかもわかったような笑い顔を見て、リオナは狭い部屋の真ん中に立ち尽くした。

「損をしているのは、あたしだけじゃん。ねえ、そうでしょ？」

「その通りだね」

翌朝、リオナはまだ寝ているキミエを起こさないように一人で起きて、コンビニで菓子パンを買った。それをバスの中で食べながら中学に向かった。

帰宅してからは、キミエと布団をひと組買いに行き、観光客が並ぶ名物カレー屋で、カレーライスを食べさせてもらった。

リオナは、キミエがどこに行くにも汚い犬を連れているのだけは閉口したが、キミエが命令じみた言い方をしないことや、他人の悪口を言う時は、極めて辛辣《しんらつ》で的確なところなどが、好きだった。

キミエは昼前に起きて、店の掃除をしてから銭湯に行き、ついでに近所で食事を済ませる。それからパチンコ三昧。夕方はスーパーで、ミックスナッツのようなつまみを仕入れるなどして、六時半きっかりに店を開ける。そして、深夜の二時まで営業。休みは日曜だけ、という日々を淡々とこなしていた。

キミエは、食にはまったく興味がなく、いつもカレーや牛丼、蕎麦などを食べていた。

毎日同じ物を食べても全然平気で、ポテトチップスしか食べたくないリオナは、むしろ楽だった。

それにしても、「プーちゃん」のような狭くて汚い店でも、件の米兵のような常連客がいるのは驚きだった。ほとんどが、ビール一本で二時間も三時間も粘るような、ケチな客ばかりだったが、キミエは彼らに人気があった。

キミエは店では無愛想で、滅多に笑わないし、余計なことも喋らないのだが、キミエの息子たちが、一人は行方不明でもう一人は自殺、残った一人は刑務所、という境遇が、米兵の同情を誘っているのかもしれなかった。

中学二年は無事に過ぎて、三年になった夏、リオナにはある欲が生まれた。高校に進学したい、という希望だった。こすいくらいに賢かったという隆治の弟に似たのか、リオナは頭がいい。

「キミエさん、あたし高校に行きたいんだけど、どうしたらいい」

「そら、行きなさい。息子たちも高校は出てたよ。今時、中卒じゃ仕事もないって聞いている」

「高校入っても、ここにいていい？　お店も手伝うからさ」

キミエが頷いたので、リオナは小躍りした。キミエとは妙に気が合ったし、あと一年半したら出所する実父とも、一緒に暮らしてみたい。

「じゃ、睦美に相談してくるよ」

「それがいい。あんたの親なんだから、金を出す義務があるよ」

リオナは、気が進まなかったが、久しぶりに実家に帰った。案の定、睦美は渋った。

「中卒で充分じゃん」と、煙草を吸いながら言う。

「嫌だ。高校に行きたい。でないと、仕事もなかなかないらしいし」

「じゃ、義理の父ちゃんに頼んでみろよ」

「あたしが？」

「そうだよ」と、睦美がにやにやしている。

あんなヤツに会うくらいなら、中学だけでいい。リオナは失望してキミエの家に帰ってきた。

「どうだった」

キミエに訊かれて、首を横に振った途端に涙が溢《あふ》れた。どうして、あんな女の娘に生まれたんだろうか。

「じゃ、あたしが高校に行かせてやる。任せときな」

キミエの言葉は嬉しかったが、本当にできるのかと、リオナは危ぶんだ。キミエの生活に余裕がないことは、一緒に暮らしてよくわかっていた。

睦美と二人きりで暮らしていた時は貧しかったが、睦美が義父と再々婚してからは、風呂付きアパートに引っ越せたし、時折、小遣いも貰えたし、家に食料がなくなる、ということはついぞなかった。

だが、キミエの暮らしは、食べ物に事欠くことさえ、たまにある。キミエが「プーちゃん」のあがりのほとんどを、パチンコですってしまうからだ。そんな時は、二人で店のつまみを食べて過ごした。

本当にキミエは、リオナが高校に通う金を捻出できるのだろうか。リオナが不安に思っていると、キミエは、「パチンコをやめて、店を担保にして金を借りる」とまで言う。

「そんなことしなくていいよ。高校なんか行かなくたって、生きていけるんだから」

リオナは断ったが、キミエは頑として譲らない。

「あんたは小さい時から、馬鹿な両親のせいで苦労したんだ。高校くらい行きなさい」

「じゃ、働いて夜間に行くよ」

「いや、夜間に通うくらいなら、化粧してこっそりうちの店に立つ方がいいよ。あんた目当ての客も増えるかもしれないし」

真顔で言われて、リオナは苦笑した。これまでも、店を手伝ったことはあったが、子供が店にいるのはおかしい、とたいして歳の違わない客の米兵から苦情を言われて、やめたことがあった。

義務教育が終われば、ようやく睦美夫婦と完全に縁を切ることができる。そしたら、好きなキミエと、二人で助け合って生きていけばいいのだ。これで自分は再生できる、とリオナは期待した。

キミエはなおも言った。

「今度、隆治に面会に行く時に、あんたも連れてってやる」

実父は、千葉刑務所に収監されているという。キミエの申し出には、密かに心が躍った。乱暴者だろうが、車上狙いだろうが、幼い時に一緒に暮らした実の父親なのだ。長じてから、一度会ってみたかった。

そう思った時、リオナは自分の中に、血縁というものに対する期待や、依存する気持ちが生まれてきていることに驚いたのだった。すべては、祖母キミエとの出会いがもたらしたものだった。

約束通り、キミエはパチンコをぴたりとやめた。教師との面談も終わり、ようやく高校進学に目処《めど》が付いた。

近くの県立高校を受験することに決めた初冬のある日、中学から帰ってきたリオナは、異変に気が付いて血の気が引いた。どぶ板通りが、消防自動車で埋め尽くされていたのだ。もしや、と思って駆けだしたリオナの予感は、なぜか見事に当たった。「プーちゃん」が焼け落ちて、綺麗さっぱりなくなっていた。

リオナが中学に行った直後、裏の古家の二階から火が出て、「プーちゃん」に延焼したのだという。出火の原因は漏電で、木枯らしが強く吹いていたせいで、火の回りが早かった。棟続きの二階部分があっという間に火に包まれて、まだ寝ていたキミエは、ベッドの上で犬と共に焼死した。

リオナは、警察で遺体確認をした。遺体は黒焦げで、正直に言ってキミエなのかどうかは、よくわからなかったが、がに股の細い脚の格好に見覚えがあった。遺体の横には、プーちゃんらしき動物の焼死体もあったが、骨が細いせいで、ほとんど溶けてしまっていた。

「お祖母ちゃんに間違いないと思います」

リオナが言うと、警官が驚嘆した。

「あんた、まだ子供なのに、泣きもしないでしっかりしてるね」

睦美に進学費用を出せないと言われた時は、悔しくて泣いたのに、この時ばかりは脱力して、泣く力も出なかったのだ。

中学卒業を前にして一人きりになってしまったリオナは、隆治に会いに千葉刑務所に行った。キミエが亡くなったことを知らせて、墓のことなどを相談したかったし、父親がどんな男なのか、会ってみたかった。

しかし、受刑者本人が面会を拒否した、という理由で、面会許可が下りなかったのは、衝撃だった。実の娘という証明まで揃えて持って行ったというのに、隆治は睦美との間に生まれた子供に会いたくなかったらしい。

キミエのおかげで、血縁の心地良さに酔い始めていただけに、隆治の拒絶は予想外にこたえた。灯台の灯りが消えて、また闇夜の海に放り出された気がする。

どこに行けばいいのだろう。居場所をなくしたリオナは、仕方なしに睦美の家に戻ることにした。

「また、しゃぶりに帰って来たのか」

義父に笑いながら囁かれた夜、リオナは包丁を持ち出して義父を刺そうとした。しかし、大の男に敵うわけなどなく、なんなく取り押さえられたリオナは、発作的に左手首を切った。

今度の傷は深く、血は止まらなかった。さすがに慌てた睦美と義父によって救急車が呼ばれ、リオナは一命を取り留めた。だが、二度目の傷は神経を傷付けたため、リオナは左手の指をうまく動かすことができなくなった。

「おまえはメンヘラだ」

どこでそんな言葉を覚えてきたのか、義父はリオナを「メンヘラ」呼ばわりするようになった。さらに、あれだけ追いかけ回していたのに、掌を返したようにリオナを排除し始めた。

「俺を包丁で殺そうとしたんだぞ。あんな危ないガキと一緒に暮らすことはできん。監視することもできないなら、追い出してしまえばいい」

睦美は焚き付けられて承知した。三学期はほとんど行かなかったにも拘《かかわ》らず、中学側は面倒を怖れて、三月にリオナだけ別に卒業させてくれた。だから、リオナの路上生活が始まったのは十五歳の初春だ。

7

リオナが放心したように、一昨年のことを思い出していると、洗面所で微かな物音がした。どうやら真由が風呂から上がって、体を拭いたり、歯を磨いたりしているらしい。

リオナは、秀斗の部屋を窺った。白いドアは固く閉じられて、しんと静まっている。昼夜逆転した生活をしている秀斗が、この時間に就寝するはずはなかった。

おそらく、いつものようにネットゲームにはまっているのだろう。空腹を感じた秀斗がリビングに出てくる前に、自分も風呂を使った方がよさそうだ。

リオナは温《ぬる》くなったコーラを飲み干して、立ち上がった。

「お風呂、ありがとう」

洗面所に行くと、真由が小さなタオルハンカチで濡れた髪を拭いていた。

「タオル使いなよ」

リオナは勝手に戸棚を開けて、白いタオルを投げてやった。

「あの人のでしょう？　使っていいの？」

「いいよ。洗濯したのはあたしだし」

リオナはそう言ったが、我が物のように家の備品を使うと、さすがに秀斗が嫌な顔をすることには気付いていた。

秀斗は滅多に怒ったりしないが、神経質そうに眉を顰《ひそ》める瞬間を目撃すると、少し怖かった。

リオナは、彼女でもなく、客人でもなく、性だけの相手でもない。ただ、彼の遊びに付き合っているだけの、危うい関係でしかない。出て行けと言われたら、従う他ない。

秋葉原で、リオナが「JK散歩」をやっている時に、秀斗は客としてやってきた。常連客となった秀斗に、「今度、家に遊びに来る？」と誘われて、何度か泊まるうちに居着いた。リオナが一人で秀斗のゲームに付き合っているうちは、この家にいても文句は言われないだろうが、真由が増えたことで、秀斗がどう出るかはまだわからない。

「じゃ、使わせてもらうね」

洗濯したのがリオナだと聞いた真由は安心したらしく、白いタオルを髪に当てた。

「ドライヤーも使いなよ」

リオナは棚から、小さなドライヤーを取って真由に手渡した。秀斗がキレたなら、自分が引き受けるつもりだ。路上生活に出て間もない真由に、清潔な風呂や、ドライヤーの熱風で髪を乾かす心地よさを味わわせてやりたかった。

「あたし、どうしたらいいかな」

真由が使い終わったドライヤーのコードを手早く巻きながら聞いた。それを見たリオナは、真由の育ちのよさを感じる一方で、幸せそうに育ってきた真由が、羨ましかった。

「玄関の脇に小さな部屋があるから、そこで休んでいなよ。今日は、あまり目立たない方がいいと思うんだ」

真由は真剣な顔で頷いた。玄関脇に、四畳半の小部屋がある。窓もない暗い部屋だが、そこなら文句も言われまいと、リオナは毛布を持ち込んで寝ていた。

真由が出て行った後、リオナは手早く服を脱いで風呂場に行った。風呂の蓋はきちんと閉められ、タイルには髪の毛一本落ちていなかった。

リオナは体と髪を洗ってから、湯船に入った。湯の中で、左手首の傷痕を見た。赤みはかなり取れたが、まだ傷は目立つ。この傷のせいで、夏でも半袖を着るのが躊躇《ちゅうちょ》されるようになった。ＪＫビジネスなんかやっていると、リストカットした子は危ない、と見なされて客に敬遠される。だから、隠すようになる。

リオナは、左手の中指と薬指を動かそうとした。やはり、麻痺したままだ。リオナは懸命に動かす努力をしてみた。これまで、どうでもいいと思って生きてきたが、真由に会ったことで、少し変わった気がした。「それって、何だろう」と、リオナは声にしてみた。タイル張りの浴室の中で、自分の声が響く。

風呂から上がって、少し迷ったが湯を落とした。秀斗が入りたいのなら、自分で湯を入れるだろう。

下着を身に着けて、パジャマ代わりのジャージのハーフパンツとＴシャツを着た。

「リオナ、電話かかってるよ」と、真由が呼びに来た。

驚いて洗面所を出た。仲間とはほとんどＬＩＮＥで連絡を取り合うので、滅多に電話なんかかからない。

「はい、これ」

真由がスマホを持ってきてくれたので、発信元の名前を見ると、驚いたことにミトだった。ミトと連絡が取れなくなってから、すでに二年は経っている。

「もしもし、ミト？」

「リオナ？」と、ミトの細い声が聞こえる。

「そうだよ。久しぶりだね」

「よかった。番号変わってたらどうしようと思ってた」

ミトがほっとしたように言って笑った。

「そっちもだよ」

ミトに最後に連絡を取ったのは、リオナが家を出ようとする時だった。以後、ミトは、同棲相手の男とトラブルを抱えていたせいか、電話にも出なくなった。それで連絡を取るのを諦めていたのだ。

「今、どうしてるの？」と、リオナ。

「いろんなことあって、ひとことで言えない」

「そうだろうね」

ミトのアパートの部屋は、母親がいつもいないから、居場所のない子供たちの溜まり場になっていた。リオナもそこに居させてもらうことで助かったのに、ミトのボーイフレンドとその友達が集まるようになると、あまりにも危険で離れてしまった。ミト一人、男たちの中に取り残されて、苦労したはずだ。

「ミト、お母さん、どうしてる？」

「わからないの。一度だけ電話かかってきたことがあった。それきり。あたしの電話番号は絶対に変えないけど、あっちは変えているみたい。彼氏がいるらしい」

「みんな、親で苦労するね」

リオナは自分のことを言ったのだが、ミトは低い声で答えた。

「いや、あたしは自分のせいだと思ってる」

ミトはいつも自信がなくて、自己評価が低い。自分は何もできない、自分は駄目な子だ、と自分を追い詰めて、付き合う相手をいい気にさせていく。

「そんなことないって」リオナは苛々して叫んだ。「ミトのせいじゃないよ」

「そうかなあ」

「そうだよ」

いつの間にか大きな声を出していた。ふと顔を上げると、横に立った真由が心配そうに見つめていた。リオナは、ミトと話すのを中断して真由に訊いた。

「どうしたの」

「そこに座っててもいい？　話、聞かないから」

真由は困ったように、部屋の隅を指差した。

「いいよ」と頷くと、真由は申し訳なさそうな顔で隅に腰を下ろした。

「リビングに行って、テレビでも見てればいいのに」

「でも、何か心配だから」

知らない家にいるのが不安なのだろう。しかも、ここの主は奇妙な嗜好を持った秀斗だ。リオナには、真由の心が手に取るようにわかる。

「いいよ、ここにいなよ」

「ありがとう」

真由は小さな声で礼を言った後、スマホを手にした。リオナは、ミトと再び話し始める。

「途中でごめん」

「今の子、誰？」と、ミトが訊く。真由の声が聞こえたのだろう。

「真由って子。今日、渋谷で知り合ったの。家出して行くとこがないっていうから、可哀相になって連れてきた」

振り返ると、真由と目が合った。真由がにこりと笑う。

「いいな」ミトが羨ましがった。「あたしもそこに行っちゃだめ？　あたしも行くとこないんだ」

「呼んであげたいけどさ。人のうちだから、ちょっと難しいかも」

「そこ、彼氏のうち？」

「違う」

即座に答えた後、リオナは秀斗への嫌悪感で思わず身震いした。

「じゃ、何？」

「何だろう。そいつが好むように遊んでやって、お金貰うこともあるし、今みたいに泊めてもらったりもする関係、かな」

そう言うと、ミトが即座に指摘した。

「つまり、客ってことじゃない」

「そう。最初は客だった」

「違うよ、リオナ。客は客。ずっと客なんだよ」と、ミトがさばさば言った。

そうか、秀斗は、永遠に自分の客でしかないのだ。友達にも彼氏にも知り合いにもならない、単なるクライアント。そんな言葉が浮かんで、リオナは苦笑いした。

だから秀斗は、リオナの友人に何の興味も持たないし、もてなす気なんて毛頭ない。真由はゲームに加わったから、少しの間なら居させてもいい、と思ったのだろう。

買う側に厳然としてある線引きを感じて、心が冷える。どんなに隠しても、買う男には、買われる女への蔑みがある。

「ミト。それにしても、久しぶりだね」

リオナは話を変えた。

「うん。あたしもメールとかしたかったんだけど、彼氏が、リオナとは縁を切れって、うるさく言うんだもん。最初の頃は、携帯とかも必ずチェックされてたくらい。そのうち、メアドと番号を消去されちゃった」

それほどまでに、自分がミトの彼氏に厭《いと》われていたとは思わなかった。

「縁切れってか。彼氏は、あたしのことマジで嫌いだったんだね。道理で、何度電話しても出ないと思った」

スマホをいじっていた真由が、顔を上げてリオナの方を見た。女の子はネガティブな感情に鋭く反応する。リオナが、微かに傷付いたのが伝わったのだろう。

「てかさ、あいつはリオナのこと、怖がってたんだよ」

ミトからは、意外な答えが返ってきた。

「マジ?」

「マジだよ」

「あたしが素直じゃないからか」

「じゃね?」ミトが笑った。「あたしは何でも言うこと聞くからさ」

「それにしても、消去されたのに、あたしの番号、よく覚えていたね」

「そんなこともあるかと思って、メモしておいたの」

「ミト、彼氏に怒らなかったの? あり得なくない?」

「だって、逆らったってしょうがないよ。殴られるだけじゃん」

ミトはさらりと言ってのける。しかし、「行くところがない」という言葉が引っかかった。彼氏と別れたのだろうか。

「だったらさ、何で行くとこないんだよ? 彼氏どうしたの。別れたの?」

「追い出されたの。あいつに、新しい彼女ができてさ。喧嘩ばっかかしてたから、追い出されて清々したけど、実家もないから行くとこなくてさ。それで、あいつの後輩の部屋に転がり込んだの。でも、そこも追い出された」

ミトの、眉を下げた思案顔が思い出される。

「そうか。ミト、苦労してるんだね」

「それだけじゃないんだよ」と声を潜める。

「どうしたの」

「あたし、妊娠してるの」

「誰の子？」

リオナは驚いて、思わず声を上げた。

「あいつのに決まってるじゃん。でも、後輩の男のところにいる時に妊娠してるってわかったもんだから、そいつにも追い出されるし、戻ったら戻ったで、あいつは、自分の子じゃないから勝手に産んで育てろよって、言い張るんだよね」

「鬼畜じゃん。どうするの」

リオナは思わず声を荒らげた。

「わかんない。でもさ、そもそもの発端は、あいつが女を作ったせいなんだよ。それで怒ったら、おまえは出てけ、もう要らないからって言われて、蹴り出された感じだった。だから、今夜ひと晩でいいから泊めてくんないかな。リオナと話したいし」

リオナは一瞬躊躇したが、思い切って言った。

「ここは無理っぽいと思うんだ。ごめんね」

小学生の頃、ミトにもミトの母親にも、さんざん世話になった。それなのに、今の自分は、ミトを助けられない。リオナは申し訳なく思ったが、ミトは恨みもせず、諦めたような口調で言った。

「そうだよね、そりゃ、泊めにくいよ。うちも、あいつの友達とかがたくさん来てたじゃん。顔も知らないような他校の生徒とかが、勝手に入り込んでてさ。あたしが学校から帰ると、そいつらが自分のうちみたく、こたつに入ってゴロゴロして、ゲームとかやってるんだよね。テレビ点けて、お母さんが録画した番組を片っ端から見て消去したり、冷蔵庫開けて、お母さんのビールとか酎ハイとか見付けて飲んじゃったりしてさ。携帯の充電は当たり前みたいにしてるし、玄関は汚いドタ靴でいっぱいでしょ。床は砂とか土でいっつもざらざらしてるの。トイレの便座は上げっ放しで、床はおしっこで濡れてる。それが、すっげえ嫌だったから、あたし、マジギレ何度もしたよ。部屋が男臭くなるだけでも気持ち悪いのに、押入から布団出して寝てるヤツまでいたんだから。リオナがそこにあたしを呼べないのは、よくわかるよ。知り合いの知り合いが図々しく来るって、チョー嫌だもんね」

一気に喋ったミトは疲れたのか、小さな溜息を吐いた。

「じゃ、今夜どうすんの」

「マン喫でも行って時間潰すよ」

「朝になったらどうすんの」

「さあ、公園行くか、マックにでも入って、疲れたら、誰かについて行くしかないね」

「ごめんね」

「いいよ、リオナ。だってさ、自分だって嫌な思いしたのに、それでも泊めてって頼まなきゃならないのって辛いしさ。リオナの気持ちもよくわかるし」

ミトが低い声で呟く。ミトは気が弱くて優しい。人の嫌がることは決してしないし、言わない。でも、他人はミトの優しさを利用しておきながら、意志がないとか、気が弱いと言って非難する。自分もそうだった、とリオナは暗い気持ちになった。

「ミト、おいでよ。ここに」

リオナは思い切って言った。

「でもさ」と、ミトの方が躊躇する。

「いいよ。何とかなるから、おいで。久しぶりに会いたいし、喋りたい。住所言うから、来てよ。近くまで来たら電話して。オートロックだから、あたしが下で待ってる」

リオナはミトに住所を告げた。

「わかった、ありがとう。今、歌舞伎町だから、すぐ行く」

電話を切った後、リオナはすぐに真由の顔を見た。

「大丈夫だよ。絶対、聞こえてないと思う。リオナの声、小さかったもん」

真由が囁いた。

「電話がきて、あたしがオートロック開けに行って戻ってきたら、秀斗に気付かれないように、そっとドアを開けてくれる？」

「いいよ」

真由ならうまくやるだろう。リオナはほっとした。

電話は、きっかり三十分後にきた。

「今、マンションの前にいるよ」

「了解」

リオナは、そっとドアを開けて外に出た。エレベーターでエントランスに下りて行くと、ガラスドアの向こうから、金髪にした長い髪を、ツインテールに結んだ少女が手を振った。ミトだ。確か高校に進学したはずはないのに、高校の制服らしき物を着ている。完全なJKだ。

リオナはオートロックを中から解除した。ミトが飛び込んでくる。

「リオナ、久しぶり。会いたかったよ」

ミトがヴィトン風の模様の付いたキャリーバッグを放り出して飛びついてきた。リオナも小学六年生の冬を、ほとんど毎日一緒に過ごした友達と抱き合った。

「あたしも会いたかった」

「また会えて嬉しい」

リオナは、喜ぶミトの背を押した。

「早く。あいつが気付かないうちに部屋に入ろう」

エレベーターで三階に上る間、リオナはミトの変貌に驚いた。重そうなひと重瞼《まぶた》をしていたのに、ぱっちりした二重に変わっている。体重もかなり落としたらしく、妊娠しているとは到底思えない、折れそうなほど細い体型をしていた。

「ミト、整形した？」

目を指差すと、ミトが笑った。

「当たり前じゃん」

「あんた、マジ妊娠してるの？」

そっと制服のスカートの上からお腹を押さえてみた。ぺたんこだった。

「してる。今、六週だって。まだ目立たないんだよ」

「どうするの？」

「金貯めておろすしかないっしょ」

ミトがそう言ったのと、エレベーターが三階に到着したのは同時だった。

秀斗の部屋の前に行くと、ドアが細く開いている。リオナの言い付け通り、真由が中からドアを開けたままで二人を待っていた。

「静かにね」

急いで中に滑り込み、真由の顔を見る。真由は声に出さずに、大丈夫、と言った。ミトを中に挟んで、玄関脇の小部屋になだれ込む。ミトは自分の靴を持ったままだ。

「何とかなったね」

ミトが嬉しそうに小声で囁いた。

「これ、お土産」

バッグの中から、コンビニの袋を出した。おにぎりが六個と、麦茶のペットボトルが三本入っていた。

「ばれなきゃいいんだけどね」

リオナが憂鬱な声を出すと、ミトが暢気《のんき》に言った。

「いつかはばれるさ」

問題は、その時どうするかだ。リオナは、照明を点けないと真っ暗な部屋を見回した。外からドアを封じられて、ここに閉じ込められたらどうしようもない。何とかしなければ、と思う。

8

真由がトイレに行ったついでに、秀斗の様子を偵察してきた。

「どうだった？」

リオナは声を潜めて訊いた。持参したコンビニのおにぎりを食べていたミトは、急に緊張した面持ちで、真由を見上げている。

「部屋に閉じ籠もってる。ドアの隙間から明かりが洩れてたから、起きてると思うけど、あまり物音はしなかった」

「あいつ、ネットゲームしてるから、一人だけ抜けられないんだよ。だから、トイレ行ったり、お風呂入ったりするなら、今かもしれない」

「でも、お風呂のお湯、落としちゃったよ」と、真由。

「いいよ。あたし、お風呂なんか入らなくても。寝るところさえあればいいから」

ミトが遠慮した。この子は人一倍気を遣うんだった、とリオナは思い出す。

「じゃ、顔くらい洗ってきなよ」

「いいよ。その人が寝静まったら行く」

リオナは苦笑した。

「だからさ、寝静まったりしないいんだって。いつ寝たかもわからないいんだよ。パソコンの前で仮眠したり、カップ麺食べたりしてるんだもん。どうしてもパソコンの前から離れられない時なんか、溲瓶《しびん》でおしっこしてるみたいだよ」

「溲瓶って、お爺ちゃんが使うヤツ？　それ、最高にキモくね？」

真由が吐き捨てる。

「ペットボトルじゃないだけマシだよ」

リオナは真由に向かって言った。真由があまりにも悄気《しよげ》ていたので、可哀相に思って連れて来たが、その生硬な反応に苛立ってくる。

「ゲームに夢中なんだったら、いつ、リオナとやるわけ？」

ミトがあまりにも率直に訊くので、リオナは苦笑した。

「あいつの気が向いた時。だから、あたしが住まわせてもらえてるんだと思う。でも、ドMだから楽だよ」

「へえ、ドM男って、どうやってやるの?」

ミトが真剣な顔で訊く。真由の手前、リオナは言うのが憚《はばか》られたが、ミトが聞きたがっているので答えた。

「秀斗だけ裸になって、あたしは制服着たままで、威張って命令するの。それで、這い蹲《つくば》らせたりしてると、興奮してきて凄いことになる」

「女王様か」と、ミトが笑った。「ねえ、凄いことってどういうの?」

「あれがこんなに立っちゃってさ」

ミトがきゃはっと笑った。だが、案の定、真由が嫌な顔をしている。「キモいよ」という呟きが聞こえたような気がした。さすがにむっとして、リオナは文句を垂れる。

「真由、嫌だったら出てっていいよ。あたしはまだ部屋も借りられないから、こうやって生きてくしかないんだからさ。あんたには、まだわからないんだよ」

「わかってるよ」

真由が俯いたまま呟く。乾いた短い髪が、頬にはらりとかかった。

「わかってないよ」

リオナは強い口調で言った。

「どうして？　わかってるよ。だって、あたしは汚いおっさんにレイプされたんだから」

　真由が大きな声で叫んだ。

「それとこれとは別だろ」と、リオナ。

「別じゃないよ」

「別だよ」

　リオナはムキになった。

「ちょっとちょっと。二人とも静かにしなよ。ヤバいでしょ」

　ミトに諫《いさ》められて、リオナは我に返った。小さな声で囁くように真由に言う。

「真由は酷い目に遭ったと思うよ。でも、あたしたちだって、多かれ少なかれ、そんな経験してるんだよ。あんただけが被害者じゃないんだ」

　真由が涙目になった。

「みんな平等だってこと？　そんなの変じゃんか」

「変だよ。でも、現実じゃん。あたしらの親が悪いんだよ」

「そうかな。じゃ、うちも親が悪いの？」

　脚を抱えて座っている真由が、膝小僧に顔を付けて言った。泣いているのを見られたくないのだろう。

「真由は、最近までいい親に育てられたんでしょう。だから、暢気にそんなこと言ってられんだよ。そうじゃない子だって、たくさんいるんだから」

するど、二人の遣り取りを見ていたミトが、真由を慰めるように優しい声で言う。

「真由もさ、あたしの話聞いたら、自分の方がマシだって思うと思うよ」

真由が相変わらず、顔を上げないまま、ぶすっとした声を出した。

「体験を比べても意味ないじゃん」

だが、ミトは気にする様子もなく、話し始めた。

「あのさ、あたし、中学の時に彼氏できたのね。あたし、結構、命令されるの好きだから、夢中になっちゃったんだよね。ところが、そいつが友達連れて、うちに入り浸るようになったのね。それで、うちに来てくれてたリオナは、寄りつかなくなっちゃったってことがあった」

「いいよ、そんな話。『来てくれてた』なんて、言わなくてもいいし。あたしだって居場所がなかったんだから」

リオナが口を挟むと、ミトが「黙って」という風にリオナの手を取った。ざらざらと荒れた手だった。

「ともかくさ。その彼氏の友達が大変だったの。勝手に合鍵作って上がり込んで、うちの母親がどんなに新しい鍵を作っても、駄目なの」

「どうして駄目なの？」

真由が顔を上げて、不思議そうに訊く。

「あたしが彼氏に、合鍵くれよって言われちゃうからなの。彼氏に一本あげると、すぐに何本もコピー取って仲間に渡しちゃう」

「そんなの、断ればいいじゃん」と、真由。呆れた顔をしている。

「できなかったんだよね。あたしも、何度も言ったよ。勝手にコピー作って、仲間をうちに入れないでって。でも、あたしがそう言うと、彼氏はムチャクチャ怒るんだよ。『おまえは俺に合鍵もくれないのか。俺の立場をどう考えてるんだ。俺のこと好きって言ったのは嘘かよ』って、荒れ狂うの」

「あいつ、まだ中三だったでしょ？」

リオナは思い出して眉を顰めた。

「うん、あいつは父親やお兄ちゃんの真似していい気になってた。乱暴って、あそこのうちの芸風なんだよ。お父さんはトビで、お兄さんも継いでる。女は言うこと聞くもんだと思ってる。聞かないと、すぐ殴るし、荒々しいんだよね」

芸風という言葉に、リオナは失笑したが、真由は啞然とした顔でミトを見つめている。

「だから、あたしは、彼氏の言うこと聞かなきゃ彼女じゃない、という気にさせられてたのね」

「マインドコントロールってヤツ？」

リオナが言うと、ミトが力なく笑った。

「リオナはインテリだからさ。すぐ難しいこと言うんだよ」

「インテリじゃないよ。中卒の落ちこぼれじゃん。何言ってるんだよ。それでさ、ミトのお母さんは、どうしたの?」

「いたちごっこだよ。母親が鍵を替えると、彼氏に、合鍵をくれって言われる。合鍵を渡せばコピーを作られる。結局、母親の方が出て行っちゃった。今は連絡も取れない」

「絶縁ってことか。でも、お母さんにしたら、当たり前だと思うよ。だって、自分のうちを、知らない男たちに滅茶苦茶にされてんだよ」

ミトが溜息を吐いた。

「それだけじゃないの。あいつら、夜中に入って来て、母親をレイプしようとしたの。それで母親は、愛想尽かしたんだよ。彼氏と別れない、あたしにね」

ミトの母親は、リオナの母親と同じく若くしてミトを産んだから、まだ三十になったばかりだった。

「そうなんだ。ミトのところって、うちと違って仲がよかったのに見捨てるなんて、変だなと思ってた」

「あたしが彼氏に怒ったら、おまえは俺と母親どっちを選ぶんだって詰め寄られた。結局、彼氏を選ぶしかなくてさ。だって、母親は帰ってこないんだもん。でも、それがあいつを調子づかせることになったんだと思うよ。ねえ、リオナ。あたし、左官の親方にレイプされたって知ってた?」

「知ってる」と、リオナは正直に答えた。

「ミトも、レイプされたことがあるの?」

真由が遠慮がちに訊ねる。

「うん。親方のうちで酒飲んでて、彼氏が酔っぱらったんで、泊まっていきなよって言われたの。仕方ないなと思って、泊めてもらう部屋に布団敷いて先に寝てたら、親方が入ってきたの」

「親方っていくつくらいなの？」

真由が不快そうに顔を歪めながら訊いた。

「四十過ぎかな。やめてくださいって言ったけど、酔ってたし、止まらなかった。でさ、あたしがすごく嫌だと思ったのは、そのこと知ったのに、彼氏が親方のところを辞めないことなの。あたしはさすがに怒ったけど、我慢しろって言われたの」

真由がミトを詰《なじ》った。

「何でその時、彼氏と別れなかったの？」

ミトが太いアイラインの中にある小さな目を瞬いた。アイラインは汗で滲んでいる。

納戸に使われる四畳半の部屋は、エアコンがないので暑い。窓もないため、三人の少女の体温で、室温が上がっていた。

「嫌だったけど、一度だけだし、仕方ないかと思ったのね」

「あり得ないよ」

真由が強い口調で否定した。リオナも同意した。

「あんたの彼氏って、男同士の関係の方を優先しているんだよね。そういうのが一番狡《ずる》いよ」

「わかってるよ」ミトが唇を尖らせた。「だから、別れたって言ってるでしょう」

「何か煮え切らないな」と、リオナは苦笑した。

「だって、妊娠してるんだもん」

「そうだったね。どうするよ」

「体験入店で金貯める」

しかし、ミトはまだ十七歳だ。

「キャバクラなんてできっこないじゃん。やっぱ秋葉でJKビジネスでもやるしかないよ」

「でもさ、JKビジネスって、お金儲からないじゃん」

ミトが不満そうに唇を突き出した。リオナが喋ろうとした、その時、激しい音でドアが叩かれたため、ミトが悲鳴を上げて飛び上がった。

「おい、おまえら、何喋ってたんだよ。うるせえぞ」

三人で喋っていたため、秀斗に気付かれたらしい。ミトが隠れる間もなく、納戸のドアが勢いよく開いた。Tシャツにハーフパンツという緩んだ格好をした秀斗が、入り口からずかずかと入って来た。ミトを認めて、憤然としている。

「こいつ、誰だよ。いつの間に増えたんだよ。ここは俺のうちだぞ。出てけよ」秀斗は、怯えて縮み上がるミトを指差した。おまえだよ、おまえ。いつ入って来たんだ。俺は、入れてもいいって、許可してないぞ」

「すみません。ごめんなさい。すぐ出て行きます。許してください」

ミトが怯えた顔で、カエルのように這い蹲った。土下座を繰り返す。

「あたしたち、みんなですぐに出て行くからさ、落ち着いてよ」

リオナは見たことのない秀斗の形相に驚いて、慌てて叫んだ。秀斗の怒りが収まりそうもないのを見て、ミトと一緒になって土下座する。

「おまえ、勝手に友達呼ぶなよな。俺のうちなのに、いい気になりやがって」

リオナの肩に、秀斗の素足がのった。重みで肩が床に打ち付けられた。

その時、ゴツンと鈍い音がして秀斗があっけなく横に頽れた。

何が起きたのかわからず、リオナが顔を上げると、金属バットを手にした真由が呆然として立っていた。倒れた秀斗の後頭部からは、血が流れ出ている。

「この人、死んじゃった?」

真由が中空を見ながら、力ない声で訊ねた。

「ねえ、死んじゃったの?」

真由が抑揚のない声でもう一度聞いた。

リオナは、倒れて動かなくなった秀斗を観察した。後頭部から出血しているが、傷は深くなさそうだし、呼吸もしている。ほっとする反面、秀斗が息を吹き返したら、どれだけ荒れ狂うか、想像するだけでも怖ろしかった。

「いや、大丈夫。息してる」

まさか、真由がこんな思い切った行動に出るとは思わなかったから、驚きのあまり、声が震えている。

「なあんだ、そうか」

真由がつまらなそうに呟いて、手から金属バットを離した。床に転がったバットに、秀斗の頭髪が数本くっ付いているのを見て、リオナは吐きそうになった。

「マジで驚いたよねえ」

ミトが、薄い胸の辺りを両手で押さえながら、リオナに同意を求めた。

「うん、びっくりした」

「あたし、まだドキドキしてる」

「あたしもそうだよ」

ミトは怖ろしげに真由の方に視線を移したが、真由は興奮しているのか、まだ呆然と突っ立ったままだ。

「この人、すげえ剣幕だったじゃん。あたし、殺されるかと思ってマジ怖かった。ドMだっていうから、安心してたのに」

ミトが秀斗を見ながら言う。

「あたしも、チョーびっくりした」

リオナが覚えている限り、秀斗が激昂したことは一度もなかった。

「てことは、正当防衛だよね」

真由がすかさず言ったので、リオナは驚いた。

「真由、すごいね。冷静じゃんか」

「そうでもないよ。夢中だったの。あたしさ、もうどこにも行きたくないんだもん。ずっとここで、リオナやミトと暮らしたいんだもん。だから、こんなキモいヤツに邪魔させてなるものかと思った」

真由が、倒れている秀斗を見下ろして呟いた。その目に涙が光っているのに気付いて、リオナは真由に訊く。

「てかさ、真由。秀斗をどうしようか？」

「わかんない」

真由は両手で顔を押さえて、部屋の隅に蹲ってしまった。発作的にバットで殴ってしまったのだろう。今になってようやく、怖ろしくなったと見える。

「ねえ、真由。このバット、どこにあったの？」

ミトが訊ねると、真由が玄関の方を指差した。

「玄関のところに立てかけてあった。だから、何かあったら、こいつを殴るのに使えるなと思ってた」

「へえ、あたしは仕返しが怖いから、そんなこと考えないな」

ミトがのんびりと言う。この事態をどう切り抜けようか。リオナはそのことで頭がいっぱいなのに、ミトは相変わらずピントがずれている。

「こいつ、大嫌いなんだもん。だから、思わずやっちゃった」

真由は抱えた膝を、神経質そうに揺すりながら言う。

「ともかくさ、秀斗が息を吹き返すと面倒だから、縛ってここに転がしておこうか」

リオナが言うと、ミトが「賛成」と手を叩いた。この事態を楽しんでいるように見える。

「この人、縛られるの好きなんでしょう？　だったら、喜んじゃうよね」

「かもね」

リオナは部屋を出て、ガスコンロの下の開き戸を開けた。そこにプレイに使うロープが入っている。真由が後を追って来て、リオナに話しかけた。

「リオナ、ごめん。警察に言ってもいいよ。あたしが悪いんだから」

「言うわけないじゃん。だって、あいつがあたしの肩を踏んだから殴ったんでしょう？　助けてくれたんだよね？」

「わかんない」真由がぼんやりした顔をした。「あたし、あいつキモいから嫌いなの。てか、男なんて、みんな大嫌いだから、男代表みたいな感じがして、カッとしちゃったんだよね。気が付いたら、思い切り殴ってた」

「わかるよ。やっちゃったことはしょうがないからさ、手伝ってよ」

ロープを見せると、真由は素直に頷いた。

秀斗はまだ気絶しているが、出血は止まっている。リオナは、真由に手伝わせて、秀斗の両手両足を海老反りに縛り、納戸に転がした。

「いつも、こうやってやるの？」

ミトが興味津々の態《てい》で、秀斗が縛り上げられている様を眺めている。

「普段はもっと緩いよ。こんなにきつくしない。でも、今は暴れられたりすると嫌だから、きつくした」

「これも被せるといいよ」

真由が、戸棚から見付けてきたアイマスクを乱暴に被せた。

「うるさいから、タオルで口も縛るといいんじゃね？」と、ミト。

結局、秀斗は海老反りの形できつく縛られて、アイマスク、タオルの猿ぐつわをはめられた姿で床に転がされた。気が付いても簡単に脱出できないように、四畳半のドアには、ガムテープで目張りまでした。

三人はリビングに移って、ソファに陣取り、テレビを見た。いつも秀斗の影に怯えていたリオナは、解放感に浮き浮きした。だが、真由が不安そうに言う。

「あいつ、もしかして死んじゃったら、どうするの？」

リオナは、二リットル入りの水のペットボトルを両手で持って、ラッパ飲みしながら答えた。

「死なせないよ」

「そんなこと言うけどさ。ご飯とかどうするわけ?」

真由がキッチンに目を遣る。秀斗はカップ麺の湯を沸かす以外、炊事などまったくしないから、キッチンは使われたことがない。ステンレスのシンクは傷ひとつなく綺麗だった。

「何か食べさせてやるよ。でも、それ以外は、あの部屋に鍵をかけて閉じ込めておけばいいじゃん。監禁事件って、よくあるでしょう。あれをやればいいんだと思う。万が一、逃げられたら、あたしたちも急いで逃げればいい。あいつだって、あたしの本名とか知らないんだよ。リオナが本当の名前だと思っている」

リオナが言うと、真由が驚いた顔をした。

「リオナって、本名じゃないの?」

「違うよ」ミトが口を挟んだ。「リオナは芸名。本当はね、涙華って名前だよ。涙っていう字に、中華の華。すごいでしょう」

「うん、すごい。そっちの方が芸名っぽい」

真由が感心したように言った。秀斗を殴った時は、夢遊病者のようで薄気味悪かったが、やっと気分が安定したようだ。

「ミトだって違うじゃん」

リオナがばらすと、ミトがにやりと笑った。

「あたしは本当は聡美っていうの。地味でしょ? だから、サトミからふた文字取って、ミトにした。真由も変えてみれば?」

真由は不機嫌そうに首を振った。

「あたしはいい。だって、真由って名前は、親が付けてくれたんだから」

「真由の親は、いい親だもんね」

リオナは少し苛立って皮肉を言った。だが、真由が反省したように俯くと、少し言い過ぎたかと可哀相になる。

真由の生硬さや真面目さにうんざりする時がある。しかし、さっきのように、我慢ができなくなるとぶっ飛んでしまう真由を見ると、よほどレイプで傷付いたのだろう、とその傷の深さに溜息が出るのだった。

「あのさ、リオナのママもいいとこあったよ」

二人を見ていたミトが、取りなした。

「どんなとこ？　うちの母親なんか、ひとつもいいとこないよ」

「いや、リオナのお母さんは可愛くて綺麗だよ。リオナもそっくりでいいよね。羨ましいと思ってた」

そんなことか、と思う。確かに自分は小柄で細身。顔も可愛い方だと思う。女子高生の制服を着て街を歩いていると、よく会社員風のおじさんに声をかけられる。自分の顔や体が、おじさんの持つ美少女のイメージ通りなのだろう。そう思うと、寒気がするほど、おぞましくもあった。

でも、ＪＫという姿で仕事をしているのだから、自身の外見を利用しない手はなかった。

その引き裂かれた思いが、リオナを複雑な思考の持ち主にしているのかもしれない。

「ミトも可愛いじゃん」

「あたしは基本、ブスだもん。必死に可愛くしてるけど、これ以上、無理。それよっか、ここんちって、お金とかあるの？」

「あいつの部屋に少し置いてあると思うけど」リオナは、ミトに訊いた。「でも、何で？」

「だって、手術費用欲しいもん」と、あっけらかんと答える。

「それって泥棒じゃないの」

黙って聞いていた真由が憤然として言ったので、ミトが驚いた顔をした。

「悪い？」

「あまりよくないと思う」

「真由、あんた、バットで殴ったくせに何言ってんの。打ち所が悪かったら、死んじゃってるかもよ。そしたら、殺人罪だよ。自分のやったことの方が罪が重いじゃんか」

「でも、泥棒って、ちょっと抵抗ある」

「真由の言ってること、よくわからん」

ミトが笑いながら言うと、「そうかなあ。何でわからないの？」と、真由が首を傾げた。

その時、納戸で物音がしたような気がしたので、議論している二人を置いて、リオナは様子を見に行った。

ガムテープを剝がして中を覗くと、目を覚ました秀斗が暴れていた。タオルの猿ぐつわを取ろうと、必死に顔を床に擦りつけている。

「うるさいよ」

リオナが一喝すると、秀斗が喋ろうとするが、口にタオルを噛ませているので喋ることができない。リオナはロープが緩んでいないか点検した。ついで、頭の傷も調べる。大きな瘤が出来ていたが、血は止まっていた。死に至るほどの怪我ではなかったことに安堵したが、この先どうしようか、と暴れる秀斗を見下ろしたまま考える。

「秀斗、あんたが乱暴するからだよ。自業自得だからね」

話しかけると、秀斗が頷く仕種をした。

「あんたを皆で飼ってあげる。だから、いい子にしなさいよ。いろいろお仕置きとかしてあげるから」

また、秀斗が大きく頷いた。

「明日になったら、ロープを緩めておしっこもさせてあげる。それともおむつにしようか。成人用のおむつ買ってきてやるよ。嬉しいでしょう。それまで芋虫になって、転がってなさい」

秀斗が絶望したようにがっくりと頭を落とした。リオナは部屋の照明を消して、ドアを閉めた。再びガムテープで目張りをする。

朝になったら、どこかで錠前を買って来て、納戸のドアに取り付けなければならないだろう。秀斗の監禁を、自分たちがうまくできるかどうか不安だが、やるしかない。後戻りはできない。

リビングに戻ると、ミトと真由がまだ口論していた。リオナは、二人に叫んだ。

「あのさ、ここに居着くことにしたよ」

「賛成でーす」と、ミトが勢いよく手を挙げる。

「真由は？」

「いいと思う」真由が、目に安堵の色を浮かべて頷いた。

「まずは、秀斗の部屋に行って、お金を探そうよ。確かに泥棒だけど、資金がなくちゃ監禁もできないもん。真由はどう？ 意見があるなら言って」

「ないよ」真由が諦め顔で即答した。「でもさ、これって戻れない道だよね」

「仕方ないじゃんか」

ミトが、剝げたネイルを眺めながら笑って言った。

第三章　監禁

1

一日中、雨降りだった。真由は秀斗の部屋のベランダから、暮れかかった空を眺めていた。雨は、真由が秀斗の部屋に来た日からずっと、一週間も降り続いている。

秀斗のマンションの窓からは、住宅しか見えない。真由が住んでいた埼玉の外れの住宅街とは違って、間口の広い大きな家ばかりだ。どの家も庭があって、雨に打たれた植栽が、獰猛《どうもう》なほど勢いを増している。

わずかひと月前には、見も知らない人の部屋に勝手に住み着く、なんて想像もできなかった。

両親と弟と暢気《のんき》に暮らしていたこと、叔父の家に引き取られてからのこと、すべてが遠い昔の出来事のように思えてならない。

ドンドンドンと、一定のリズムでドアを叩く音がした。何か要求がある時、秀斗が、閉じ込められている部屋の中からドアを叩く。

たまに、憂さを晴らすかのように、わざと大きな音を立てることがある。そんな時、リオナは、秀斗に食事を与えなかったり、トイレに行かせなかったりした。それがこたえたらしく、秀斗は控えめな音で合図するようになった。

「何か用？」

真由は、秀斗を閉じ込めている、玄関脇の納戸の前で訊ねた。

納戸のドアには、錠前が上下にふたつ取り付けられている。最初は、自分たちで鍵を取り付けようとしたのだが、丈夫な鍵を付けるのは不可能だったので、結局、鍵屋を呼んで取り付けてもらった。チェーンまで付けたので、「犬でも飼うんですか」と訝《いぶか》しがられた。

その間、秀斗はがんじがらめに縛られて猿ぐつわを嚙まされ、自室に連れ込まれていた。そして、真由とミトが二人で見張っていた。

鍵が付いてからは、後ろ手に縛られたまま、納戸に入れられている。暑くて死ぬ、とさんざん騒いだので、扇風機を入れてやってからは、おとなしくなった。

「おしっこしたいんだよ」

秀斗が小学生のような言い方をした。不思議なことに、秀斗は監禁されてから、どんどん幼稚になる。

「駄目だよ。後にして」

真由は即座に却下した。秀斗を置いて三人揃って外出することはない。誰か一人が必ず残って、秀斗の見張りをすることになっていた。その見張りは、秀斗がどんな要求をしてきても、ドアの鍵を開けてはいけない決まりだ。秀斗に関するルールは、リオナが決めた。

「頼むよ」

秀斗が哀れな声を出した。

「溲瓶《しびん》があるじゃんか」

溲瓶は、秀斗がネットゲームをやる時に使っている物を使用している。

「一杯になってるんだ」

「じゃ、我慢しなよ」

「もう我慢できない」

「我慢しな」真由はドスの利いた声で無慈悲に怒鳴ってから、リオナの言い付けを思い出して付け加えた。「洩らしたら、後でリオナにお仕置きされるよ」

秀斗が喜ぶから必ずそう言え、とリオナに命じられたのだが、真由は秀斗を喜ばせたくなんかないから、極力したくない。でも、ミトが「プレイだって言えば、犯罪にならないじゃん。好きでやってるんだしさ」と言うので、仕方なく言い付けを守っていた。

「頼むよ。お願いします。もう洩れちゃう」

秀斗が悲鳴を上げた。

「だから、洩らしたら、お仕置きだってば」

それだけ言い捨てて、リビングに戻ろうとすると、「何だよ、畜生」と怒鳴った秀斗が、ドアを激しく蹴った。近隣にばれないか、とひやりとする。

ゴミ捨て場で、同じマンションの主婦に不審な目で見られた、とミトが訴えたことがあったのだ。金髪のミトは、見た目はまんまギャルなので、どうしてこんな少女がいるのだろうと不審がられたのだ。以降は、真由がゴミを捨てる係になっている。

秀斗の財布の中身は意外と少なかった。全部で四万足らず。部屋も探したが、秀斗は現金を持たずに暮らしていたらしく、それ以上の金は見付からなかった。

「暗証番号を聞き出して、ATMで下ろそう」と、ミトが主張したが、秀斗が正直に喋るわけもないからと、やめにした。だから、節約のために、自炊している。

秀斗の家には、ヤカン以外は鍋も釜もなかった。だから、近くのスーパーで安い鍋やどんぶりなどを買ってきて、インスタントラーメンを食べたり、うどんを茹でたりして凌いでいる。

リオナは、ポテトチップスとコーラさえあればそれでいいというほど、食にはまったく興味がないし、ミトは悪阻《つわり》で苦しんでいる。だから、真由がほとんど三食を賄《まかな》っていた。

真由は、かねてから自炊したいと思っていたので、キッチンを自由に使えるのが嬉しかった。叔父の家を出る時に、冷蔵庫にあった卵を五個全部茹でて、持って出たのが、ガスコンロを使った最後だった。茹で卵なんて、料理とは言えないのだから、惨めな思い出だ。

今夜は、出かけている二人のために、トマトサラダと豚肉炒めを用意した。秀斗には、豚肉炒めとおにぎりだ。

秀斗に食べさせる時は、三人で見張りながら、秀斗の縛《いまし》めを解いて、納戸で食べさせる。真由は金属バットを持って、背後から睨みを利かす役回りだ。が、秀斗を閉じ込めている部屋は換気が悪く、鼻をつまみたくなるほどの悪臭がするから、立ち会うのが憂鬱だった。

「ただいま」

リオナとミトが帰って来た。鍵はとっくに奪っている。二人は、ミトの元彼のところに、慰謝料を取るための談判に行って来たのだ。ついでに、ミトをレイプした親方のところにも寄って、慰謝料を請求して中絶費用の足しにしよう、という魂胆だ。

「ああ、暑かったあ」

ミトが、ソファにどすっと腰を下ろした。今日のように細いジーンズを穿いていると、お腹が少し目立つ。

「真由、冷蔵庫から何か取って飲ませてよ。悪いけどさ」

真由は、麦茶の入ったガラスボトルを取り出してグラスに入れてやった。

「サンキュー」

ミトがひと息に飲んだ後、やれやれという風に薄い肩を揉んだ。

「どうだった?」

真由の質問に、億劫《おっくう》そうに答える。

「まあまあの成功かな。でも、あちこち行って疲れた」

「へえ、元彼、いくら出したの？」

ミトが両手の指を広げて見せた。

「十万ってこと？」

「いや、あちこち行って、全部で二十万」

「やったじゃん」と、真由は喜んだ。

「まあね」

「親方はどうだったの」

「ロングロングストーリーだよ」

ミトは説明するのが億劫なのか、ソファに横になったまま、口を利かない。暑さと湿気で、アイメイクが滲んでいた。

「リオナはどうしたの？」

「秀斗の様子見に行ったよ」

真由は、リオナの分の麦茶をグラスに注いでやった。リオナのことだから、飲みたくないと言うかもしれない。そしたら自分が飲もうと思って、リオナを待った。

ドスドスと足音をさせて、リオナがリビングに入って来た。小柄なくせに、堂々と歩くから足音が大きい。リオナは、どこでもない高校の制服を着て、偽のＪＫスタイルになっている。

「手伝ってよ。秀斗がおしっこしたいってさ」

「またか」と、ミトが面倒臭そうに半身を起こした。「あいつ、おしっこ近くね？　膀胱の筋肉弱かったりして」

「さっきから、したがってたよ」

真由は部屋の隅に立てかけてある金属バットを手にした。用を足す時は、さすがにロープを解いて、皆が見張る中でさせていた。小用の場合も、秀斗の後頭部に金属バットを当てるのは、真由の役回りだ。

「じゃ、我慢してたのか。健気《けなげ》じゃん」

ミトが茶化した。ミトは気が弱いくせに、言うことが激しい。

「早くこっち来て。ドアを開けるから、注意してよ」

リオナが緊張した面持ちで言った。リオナが鍵を開ける間、真由は金属バットを構え、ミトは包丁を持っている。

ドアが開くと、部屋から異臭がした。体臭と洩らした尿の臭いだ。しかし、扇風機が回っているので、部屋は乾燥している。

「くっせー」と、ミトが鼻をつまんだ。

「おまえらが悪いんじゃないかよ」

秀斗がミトを睨み付けた。秀斗はミトと相性が悪いのか、最初から敵視している。もっとも、ミトのように、一見調子よくて、誰にでも合わせるのがうまい女が苦手なのかもしれない。

リオナがまるで猛獣使いのように、秀斗をトイレの前に連れて行った。便器の前で、後ろ手に縛ったロープを解くと、後ろを向いたまま、秀斗が手首を振ったり回したりして、運動している。リオナは咎《とが》めることなく、その様子をじっと見ていた。

「はいはい、そろそろだよ」

そう言われると、秀斗はおとなしく排尿を始めた。長い放尿が終わって前を閉じると、手を洗わせて再び後ろ手に縛る。縛る時に、「あーあ」という秀斗の溜息が聞こえた。

「あのさ、俺、おまえらがいても何も言わないし、何も邪魔しないからさ。もう解いてくれないかな」

「駄目。まだ駄目」

リオナが即座に答えた。

「駄目って、いったいいつならいいんだよ。風呂も入りたいし、ベッドで寝たい」

「あんたがやりたいのは、ゲームでしょう?」

また納戸に連れ戻されながら、秀斗とリオナが喋っている。

「それが不思議なんだけどさ、あまりやりたくないんだよ。こんな風になると、普通のことがしたくなる」

「普通のことって?」

「コンビニ行ってマンガ立ち読みしたり、アイス買ったりさ。そんなことだよ」

「まるで小学生じゃんか」

二人の会話を聞いていたミトが、こっそり真由に囁いた。

「仲がいいね。あの二人は、完全にプレイしてるみたい。それに、秀斗が痩せたら、少しカッコよくなった。そう思わない？」

ちょうど秀斗が項垂《うなだ》れながら納戸に入って行くところだった。リオナは部屋の中を点検している。

「そうかな」

真由は首を傾げた。女の子が嚙んだ、唾液まみれの沢庵《たくあん》が好きな秀斗など、一度もカッコいいなんて思ったことはない。むしろ、唾棄すべき男に思えた。

しかし、確かに太めでぶよぶよしていた体が、すっきりして見える。監禁されてから、いったい何キロ体重が落ちたのだろうか。

「ご苦労さん」

ドアに施錠したリオナが顔をあげて、真由に笑いかけた。リオナは完全に三人のリーダーだった。秀斗をあやし、バイトに行って金を稼ぎ、金の計算をし、三人の暮らしを成り立たせてくれている。

「リオナ、今日はどうだったの。ミトは疲れて話すのが面倒《めんど》臭《くさ》いって」

三人は冷房の利いたリビングに行って、ソファに座った。ミトはテレビを点けて、夕方のニュースを興味なさそうに眺めている。

「今日はまあまあかな。まず、ミトの元彼のところに行って、あたしが談判した。あんたの子供を妊娠しているんだから、中絶費用出してって。そしたら、俺の子だって証拠を見せろって言うから、じゃ、とりあえず産んでみるから認知してよって、ミトが言ったの。最初は、勝手に産めばいいじゃんとかって偉そうに言ってたんだけど、元彼の彼女に相談してみるって言ったら、ちょっと慌ててた。でも、金がないとかで五万ぽっち。その後、元彼の実家に行って、母親に金を出してくれないかって頼んだ。そしたら、孫を妊娠しているのなら、嬉しいから是非産んでくれないかって、言われちゃったんだよね」

リオナは、真由が注いだ麦茶のグラスを手にして笑い、ミトはクッションを抱きかかえてお腹に当てたまま爆笑した。

「あたしの顔を見てさ、親方は焦ってたよね」

ミトは溜飲を下げたようだった。

「疚《やま》しいんだよ。いい気味だった」

リオナが頷《うなず》くと、二人は顔を見合わせて哄笑した。ミトをレイプした左官の親方からも、

二人は五万以上の金をせしめてきたらしい。

真由は、二人の会話を聞いているのが辛くなって、そっと目を背けた。

リオナから暗い翳《かげ》りのようなものが失せた気がする。初めてカラオケで会った時、真由がリオナに惹《ひ》かれたのは、決して笑わない目だった。リオナが体全体から発する絶望の吐息が、あの時の自分の気分にぴったり合ったのだ。

しかし、幼馴染みのミトが現れて、秀斗を監禁してからのリオナは、秀斗だけでなく、

自分たちにも命令ばかりしている。そんな時、目には愉楽のようなものが、ちらほら見えるような気がするのは、考え過ぎか。

「どうしたの、真由？」

リオナは鋭い。真由の少しの変化も見逃さない。

「どうもしないよ」

「そうかな。何かうざそうだよ」

リオナの言葉を聞いて、ミトがはっとしたように真由を振り返った。ペンシルで黒く縁取った小さな目が、慌てているのがわかる。

「んなことないよ」

真由は誤魔化して、自分も麦茶をグラスに注いで飲んだ。作ってからかなり時間が経ったせいで、麦茶は渋くなっていた。ペットボトルで買うと高くつくので、幸恵がしていたように、麦茶パックで作った。

簡単なことなのに、ペットボトル以外の麦茶を初めて飲んだ、とリオナが言ったのには、真由の方が驚いた。リオナたちには、何をしても何を言っても、「真由の親はいい人たちだから」「真由は育ちがいいからさ」と、枕詞《まくらことば》が付いてくる。

「なら、いいけど」

リオナの制服風の白い長袖ブラウスから、細い手首が覗《のぞ》いていた。内側にある、輪状に盛り上がった赤い傷は、リストカットした痕だ。真由の視線を感じたのか、リオナがさっと手首を隠した。

「ごめんね」

なぜか、真由は謝っていた。リオナは、気にしていないよ、という風に微笑《ほほえ》んで見せる。

真由は、リオナのそういう勘の良さが好きだった。ミトなら一瞬、怯えたような目をするものの、その口から発せられる言葉は、過激でついていけない。

2

夕暮れ時の雨は、何となく気分を憂鬱にする。他人の部屋で、無為に日を過ごす三人の少女と、少女たちに囚われた男が一人。男を監禁しているから、真由は何もできずに部屋に籠もり、見張りをするしかないのだった。そのことに飽いている。

勉学に熱心な生徒のいる高校に行って、負けじと勉強したかった。評判の映画を見たり、モールでショッピングしたりしたかった。でも、その前に母親に会いたい。埼玉の自分の部屋に戻りたい。両親に見捨てられてから、必死で何とか生きてきたが、今頃になってホームシックになっている。それは、リオナと自分の間に、ミトという第三者が入ってきたせいもあった。ミトがいることで、リオナと少し距離ができたような気がする。

「ああ、かったるい」

ミトがリモコンでザッピングを続けている。面白いテレビ番組がないらしい。

リオナは、誰かにメールを打っていた。それを見たミトが伸びをしながら、リオナに訊く。

「リオナ、今日は雨だからバイト行かないんでしょ？」

「うん、行かない。今、断りのメールした。だって、こんな日は客もいないもん」

「当日だと罰金取られるんでしょ？」とミト。

「うん、でも仕方ないよ」

「酒でも飲みたくね？」

「ご飯なら、用意してあるけど」

真由が口を挟むと、ミトが白い歯を見せて愛想笑いをした。

「真由、ありがとう。何を作ってくれたの？」

「豚肉炒めとトマトサラダ」

「へえ、美味しそうだね」ミトが心にもない世辞を言った。「あたし、豚肉大好き」

するとと、食べ物に興味のないリオナが、会話を遮って言う。

「それよっかさ、ミト。お金は何とかなったんだから、早く病院に行きなよ。酒飲むどこじゃないじゃん」

ミトが乗り気でない様子で、大きな欠伸《あくび》をした。

「わかってるって」

その時、秀斗の自室から、スマホの鳴る音がした。完全にバッテリーが切れると怪しまれるから、充電器に繋いだままになっているのだが、このところメールやＬＩＮＥの着信音が頻繁に鳴っていた。秀斗を監禁して、一週間が経つ。親か兄弟か友人かが、秀斗に連絡が取れなくなったので、気にしているのだろう。

「ややべ。電話だよ」と、ミト。

「ちょっと見せてよ」

真由は秀斗の部屋に駆け込んで、スマホをリオナに手渡した。リオナは躊躇《ためら》わずに、発信者の名前を確かめている。

「母親みたい」

「ねえ、リオナ。そろそろヤバくね？」

ミトがソファの肘掛けに顎《あご》をのせたままで振り返った。「何がヤバいの？」

「何が？」リオナがミトを振り返った。

「だってさ、ＬＩＮＥも返してないし、ゲームの相手とかにも全然連絡してないでしょ。みんな、あいつのこと心配してんじゃないのかな」

「そうかな。連絡なんかしてるところ、あまり見たことなかったけどね。どうしたらいいか、秀斗に相談してみようか」

真由は思わず訊ねた。

「リオナ、どういう相談をする気なの？」

「わかんないよ。あんたに電話やＬＩＮＥきてるみたいだけど、うまく言ってよねって、頼んでみようかと思う」

「あいつ、そんなことするかな」真由は半信半疑だった。「だって、マジで監禁されるの嫌がってたじゃん」

「そうかな。結構、喜んでんじゃないの。おしっこする時なんか、みんなが見てるから浮き浮きしてるみたいじゃん」

ミトが笑ったので、真由は怒りが込み上げてきた。

「何、それ。監禁ごっこしてるってこと？　あいつを殴って縛っているのに、それはごっこになるの？　あたしは犯罪だと思って、夜も眠れないほど、はらはらどきどきしてるのに、実は監禁ごっこなの？　よくわかんないよ。それに、ミトたちのこともわかんない。レイプしたヤツとか、妊娠してるのにゴミみたく捨てた男のとこに行って、お金貰うって、それ、何？　脅迫？　たかり？　あたし、それもわかんない。だってさ、そんなヤツらって最低じゃん。言わば、犯罪者でしょう。何でこっちがへらへらして、お金貰ってこなきゃならないんだか、わからない。警察行けばいいじゃんか」

気がつけば、涙が流れている。

「落ち着けよ、真由」

リオナに怒鳴られて、真由は我に返った。ミトが、狂乱して泣き喚く自分を、不安そうに見つめている。リオナはソファに座ったままで、鋭い目で睨んでいた。

「だってさ、あたし我慢できない」

しゃくり上げながら、何とか説明しようと試みるがうまくできない。

「警察行ったって、お金貰えないじゃん。それよっか、現実問題として、ミトのお腹の子をまずどうするかってことの方が先決じゃないか。違う?」

リオナが立ち上がって、真由の肩を押さえた。

「そうだけど、何か汚い気がするんだよね」

真由は、リオナから目を背けて言った。

「汚い? どういう意味? つまり、レイプとか妊娠を理由にして、金を貰ってるってこと? それはあたしらが汚いことをしてるってこと? でもさ、それはあんたの価値観でしょう。あたしらに失礼じゃないの」

リオナに怒鳴られて、真由は混乱した。

「そうかもしれないけど、どうしてそんなに、現実に流されるのかがわからないんだよね。だってさ、その親方って、ミトの元彼が仕事しているところの人でしょう。だったら、元彼なんかもう関係ないんだから、全部、訴えればいいじゃんか」

「りーむー、りーむー」と、ミトがふざけて歌う。「りーむー、りーむー、りーむーよ」

「何で無理なの、何で? わかるように説明してよ」

真由は、たった一歳上のリオナとミトが、狡《ずる》い大人のように振る舞うのが嫌で、つい喧嘩腰になった。それに、ミトが混ぜっ返すと、なぜか腹が立つ。ミトは適当なその場凌ぎしか考えていないのに、リオナが幼馴染みだからという理由で、ミトの味方をするのが気に入らなかった。

「だったらさ、真由だって、ラーメン屋のことを警察に訴えればいいじゃんか」リオナがドスの利いた声で恫喝《どうかつ》する。「そうだろ？　真由はさ、ラーメン屋の二階で、忍び込んできたオヤジにレイプされたんじゃん。だったら、何で警察行かないんだよ。これぞ、すげえ立派な犯罪じゃないか」

あの夜の屈辱を思い出して、真由は再び泣きそうになった。泣くまいとして唇を噛むが、声が震えるのをどうしても止められなかった。

「警察に行きたいよ。でも、行ったら、いろんなことが面倒かと思って、できなかったんだよ。まだ十六だし、家出しているから、警察でいろんなこと訊かれるのが嫌だったし、叔父さんのところに連絡が行くのも嫌だった」

「でもさ、保護されて、自立援助センターとかに入れたよ、きっと。そしたら、叔父さんの家になんか行かなくても済む」

真由は激しく首を振った。

「あたしは、あの嫌な叔母さんに、それ見たことかって、まるでわかっていたように言われるのが一番嫌だったんだよね。それを想像すると、警察に行けなかった」

「そうだよね」

リオナが念を押すように言ったが、勝ち誇ったような調子はなかった。むしろ、真由に嫌なことを思い出させてしまった、という気遣いを感じさせた。

「それはいっちゃん悔しいよ。わかるな」

ミトが自分の長く伸びた爪を眺めながら呟いた。

「だったら、真由はどうしたいんだよ」

リオナが、真由をまっすぐ見つめながら訊いた。ミトも頷く。

「うん、あたしも聞きたい。言って」

「ねえ、真由。どうしたいのか教えて。あたしたちにできることなら、協力するからさ」

真由は戸惑って、リオナを見た。リオナは真剣な表情で、真由の両腕を強い力で摑《つか》んでいる。ようやく真由は口を開いた。

「あのラーメン屋の二階に居座っていたあたしも悪かったと思うけど、それは仕組まれたような気がするんだよね」

「誰が何を仕組んだの？」と、ミト。

「あたしが、わざと二階に住むようにしたんじゃないかと思ってる。だって、本当に迷惑だったら、出て行けって言えば済むじゃん。でも、夜は居てもいいようなことを言うから、その気になって寝泊まりしてたんだよ」

「悪質だな。それは、絶対に間違いないよ」と、ミトが吐き捨てるように断言した。「真由は運が悪かったんだよ。そんなヤツらの店に行ってさ」

真由は雇われた当初を思い出して、溜息を吐《つ》いた。

「そう言われても、何も知らなかったし、貼り紙見て店に入ったら、すぐに雇われたから、むしろいい店だと思っていたの」

「わかるよ。可哀相」

ミトがしんみりして項垂れた。

「いいじゃん。復讐《ふくしゅう》しようよ、みんなで」

リオナがきっぱり言った。

「復讐したいけど、どうやったら効果的なのかがわからない」

「それを考えようよ」

「いいね。やってやるよ、あたし。いい気味だもん」ミトが目を輝かせた。「ねえ、そうでしょう？　真由」

真由は、あいつらにどうやったら、自分の屈辱や苦しみ、そして痛みを味わわせることができるのだろうと考えていたために、すぐに返事をかえせなかった。

ミトは痩せっぽちだけれど、よく食べる。真由が適当に作った豚肉炒めを、「うまい、うまい」と、がつがつ食べた。

「ネットに書いてやればいいんだよ。食べログとか、ぐるなびとか、いろいろあるじゃん。そこに書いてやろうよ。レイプ専門のラーメン屋です、って」

割り箸を割ろうとしていたリオナが、ミトに異議を唱えた。

「無理だよ。食べログとかうるさいんじゃないかな。個人への誹謗《ひぼう》中傷とか言われて、すぐに削除されると思う」

「マジ？　だって、ほんとのことじゃないか」と、ミト。

秀斗の家はローテーブルしかないので、皆でリビングのフローリングに直接座り、輪になって食事をしながら相談している。ミトは立て膝をつき、真由とリオナは胡座《あぐら》をかいている。

真由は、トマトを口に入れた。処分品だったから、萎びていてまずかった。吐き出したいのをこらえて食べた。でも、ミトはさもうまそうに口に入れて、「美味しいよ、トマト」とまで言う。

リオナは不器用そうな握り箸で、豚肉を摑もうとして何度も失敗し、そのうち面倒臭くなったのか、食べるのをやめてしまった。

「ねえ、ラーメン屋のやつらを酷い目に遭わせてやりたいけど、それも何か虚しいんだよね。だって、復讐したって、自分が汚されたっていう事実は消えないんだもん。それって、どうしたらいいんだろう」

真由は誰にともなく喋った。

「真由は、時々どきっとするようなことを言うよね」

リオナが、割り箸を紙皿の上に放り投げた。

「そうかな」と、真由は首を傾げる。

「真由の言う通りだと思うよ。本当は虚しいんだよ。だからさ、何をしたって無駄なんだよ。相手を罰したところで、気持ちが収まるわけじゃない。自分の傷は自分で癒《いや》すしかないと思う。あたしは、そうしてきたけどね」

「それはリオナだからだよ。あたしは、そんな賢いことできない」

真由は独りごとのように呟いた。

友達にも母親にも教師にも、警察にも医者にも誰にも、自分を癒すことなんかできないのだとしたら、怖ろしいほどの孤独を背負っていると思う。殺されないまでも、心を殺された気がした。しかも、その傷は永遠に残りそうなのに、当の男たちはそんなことなど、知りもしないのだ。

すると、ミトが麦茶を啜りながら、真由が考えていることと同じことを言った。

「あのさ、レイプした男たちは、まったく何とも思ってないよ。女は無理やりやられて、実は嬉しがってるくらいに思ってる。何も考えてないし、何も感じてないよ」

「それが一番悔しいけど、どうしようもないんだよね」

真由は歯噛みする思いだ。

「どうしようもないけど、こっちがそのくらい怒っていることを知らしめるべきだよね」

リオナが憂鬱そうな表情で言った。憂鬱そうなのは、自分がまだ義父に知らしめていないと思っているからだろうか。

「ねえ真由。ラーメン屋のやつらを、殺してやりたいと思ったことある？」

ミトが真由に訊いた。その言葉を聞いて、真由の方を見たリオナの目には、あの色が蘇っている。ちらちらと燃える、青黒い炎だ。

「もちろん、ずっとある。そればっか考えているよ。どうやったら、苦しんで死んでいくだろうと想像している。でもね、殺したってどうしようもないじゃない。たとえ、あいつらが死んだって、あたしの気持ちは元に戻らないんだからさ」

「そうなんだよ。そこが問題なんだよ」

リオナが高い声で叫んで、誰も見ていないテレビをリモコンで消した。急に部屋がしんと静まり、外の雨音が聞こえてきた。

「あいつらは何とも思ってなくて、こっちは死ぬほど傷付いている。すごい不公平」

「男もレイプして怖い目に遭わせてやればいい、という女たちがいるよ」

ミトが笑いながら言った。

「どうやってレイプするの？」と、真由。

「男が男にするんだよ」

「じゃ、意味ないじゃん。男同士じゃ駄目だよ。異性だから、何を考えているかわからなくて怖いのに」

真由は落胆した。自分の恨みをどうやって晴らしたらいいのだろうか。気が狂いそうになるほど考え抜いているけど、方策が浮かばない。翌日、素知らぬ顔で厨房《ちゅうぼう》に立っていた男たちの横顔を思い出すと、腸《はらわた》が煮えくり返りそうだった。

「レイプする男たちは、あたしたちを馬鹿にしてるんだよ。女なんか大嫌いで、自分たちよりずっと劣るものだと思ってる。だから、ばれなきゃ、いくらでも酷いことをする。差別そのものなんだよ」

リオナが静かな声で言った。十七歳と思えない、大人びた言い方だった。

「そうだよ。言うこと聞かなきゃ、一発ぶん殴ればいいと思ってるんだ」

ミトが悔しそうに付け加えた。

「それはあんたの元彼でしょ？」

リオナに言われて、ミトがはっとしたようにリオナを見てから言い返した。

「殴るのもレイプするのも、同じじゃん」

その通りだ、と真由は思う。力で抑えつけていることには変わりがない。

「それよっかさ、そのラーメン屋、一度見に行かない？　敵情視察だよ」

ミトが言うと、リオナが真由の方を見た。

「真由さえ平気ならいいよ」と、リオナ。

「皆と一緒なら平気かも」

真由が答えると、リオナが驚いた顔をした。

「前は、道玄坂にも近付きたくないって言ってたのにね」

「よし、じゃ、これから行く？」

ミトが立ち上がった。その拍子に、紙皿に入れた豚肉炒めの汁がこぼれたので、リオナが笑った。

「明日にしようよ。いくら何でも雨降ってるのに嫌だよ」

真由は幾分明るい声で言った。

3

真由とリオナは、朝食の皿を持って納戸に行った。コンビニのおにぎりを一個と、ウィンナー一本だ。少ないと思うが、お金がないから仕方がない。

リオナが二つの鍵を開けてチェーンを外すと、扉の脇に立っていた秀斗が突進してきたので、真由は思わず金属バットで秀斗の胸を突いた。秀斗はよろけて尻餅をついた。

「痛いなあ、何すんだよ」

声は弱々しい。

「飛びかかるんじゃないよ」

リオナが不機嫌な声で言った。

「腹が減ったし、便所も行きたいんだ。いい加減に縄を解いてくれよ」

秀斗が床に蹲《うずくま》ったまま、文句を言う。

「ご飯ならあるよ」

リオナが紙皿を示すと、秀斗は泣き叫んだ。

「足りねえよ。腹が減ったし、喉も渇いた。おしっこもしたいし、クソもしたい。風呂も入りたいし、手も自由にしてほしい」

「まずさ、食べ物のことだけど、あんたのお金貸してよ。でないと、食べ物買えない。みんなお金持ってないし。ＡＴＭに行くから、カード貸して、暗証番号教えてよ」

「俺が何で、おまえらを食わせなきゃならないんだよ」

秀斗が悲鳴を上げて怒鳴った。

「仕方ないよ。運命共同体なんだから」

リオナが笑いながら言う。

「俺はそんなの承知した覚えはないよ。おまえらのことは警察に言わないから、解放してくれ。頼むよ。ロープ解いてくれよ。もう気が狂いそうだ」

「駄目だよ」

リオナが拒むと、秀斗が哀れな声を上げた。

「お願いします。お願いします。もう、自由になりたいよ。頼むから解いてください」

「駄目」

秀斗が立ち上がろうとしたので、真由は素早く金属バットを秀斗の胸に当てた。

「いきなり立つなよ。殴るよ」

真由が恫喝すると、秀斗は泣きそうになった。

「そんなことしないから、許してください。頼むから手を自由にして。頭が痒くて死にそうだよ」

その時、ミトが秀斗のスマホを持ってやってきた。

「電話鳴ってるよ」

リオナが発信元を見て、スマホを突き出した。

「お母さんからみたい。これに出て、嘘をちゃんと吐けたら、ご褒美に縄を解いてやる」

「本当だね？」

「嘘は吐かない。ほら、出ろよ」

リオナが通話ボタンとハンズフリーボタンを押した。

「もしもし、秀ちゃん？」

地方の訛《なま》りがある中年女の声がする。

「うん、俺だよ」

「ああ、よかった。この間から電話してるけど出ないから、何かあったのかなと思って。お父さんもね、メールしたけど返信がこないって言ってたから、ちょっと心配になったのよ。元気なのね？　なら、いいけど。お祖母ちゃんが歌舞伎座に行きたいって言ってるけど、あんた一緒に見ないわよね？」

母親は、三人の少女が聞き耳を立てていることも知らずに、ほっとしたのか暢気な口調で喋り続けている。

「俺、歌舞伎座なんか行かねえよ」

「そう言うだろうと思ってた。学校は行ってるんでしょうね？」

母親は安心した様子だ。

「行ってるよ。大丈夫」

「はい、じゃ、お邪魔しました。またね」

通話が終わった時は、ほっとして皆で顔を見合わせた。

「ちゃんとやっただろう。縄解いてよ」

リオナは、固くなった結び目に細い指を当てて、懸命に解いている。秀斗がリオナに襲いかかるのではないかと警戒して、真由は金属バットを構えたままだ。いざとなれば、頭を割ってしまおうとまで思っていた。

「嫌だな、真由ちゃんだっけ。こいつ、目がイってるよ」秀斗が真由を見上げながら、怯えたようにリオナに訴えた。「ヤバくね？　こいつ」

自分はそんなにヤバいのだろうか。仕方がないよ。こんな酷い目に遭う女の子は、そうはいないのだから。真由は表情を変えずに、バットを強く握り直した。

「秀斗、ＡＴＭの暗証番号教えて」

リオナがポケットからキャッシュカードを取り出して、秀斗の顔の前で振った。

「あ、俺のカードじゃないか。畜生。盗みやがったな」

「人聞きが悪いな。あんたが正直に教えないと、あんたのご飯は一日一食になるよ。それも、あたしたちの残飯だから、何が出るかはわからない」

リオナが脅すと、秀斗は諦めた様子で、四桁の番号を言った。

「パソコンのパスワードは何」

「いいじゃねえか、パソコンまで中身を見るのかよ」

秀斗はうんざりしたように怒鳴った。

「言うことを聞くなら、パソコンをこの部屋に持ってきてあげるよ。その代わり、パソコンから助け呼んだりしたら、あたしたちはすぐさまおさらばするよ。玄関開けるのだって、この部屋の鍵だって、簡単には開けられないんだから、あんたはここにしばらく閉じ込められることになるよ。変なことを考えないのなら、パソコンを入れてやってもいい。その代わり、スマホは駄目だからね」

「お願いします。絶対に助けを呼ぶようなことはしないから、パソコン入れてください。ゲームだけして暮らします。おしっこも溲瓶にします。迷惑はかけません」

秀斗は後ろ手に縛られたまま、何度も土下座した。


秀斗に朝飯を食べさせている間、再び納戸に施錠して、真由はリオナと二人で秀斗の部屋に入った。ドアを開けるなり、むっと若い男の体臭がして、息が詰まる。

クローゼットの前には、洗っていないらしいTシャツやハーフパンツ、リュックサックなどが散乱している。だが、本棚は整然としていた。

窓際の大きなデスクの上には、ノートパソコンとプリンタが置いてある。デスクの上は比較的片付いていたが、スナック菓子の欠片《かけら》や、ドリンクの染みがあちこちにあって汚い。

ノートパソコンは、一週間前からずっと点いた状態で、グリーンのランプが点滅を繰り返していた。

「くせっ」

後ろから、くっついてきたミトが大袈裟に鼻を押さえる。

「閉め切ってるからだよ。窓を開けよう」

リオナが、ブラインドをフラットにして、窓を開けた。一気に蒸し暑い外気が入ってきた。むせるような緑の匂いがする。

広い窓の向こうに、渋谷の街が見えた。聳《そび》える高層ビルは、確かセルリアンタワーだ。

自分は、あの街に少しの間、潜んでいたのだ。

真由は、ラーメン屋での出来事を思い出して、振り払いたいほどの嫌悪を感じた。その嫌悪は、あの男たちだけでなく、渋谷で彷徨《さまよ》っていた、哀れな自分にも向けられている。あの頃は何も知らない、馬鹿な子供だったのだ。狡い大人たちによって、無理やり子供でなくさせられた。

「臭いけどさ。ここ、いい部屋じゃんか、ねえ」

ミトが誰にともなく同意を求め、窓辺に立って下を覗いたと思ったら、急に声を潜めて、真由のTシャツの裾を引いた。

「見て見て。隣のうちの人が裸で歩いているよ」

「どれどれ」リオナが好奇心丸出しで、窓に齧《かじ》り付いた。「本当だ」

真由も後ろから覗くと、隣家の二階のリビングらしい部屋を、中年女性がバスタオルを巻いただけの姿で歩き回っているのが、レースのカーテン越しに透けて見えた。

秀斗の部屋は三階なので、隣家の住人は上から覗かれていることに気付いていないらしい。女性は何か飲み物のグラスを手にしながら、歩いている。

「ヤバいよ。ばれるから、ブラインド少し閉めて」

真由がブラインドを調節して、隣家から気付かれないようにしてから、なおも皆で覗き続ける。

「おばさん、朝風呂か。優雅だね」と、リオナが皆に囁く。

「あいつ、いつもここから眺めていたんじゃね？」

ミトがデスクの引き出しを勝手に開けて、双眼鏡を取り出した。真由がちらっと見ると、引き出しの中は文房具やノートがごちゃごちゃ入っていて、乱雑だった。

「きゃはっ、見える見える」

ミトがわざとらしい笑い声を上げて、双眼鏡を覗いた。釣られて、真由も伸び上がって見ると、隣家の主婦が全裸になって、腕や太股にボディ・クリームを塗っているところだった。

中年女性の裸なんか見たくはなかった。それよりも、夫が出勤して、子供たちも学校に行ってしまった家で、専業主婦の母親はあんな風に自由に過ごしているのか、という驚きの方が大きかった。

真由の家は飲食業だったから、両親とも朝から店に出て、夜遅くまで帰ってこなかった。だから、真由は母親に代わって、夕食を作り、弟の世話もしていたのだ。母子家庭で育ったリオナやミトも同じ気持ちらしく、中年女性の行動に見入っていた。

「あのボディ・クリームはロクシタンだ。はっきり見える」と、ミト。

ミトから手渡された双眼鏡を覗いたリオナが呟いた。

「あの人、ビール飲んでる。いいなあ、自由で。だから、みんな主婦になりたいわけだ。金持ちじゃなきゃ意味ないけど」

そして、双眼鏡を真由に渡そうとした。

「真由も見たいでしょ？」

だが、真由は双眼鏡を押し戻した。「いい。あたしはあいつが触った物かと思うとキモいから、いい」

リオナが呆れたように、真由を見た。その眼差しに強い非難が込められている。

真由も、リオナを見返した。リオナは秀斗に甘過ぎる。秀斗はいい「客」だったかもしれないけど、今は歯向かうかもしれない敵じゃないか。男に優しくなんかするなよ。

「へえ、真由がそんなに潔癖だとは思わなかったな」

リオナが厭味を言ったので、真由は言い返した。

「リオナがそんなに甘いとは思わなかった。秀斗にパソコン渡すなんて、あり得ないよ」

「ちょっと、大声出すと隣に聞こえるじゃんか」

ミトが声を潜めて、そっと窓ガラスを閉めた。

「ごめん」

真由はミトに謝ってから、秀斗のパソコンの画面に触れて、キーボードを叩いてみた。

「へえ、秀斗のパソコンに触るのは平気なんだ」

リオナの厭味を聞いて、今度はリオナに謝る。

「ごめんね。ここはリオナの知り合いのうちなのに、偉そうに言って悪かった」

「いいよ、許してやる」

リオナが硬い声で言った。いつか、もっとぶつかる日がくるかもしれない。でも、自分はリオナが好きで、リオナに頼っている。今、リオナと別れたら、真由は一人で生きていく自信がない。

「あたしも真由に賛成だな。あいつにパソコン渡したら、何するかわかんないよ」ミトが真由の味方をした。「あいつをずっとあの部屋に閉じ込めておいて、あたしたちが自由に使おうよ。ここラクチンだよ。Ｗｉ‐Ｆｉは使えるし、部屋は大きいし」

「閉じ込めるのも限度があるじゃん」と、リオナ。「あっちは生きている人間だよ」

「ないよ。ずっと閉じ込めておけばいいじゃんか」

ミトがあっけらかんと言った。

「秀斗が衰弱して死んじゃったらどうするの？」

「んなの、放っておけばいいんじゃん」

秀斗と折り合いの悪いミトは、こともなげに言い捨てる。

「死体をそのままにするの？」

さすがにリオナが呆れて笑った。

「うん。開かずの間に入れておけばいい」

「この部屋よっか、臭くなるよ。そしたら、どうするよ。とてもじゃないけど、暮らせないと思うよ」

リオナが真剣に言うと、ミトがおえっと吐く真似をした。

「いけね。あたし、吐きたくなった。ちょっと吐いてくる」

「それより早く堕ろしてきなよ」

リオナがクールに言って顔を背けた。洗面所に行ったミトが戻ってきた頃には、隣の主婦はとっくに楽そうなワンピースを着て、ソファで雑誌を眺めていた。

「じゃ、病院を調べさせてよ。このパソコンのパスワード、何だって？」

リオナがスマホのメモを見ながら答えた。ゲームの主人公の名前らしい。ミトがパスワードを入力してから、不器用な手付きで、Ｇｏｏｇｌｅの画面を開いた。「渋谷」「産婦人科」「おろす」と、ゆっくり入力している。

「ミト、『おろす』なんて入れるか？　普通」

リオナに笑われて、ミトがぽかんとした顔をした。

「じゃ、何て入れればいい？」

「中絶費用って入れたら?」

「なるほど」

ミトはいくつかの病院のサイトを見比べて、中絶する病院を決めたようだ。

「スマホよっか、見やすくて便利。パソコンもこの部屋も、あたしたちで使おうよ」

秀斗にパソコンを差し入れる話は、この時点で消えたようだ。リオナも、もう主張しなかった。

「秀斗がそろそろトイレに行きたがる頃だから、真由もミトも手伝ってよ」

結局、秀斗が少しでも快適に過ごせるように気を配っているのは、リオナだけだった。いつか、リオナが秀斗を逃がすのではないかと、真由は心配になった。

三人で秀斗にトイレを使わせた後、リオナが真由を誘った。

「真由、ATMでお金おろせるかやってみるから、一緒にコンビニに行かない?」

真由は頷いた。ミトが集めてきた金は、中絶費用に足りるか足りないか、ぎりぎりらしい。だから、リオナは秀斗の金を引き出して、皆の生活費に充てるつもりなのだ。

とうとう、自分は他人の金を盗む泥棒になる。叔父の家に引き取られた時は、こんな生活が待っているとは、思いもしなかった。

出かける準備をしていると、スマホが鳴った。真由に電話がかかるとしたら、名古屋の伯母しかいない。あるいは、行方不明になっている両親か。

どきどきしながら発信者の名を見ると、「熊谷」だった。「ゲン兵衛」で一緒にバイトしていたクマと呼ばれていた男だ。

クマが「ゲン兵衛」を辞める時に、LINEを交換したのだが、以後、連絡を取り合わなかったから、その存在すらも忘れていた。いや、「ゲン兵衛」と関係のある人間とは連絡を取りたくなかった、というのが真由の本音だ。

出ようかどうしようか躊躇《ちゅうちょ》していると、リオナに言われた。

「どしたの、出ないの？　嫌なヤツなの？」

確かに出ない理由もない。真由は仕方なく電話に出た。

「もしもし」

「真由ちゃん、俺、クマ。覚えてる？」

「もちろん、覚えてるよ。元気だった？」

クマと一緒にバイトしていたことが、遠い昔のような気がした。

「うん、元気にしてる。今、俺、２４６沿いのガソリンスタンドで深夜、働いてるんだよ」

「深夜勤務？　大変だね」

「たいしたことねえよ。時給もいいし、車なんかあまり来ないしさ。楽だよ。ゲン兵衛じゃ、怒鳴りまくられてたもんな。まったくブラック企業もいいとこだったな」

クマは元気だった。声も弾んでいるから、スマホからわんわん声が洩れている。横にいたリオナが、気を利かして立ち上がった。

「真由ちゃんは、あそこのバイト、辞めちゃったんだね。いつ辞めたの？」

「クマさんがいなくなってから、一週間くらい経ってたかな」答えてから、クマはどうして知っているのだろうと訝しく思った。「どうして知ってるの？」

「いや、こないだ近くに行ったから、ちょっと覗いてみたんだよ。そしたら、違う女の子がバイトしてたから」

真由がレイプされた翌日は、初めて見る中年のおばさんを、レジに立たせていた。ほとぼりが冷めたら、またぞろ木村は若い女の子を雇っているらしい。

「いくつくらいの子？」

「真由ちゃんと同じくらいかな。可愛い子だった」

「へえ、可哀相」

思わず言うと、クマがすかさず言った。

「そうそう。あいつら、ヤバいからな」

「何か知ってるの？」

「いや、知らない」クマが慌てて否定した。「何か企んでそうだからさ」

それが見抜けなかったのだ。真由は大きな溜息を吐いた。

「また会おうよ、真由ちゃん。今、どこ住んでんの？」

「駒場東大前」と、素直に答える。

「へえ」と、クマは驚いたように言ったきり、何も質問しなかった。おそらく、真由が男の家に転がり込んでいると思っているのだろう。それは間違いではなかった。

「じゃ、また連絡するよ」

「あたしも」

電話を切った後、リオナが物問いたげに顔を見るので、真由は答えた。

「ラーメン屋でバイトしてた時の、厨房のバイトの男の人」

「そいつには何もされてないの？」

「されてない。むしろ、バイト同士で割と話してた。あたしをレイプしたのは、チーフって人なの。いつも、木村の横でもくもくと働いている男」

「げーっ、最低」

いつの間にか後ろに立っていたミトが、吐く真似をしたので、皆で顔を見合わせて笑った。

4

真由がコンビニの菓子の棚の前で、迷うふりをして待っていると、ＡＴＭで秀斗の金をおろしに行ったリオナが戻ってきた。

「どうだった？　暗証番号、合ってた？」

真由が小さな声で訊くと、リオナがいったん頷いたものの、「ちょっと出ようよ」と、真由の肩を押すようにして出入り口の方に向かった。

自動ドアの横に設置してある分別ゴミ箱の前で、リオナが小さな手をそっと広げた。手の中に、万札が十枚くらい重なっているのが見えた。

「やったね。あいつの言った暗証番号、嘘じゃなかったんだ」

真由はほっとしてリオナを見た。実際に金を見るまで、秀斗が嘘を吐いているのではないか、という危惧があった。

だが、リオナの顔は浮かなかった。

「でもさ、真由、これ見てよ」

リオナが、「ご利用明細」という小さな紙を見せた。残高が十三万強しかない。

「意外と少ないね」

「そうなんだよ」リオナが頷いた。「最初に十万くらいおろして、残高見てから、もう少しおろせばいいと思ってたの。全部で三十万くらいあったら、しばらくはいけるじゃない？　でも、全然入ってないから、びっくりしたよ」

二人で顔を見合わせる。真上からじりじりと太陽が照り付けているから、リオナの形のよい額に、たちまち汗が噴き出てくるのがわかる。真由は自分の額の汗も手の甲で拭った。

「だったらさ、今、全部おろしちゃえば？」

真由が言うと、リオナが首を傾げる。

「それも考えたけど、ちょっと心配なんだ。だってさ、この口座から、管理費とか電気代とか、いろんなものを引き落としているんじゃないかと思うんだよね。もし、残高不足で落ちなくなると、ヤバいでしょう。親のところに知らせとかがいくだろうし」

真由は、リオナの深謀遠慮ぶりに驚いた。

「考えたこともなかった」

「あたしさ、ほら、お祖母ちゃんと暮らしていたじゃん。だから、こういうの敏感なんだよね。落ちなくなると、面倒なんだよ」

「すげ」

真由は感心して、リオナの目を見た。

「こんなの当たり前じゃんか」と、リオナが苦笑した。「でも、今に親から振込とかがあるのかもしれないから、これってどうしたらいいか、秀斗に訊いてみるよ」

「正直に言うかな、あいつ」

真由は首を傾げる。真由は、他人の銀行預金を黙っておろすという行為に、大きな躊躇いがある。しかし、躊躇いながらも一線を超えてみると、成果が得られないことに腹立たしさが募る自分に驚いてもいる。

「でも、暗証番号は正直に言ったじゃん」

真由は、リオナが秀斗を庇うのが気に入らない。リオナは、秀斗を懐柔して四人で暮らせれば一番いい、と考えている節がある。

しかし、秀斗にそんな気持ちがないことはわかりきっているし、自分だって嫌だった。

「だったら、この十万で当分やればいいじゃん」

「いや、足りないよ」と、リオナ。

「どうして？　食費だったら、五万くらいでいけると思うよ。その間、あたしもバイトするから」

「ちょっとこっち来て」

リオナが、頻繁に入ってくる客の目を気にして、また真由の肩を押し、奥の灰皿が設置してある喫煙場所に連れて行く。そこには、宅配便のドライバーらしい中年男が、暑さに眉を顰《ひそ》めながら煙草をくゆらせていた。

「あのさ、ミトにお金かかるでしょう。初診料とかを含めると、二十万くらいはかかりそうなんだよね」

「でも、お金集めてきたんでしょう？」

リオナが間髪を入れずに言った。

「あれ、嘘だよ。そんなに集まってないと思う」

真由は驚いて声を上げた。

「だって、二十万集めたって言ってなかった？」

「あたしがついて行ったのは、元彼のところだけ。あそこは、渋々、五万出したのは見届けた。でも、元彼のお母さんのうちは、近くまで行ったけど、交渉するところは見ていない。すごく貧しい暮らしをしている人たちだから、そんなにくれるはずはないんだよ」

「でも、孫を産んでほしいって言ってたって」

真由が怪訝《けげん》な顔をすると、リオナが肩を竦めた。

「そうは言っても、金は払えないんだよ。だから、あれはみんなミトの創作」

「じゃ、レイプした左官の親方は？」

「わかんない」リオナが心配そうに首を振った。「狡いおっさんなんだから、金なんか出さないと思うよ」

「あたし、全部で二十万って聞いて、腹が立ったんだよね。何か男たちに媚びているような気がして」

真由はその話を聞いて、リオナとミトに怒ったのだった。

「覚えているよ。でも、あたしははらはらしてた。そんなにお金があるのかなって、疑問だったから。もしかすると、ミトが嘘吐いてんじゃないかなと思ってた。だって、あの子、お金できたって言いながら、病院に行かないで、ずっとぐずぐずしてるでしょう？　あれは足りないんだと思う」

真由は溜息を吐いた。

「悪いこと言っちゃったね、あたし」

「いいよ。嘘吐くミトが悪いんだから。あの子、結構気が弱くて、その場凌ぎの嘘を吐くところがあるんだよね。あと、見栄張るし。きっと、本当のこと言えなかったんだと思う」

「帰ったら、このお金渡して、すぐに病院に連れて行った方がいいね」

真由は、病院のホームページを眺めているミトの横顔を思い出しながら言った。

「あたし、あと八万くらい、おろしてくる」

リオナがもう一度、ATMに向かった。残り五万。戻ってきたリオナに、真由は頼んだ。

「リオナ、あたしもバイトするから、JKビジネス紹介して」

「え、マジ？」

リオナが真意を問うかのように、真由の目を覗き込んだ。

「マジだよ。マックでバイトするよっか、実入りはいいんでしょう？」

リオナが不機嫌な面持ちで唇を尖らせた。

「結構、気持ち悪い客がたくさんいるよ。真由にできる？　散歩したり、一緒にカラオケ行ったりするなんて嘘だよ。触られたり、キスされたりするんだよ。それに、相手は体を洗ってないような男だったり、口臭がしたり、いろいろなんだよ」

「嫌だけど、リオナがやってるのに、あたしがやらないってわけにいかないじゃん。あたしたち、リオナに多く出してもらってるでしょう？」

秀斗のマンションは広くて居心地がいいけれども、それは秀斗の存在を忘れている時だけだった。真由が欲しいのは、寝たり食べたりできるスペースだけなのだ。そのスペースさえ確保できたのなら、表で働いていたかった。それは、秀斗を監禁している疚しさからの逃避かもしれないが、真由は敢えて気付かないふりをしている。

「ちょっと盛り過ぎだよ」と、リオナが笑った。「真由だってたくさん出したじゃん。あんたは年下なんだから、焦らなくてもいいと思うけどね。どうしてもやりたいんなら、マックとか居酒屋でやればいいじゃん」

「いや、飲食はいいや。いろんな男がいて怖いんだもん。あのラーメン屋で懲りた。ＪＫを一度やってみたい。だから、お願いします」

「やめな、真由は向いてないと思う」

リオナにもう一度きっぱり言われて、真由は落胆した。ＪＫビジネスなどしたくはないが、リオナがしているのなら、自分にもできるのではないかと思った。

「何でそう思うの？」

「無理してＪＫとかやったらさ、真由はすごく男が嫌いになると思うんだ、あたしみたいに」

最後の言葉が、真由を混乱させた。

「リオナって、男が嫌いなの？　だって、秀斗に一番優しくしてるじゃんか。何でそれが男嫌いになるの？　一番好きに見えるけどね」

リオナが呆れたように苦笑いをした。そんな時のリオナは、十歳くらい歳を取ったように見える。

「じゃ、言い方を変えるね。男の中でも、大人の男が大嫌いになるんだよ。あいつらはさ、何でもコスパ、コスパって言って、払った分だけの元を取ろうとするんだよ。それがどういうことかわかる？　あたしたちのことなんか、モノにしか見てないってことよ。あいつらが最初にやることって、何だか知ってる？　女の子のレベル分けだよ。それと財布の中身を秤《はかり》にかけるの。可愛くて若ければ若いほど、高くても仕方ないと思っている。あたしたちが二十歳過ぎたら、何の価値もないと思っている。最低のヤツらだよ」

リオナが大きな声で言ったので、コンビニに入ろうとした男子高校生がぎょっとしたようにこちらを見た。リオナは声を潜めたものの、強調した。

「だから、家出したばっかの真由には、嫌な目に遭ってほしくないの。余計なお世話だと思わないでよね」

リオナは真由の腕を取って歩きだした。真由は、腕が汗ばんでいるのが恥ずかしくて、そっとリオナの手を外した。

「どこに行くの？」

「帰ろう。ミトが一人だと心配だからさ。あの子と秀斗、折り合いが悪いでしょ？」

真由は立ち止まって、リオナの顔を見た。

「リオナが心配なのは、ミトよりも、秀斗の方でしょう？　リオナは男嫌いだって言うけど、あんな秀斗みたいなヤツには優しいじゃん。どうして？」

「優しくなんかしてないよ」リオナが苛立って怒鳴った。「秀斗は、あんな唾液だらけの沢庵が好きな自分が恥ずかしいと思ってるんだよ。そういう自分に苛立っているのを感じるの。だから、時々、可哀相だなと思う時があるの」

「同情してるわけ？」

真由には、あんな気持ちの悪い男や、その性癖を認めるリオナが理解できない。

「そうかな。これって、同情なのかな」

リオナが額の汗を拭って、考える素振りを見せた。

真由はリオナの返事を待って、その横顔を凝視している。大きな目が子猫のように少し吊って、唇がめくれた可愛い顔だ。

「じゃ、何なの」

「ちょっと待って」リオナは苛立ったまま、真由を抑えるような仕種をした。「真由は早く結果を求めるんだもん。苦しいよ」

「だって今、あたしたち、困ってるじゃん」

何だかわからないけれども、真由の気持ちはいつも切迫しているのだった。早く早く早く。

自由になるお金が喉から手が出るほど欲しい。それも、たくさん。そして、何よりも自分を苦しめたあいつらを叩きのめしてほしい。ゲン兵衛の木村とチーフ。そして、叔父と叔母夫婦。他にもミックやしおり。

「困ってるけど、焦ってやるとろくなことないよ。だってさ、秀斗をバットで殴ったのは、真由だよ。あんた、覚えてるでしょうね」

「だって、あれはさ」

リオナがやられそうだったから、という言葉を呑み込んだ。リオナもミトも、激しい真由に迷惑を蒙《こうむ》っていると思っているのだろうか。

「真由は焦ってるんだよ、いろんなことに。でもさ、あたしたちなんか、いわゆるネグレクト姉妹じゃん？　酷い目に遭っても、どっか、のんびりふて腐れてるわけ。何とかしなきゃね、わかってるけど、どうしたらいいかね、とこんな感じでやってきたんだよ。だから、いきなり真由がＪＫビジネス紹介しろって言ったたって、あんたが向いてなくて、一日で怒って帰ってくるのは目に見えてるからできないよ」

ネグレクト姉妹とは、リオナとミトのことか。二人の紐帯《ちゅうたい》は、自分が入ろうと思ってもはじき返されるほど強い。それに、秀斗を殴ったことを非難されるとは思わなかった。真由の中で、リオナに対する反感が膨れ上がった。

「上から目線だね」

リオナが小さく嘆息した。

「上から目線だって？　ずいぶんな言い方だな。それに、真由は、あたしが秀斗に優しくしてるって思ってるようだけど、あたしは犯罪にしたくないだけだよ。あんただって、捕まりたくなんかないでしょ？　だから、秀斗を何とか共犯者にしようとしてるのに、それを真由が全部ぐちゃぐちゃにするんだよ」

「ぐちゃぐちゃ？　ごめん、よくわかんなかった。ネグレクトされて日が浅いから」

真由は、リオナにあからさまな厭味を言ってしまってから、思わず身を縮めた。いくら何でも、言い過ぎた。

「ごめん」

リオナは、笑わなかった。

「真由はすぐ謝るから、怒ることもできない」

「ごめん」

「また言ってる。真由は何かあると、すぐ謝るけど、またすぐ怒るんだよね。真由は誰にでも怒ってばかりいる。あたしは怒る元気なんかないもん、いいよね。怒ればすっきりするじゃん？　でも、怒られた方の身にもなんなよ」

リオナに冷静に言われると、また頭に来る。リオナの言葉通りだから。

「ごめんって、言ってるのに」

「今度は逆ギレ？」

リオナが執拗なので、真由はまた腹を立てる。

「リオナ、うざい」

小さな声で言ったのに、リオナに激しい口調で言い返された。

「うざくて悪かったね。ともかく、あたしたちは、今日を生きるのに必死なんだよ。警察に捕まるようなことはしたくないと思ってる。だってさ、補導されたりしたら、これから生きていくのに損だもん」

「リオナたちって、意外と計算高いんだね」

「あたしたち」という、いかにもリオナとミトの紐帯の強さを強調したような言葉にむかついた真由が、聞こえよがしに言うと、今度はリオナが声を張り上げた。

「計算高い？　何だよ、その言い方。どう考えたって、計算低い方がバカなんじゃね？　真由、あんた、あたしのやり方に文句があるなら、出てってもいいんだよ。誰も止めないよ。そもそも、秀斗を手なずけて、うまくやれたかもしれないのに、バットで殴って気絶させたのは、どこの誰だよ」

「また、その話か」真由はうんざりして、顔を歪めた。「あたしはリオナを助けようと思っただけだってば」

「可哀相に、秀斗はこんな瘤できてるよ」

リオナが両手で大きな輪を作ってみせたので、真由はむかっ腹を立てた。

「可哀相？　もういい、秀斗の話なんかしたくない。あたし、出て行くよ。ミトと秀斗と三人で生きていけばいいよ」

「で、真由はどこに行くつもりなの？」

リオナは急に真剣な顔になった。

「どこだっていいでしょう」

真由は拗《す》ねている。

「いいよ、どこだって。あんたの勝手だよ。でもさ、どこに行くかくらいは教えてよ」

「何で？」

「あんたの荷物だって、残ってるじゃん」

リオナのお節介に、真由は苛々した。

「荷物なんかどうだっていいよ。どうせ制服と教科書とかだもん。そんなもん、要らないや。捨ててよ」

「捨てるのだって手間かかるんだよ。甘えないで、自分で捨てなよ。それにさ」

真由は、リオナの言葉を最後まで聞かずに歩きだした。リオナが、後ろから走ってきて、息を切らしながら、真由の肩を摑んだ。

「真由、ちょっと待って。マジ、どこに行くつもり？」

「渋谷」

真由は振り向いて答えた。リオナの心配そうな顔が目に入って、胸が痛んだ。一瞬、戻りたいと思ったが、秀斗を監禁しながら、平然と暮らしていくのには抵抗があった。

「渋谷のどこ？　またラーメン屋に戻るの？」

「まさか。あり得ないよ」

埼玉の自宅付近以外に馴染んだ街は、渋谷しかない。だから、咄嗟《とっさ》に「渋谷」という名が出たのだが、不意にヨネダのことが頭に浮かんだ。

ヨネダはスカウトだと自称していた。だったら、ヨネダに頼んで、自分に合った店かバイトを紹介してもらえばいい。名刺はまだ財布に入れてある。

「じゃあ、リオナ。あたし、行くね。これまでありがとう」

真由は立ち竦むリオナに手を振ると、駅に向かって走りだした。途中で振り向くと、リオナは真由なんか見ないで、スマホを覗いていた。ミトに連絡しているのだろうか。真由がまた家出しちゃったよ、と。

細いミトと、小さなリオナの二人では、暴れる秀斗を押さえることなど、できないかもしれない。妊娠しているミトを抱えて、秀斗を何とか懐柔しようと焦っているリオナが、少し可哀相に思えた。

だが、真由は、秀斗と同じ空間にはいたくない。リオナは秀斗の性癖を認めるようなことを言っていたが、あんなヘンタイは嫌だ。そもそも、女の子を金で買えると思っているところが許せない。ちょっと実家が金持ちだからって、渋谷に近いところにいいマンション買ってもらって、いい気なもんだ。だから、女の子も金で買えると思っている？　そうだ、そうに違いない。それにしても、ダサ過ぎる。大嫌い。真由は、秀斗を、いや、男たちを憎んでいる自分に気が付く。

5

駒場東大前駅から渋谷駅までは、ふた駅だ。真由は、井の頭線の先頭車両の窓から景色を眺めながら、この距離なら歩いた方が倹約できた、と後悔していた。

財布には、万札が一枚と少しの小銭しかない。貯金はまだ手つかずだが、それを遣う時は、いよいよ最後だ。それまでに何とか、仕事と寝場所を確保したい。

真由は、TOHOシネマズの前の歩道に立って、道行く人を避けながら、ヨネダに貰った名刺に書いてある携帯の番号に電話してみた。

「はい、ヨネダです」

コールがひとつ鳴るか鳴らぬかのうちに、ヨネダが出た。まるで、電話があるのを知って、待機していた人のように素早かった。

遠くにクラクションが聞こえたから、どうやら外にいるらしい。この近くにいるのだろうか。真由はスマホを耳に押し当てながら、付近を見回したが、ヨネダの姿はなかった。

何て喋ろうかと迷っていると、スマホからは、ハアハアとヨネダの吐く息が聞こえてくる。かけてきた人間の声を、今か今かと期待を込めて待っているようだ。

「あたし、この間、名刺貰ったんだけど」

真由が躊躇いがちに言うと、矢継ぎ早に質問を繰り返してきた。

「それ、俺の名刺？　ね、マジ？　冗談じゃなくて？　じゃ、今どこにいるの？」

黙っていると、今度はゆっくり訊ねられた。

「俺の名刺だよね？」

「そうです、ヨネダさんの名刺」

「それ、俺が配ったの？」

「そう。道玄坂の信号のとこで貰った」

急にヨネダが意気込んだのがわかった。

「今どこにいるの？　そっちに行くから教えて」

「あたしが行くから、場所教えて」

一瞬、考え込むような間があった。

「俺のこと、わかるかな？」

「たぶん、わかる」

「わかった。じゃあね、十五分だけ、時間ちょうだい。そしたら、俺、109横のユニクロの前に立ってるから、声かけてくんない？　ええと、彼女、名前何ていうの？」

「真由です」

真由は馬鹿正直に答えた。

「よし、真由ちゃん、十五分で着くからさ、必ず待ってて」

ファミリーマートで時間を潰して、きっかり十五分後にユニクロの前に行くと、果たしてヨネダが人待ち顔で正面に立っていた。白いTシャツと、白いパンツ。Tシャツは緩んだUネックで下着のようだし、白いパンツも薄汚れてだらしなく見えた。あれ、こんなに汚らしい男だっけか。さすがに怖《お》じて迷っていると、ヨネダが近付いてきた。

「もしかして、真由ちゃん？」

「そうです」

仕方なしに真由が頷くと、ヨネダが嬉しそうな顔をした。

「覚えてるよ、俺。真由ちゃんのこと、この辺でよく見かけたよ。いつも困ったような顔してるから、それで声かけたの。どうしてたの、あれから？」

思わずほろりとくるような、優しい言い方だった。

「いろいろあって」

答えた途端、泣きそうになった。

「そうだろうな。まだ若いから、大変だったよね。最近見ないから、俺、時々思い出しては心配してたんだよ。ああ、あそこで会った子、どうしてるのかなって」

ヨネダの声音に同情が籠もっていた。何と答えていいかわからず黙っていると、ヨネダがビルの上階を指差した。

「上にカフェがあるからさ。何か飲もうか。食事もできるよ。真由ちゃん、お腹空いてない？」

ヨネダに案内されて、エレベーターで上階に向かった。フロントのある、広い大きな店だった。真由は驚いて声を上げた。

「知らなかった」

いつも路上を徘徊していたから、渋谷の街にこんな店があることも知らなかった。ビルの上には、もっとびっくりするような世界がたくさんあるのだろうか。真由は、自分たちが地を這う蟻のように思えた。

店の入り口で立ち止まった真由に、ヨネダが声をかける。

「真由ちゃん、食事まだじゃない？　何か食べようか」

ヨネダが真由の手を取った。驚いて振り払うと、ヨネダは気にした様子もなく、にこにこと笑っている。テーブルに案内されて驚いたのは、あちこちでノートパソコンを広げている男女がいることだった。

「この席はスマホの充電できるよ。したら？」

ヨネダは、何もかもわかっているという風に、テーブルの下を指差した。コンセントがあるので、真由は早速、充電した。秀斗のマンションを出る時に、し忘れてきたから、ちょうどよかった。

「何でも知ってるんですね」

「渋谷のことなら何でも知ってるよ」

ヨネダが自慢げに言った。先に腰掛けた真由は、まだ立っているヨネダを見上げた。華《きゃ》奢《しゃ》な体は、真由ほどの体重もないかもしれない。硬くて量の多い髪が、もわっと突っ立っているのがおかしい。

さっきは手を摑まれて振り払ったが、ヨネダなら襲われたとしても、何とか逃げられそうな気がする。

「真由ちゃん、何か食べようよ。俺も食べるからさ」

ヨネダが勝手に、春巻やらパスタやらを注文している。真由は、外食などまったく縁がなかったから嬉しかったが、心配になった。金を請求されたら、どうしよう。

「ご馳走になっていいの？」と、確かめる。

「いいよ、いいよ。俺のおごり。心配しないで」ヨネダが上機嫌で振り返った。「だってさ、俺を頼ってくれたんでしょう。嬉しいよ」

「あたし、仕事したいんです」

真由が口を開くと、ヨネダがビールを飲みながら、「その話、後で」と言った。

「で、真由はどうしてたの？」

いつの間にか、呼び捨てになっている。馴れ馴れしさが気になったが、あまり知らない男と街にいることに、解放感があった。秀斗のマンションに潜んでいることに閉塞感があったのだと、ようやく気付く。

「ところでさ、真由はいくつなの？」

フォークを持ったままヨネダが訊ねた時、パスタソースがテーブルに跳ねた。真由は、ようやくヨネダの行儀の悪さに気が付いた。

「十七です」

本当は、十六歳になったばかりだった。

「マジ？　もっと若いんじゃない。もろ、アンダーでしょう？」と、ヨネダが笑いを浮かべて言う。

「いいえ、高二です」

高三の方がいいかな、と思いながら、真由は嘘を吐いた。

「学校は行ってるの?」

ヨネダが、真由の着ているTシャツとジーンズという服装を横目で見ている。今度は正直に答えた。

「行ってない。てか、自主的に休んでいるだけだけど」

「サボり?」

「てか、あんな学校、二度と行かないと思う」

真由は、春巻を頰張りながら答えた。硬く揚がっている春巻の皮の欠片が、口の内側の粘膜を少し傷付けたが、旨かった。

中学を卒業するまで、食べ物に不自由したことなど一度もなかったのに、冷凍らしき春巻をこんなにありがたがって貪り食べている。自分はこれからどうなるんだろう。ぼんやりしていると、ヨネダが、親しげに指で真由の腕を突《つつ》いた。

「ねえねえ、家の方はどうしたの」

「いろいろあって」

真由は誤魔化したが、ヨネダは尖った顎を擦って、にやにやしている。

「何だ何だ。家出少女か。なあ、どうすんだよ、これから」

優しく丁寧だったヨネダの口調が、急に兄貴分のような磊落《らいらく》な調子に変わった。

「わかんないです」

真由は箸を置いて、ジンジャーエールをひとくち飲んだ。ヨネダは生ビールをお代わりしている。

「真由、金に困ってるんだろう？」

真由が答えあぐねて首を傾げると、ヨネダは答えはわかっている、という風に何度もしたり顔で頷いた。

「大変だよな、女の子が一人で生きていくのは。俺、わかってるつもりだよ。大変だけど、頑張ろうな」

ヨネダが、真由の腕を掌でぽんぽんと叩いて言う。仕方がないので、真由は頷いた。ヨネダは、「真由、頑張ろうな」と繰り返す。

「はい」と、真由は気のない返事をした。だが、真由の同意を確かめて、ヨネダは満足そうだ。

「で、真由はさ、どんな仕事したいわけ？」

「JK散歩とか、そういうような軽い感じのがいいんですけど」

「あのね、俺、そっち不得意なの」

きっぱり断られて、真由は唖然とした。

「どうして」

「JKとかね。高校生の仕事って、経営しているのはほとんどそっち方面のマニアなんだよ。最近は、条例もできたのに、それでも警察と追いかけっこして、何とか合法にしようとしている。そのくらい好きな連中なんだよね。俺のとこは、JKヤバいから、あまり手をつけてないの。真由がマジに稼ぎたいなら、AVとか風俗とかはどう」

風俗やAVと聞いて、真由は顔色を変えた。

「そんなの嫌です」

「そうだよね、嫌だよね」

ヨネダがあっさり引き下がったので、拍子抜けする。黙っていると、ヨネダが続けた。

「いくら金に困っていたって、裸見せるのは嫌だよね。俺だって、嫌だよ。可愛い真由がさ、見も知らない客のために裸見せるなんて。あり得ないよ。だったら、どうしようかな。俺も何を紹介したらいいかわからないから、ちょっと社長にも相談してきていいかな。社長はいろんなところに顔が利くから、飲食とかでも、真由に合ったところが紹介できるかもしれないよ。後でちょっと事務所に寄らない？」

「事務所って、どこにあるんですか」

「この近くだよ。歩いて五分もかからない。そこで社長と一緒に相談しようよ。社長は、まだ三十四歳だけど、すごく親切でいい人だよ。これまでたくさんの女の子の面倒見てきたんだ。みんな、彼氏のことなんか相談しちゃって、すごく頼ってるよ」

しかし、事務所に連れ込まれたが最後、裸に剝《む》かれたり写真を撮られたりする、という話はよく聞く。真由は不安になった。

「あたし、事務所には行きたくないんですけど」

「何で」と、ヨネダ。

「だって、契約書に無理やりサインさせられたり、とか聞くし」

ヨネダが笑った。

「真由は耳年増《みみどしま》だな。それも、まさか、いくらなんでも無理にそんなことしないよ。ビジネスライクにやってるよ。それも、女の子が嫌だって言ったら、絶対にそんなことできないよ」

「でも、あたしはそういうの嫌だし」

「そうか。真由はどうしても社長に会いたくはないんだね」

真由がこくりと頷くと、ヨネダは硬そうな自分の髪に両手の指を入れて、「どうしようかなあ」と、ごしごしごしごくような仕種をした。

「まいったなあ。はっきり言われちゃったよ。でも、俺も真由みたいなイノセントな女の子は大事にしたいと思ってるから、仕方ないか。じゃあ、真由が、今一番、困っていることは何？　役に立てるよう、頑張るから言ってよ」

ヨネダが、「一番」の語に力を籠めて訊ねる。

「今夜、寝るところかな」

「そんなことか。よし、俺が探してやろう」

ミックに騙《だま》された時のことを思い出して、真由は慌てた。

「いや、いいです」

「遠慮するなよ。シェアハウスとか、どう？　安いとこあるよ」

「いくらくらいですか」

「一泊千円とか」

「じゃ、お願いします」

「そこで少し時間をかけて、じっくり考えてみるといいよ。自分が本当はどうやって生きていきたいのか、とかさ。何をしたいのか、とかさ。いろいろ希望があんだろうから。ちょっと待ってて。電話して聞いてくるから」

ヨネダが伝票を摑んで立ち上がった。残された真由は、残った春巻を急いで吞み込んでから、このまま逃げてしまおうかと周囲を見回した。しかし、迷っているうちにヨネダが戻って来た。

「じゃ、行こうか」

「どこですか？」

「心配しなくていいよ。俺を信じろって」

ヨネダがにこにこ笑いながら、真由の肩をぽんと叩いた。真由は半信半疑で迷っている。ヨネダは、自分は風俗やAVのスカウトで、JKビジネスの仕事は紹介しないと明言した。だったら、早く逃げた方がいいのではないか。しかし、リオナと別れてから、誰も頼る者がいないので、藁《わら》にも縋《すが》る思いはある。

ビルの上階にあるカフェを出て、二人はまた道玄坂に戻った。ヨネダが「ついてこい」という素振りをするので、真由は数歩遅れて歩いて行った。

道玄坂から神泉《しんせん》駅の方に逸れて、住宅街まで歩く。蒸し暑い午後で、真由はリュックサックを背負った背中が汗だくになった。

「タクシーにすりゃよかったな。でも、タクシーにしたら、真由がびびるんじゃないかと思って、できなかったよ」

ヨネダが聞こえよがしに呟く。その時、ヨネダから、つんと刺激的な汗の臭いがした。真由は思わず顔を背ける。

やがて、ヨネダは一軒の二階建て住宅の敷地内に入って行った。表札は出ていないが、門構えは石造りで立派だ。芝生の庭があって、若い男が一人、上半身裸で日光浴をしていた。男の上半身は、汗まみれだ。真由は、ヨネダの汗の臭いを思い出して、溜息を吐く。男が嫌だった。

「ここだよ」

瓦屋根の日本家屋なのに、ポーチも玄関ドアも新しく、しかも安物だった。掃除が行き届かないと見えて、玄関周りには枯葉やゴミが落ちている。何となく、ちぐはぐで荒れた感じがするのは、そのせいだろうか。

「こんちは」

ヨネダがドアを開けて声をかけると、奥からエプロンを着けた中年女性が出てきた。眉が薄く、茶色いペンシルでラインを描いているのが、不自然だった。

「さっき電話したヨネダです」

「ああ、はい。どうぞ」

ヨネダが、女に千円札を三枚出した。女が受け取ってジーンズのポケットに入れている。一泊千円だと言ってたから、三泊はできるということだろうか。真由はほっとした。ヨネダは、とりあえず風俗やAVなどには誘わず、一人きりにさせてくれるようだ。

玄関でスニーカーを脱いで、家に上がった。廊下が埃でざらついている。真由は靴下が汚れるのが嫌で、爪先立ちで歩いた。

「こっちね。六畳間。女の人の部屋にしたから」

二階の和室らしい部屋に案内された。だが、真由は部屋を見て驚いた。ただでさえ狭い部屋を、カーテンで仕切って四等分している。だから、一人のスペースは、二畳もないのだった。

「あそこが空いてるの」

女は、奥の暗いスペースを指差した。入り口に近いスペースの二人は留守だった。奥のもうひとつのスペースには、人の気配がするが、ひっそりとしている。

「布団は隅に積んであるから、勝手に使って。十時消灯だから、他の人に迷惑かけないようにしてね。あと、トイレは綺麗に使って」

真由が頷くと、ヨネダが手を振った。

「じゃ、前金入れたから、安心しなよ。俺、帰るから」

「ヨネダさん、仕事は？」

「だって、真由は社長に会いたくないんだろう？　相談に来たくなるまで、少し休んだ方がいいよ」

ヨネダはそう言って、さっさといなくなった。これで無罪放免のはずはない。逃げたらどうなるのだろう。たったの三千円だから、踏み倒したところでたいしたことはないかもしれないが。

真由は、自分のスペースに積み上がった布団に寄りかかりながら考えている。布団からは、汗とカビの臭いが漂ってきた。

頭の側と右側が、クリーム色のビニールクロスが貼ってある壁で、左側と前方は、濃いグレーの遮光カーテンが下がっている。真由のスペースの照明は、唯一、天井の蛍光灯である。だが、それも場所が悪いらしく、あまり光が入ってこない。

「ここ、暑いでしょう」

嗄《しわが》れた女の声がすぐ側で聞こえて、真由は驚いてのけぞった。隣のスペースにいる女が話しかけてきたのだとわかるまでに、しばらく時間がかかった。

「はい。暑いし暗い」

「仕方ないよね。他に行き場がないんだもんね」

老婆のような諦めた声だった。相手の姿が見えないのが怖くて、真由は布団の山に隠れるようにして訊いた。

「あの、ここに長くいるんですか」

「いるよ」と、声は答える。「でも、入った時は二階の南側の部屋をひとつ使ってたの。

それから、二階の二人部屋になって、三人部屋、今はこの牢屋みたいなところ。金がなくなると、どんどん等級が下がるの」

「ここ、千円ですか？」

「七百五十円だよ。あたしはね。古株だから」

この場所がシェアハウスか。真由は薄暗い天井を見上げて、泣きそうになった。リオナやミトが懐かしかった。あの秀斗でさえも。秀斗の面倒を見るのが嫌だったけど、トイレも浴室も、自分で掃除して使えた。キッチンで料理もできたし、空も見えた。リオナと喧嘩してしまったが、そもそもどこにも行き場のない自分を誘って、秀斗のマンションに泊めてくれたのは、リオナではないか。自分から出てきたくせに、見捨てられた、と真由は思った。

真由は、リオナに謝罪しようかどうしようかと、スマホをしばらく握って迷っていた。だが、『真由は何かあると、すぐ謝るけど、またすぐ怒るんだよね。真由は誰にでも怒ってばかりいる』というリオナの言葉を思い出した。ここで謝ると、また同じことを言われそうだ。だったら、リオナから何か言ってくるまで待とう。スマホを手から放すと、掌に汗をかいていた。

真由は、カビくさい布団の山にもたれているうちに、眠ってしまった。間近で人の声がするのに驚いて、はっと起き上がる。一瞬、自分がどこにいるのかわからなくなって混乱した。眼前の遮光カーテンを見て、シェアハウスにいることにようやく気付いた。

部屋を仕切るカーテンの前方で、女がぶつぶつと怒っている。

「だいたいさ、あんたも食べる？　なんて聞いてくるけどさ。あんな、誰が触ったかわかんねえようなサクランボなんか、いらねっつんだよ。汚ねえじゃんかよー。馬鹿にするにもほどがあるって」

舌足らずの可愛い声をしているが、中年女が若い女のふりをしているようにも聞こえて、気味が悪かった。誰も相槌を打たないので、どうやら一人で呪詛《じゅそ》を吐いているらしい。

真由は、手から滑り落ちて畳の上に転がっていたスマホを拾い上げ、時刻を確かめた。二十時を回っていた。部屋が薄暗い上に窓がないので、夜なのか朝なのかも、わからない。

しかし、家全体のざわめきは、夜の緩みが感じられた。時々、どすどすと階段を駆け上る音や、男たちの低い話し声が響いて、なんとなく家全体に解放感がある。

すると、どこからかインスタントラーメンの匂いが漂ってきた。刻んだ葱《ねぎ》の匂いも。途端に、真由の腹が鳴った。

六畳間をカーテンで四等分に仕切っただけの空間だから、腹の鳴る音が皆に聞こえたかもしれない。真由が恥ずかしさに身を縮めていると、左のカーテンの下からにゅっと手が出てきた。

「あんた、お腹空いてるんでしょう。これ、食べる？」

袋入りの菓子パンを差し出している。最初に、「ここ、暑いでしょう」と話しかけてきた女からだった。皺《しわ》んだ手は、声と年相応だ。

「いいんですか？」

「いいよ。あんた、まだ若いから、すぐお腹空いちゃうでしょう」と、その声が笑う。

「すみません」

真由は貰った菓子パンをそっと嚙みしめた。コンビニでよく売っているような、チーズのかかった柔らかなパンだった。賞味期限は二日前に切れている。しかし、空腹だったので気にもならず、一気に食べた。

「すみません、ご馳走様でした」

礼を言うと、「どういたしまして」と、上品な返事が返ってくる。

「あのう、トイレはどこにあるんですか」

ついでに訊ねると、別の声がした。

「一階の奥だよ」

隣の女が答える前に、前方のカーテン側の舌足らずの女が競うように答えた。隣の女と真由の遣り取りを聞いていたらしい。

「ありがとうございます」

真由は礼を言って立ち上がった。部屋を出るには、どうしても舌足らずの女のスペースを通らなければならない。

「ここ、通ってもいいですか?」

「いいよー、どうぞ」

甘い声で承諾される。真由は恐る恐るカーテンを寄せて、女のスペースに入った。来た時には片付いていたのに、今は脱ぎ散らかした洋服で足の踏み場もなかった。

ヴィトン風のバッグがでんと置いてあり、傍らには、白いレースのスカートや黒いTシャツ、金髪のカツラなどが散乱していた。コンビニの袋からは、おにぎりや缶ビールが透けて見える。

「すみません」

「いいよー」

女の顔を見ると、ショートカットの痩せた中年女だった。真由と目が合うと、にっこり笑って見せるが、目には険がある。

真由は襖《ふすま》を開けて、慌てて廊下に出た。この階には、廊下を挟んで四つの部屋がある。どの部屋も、真由のいる部屋のようにカーテンで仕切られて複数の人間が泊まっているらしい。

男たちの部屋はどことなく殺風景で、女がいる部屋は、ごちゃごちゃと物が溢《あふ》れている。真由は、周囲を見ないようにして俯《うつむ》いて歩いた。

一室からテレビの音が聞こえてくる。男たちの笑い声も聞こえるので、廊下から覗いてみた。

どうやら宿泊者のためのリビングルームとなっているらしく、数人の男たちがテレビの前に陣取って、バラエティ番組を見ていた。

芸人が何か面白いことを言うと、皆が一斉に笑う。老人に交じって、三十歳くらいの若い男もいるので、真由は驚いた。

若い男が真由に気付いて、手招きした。

「テレビ見たいなら、おいで」

作業員風の灰色のズボンに、白いTシャツ。腕に複雑な模様のタトゥーを入れている。

「いいです」

「いいから、おいで。コーラもあるよ」

真由は、顔を背けて足早に去った。男は怖い。男は嫌い。男は憎い。男には何をされるかわからない。

ラーメン屋の一件以来、真由の心に、タールのようなどす黒い染みがくっついて、取れない。

それなのに、JKビジネスをやろうなんて、矛盾していた。それくらい追い詰められている。どうしたらいいか、わからない。

トイレも洗面所も、男女共用だった。目立った汚れはないものの、清潔とは言えない。真由は憂鬱な思いで、大勢の人間が履いたであろうビニール製のスリッパを眺めた。

トイレから出てくると、さっきの男が廊下に立って待っていた。短髪で陽に灼け、眉に剃りを入れている。タトゥーは、タツノオトシゴのようなドラゴンだった。

「おまえ、若いのにこんなところにいて、どうしたんだよ」

最初から説教口調なので、うんざりする。

「あたし、そんなに若くないから」

小さな声で答えて避けようとすると、簡単に通してくれたが、男は太い首を傾げている。

「どう見たって、子供っしょ。何でこんなところにいるの。家出したんじゃないの」

「すぐに出て行くんで、大丈夫ですから」

余計なお世話だ、と腹が立ったが、極力顔に出さないように抑える。部屋に入る前に、水を飲んでくるのを忘れたことに気が付いて、仕方なしに洗面所に戻った。

タトゥーの男の姿はなかったので、ほっとする。こっそりリビングを覗くと、テレビの前のソファの特等席にどっかと座り、気の弱そうな老人をからかっていた。

真由は洗面所で顔を洗って、掌で掬《すく》って水を飲んだ。小さなタオルハンカチで顔を拭くと、ハンカチは洗っていないせいか、嫌な臭いがした。顔も体も手も心も、何もかもが汚れていくような気がして、滅入った。

十時になると、バチッと音がして、家全体が暗くなった。廊下の常夜灯以外、照明が点いているところはない。遮光カーテンの中では、おのおのが小さな懐中電灯で用事を済ませたり、本を読んだりしているようだ。真由もスマホで動画を見たが、そのうち眠ってしまった。

6

翌日の午前中、ヨネダから電話がかかってきた。

「真由ちゃん、起きてる？　何か食いに行こう」

リビングで待っていると、ヨネダが家に入って来て、笑いながら手を振った。薄汚れた白いパンツは相変わらずで、今日は黒のタンクトップ姿だ。貧相な腕は白く、細かった。しかし、脇毛が黒々とはみ出ているのが、ヨネダの生命力のような気がして、薄気味悪い。

ヨネダと真由は渋谷駅の方に歩いて行き、坂の途中にあるうどん屋に入った。奥のテーブル席に座り、真由が冷やしたぬきを選ぶと、ヨネダはビールにおかめうどんを注文した。

ヨネダが、真由の顔を観察するようにじろじろと見た。

「よく寝れた？」

はい、と答える。

「でも、あそこじゃ、プライバシーないでしょ？」

頷いたものの、叔父の家では布団の中しか、自分のスペースがなかったのだから、仕切りがあるだけ数段マシだった。秀斗の家では、ソファにリオナが寝て、ミトと真由はフローリングの床に雑魚寝《ざこね》していた。

「でも、平気」

小さな声で答えると、ヨネダがビールを飲みながら言った。

「真由、おまえはいい子だよ。びびって逃げたかと思ってた」

ヨネダが、テーブル越しに真由の髪を撫でようとしたので、真由は反射的に、頭をのけぞらせた。空振りさせられたヨネダが苦笑した。

「まだ、ＪＫやる気か？」

「あんまりやりたくないけど、お金ないから」

「スカウトらしからぬこと言っちゃうけどさ」と断って、ヨネダは苦笑した。「ＪＫは他のバイトより金は稼げるかもしれないけど、大変だぞ。オプションで稼ぐようになっているから、結局は、いろんなことしなきゃ駄目なんだよ」

「いろんなことって？」

「いろんなことって、いろんなことだよ」

「例えば、触らせたりするの？」

ヨネダが声を潜めた。

「手でいかせたり、フェラやったり、本番だってアリだよ。何でもやるさ。やらなきゃ人気なくなるし」

真由の顔から血の気が引いた。甘く考えていた。客とその辺を散歩したり、カラオケ行ったり、せいぜいが触らせたりする程度かと思っていたのだ。そこまでしなくては儲からないのなら、娼婦と同じではないか。リオナははっきり言わなかったが、ＪＫビジネスで生きてきたということは、オプションをたくさん取って、際どいこともこなしていたのだろう。

「あたし、どうしようかな」

「飲食だって、何だっていいじゃんか。何かあるよ」

「いいけど、時給八百円じゃ、その日暮らすだけで精一杯でしょう？　自分の部屋が欲しいんです」

真由の前に、冷やしたぬきうどんが運ばれてきたので、真由は割り箸を手に取った。

「こんなところで会うとはね」

突然、男の声がしたので、驚いて顔を上げた。陽に灼けた若い男が立っていた。眩しいほどの白いシャツと白いパンツに、ベージュのジャケット。遊び人風だが、どことなく垢抜けない。

「あれ、南さん。やっべえな、こんなところで会うなんて」

ヨネダが驚いて口を半開きにしている。

「隣に座っていいか？」

男が親しげにヨネダの肩を叩いて、奥に詰めさせた。男は興味津々の態《てい》で、真由の顔をじろじろ眺めた。

店員の持ってきたお絞りで手を拭きながら、ヨネダに「この子は？」と聞いている。

「昨日、電話してきた真由ちゃんって子です」

「ああ、この子が。へえ、可愛い子だね。この子なら、どんな仕事でもあるよ。歳は？」

早口で言われて、真由は思わず答えた。

「十七歳です」

「アンダーか。もっと若く見えるね。すれてないし、モテるよ」

真由がよほど不審げな表情をしていたと見えて、ヨネダが注釈した。

「この人、うちのプロダクションの社長。南さん。マジ、偶然に会ったんだから」

「本当だよ、何も示し合わせてなんかいない。たまたま、昨日、報告聞いたけど、ヨネダに任せてたからさ。全然ノータッチだったんだけど、たまたま会っちゃったねえ」

南がにこにこ笑って言ったが、真由は困惑して俯いていた。ヨネダなど信用した自分が馬鹿だった、と思った。

天盛りうどんと生ビールを注文した南が、ヴィトンの名刺入れから、名刺を一枚出して、真由に渡して寄越した。

「これ、俺の名刺。よろしくね、真由ちゃん」

真由は仕方なしに受け取って、名刺を眺めた。「ミストラ・プロモーション　取締役社長　南　泰重」とある。ヨネダに貰った名刺と同じ社名が書いてあった。

「ねえねえ、真由ちゃん。ヨネダはさ、ＪＫの仕事は甘くないぞ、とか何とか適当なこと言ってさ。脅かしたんじゃないの？」

運ばれてきたビールグラスに口を付けながら、南がヨネダの方を顎でしゃくった。

「俺、何も言ってないすよ」

ヨネダがへらへら笑いながら、ビールグラスに付いた水滴を指でなぞった。ヨネダの指は先細りで白く、女性的だった。

「いやあ、こいつ、スカウトなのにネガティブだからさ。絶対に言ってるよ。そうだろ？　真由ちゃん」

南がなれなれしく真由の目を覗き込んだ。南は垂れ目で、愛嬌のある顔だ。

「ま、そんな感じです」

真由は小さな声で曖昧に答える。

「やっぱなあ」と、南が大声を上げて、横に座ったヨネダを肘で突いた。「真由ちゃん、まだ素人なんだからさ。あまり脅かすなよな。間違った情報与えたら、やる気なくなっちゃうじゃん。業界の損失だってば」

「確かにそうすね」

ヨネダが顎を突き出して頷いた。

「あのね、ＪＫビジネスって、本当はみんなＪＫの女の子が大好きな人たちが、この商売をしてるんだよね。だから、客も経営者も、本質は同じなの。みんなＪＫファンなんだよ。十八になる前の女の子っていったら、そりゃもう、可愛いなんてもんじゃないよ。この世の最高の美だよね。そのまんま永久凍結保存してほしいって思うくらい。だからさ、女の子を酷い目に遭わせようなんて、誰一人考えてないの。そりゃ、風俗とかＡＶとか行ったら、場合によっては、俺たちだって、ちょっと可哀相かなと思う仕事はないではないよ。でもね、JKは違うんだよ」

天盛りうどんが運ばれてきたため、南は言葉を切って割り箸を割った。うどんを数本箸で掬い上げ、つゆに浸けて勢いよく啜った。

「まああだな、これ」と、ヨネダに向かって同意を求めた。だが、ヨネダは何も答えず、うどんを啜りながら、テーブルの上に置いたスマホを眺めている。

南が諦めたように、真由の方に向き直った。

「何度も言うけど、俺たちね、JKを食い物にしてるんじゃないんだよ。JKを崇めて、JKが稼ぐのを手伝っている感じ。そもそも、客もJKファンばっかだから、みんなガチで恋愛しに来てるしね」

「恋愛？」

真由は驚いて思わず聞き返した。

「そうだよ、そうだよ」南が何度も頷いた。「客は好みの可愛い女の子とガチで恋愛したいの。だから、本当はギャルっぽいのが好きじゃないんだよ。金髪にしたり、爪にマニキュア塗ったりしているような派手な子なんか、全然モテないもん。どっちかって言うとね、ちょっと自分に自信がない子っているでしょう。ほら、脚が太いとかさ、腕毛が人より濃いとかさ、そんな小さなことでコンプレックス感じていたりする、そんなどこにでもいそうな子。そういう子と恋愛したいの」

真由は唖然として、食べるのも忘れていた。

「だけど、お客の人って、年上でしょう？」

いくらなんでも、同世代の男子は来ないだろうと思った。

「いろいろだけど、主に三十から四十くらいじゃないかな。あ、俺もそうか」

南は改めて気付いたようなふりをしてげらげら笑ったが、真由はちっとも面白くないから、笑えない。四十代ならば、父親の年齢だ。父親の年齢の男たちと恋愛するなんて、まったく想像もできなかった。

「恋愛って、お客さんが彼氏になるってことですか？」

真由の質問に、南は嬉々として答える。

「そうだよ。みんなお店で可愛い子と出会って、何とかその子に気に入ってもらおう、そして落とそう、と思って頑張るんだよ。そのプロセスが楽しいんだよね」

「客がその子目当てに通ってくるでしょう。それで、金を落とすわけ」

ヨネダが口を挟んだ。

「じゃ、さっき言ってたオプションてのは？」

真由が聞くと、ヨネダの代わりに南が答えた。

「そういうことを期待している客もいなくはないよ。だってさ、その子が好きになっちゃってるんだから。好きになったら、当然、手も握りたい、キスもしたい、ちょっと触りたいとなるでしょう。エスカレートするのは当然だよね。そこで、ＪＫの方がお金を貰う代わりに、そういうサービスをしてあげたら、これは釣り合い取れるよね？　需要と供給の関係だからさ」

真由は首を傾げた。何かが間違っている気がしたが、うまく言えなかった。

「好かれなければ、何もしなくていいんですか」

「もちろん、しなくていいよ。中にはね、本当にリフレだけの子もいるよ。でも、真由ちゃんがちょっとお金欲しいなと思った時に、お客にオプション付けてあげればいい話なんだよ。つまり、誰も強制なんかしてないの、この仕事は」

「あたし次第ってことですか？」

真由が聞くと、「そうなんだよ」と、南が叫んで手を打った。その音があまりに大きかったので、店内に響いた。

「南さん、声でかいすよ」

ヨネダに注意された南が、恥ずかしそうに周囲を見回した。その仕種が好人物に見える。

「真由ちゃん、可愛いんで、つい熱弁振るっちゃったな」と、照れ臭そうに言う。

「アンダーの子、なかなかいないすもんね。宝石みたいなもんだから、業界全体で大事にしないとね」

ヨネダの弁に頷きながら、南は生ビールのお代わりを頼み、ついでに真由にも聞いてくれた。

「真由ちゃん、コーラかウーロン茶要らない？」

「じゃ、ウーロン茶ください」

ウーロン茶を注文した南が、また真由に向き直った。

「真由ちゃん、いくらくらい貯めたいの？」

「百万くらいかな」と、小さな声で答えてから、付け加えた。「部屋が借りれるくらい」

「軽い軽い。稼ぐ子でね、日に二十万くらいいくのもいるよ」

南が請け合った。

「一日に二十万も」

だったら、五日間で百万になる。一週間やるだけで、部屋が手に入るのなら我慢しようかと心が動いた。

「もちろん、裏オプ、ばんばん入れてだよ。普通にやって、日に二万くらいじゃないか」

ヨネダがやや心配そうに口を挟んだ。

「いや、三万は堅いんじゃないか」

調子よく説明していた南が、やや鼻白んだ風に訂正した。

「でも、そのオプションとかを入れるんでしょう？」

真由が心配そうに訊くと、南が大袈裟に手を振った。

「いやいやいや。だから、そんなことしない子もいるんだって。どかーんとは稼げないけど、普通の飲食やるよりはずっと稼げるからね」

だとしたら、毎日できないだろうから、三カ月以上は続けなくてはならないだろう。まとまった金を手にすることが、どれほど難しいかわかって、真由は気が遠くなりそうだった。沈み込んだ真由に、南が話しかけた。

「みんなJKビジネスっていうと、女子の貧困とか何とか言うけどさ。俺に言わせりゃ、ちゃんちゃら可笑《おか》しいよ。あの子たちは貧困じゃないもん。金に困ってバイト始めた子なんて、ほとんどいない。みんな、客とのコミュニケーションを楽しみにしている子ばっかだよ。本当は風俗とかキャバクラとか行ってガンガン稼ぎたいけど、まだ歳が若いからヤバいでしょう。だから、JKやってる子たちだよ」

「あたしはお金に困ってます」

真由がぽつりと言うと、南が身を乗り出した。

「だったら、やろうよ。ところで、真由ちゃんは片親家庭？」

「片親？　いえ、違います」

真由が首を振ると、南が笑った。

「残念。いや、片親家庭はアツいって評判なの。だから、片親家庭っていうだけで、モテたりするんだよ。ほんと、不思議な世界だよね」

確か、リオナもミトも母子家庭と言っていた。リオナたちは南のような男に、「片親家庭はアツい」と言われたりしたのだろうか。それは、差別じゃないの？

ところでリオナたちは、今頃どうしているんだろうか。真由は彼女たちのことを思った。三人いないと、秀斗をトイレにも連れて行けないのに、どうやって秀斗に食べさせたり、トイレに連れて行ったりしているんだろう。

　余程、ぼんやりしていたらしい。顔前で左右に振られる手に気付いて、真由ははっと顔を上げた。ヨネダがげらげら笑った。

「真由、意識飛んでたな」

　南がお絞りで、テーブルに飛んだつゆを拭いた。

「あのさ、真由ちゃん。どういう気持ちか、まだ決めあぐねていると思うけどさ。今度、渋谷に店出す友達がいるんだわ」

「渋谷？　珍しいすね。ＪＫコミュですか？」

　ヨネダが口を挟む。

「そう、コミュ。このところ、秋葉とか池袋、新宿にやられてばっかだったけど、渋谷にまたできることになったんだよ。真由ちゃん、そこでちょっとやってみない？　だって、場所も渋谷の方がいいでしょ？　それに、ヨネダに電話くれたのは、ＪＫやりたいってことだったんでしょ？」と、南。

「ええ、どうしよう」真由はうろたえて、薬指の爪を噛んだ。「あの、コミュって何ですか？」

「コミュニケーション？　コミュ。お話しする部屋がたくさんあって、そこで客と会うシステム。会って話して、気が合えば延長したり、二人で何かしたりいろいろ。客に指名されても、合わなければ冷たくすればいいんだから」

「冷たくするなんて」

そんなことができるのだろうか。口先だけではないか、と真由は信じられなかった。

「お試しでいいんだよ」と、南はしつこかった。「これは自分に合わないなって思ったら、即辞めればいいんだからさ。真由ちゃんが辞めたって、誰も責めないし、追ってなんか来ないよ。あのね、この業界って、不思議なほどヤクザとは無縁なの。その手の心配は必要ないからね、安心してよ」

「だけど、さっきヨネダさんは、いろんなことしなくちゃ人気も出ないし、稼げないって言ってた。それって娼婦みたいなことじゃないですか？　あたしは散歩したり、カラオケ行ったりすればそれでいいのかって思っていた。だから、違うのなら考え直します」

南が困った様子で眉尻を下げた。

「だからさ、さっき言ったじゃない。そういう子もいるけど、そうじゃない子もたくさんいるって」

「たくさんて、どのくらい？」

真由が訊くと、南がヨネダを睨んだ。

「ほら、おまえが嘘ばっか言うから、真由ちゃん、迷ってるじゃん。おまえ、責任持って、違うって証明しろよ」

「まいったな」と、ヨネダが苦笑する。「ちょっと脅し過ぎたかもしれないけど、何もしない子もいるよ」

真由は、リオナの意見が聞きたくなって、ポケットからスマホを取り出した。連絡が来ていたら、返すふりをして聞いてみることもできたのに、メールもＬＩＮＥも、相変わらず誰からも連絡はない。

南が慌てた風に言った。

「真由ちゃん、その店長と会ってみない？　俺の友達って言うには、少し上だけど、いい人だよ。女の子にも頼られているから、何でも質問してみるといいよ」

こうして、スカウトのヨネダ、社長の南、そしてＪＫ何とかの店長、大勢の男たちが、自分を説得にやってくる。真由はいつか自分が負けるような気がしてならなかった。

7

「ありゃ、もう、こんな時間かよ」

南が腕時計を見た。ジャケットの袖口から覗く南の時計は、金ピカで高そうだ。が、真由はダサいと思う。

「ほんとだ」

ヨネダが、スマホを見てわざとらしく同調した。午後三時過ぎ。二時間も、うどん屋で粘っていた。

「可愛い子と会っていると、時間が経つのが早いね」

南が真由の目を見ながら笑った。真由が困って視線を外すと、南がヨネダに甘えるように言う。

「真由ちゃん、可愛いな。裏っ引きしちゃおうかな」

「何言ってんすか。駄目っすよ。さっき、業界の宝石とか言ったばかりじゃないすか」

「それ、おまえが言ったんだよ。『業界』が余計なんだよ、『業界』がさ。真由ちゃんは、真由ちゃん。業界の付かない本当の宝石だよ。それもダイヤの原石だ」

「そうか、ダイヤの方がいいな」

南とヨネダは、上機嫌ではしゃいでいる。

「じゃ、俺、行かなきゃならないから、ヨネダは真由ちゃんにもっと説明してあげて。場合によっては、誰か女の子付けてやって、相談に乗ってあげればいいじゃん」

南が伝票を摑みながらヨネダに命じた。

「そうすね。わかりました」

南が立ち上がりながら、心配そうにヨネダを見下ろす。

「てかさ、おまえこそ、裏っ引きするつもりじゃないだろうな。何か、紹介に乗り気じゃないようなことばっか、真由ちゃんに言ってるみたいじゃない。真由ちゃん、独り占めすんなよ」

「そんなことやりませんて」

ヨネダが笑い転げた。その時、猛々しい脇毛が覗けたので、南がからかった。

「おまえ、そんなエッチな毛、出してんじゃねえよ。真由ちゃんが嫌がってんじゃねえか。真由ちゃんは、至宝なんだからさ。その汚い毛、隠せよ」

ヨネダが脇の下を押さえるように腕組みをして、忍び笑いを洩らした。

うどん屋の女性店員が、ちらちらと真由の顔を盗み見ている。どう考えても、スカウトされている女子高生だ。早くこの場を立ち去りたくてたまらなかった。でも、逃げられない。真由はどうしていいか、わからなかった。

「真由ちゃん、焼肉好き？」

突然、南が訊ねたので、「ええ」と反射的に返事をすると、南が間髪を入れずに続けた。

「よかった。渋谷に店出すヤツを今夜連れてくるからさ。皆で焼肉でも食べようよ。ヨネダ、後で李由苑《りゆうえん》に真由ちゃん、連れてきてよ。時間は後で知らせる」

してやられたと悔やんでいると、「了解」と、ヨネダが兵隊のように敬礼をした。また脇毛が覗けたので、ヨネダがふざけて左手で脇の下を隠す。

南が去った後、ヨネダが笑いかけた。

「南さんと偶然会ってよかったね。あの人、いい人だよ」

「はあ、そうですね」と、真由は気のない返事をした。

偶然のはずはない。真由が事務所に行かないと頑《かたく》なに言ったので、昨夜から示し合わせて、ここで会うつもりだったのだ。女子高生だって、そのくらいわかる。

不信感を隠さないでいる真由に、ヨネダが阿《おもね》るように言う。

「真由ちゃん、服とか欲しくない？　109で何か買ってやろうか。ショートパンツとかTシャツとか欲しくない？」

服をあまり持って出なかったので、真由はほとんど着た切り雀だ。制服も秀斗のマンションに置いて来てしまった。夏だから、着替えは何枚でも欲しい。正直、心が動く。

返事を迷っていると、先に店を出たヨネダが振り向いた。

「遠慮しなくていいよ。ユニクロか、H&Mでもいいんだから」

南の「ダイヤの原石」という言葉を思い出す。JKコミュニケーションの店で働けば、JKファンの男たちが集まってきて、自分と「恋愛」したがるのだろうか。そして自分は、その男たちをオプションとやらで操り、金を吐き出させるのだろうか。

でも、その背後にいるのは、ヨネダや南のような、女の子たちを大人の男に会わせて何の痛痒《つうよう》も感じていない男たちなのだ。やはり、自分にはできそうにない。真由は首を横に振った。

「洋服要らない。てか、あたし疲れたから休みたいんですけど」

ヨネダが目を輝かせた。

「うわ、真由ちゃん、休憩したいの？　俺とラブホ行く気なの？」

「違います。シェアハウスに帰ります」

きっぱり言うと、ヨネダがぼやいた。

「俺が真由ちゃんと裏っ引きしたら、社長に殺されるもんね」

どうやら、南とヨネダがさっきから言っている「裏っ引き」とは、ビジネスをやっている男と女の子とが、店を介さずに付き合うことのようだ。

彼らの用語に見当を付けた真由は、「ゲン兵衛」を思い出して、ぶるっと震えた。大人の男とセックスするなんて、想像したくもない。

「コンビニに寄りたいので」

真由がファミリーマートを指差すと、ヨネダがスマホを取り出した。

「いいよ。行ってきなよ。俺、ここで待ってるから」

どうやらシェアハウスまで送ってきて、店長と会う時間になるまで見張っているつもりのようだ。逃げ出すことができない。

真由は焦りながら、コンビニに入った。隣の女に貰った菓子パンを返すつもりだ。パンの棚から、似たようなチーズのかかった菓子パンを選んで、レジで金を払った。

コンビニは冷房が利いていて心地よい。ここから出たくない。外を見ると、ヨネダが出入り口の横で、煙草を吸いながら真由を見ている。

シェアハウスに着くと、ヨネダはリビングを指差した。

「俺、あそこで待ってるから、真由ちゃん、部屋で休んでいいよ。少し寝るといいよ。きっと酒盛りになるからさ」

眉を不自然な茶のペンシルで描いた受付の女が現れて、真由のスニーカーを奥の靴箱に入れた。靴箱には鍵が掛かる。真由を逃がさないよう、あらかじめ女に言い含めているらしい。真由は外出しなかったので気付かなかったが、おそらく昨夜から、真由の靴は鍵の掛かる靴箱に隠されていたのだろう。

ヨネダは自分の家のように慣れた様子でリビングに入って行った。ダイニングテーブルに肘を突いて、スマホを取り出す。真由はその姿を横目で見て、二階の自分の部屋に戻った。

四等分された部屋の、手前の部分に住む二人は留守だった。真由のスペースの前の女もいない。真由は遮光カーテンを開けて、女のスペースを通り抜けた。女のいた場所は、やはり綺麗に片付いていたが、割り箸の入ったカップ麺の殻が置いてあった。

隣の老女はいるようだが、相変わらずひっそりしている。何をしているのか、時折、紙を折るような、シュッという音が聞こえてくる。

「あのう、昨日、ありがとうございました」

真由はひと声かけてから、遮光カーテンの隙間に、コンビニのレジ袋ごと菓子パンを押し出した。一瞬、戸惑うような間があったが、やがて嗄れた女の声がした。

「あら、これ、いいの？」

「ええ、昨日ありがとうございました。美味しかったです」

「じゃ、遠慮なく」

突然、遮光カーテンの裾が持ち上げられて、女の指が何かを差し出した。個別包装された、のど飴だ。

「お返し」と簡単に言う。

「すみません」と、真由は飴を受け取った。

やがて、がさがさとパンの包みを開ける音がした。女はよほど空腹だったのか、真由に貰ったパンをすぐに食べている。甘い匂いが真由のところにも届いた。

「こういうの、海老鯛ものって言うのね」

上品な言い方だった。

「それ、どういう意味ですか？」

真由の質問には答えず、女がパンを咀嚼《そしやく》しながら言った。

「あなた、律義な人ね。だから、忠告してあげるわね」

「何ですか」

「逃げた方がいいわよ」

予想外のことを言われたので驚いた。

「どこからですか？」

「何言ってるの。あなたをここに連れてきた人から、逃げなさいってこと」

昨日は、ヨネダがこの部屋の前まで連れてきてくれた。隣の女は、ヨネダを観察していたのだろうか。

「どうして？」

「あれは変な男だもの」と、女は笑い声を上げた。

そうだ。今逃げるべきだ。でなければ、南や店長らに囲まれて、いやが応でもＪＫビジネスを始めることになるだろう。最初は話すだけ。やがて、見られたり、触られたり、嫌なことを強要され始める。断っても、相手が、金を払っているのだから何をしてもいい、と思っているとしたら？

おまえはそれに耐えられるのか？　と、自分が自分に訊いている。

『やめな、真由は向いてないと思う』

ふと、リオナの言葉を思い出した。

「じゃ、行きます。ありがとう」

隣の女はもう何も言わずに、黙ってパンを食べているようだ。呑み込む音がする。真由はリュックサックを背にして立ち上がった。

前方の遮光カーテンをかき分けて、廊下に出た。どこから逃げようかと迷う。ヨネダのいるリビングを通らなくても、玄関からは出られる。しかし、玄関脇の小部屋には、眉を描いた女がいて、真由のスニーカーを隠しているのだ。

見知らぬ中年男が部屋の前で立ち止まり、逡巡している真由を見て、怪訝そうな表情をしている。話しかけられると、リビングにいるヨネダにも声が聞こえそうだ。真由は慌てて、足音を忍ばせて階段を下りた。トイレから逃げるつもりだ。

右手のリビングを通る時、中をちらりと見た。ヨネダがダイニングテーブルの前で、スマホを熱心に眺めていた。幸い、真由が通ったことは気付かなかったようだ。

真由はトイレに入り、洗面台の上方に付いている跳ね上げ式の小窓を大きく開けた。外はすぐ近くまで迫った隣家の塀だった。真由はまずリュックサックを外に落とし、苦労して外に出た。

シェアハウスの建物と隣家の塀の間は、大人が通れるか通れないかの狭さだ。真由がトイレのスリッパで、その狭い塀際の通路に下り立つと、野良猫が驚いて振り向いた。リュックを手に持ち、枯葉で埋まった通路に沿って、庭に回る。植え込みに隠れながら、門から外に出た時は、いったい自分は何をしているのだろうと笑いさえこぼれた。ヨネダに電話して、自らスカウトを呼び寄せたのだから、リオナが聞いたら、何と言うだろう。

「真由には合わないって、言ったじゃん」笑うに決まっていた。

しばらく歩くと、商店街に出た。トイレのスリッパでは歩きにくいが、ソックスで歩くよりはマシだ。ただ、じろじろと足元を見られるのが嫌だった。そのうち、警官に行き会ったりしたら、ヤバい。真由は焦った。

「どうしたんですか。大丈夫?」

ベビーカーを押した、ボーダーのTシャツを着た若い母親が、驚いたように真由の足元を指差した。

「盗られちゃったんです」と、嘘を吐く。

「あらそう、お気の毒。足の裏、痛いでしょう?」

「痛いし、歩きにくくて」

若い母親が、商店街を振り返って指差した。

「あそこにね、サンダルとかビーサン売ってるお店があるわよ」

教えてもらった店は、昔ながらの履物屋だった。埃を被った下駄やビニール製の安いサンダルと並んで、ビーチサンダルが置いてあったので、三百円で買う。トイレのスリッパは、貰ったレジ袋に入れて、ゴミの集積所に突っ込んできた。

ＬＩＮＥが来た。リオナだ、リオナに違いない。真由は驚喜してスマホを見る。

真由、どうしてる？　問題発生。帰って来て

すぐ帰る。ごめん

真由はスマホでＧｏｏｇｌｅ　ｍａｐを見ながら、秀斗のマンションに向かった。

第四章　破綻

1

真由が、こちらに向かっているという。昨夜はどこで何をしていたのだろうか。リオナは、真由から来たＬＩＮＥの文面を思い出して苦笑いした。


またごめんって言ってるよって、リオナはあきれるだろうな。

でも、きのうはマジごめん。反省してる。

で、問題発生って何？


リオナは、ソファの上で体を曲げて唸っているミトの方を見た。

「お腹、まだ痛いの？」

「痛いよ」

ミトは下腹部を押さえながら、絞り出すような声で答えた。昨夜遅くに少し出血し、今日の午後はかなりの出血を見たという。流産が心配だった。

「どんだけ痛いの？　生理痛みたいなやつ？」

ミトが顔を上げずに、真面目に答えた。

「あたし、生理痛ないからわかんない。ともかく、ずんずんくるの。いてーよ」

「ちょっと待ってて。今に真由が戻ってくるからさ。そしたら、病院に行こう」

ミトが、苦しそうな顔を上げた。

「真由が戻ってくんの？」

「そうだよ。ごめんって、謝ってた」

「なんだよー、あいつ。リオナがせっかくここに入れてやったのに、マジギレして出てってさ、また舞い戻ってくるってか。二人じゃ、秀斗の世話なんか、全然できなくなったじゃん。それなのに、しれっとまた帰ってくるんだ」

ミトだって強引に割り込んできたじゃないか。自分と真由だけなら、秀斗も我慢したかもしれないのに。それに、ミトの口から「秀斗の世話」という台詞《せりふ》が出るのも驚きだった。秀斗が衰弱して死んでしまったらどうする、とリオナが心配すると、「んなの、放っておけばいいんじゃん」と言い放ったくせに。

だが、腹痛に苦しむミトが可哀相で、リオナは何も言えなかった。

「まあいいじゃないの。真由はまだ何も知らない子供なんだよ」

ミトが青筋の浮いた額に汗を光らせながら、文句を言う。

「まあいいじゃないって？　リオナは甘いよ。あたし、真由みたいな苦労知らずの子って苦手だよ。お父さんとお母さんがいて、学校に行かせてもらうことなんか当然だと思ってるんだからさ。あたしたちみたく、母親にネグレクトなんかされてみろっつの。あんたなんか、母親のダンナにレイプされたんじゃん。それも長い間」

そこまで言うのか。なぜ、思い出したくないことを言葉にする？

リオナは、幼馴染みのミトに反感を持った。ミトの心の底に、育ち方が違う真由への憎しみがあるのだろうか。リオナは、腹痛の中にあっても、真由を罵るのをやめないミトの小さな背中を見た。

「ミトはそう言うけどさ。真由の親は真由を棄てて、どっかに行っちゃったんだよ。もう死んでるかもって、こないだぽつんと言ってた。可哀相だと思わないの？　それに、あの子、バイト先で騙《だま》されてレイプされたんだよ。それも、初めてだったんだって。すごくショック受けてるから、男が怖くて仕方がないんだよ」

「確かにそれは可哀相だったと思うよ。あたしみたく、男に慣れてないもんね」ミトは額に脂汗を浮かべたまま、にやりと笑った。そして、すぐにまた体を丸める。「いててて」

リオナは痛がるミトが心配になった。

「ミト、まだ出血してるの？」

「うん、してる。紙おむつ欲しいくらい」

「それ、ヤバくない？　やっぱ流産だよ」

「だったら、よかったじゃんか」と、ミト。

「何でいいの？」

「だって、わざわざ堕ろす必要ないじゃんか」

「バカだなあ」

　ミトの悪い冗談を、リオナは笑えない。すでに夕方だから、救急しか駄目だろう。しかし、産婦人科の救急病院って、あるんだろうか。どこに連れて行けばいい？　リオナは、慌ててスマホで検索を始めた。

「うおーっ」と、突然、吠えるような大声に続いて、激しくドアを蹴る音がした。秀斗だ。ドアを踏み破られかねないほどの大きな音に、リオナとミトは思わず顔を見合わせた。

「まただよ。外に聞こえたら、どうする？」

　ミトが焦って、祈るような仕種をした。以前、ゴミ捨て場で住民に会って妙な顔をされたというミトは、他人の反応を気にする。

　実は、ミトの体調の他にも、問題が起きていた。昨夜から、秀斗が手が付けられないくらい暴れだしたのだ。それも三、四時間おきくらいに、間欠泉が噴き出るように荒れ狂う。リオナは急いで納戸に走って行き、ドアの外から秀斗に囁いた。

「秀斗、頼むから静かにしてよ」

「助けてーっ」

秀斗が大声で叫んだ。納戸は窓もないし、このマンションは防音もいい。だが、それでも声が外に洩れ出るかもしれない。リオナはドアを平手で強く叩いた。

「騒がないで。騒いだら、水もご飯もあげないよ」

一瞬、間があったが、また秀斗が叫ぶ。

「助けてーっ、誰か来てくれー」

納戸は玄関に近いので、リオナははらはらした。

「秀斗、バットで思い切り殴るよ」

「いいよ、死んでも。殺してくれよ。苦しい。早く殺してくれ」

「何が苦しいの？」

「体がきつい。助けてくれ」

哀れになったリオナは、思わずドアを開けようかと逡巡した。しかし、開けたら最後、秀斗は自分たちを殺しかねない。もはや、「監禁ごっこ」の域を超えていた。

「助けてーっ」

また秀斗がドアをどんどんと突いた。

「じゃ、死ねよ。これ以上騒ぐなら、もう二度と水もやらないし、ご飯もやらない。そのまま飢え死にするといいよ」

リオナが脅すと、秀斗が泣き喚いた。

「どうせ昨日の昼から何も食べてねえんだから、どうでもいいよ。このままじゃ、俺死ぬよ。助けてよ、リオナちゃん」

もっともだった。細身で小柄のリオナとミト二人では、秀斗をトイレに連れて行くこともできない。縛られていたって、秀斗なら平気で自分たちを跳ね飛ばせるだろう。蹴られたり、体当たりされたらおしまいだ。

しかも、昨夜からミトの具合が悪かったから、秀斗には何もしてやれなかった。そろそろ限界だとわかっていたが、どうにもできない。

「水をくれ。でないと、もっと騒ぐぞ」

秀斗が思い切りドアを蹴った。足の方が痛かろう、というような音だった。それから床の上でジャンプしているらしく、どすどすと音を立てている。今に階下の人間が様子を見にくるのではないかと、リオナは居ても立ってもいられない。

「やめてって言ってるでしょう」

「やめねえよ」

「じゃ、死んで。早く死んで」

哄笑が聞こえた。秀斗が、聞いたことのないような甲高い声で笑っている。とうとう気が触れたのだろうか。リオナは慄然としてドアの陰に佇《たたず》んでいた。

すると、哀願する声がした。秀斗は泣いているらしい。

「お願いだから、助けて。もう俺、駄目だよ。リオナ、昨日はパソコン入れてくれるって言ったじゃないか。もうパソコンなんか要らないからさ、水くれよ。俺、小便も出ない」

「何もしないなら、水あげる」

「しないよ、約束する」

それでも、決心がつきかねた。

「必ずあげるからさ。静かにしててよ。静かにしなかったら、助けることもできない」

秀斗は少しおかしくなっているのかもしれない。また叫びだした。

「誰か助けてくれっ」

「ともかく、もう少し待ってて」

「待てない」

「お願いだから待って。あたしが何とかするから」

「俺の家に入り込んで、金盗って、後は俺を殺すだけか」

「違う」と、リオナは叫んだ。「行き場がなかっただけだよ。だから、入れてもらいたかったのに、あんたがキレたからじゃん」

「リオナだけなら、いいよ。それなら神になれたのに。変な友達呼ぶなよ」

「神って何」

リオナが訊くと、秀斗が嘲るように笑った。

「おまえら、金のない女たちを泊めてやる、奇特な男のことだよ」

「奇特?」

リオナは腹立たしかった。交換条件で、いろんなことをやらせたではないか。プレイもセックスもすべて。

「最低だね。勝手に死ねばいい。あたしはどうでもいい」

自分でも驚くほど冷酷な声が出た。急に秀斗は静かになり、疲れたのか、大きな溜息さえも聞こえた。リオナは苛立って、納戸から離れた。

真由が早く帰ってこないことには、秀斗の扱いにも困るし、ミトを連れて病院にも行けない。


インターホンが鳴った。リオナはほっとしてモニターを覗《のぞ》いた。不安そうに、周囲をちらちら眺めている真由が映っていた。リオナはすぐに玄関のドアを大きく開け、身を乗り出して真由が上がってくるのを待った。

ジーンズにTシャツ。リュックサック。昨日と同じ格好をした真由が姿を現した。真由は、リオナが待っているのを見て、照れ臭そうに手を振った。

「リオナ、ごめん。あたし、迷惑かけちゃったね」

真由がそう言いながら、玄関に滑り込んできた。

「いいよ。戻ってきたなら仲間じゃん」

なぜか真由の顔を見た途端、許せた。傷ついた心と体の有り様が、手に取るようにわかるからだ。

「渋谷から歩いてきたから遅くなっちゃった」

真由が言い訳した。たった百三十円の電車賃も倹約している。

「靴、どうしたの?」

リオナは、真由が脱いだビーチサンダルを見ながら訊いた。持ち物にビーサンなんかあっただろうか。真由がわけを言うのを躊躇《ためら》っている。

「その話、後でするね」

「わかった。それより、早く手伝って」

リオナは真由の背中を押した。

「何、秀斗のこと?」

真由は、秀斗が閉じ込められている納戸を窺《うかが》いながら訊いた。さっきの狂乱は嘘のように、今はしんと静まり返っている。

「それもあるけど、ミトが流産したみたいなの」

「マジか」

真由が急いでリビングのドアを開けて、横たわるミトに話しかけた。

「ミト、ごめんね。迷惑かけて。それより、お腹痛いんだって?」

ミトが下腹部を両手で押さえたまま、弱々しい表情で振り向いた。

「大変そうだね」

真由がソファに駆け寄った。

「うん、ありがとう」

ミトはすっかり機嫌を直したようだ。が、ミトは面と向かってきついことの言えない人間だけど、本心はいつも違うから、本当のところはわからない。

2

突然、インターホンが鳴った。驚いたリオナは、リビングのドア横にあるモニターまで走って行って覗き込んだが、何も映っていなかった。

「誰？」

ソファで横臥《おうが》していたミトが、顔だけ上げて声を出さずに訊いた。リオナは無言で首を横に振る。

マンションの来訪者は、まず玄関前のインターホンで住民を呼び出すはずなのに、いったいどういうことだろう。首を傾げていると、再びインターホンが鳴った。

「部屋の前にいるんだよ」

真由がリオナの耳許で囁いた。なるほど、そうか。確かに玄関のインターホンとは、音が違う。オートロックを開ける必要がないのなら、マンションに住む住民だろうか。

秀斗の立てる音や、助けを呼ぶ声が大きかったから、住民が様子を見にきたのかもしれない。心配していたことが現実になった。

「ちょっとヤバくね？」

ミトが怯えた顔をする。

「しっ」と、リオナはミトを黙らせた。

緊張したまま、数分間じっとしているうちに、諦めたのか音はしなくなった。

「ああ、よかった。こんな時にあいつが騒いだらどうしよう、と焦ったよ」

「あいつ、騒いでいるの？」

何も知らない真由が不安そうな顔で訊いた。リオナが答える前に、ミトがかったるそうに喋る。

「ゆうべから変になったの。助けてーって叫んだり、ドアを大きな音立てて蹴ったりしてさ。すっごい騒ぐんで、誰か来るんじゃないかとはらはらした。で、ずっと騒いでいるかと思うと、またしばらくは死んだみたいに静かになったりして、気持ち悪いんだよね。真由が戻ってくる前も大騒ぎしてたんだよ。どんどんと床を踏み鳴らしたりして、結構、元気あるとか思った。早く死ねばいいのに」

リオナは、ミトにうんざりする。

「秀斗が死んだら困るのは、あたしたちじゃん。みんな殺人犯になっちゃう。それでもいいの？」

「いいわけないよ。でも、どうしたらいいの」と真由。

「真由が出てってから、二人じゃ無理だから、水も食料もやってないんだよ。トイレにも連れてってない」

リオナが言うと、真由が「それはちょっと可哀相かも」と呟いたのを聞きつけて、ミトが怒った。

「真由がいなくなったからじゃんか。バットで殴ったのも真由だよね。言っとくけど、秀斗が死んだら、真由のせいだよ」

途端に真由が項垂《うなだ》れた。

「そうかも」

「真由は柄にもなく、すぐキレるからさ」

ミトが鬱憤を晴らすように文句を言ったら、真由は機嫌を損ねたのか黙り込んでしまった。

リオナは、ATMで下ろした秀斗の金を財布から出した。

「ねえ、ミト。真由に送ってもらって、病院に行っておいでよ。真由のスマホに病院のURLを送っておくからさ」

「えっ、リオナが一緒に行ってくれるんじゃないの？」

ミトが、今やり込めたばかりの真由と一緒、と聞いて慌てた風に言った。

「いや、ちょっと心配だから、ここにいる」

「何が心配なの？」

真由が賢そうな目で訊ねる。

「秀斗が変だから。ちょっと話してみる」

「一人で大丈夫？」

真由の質問には、何と答えていいかわからなかった。何が起きるのか想像もできないけれど、今、この時を逃すと大変なことになるような気がして、居ても立ってもいられないのだった。

「じゃ、行ってくるね」

真由に付き添われて、ミトは腹を押さえながら心配そうに振り返った。

「リオナ、外に誰もいないよね？」

さっきインターホンを押した人が、物陰から見張っているとでも思っているのだろうか。真由がさっさとドアを開いて、廊下を見て戻ってきた。

「誰もいないよ」

やはり、真由は度胸があるし、機転が利く。リオナは真由が戻ってきてくれたことに心底ほっとした。

二人が出て行った後、部屋は急にしんと静まり返った。監禁してから毎日聞こえていた、ぶつぶつ呟く声も鼾《いびき》も、歩き回る音も何もしない。

リオナは納戸のドアの前に立って、聞き耳を立てた。何の物音もしなかった。とっくに死んでいるかもしれない。不安になって、覗いてみようかと一瞬思ったが、いきなり突き飛ばされるのが怖くて、どうしてもできなかった。

「秀斗、どうしたの？　さっきの元気はどうしたの？」

小さな声で訊ねたが、返事はない。万が一、閉じ込めたせいで秀斗が死んでしまったら、自分はどうしたらいいのだろうか。

秀斗と出会ったのは、半年前。リオナが秋葉原にある「ＪＫ散歩」の店にいた時だった。

秀斗は、女子高生の間で評判が悪かった。「ヘンタイのくせに値切る、大馬鹿野郎」と言われていた。

女の子の唾液を飲みたがるようなドＭなのに、ドケチで有名だった。ケチな男は、最初から女の子を馬鹿にして、下に見ている。「金が欲しくてやってるんだろう」と言われれば、みんなドン引きする。心から好きでやっている仕事ではないのだから、労働への対価は、きちんと支払ってもらわねばならない。

しかも、秀斗は東大に通っていることを自慢していた。始終、学生証を見せて威張るので、秀斗が来ると、女の子はみんな逃げて行く。秀斗は当時、百キロ近くありそうなデブだったから、なおさら嫌われていた。

だが、リオナは楽な客だと思っていた。言われるがままに、唾液を飲ませ、ハイソックスにスリッポンを履いて、そこらじゅうを踏んでやる。それだけでいいのだから、デブだろうと自慢しようと、どうでもよかったのだ。義父のような男よりは、数倍ましだと思った。

だから、乞われるがままに、ＬＩＮＥも教えたし、メアドも伝えた。どこにも行き場がない、とＬＩＮＥで打ち明けたら、部屋に泊まってもいいよ、と言われた。だから、そのまま居着いていた。秀斗はあまりいい人間ではないけれど、死んでいいはずはない。それはいくら何でもあり得ない。

納戸の前でぐずぐずと迷っていると、真由からＬＩＮＥがきた。

ミトはけいりゅう流産だそうです（字がわからない）。
まだお腹に胎児が残っているので、
緊急手術で取るって。
何日か入院することになりそう。
手術終わるまで付き添っています。

この分では、真由もしばらく帰れないだろう。リオナは冷蔵庫から水のペットボトルを持って、納戸の前に行った。何があっても、自分一人で責任を取る覚悟を決める。リオナは思い切って納戸の鍵を開けた。

「秀斗、大丈夫？　お水持ってきたから、開けるね」

部屋は真っ暗だった。途端にむっとする臭いが鼻を突く。汗と尿と吐瀉物《としゃぶつ》と、換気の悪い部屋の臭いとで、息ができないほどだった。姿が見えないので照明を点けると、秀斗が床に倒れているのが見えた。胃液のようなものを吐いたらしく、口の周りが汚れている。

部屋の中が暑いし、水もやらなかったから、熱中症かもしれない。このまま放っておけば、本当に死んでしまうだろう。リオナは焦ってパニックになった。真由に大急ぎでLINEで報せる。

秀斗が意識不明。

これから救急車呼ぶから、急いで帰ってきて。

この家、撤収します。

撤収なんて言葉が出てくるとは思わなかった。だが、一人で皆の痕跡を消して、荷物を持って引き払うことは不可能だ。すぐ真由から返事がきた。

救急車？　急いで帰る。

あんなヤツでも、死んだら困る。

そりゃ、嫌だよ。困るよ。リオナは泣き笑いのような表情になっていた。自分の荷物は服から歯ブラシから、手当たり次第にキャリーバッグに詰める。

インターホンが鳴った。こわごわ覗くと、マンションの入り口に立つ真由の映像があった。ほっとして開けてやる。

「まだ、あいつ生きてる？」

ほどなくして、真由が駆け込んできた。

「大丈夫。まだ息している」

真由が納戸を覗きに行って、慌てて戻ってきた。

「ヤバいね。ちょー、ヤバいね」

リオナの腕をぐっと摑《つか》んで繰り返すので、リオナも怖くなってきた。

「早く救急車呼ぼう」

「救急車の人に何て説明するの。あたしたちのことも、訊かれちゃうじゃない」

「救急車が到着する前に逃げよう」

「どうやって？」

「わからない。でも、放っておけば死んじゃうから、秀斗の携帯から電話すればいいんじゃない？」

「電話する前に、あの部屋から出そうよ」

リオナは頷《うなず》いて、納戸から秀斗を引きずり出し、ロープを解いた。Tシャツにハーフパンツ。口の周囲を胃液で汚した秀斗は、口を半開きにしたまま、はっはっと短い息を吐いている。JK散歩の子たちに、デブと呼ばれた面影はなく、出会った時から二十キロは体重が落ちていた。

「あたし、納戸片付けてくるから、リオナはミトの持ち物チェックして」

真由が雑巾を持って飛び込んで行った。リオナはミトの化粧道具や下着やらを、手当たり次第、紙袋に突っ込んだ。ミトが病院に行く時、ある程度持っていったらしく、ほとんど残っていなかった。

「もういい？　行ける？」

リオナは真由に訊いた。納戸から戻ってきた真由が、手を洗いながら頷いた。

「でも、鍵はどうするの？」

後から付けた錠前はどうにもならないから、放置していく他はなかった。リオナは、秀斗のスマホから、１１９番に電話した。

「あの、知り合いのうちに来たら、その人が熱中症らしくて倒れているんですけど」

意識はないが脈もあって呼吸もしている、と伝える。住所を聞かれたので、マンション名と部屋の番号を伝えて、「これは、決していたずら電話じゃありません。早く来てくれないと死んでしまうかもしれません」と付け加えた。あなたは？　と訊かれたので慌てて切った。

「救急隊の人って中に入れるのかな」

真由が心配そうに言ったが、リオナは肩を竦《すく》める。

「もうこれ以上できないよ。後は、あたしたちが捕まらないようにするだけじゃない？」

「そうだね。でも、秀斗、助かるといいね」

「うん」と頷いた後、苦いものがこみ上げた。

リオナは部屋を出る前に、秀斗のデスクの上に、スマホを戻した。すると、ミトが覗いていた隣家のリビングが目に入った。

テレビが点いていて、主婦が見るともなしに見ながら、携帯電話で誰かと話している。笑っているのが見えた。

「早く行こうよ。何見てるの?」

真由が横に来て訊ねるので、リオナは答えた。

「普通の人たちって、何事もないんだね」

真由が苦笑いした。

3

リオナと真由は、秀斗のマンションを出てから住宅街の角を曲がり、路地から様子を見ることにした。

部屋のドアは、閉めると自動的にロックされるタイプではない。マンションの玄関に入ることさえできれば、救急隊員は秀斗を収容することができるだろう。

「あたしたちの顔って、ばっちりカメラに映ってるよね」

真由が、スマホを眺めながら憂鬱そうに呟いた。

それは間違いない。リオナが秀斗のマンションに転がり込んで、ひと月は経っている。真由を誘うまでは何の警戒心もなく出入りしていたから、リオナの顔と姿は簡単に特定されることだろう。

しかし、顔が特定されたからといって、身元がわかるわけではない。自分は女子高生ではないし、母親とも縁を切って、本名などとうの昔に棄ててしまった。今は、「リオナ」という仮名で生きる、中卒の少女でしかないのだ。

「でも、真由たちは、そんなに映ってないと思うし、顔なんかわかんないよ。たとえわかったって、どうってことないよ」

何もばれっこないと、リオナは楽観的だった。秀斗が死んで、万が一、警察に捕まったとしても、秀斗に頼まれて「監禁プレイ」をしていた、と言い張ればいいのだ。

「だったら、いいけど。あいつが死んじゃったら、どうしよう」

真由は、秀斗をバットで殴った張本人だから、心配そうだ。

「だとしても、真由たちは大丈夫だよ」

「いや、大丈夫とかそんなことじゃなくてさ。何かすっごく後味が悪いよね。監禁プレイどころか、拷問プレイとか言われそうじゃん」

「真由の言いたいことはよくわかるよ。秀斗、死んでほしくないよね」

「うん」と、真由が小さな声で同意した。

リオナは、意識を失った秀斗の顔を思い出して、暗い気持ちになった。

秀斗は、確かに自分からいろんなものを奪ってきた。リオナの体や時間だけでなく、誇りとか希望とか、そんな明るく前向きなものも。

それなのに秀斗には、奪っている意識や、金で買っている意識なんか皆無だった。むしろ、リオナを助ける「神」だと思っていた節さえあった。

そもそも、JKたちに群がる男たちに、「買う」意識はあったのだろうか、とリオナは思う。客たちのほとんどは、若い女の子が好きで、歳が若ければ若いほど喜び、ときめいたり、軽く恋愛するつもりで来ていた。しかし、そんな一方的で、都合のいい話があるわけがない。何と傲慢で愚かしい「神」だろうかと、リオナは腹を立てた。が、それでも、秀斗の命まで奪うつもりはない。何とか生きていてほしかった。

「ああ、痒い」

ヤブ蚊に刺されたらしく、真由が足首の辺りを搔きむしった。リオナは、ビーサンを履いた真由の素足を眺めた。

「そうだ。スニーカー、どうしたんだっけ？」

真由が、ほろ苦く笑った。

「あたしも何か仕事しなきゃと思って、ヨネダに電話したの。前に道玄坂で名刺貰ったから」

「あの多毛のヨネダ？」

リオナは真由の顔を探るように見た。「まさか、やられちゃったんじゃないの？」という言葉を呑み込む。ヨネダは、スカウトした女の子にすぐ手を出すので有名なのだ。

「ほんと、多毛だよね」

だが、真由はリオナの真意に気付かず、思い出し笑いをしている。

「ヘアリーヨネダとも言われてる」リオナは真由を笑わせてから訊いた。「で、ヨネダとどうしたの？」

「うん、プロダクションの社長って人に会わされたの。その人が言うには、今度、渋谷でもＪＫコミュニケーションのお店を出す人がいるから、是非会わせたいって」

「渋谷でも、ＪＫの店、始めるんだ」

リオナは薄笑いを浮かべる。素人に毛が生えたような、秋葉《アキバ》のＪＫファンが始めた店が多かったのに、儲かるものだから、今や誰もがビジネスに手を出そうとしている。

ヨネダのような風俗やＡＶへのスカウト業は、ＪＫビジネスにうまく食い込むことはできなかった。というのも、面と向かって引っ張るスカウトなんて必要ないからだった。ＪＫビジネスをやりたい女の子は、ＳＮＳなどネットで申し込んでくる。

だから、ヨネダたちは、何とかＪＫビジネスに食い込んで美味い汁を吸おうとしているのだろう。ＪＫたちが歳を取れば、そのままＡＶや風俗に流せばいいのだから。

真由はどう見ても、素人臭くて可愛いアンダーだ。上玉だと、ヨネダも社長もさぞかし興奮したことだろう。いい気味だ。

「よく逃げてきたね。えらいよ」

「怪しくて、信頼できなかったんだよね。でも、言いくるめられそうで、どうしたらいいかわからなかった。シェアハウスを紹介されたんだけど、ヨネダがついてきて、見張られてたの。そしたら、シェアハウスに泊まっている女の人に、『逃げなさい』と言われた。それで便所のスリッパを履いて、窓から逃げたんだよ」

「便所のスリッパ？　笑える」

「うん。きったねえビニールのヤツで、トイレのマークが付いてるから、恥ずかしくてしようがなかった」

リオナは声を出さずに笑い転げた。ようやく笑いの発作が収まった後、目尻の涙を拭きながら訊ねる。

「ところで、シェアハウスってどこ？」

地理に疎い真由のたどたどしい説明を聞いているうちに、何となく場所だけは想像がついた。明らかに、その下足番みたいな女と、ヨネダたちはつるんでいる。

売るもののない貧乏な男たちや、年老いた女たちは、保険証だの免許証だのを預けるしかない。そのうち、それらも取られて、身ぐるみ剥がされる。貧困ビジネスだ。

「真由は、スニーカーくらいで済んでよかったじゃん」

「ほんとにそうだね」

真由が足元を見て笑った時、救急車のけたたましいサイレンが近付いてきた。

「来た」

二人は体を屈めて、住宅街の万年塀に身を寄せた。救急車はマンションの前に停まった。サイレンを鳴らしているので、何ごとかと出てきたマンションの住人にオートロックのガラスドアを開けてもらって、救急隊員が中に入って行く。近所の人や通行人が、遠巻きに眺めている。

「もう行こうか」

リオナは、息を潜めて救急車を見つめる真由の肩を叩いた。真由が驚いたように顔を上げる。

「確かめなくていいの？」

「どうやって確かめるの？」

死ねば、東大生が熱中症で死亡、とちっちゃなネットニュースくらいにはなるだろうし、死ななければ、それで幸いだ。もうすることはない。

「それもそうだね。じゃ、どこに行く？」

「まずは、渋谷で真由の靴を買って、それからご飯食べようか」

「ミトのお見舞いは？」

「明日でいいよ」

まだミトに腹を立てているリオナは、言い捨てた。だが、翌日になれば心配して、ミトを見舞うこともわかっていた。

「リオナ、仕事に行かなくていいの？」真由が訊ねた。「最近、あまり行ってないでしょう」

三人で秀斗のマンションに暮らすようになってから、リオナは、まだ二回しか店に出勤していない。以前はＪＫ散歩の店にいたが、摘発を受けたこともあってなくなり、今は部屋に行って一対一になれる、ＪＫコミュニケーションと呼ばれる店になっていた。

ますます密室の危うい仕事になっているせいか、客の方もすれてきて、すぐに「裏オプは？」といきなり値段交渉からしてくるようになった。

「やりきれねえよ」と、リオナは呟く。

金を貰ったからといって、初めて会ったおじさんにフェラをして、セックスをする行為がどれほど嫌で辛いか。自分が女の子になってみなければ、男には絶対わからないだろう。

「あまり行きたくないんだ」

リオナが答えた時、人混みが一瞬崩れた。マンションのガラスドアが開き、ストレッチャーが出てきて、救急車に乗せられた。秀斗の生死は不明ながら、無事に収容されたらしい。リオナはほっとした。

救急車がサイレンを鳴らして走り去ったので、二人して歩きだした。真由はリュックサック、通学鞄に紙袋。リオナの荷物は小さなキャリーバッグとミトの物を入れた紙袋だ。カラカラとキャスターを鳴らして行く。

「ねえ、真由」と、リオナは話しかけた。「ちょっと聞きたいことがあるんだけど、いい？」

「いいよ」と真由が振り向く。

「あんた、ＪＫビジネスやりたいって、昨日言ってたじゃん。ちょっと自棄《やけ》っぽかったけど、あれマジだったの？」

　真由が答えずに、西の空を見上げた。七時近いから、あたりは薄暗くなっていた。だが、西に沈んだ太陽の光がまだ残っている。真由はその光に見とれているかのように、しばし見つめたまま何も言わなかった。

「うん、自棄というよりは、何としてもお金を稼いで、一人で部屋を借りたいと思った。あたしは未成年だから、必ず誰かに保護されなきゃならないわけでしょう？　だけど会う大人、会う大人、ろくな人がいないんだもん。自分で身を守るしかないじゃん。でも、知らない男の人とセックスするのは嫌だよ」

　リオナは頷いた。

「そうだよ。そりゃ、客で来る人は、みんな表向きは優しいよ。こっちが未成年だって知ってるから。でも、心の底では、お金がほしいんだろ？　だったらやるからサービスしろ、と思っている。お絞りで拭いただけで、初めて会った男のあれを舐《な》めたり、あそこに入れるなんて、できる？　それだけじゃないの。水着着せられたり、マッサージしたり、触られたり、いろんなことされるんだよ。喫茶店みたいにメニューがあるんだもん。まるで玩《おも》具《ちゃ》。終わっても、しつこく名前聞かれたり、ＬＩＮＥ教えてって言われたり、そんな甘い仕事じゃないよ。それに、だいたい店長がヤバい。みんな最初に女の子に手を付けるんだよ。それを嫌がる子は、干されたりする。ひでえ話でしょ？」

　黙って聞いていた真由が顔を上げた。

「やっぱ無理。あたし、普通のバイト探す」

真由がリオナの目を見つめながら言う。

「そうしなよ。あたしがコミュで稼ぐからさ。二人で生きていこう」

真由が立ち止まった。リオナの顔を覗き込む。

「リオナだけ、嫌な目に遭わせられないよ」

「でも、それじゃ生きていけないよ。飲食のバイトなんて、微々たるもんだもん」

「知ってる」と、真由はしょんぼりと肩を落とした。

いけない。また、あのラーメン屋のことを思い出させた。リオナは真由の腕に触れた。

「てかさ、あたし、そういう店の仕組みも嫌なんだよね。だんだん腹立ってきた」

「どういうこと？」

真由がぽかんとした顔をした。

「例えば、あたしがJKコミュの店で、客を待っているとするでしょう。客がやってきて、あたしを指名する。そして、あたしはお店が持っている部屋に入って、客と二人きりになる。店は何にもしないの。指名料と部屋代を取るだけで儲かるんだよ。だから、店長は部屋を借りてやるだけでいいの」

真由が不快そうに眉を顰《ひそ》める。

「すっげえ搾取じゃん」

「そうなんだよ」と、リオナは真由の腕を叩いた。「だからさ、あたし、フリーになればいいんじゃん？　部屋借りて」

「でも、危ない客が来たらどうするの？」

「たとえ、普通のリフレに来たって、店長は対処できないよ。ただ左うちわで、のんびりゲームとかやってるだけだもん」

「リオナの言うことは正しいと思うよ。でも、あたしたちだけで、客をうまくあしらえるのかな」

真由は、年齢よりも遥かに思慮深い。心配そうだった。

「わからない。でも、考える必要はあると思う」

リオナも西の空を見たが、陽の光はすでに消えていた。

4

リオナは、真由を公園通りにある大戸屋に案内した。センター街の方が好きなのだが、ヨネダに会う可能性があるのと、真由が被害に遭ったラーメン屋が近いので避けた。

そんなリオナの気持ちを察してか、メニューを見ていた真由が、突然礼を言った。

「リオナ、ありがとう」

「何が？」

「気を遣ってくれて。それに、靴まで買ってもらったし」

ビーサンを履いた真由には、H&Mでスリッポン型のスニーカーを買ってやった。安かったのに、真由はとても喜んで涙ぐんだほどだ。

「いいよ、そんなの。たったの千五百円じゃん」

「でも、嬉しかった。リオナがいなかったら、あたし今頃、どうなっていたかわからないよ。ほんとに感謝している」

カラオケで会った時の真由は、明らかに自暴自棄だった。ヨネダのようなスカウトに引っかかったら、一気に崖の向こう側に落ちたかもしれない。

「崖のこっち側ってあるのかな」

リオナが独りごとを言うと、真由が顔を上げた。

「何か言った？」

「何でもない」

リオナは首を振って、メニューに目を落とす。食事のことはあまりわからないから、どうでもよくなる。

「あたし、久しぶりに、ほっけ食べようかな」

真由が弾んだ声で言った。

「ほっけって何？」

「ほっけ知らないの？　北の魚だよ」

呆れたような声を上げてから、真由がはっとしたように口を噤《つぐ》んだ。

「ごめん。変なこと言って」

「いいよ、謝らなくても」と、苦笑する。「あたし、ちゃんとしたご飯を食べたことないから、食べ物のこと、全然知らないの」

母親はほとんど食事を作らず、子供の時から、マックやケンタッキーなどの外食か、コンビニ弁当ばかり食べていた。そのうち、それも面倒になって、スナック菓子で済ませていた。祖母と暮らしていた二年近くは、二人して近所の食堂をぐるぐる巡っていた。だから、食材や調理法に関する知識が欠如している。

「そっか。うちは飲食業だったからね」

そう言った途端、真由の顔が曇った。

「ねえ、真由の親って、今頃どうしてるの？」

思い切って訊いてみると、真由は暗い表情で首を傾げる。

「わかんない。一切連絡がないし、お父さんやお母さんの携帯も通じないの。『現在、使われてない』って出るの」

「何があったんだろうね」

「うちは、埼玉の方で和食のお店をやってたんだけど、一時は流行《はや》って、すごく景気よかったの。それで、お父さんがちょっと洒落《しやれ》たレストラン始めたんだよね。それがうまくいかなくなったみたいで、すごい借金を作ったって聞いてる。だから、家も売ったし、店も人手に渡ったし、お父さんとお母さんは逃げ回っているみたい」

「それって、ヤクザみたいな人から？」

真由の顔色が悪くなった。

「わかんない。今時、そんな話は聞いたことないって、叔父さんは怒ってたけど、何かとんでもない失敗をしたんだと思う」

「早く解決するといいね」

リオナが言うと、真由が俯《うつむ》いた。見ると、涙を流している。

「お母さんに会いたいよ。酷い目に遭ってるんじゃないかと思うと、可哀相でならないの。すごく心配してる」

「全然、連絡ないの？」

「ない」と、首を振る。

中学三年まで、路上の暮らしとは無縁の、普通の子供だったのだろうから、真由の心は相当に傷付き、混乱したままなのだろう。

「あたしなんか、物心ついた時から、父親が代わっていろんなことあったからね。ちょっとやそっとじゃ、傷付かない。母親になんか、二度と会いたくない」

「カッコいいよ、リオナは」真由が涙を拭いて微笑《ほほえ》んだ。「あたしもそうなりたい。こんなことでめそめそしちゃって、情けねえよ」

「真由はまだ十六でしょう。一年違えば、全然違うって」

リオナは、自分が真由を守らなければならない、と思う。

突然、崖の向こう側のことを思い出した。崖のこっち側に落ちたのなら、まだ戻ってこられる。でも、崖の向こう側に落ちたのでは、もう戻れないのだ。

「戻るって、どこに戻るんだろう」

また独りごとを言うと、真由が不思議そうな顔をした。

「リオナ、さっきから、何ぶつぶつ言ってるの?」

リオナは苦笑いをして、ドリンクバーと、豚と野菜の蒸し鍋定食を注文した。真由はほっけの炭火焼き定食だ。

「秀斗、どうしたかな?」

真由がドリンクバーから取ってきたアイスティーに、ストローを差しながら呟いた。

「生きてるといいね」と、リオナ。本音だった。

「うん、意外な結末だったよね。まさか熱中症で意識不明なんてね。閉じ込められてたんだから、体力は弱るよね。あんなにげっそりしちゃったし。マジで悪いことしたと思うよ」

真由が、ガムシロップをふたつも流し入れて、神妙な顔になる。

「死んだりしたら、ニュースになると思うんだよね。でも、出てないから大丈夫じゃないかな」

それは希望的観測だと、自分でもわかっていた。無理やり閉じ込めて、食事や水を制限したばかりか、排泄まで我慢させたのだから、もし秀斗が死んだら、罪に問われるのは必至だった。リオナは、余計なことは考えまい、と何度も頭を振った。

「リオナ、ちょっと相談があるんだけど」

真由が真剣な表情で言いだしたのは、リオナが五穀米に塩を振っていた時だった。

「なあに」

「あの『ゲン兵衛』のことなんだけどさ。あたし、あれからいろいろ復讐《ふくしゅう》の方法を考えたんだよね」

「うん、あたしも考えたよ」

リオナの言葉に、真由がほっとした顔をした。

「リオナも考えてくれたんだ。嬉しいよ。あたしは店にガソリン撒いて火をつけてやろうかと思ったりもしたけど、それって、あたしの損じゃん」

「大損だよ」と、苦笑する。「一生、刑務所だよ」

さすがに真由も笑った。

「ネットで噂流すとかも考えたけど、どうせ消えていくだけでしょう?」

「うん。事実関係がわかりにくいものね。こっちが恨みでやっていると思われるだけかもしれない。案外、ラーメン屋が同情されたりしてね」

ネットは手っ取り早いが、どう転ぶかわからない。つまり、復讐ひとつにしても、なかなかこれといった手が見つからない。

「あたしね、警察に行こうと思うんだ」

真由が思い詰めたように言った時は、さすがに驚いた。

「警察に？」

「うん」と、真由が真剣な顔で頷く。「いろいろ考えたけど、それが一番、あっちには効くと思うんだよね。だって、あたしが家出少女だから、絶対に訴えないと思ってナメてるわけでしょう？」

「そうなんだよね。そこが狡《ずる》いんだよ」

リオナも悔しくなる。義父は、リオナが誰にも被害を訴えないことを知っていたのだ。警察はおろか、母親にも言えず、友達にも教師にも訴えることができずに、一人で怯え、悩んでいた。あの時は、本当に死んだ方がマシだと何度も思った。

「だから、思い切って行ってみようかと思うの。そしたら、あのチーフのところにも、警察の人が行くわけでしょう。すごくびびると思うんだけど」

「でもさ、きっと真由の狂言だって言い張るよ、あっちは」

リオナは冷静に言った。

「狂言って何？」

真由がぽかんとした。

「嘘ってこと。真由が相手を貶《おとし》めるために、嘘を吐《つ》いているって言い張りそうじゃね？大人の男は狡いんだから、何としても罪を逃れるよ」

途端に、真由が憂鬱そうな顔になった。

「それだけは許さないよ」

「わかってる。でもさ、警察に行くと、真由の両親に連絡が行くよ」

　真由の顔が明るくなったのには驚いた。

「だったら、ちょうどいいじゃん。だって、あたしの両親の居場所がわかるかもしれないでしょう？」

　リオナは半信半疑だったが、真由はその思いつきに夢中になったようだ。

「もしかしたら、お母さんに会えるかもしれない」

　ラーメン屋を告発できるのならいいが、真由の何か大事なものと引き替えにされるのではないかと、リオナは不安だ。

「真由は叔父さんのところから家出しているわけだから、叔父さんに連絡が行くんじゃない。そしたら、叔父さんが迎えに来るよ」

「だって、叔父さんのことなんか絶対に喋らないよ。そしたら、わかんないでしょう」

　真由が焦ったように言う。

「でも、警察は保護者を見つけ出すよ。見つからなかったら、真由は児童相談所送りだよ」

「何それ。あたし、子供じゃないよ」

「十八歳未満だから、あたしだって、児童相談所送りになるよ。そしたら、変な施設に入れられて、見張られて、おばさんがいろいろ訊ねるんだよ。いつ、どこでどんな目に遭ったとかさ。あ、そうだ。それよりも、病院で検査されるよ」

「どうして」

真由が不満そうに唇を尖らせた。

「だって、レイプ被害なんだから、本当かどうか確かめるじゃん」

げーっと真由が吐く真似をした。

「嫌だ」

「それから、根ほり葉ほり聞かれるよ。どうしてすぐに被害届出さなかったのか、とか、これまでどこで何をしていたかとか。下手したら、秀斗の事件も一緒にばれちゃうかもしれないよ」

「何でリオナは、そんなネガティブなことしか言わないの」

真由が苛立った声を上げたので、リオナも言い張った。

「それが大人の世界なんだよ。真由はガキだから、知らなさ過ぎだよ。酷い目に遭いました、はいそうですか、とはいかない。それなりに証明しなくちゃ。あっちだって、一度告発されたら、社会的に抹殺されるんだからさ」

真由の目がきらりと光った。

「あいつらが抹殺されるのなら、あたしは何だってするよ。病院に行ってもいいし、叔父さんに連絡が行っても構わないし、補導されたっていい。何をしてもいいから、あのラーメン屋の連中だけは、刑務所に行ってほしい」

「そこまで覚悟してるのなら、やってみたらいいんじゃない」

「何、リオナ。冷たいな」真由は不満そうだ。「一緒に警察に行ってくれるのかと思っていた」

「あたしが行ったら、JKビジネスやってるだろうって言われて、あたしは一発で補導だよ。売春婦扱いされると思う」

「そんなの酷い」と、真由が青ざめた。

「だから、あたしは行かない方がいいと思う。真由、あんた一人で行ける？」

真由は迷ったのか、箸を置いたまま顎《あご》に手をやって、天井を仰ぎ見た。リオナは、真由の皿を見た。半身の魚の骨が綺麗に残っていた。魚の食べ方がうまい。この子は健康的に育ってきたんだと思い、真由の必死な心を思うと、リオナも泣きそうになった。

5

その夜は、真由と久しぶりにカラオケでオールした。硬いベンチで寝たので首が痛くなったし、今日は蒸し暑かったから、髪もべたついて気持ちが悪い。

シャワーを浴びたいし、熱い風呂にも入りたい。こんな時、秀斗の部屋がいかに快適だったかを思い知らされる。

リオナが寝違えた首を回していると、真由がむくりと起き上がった。寝起きの少し腫れた顔で、リオナに話しかける。

「リオナ、何時から起きてる？」

「わかんない。三十分くらい前からかな」

暗い部屋にいるから、外の様子がわからない。真由がもぞもぞと自分のスマホを眺めて溜息を吐いた。

「もうすぐ五時か」

カラオケのオールは午前五時までだから、これから、どこかに移動しなければならない。マックか二十四時間営業のファミレスか。寝不足で頭がくらくらする。こんな生活を続けないためにも、どこか居場所を見つけなくてはならないのに、貯金はどんどん少なくなっているのが憂鬱だった。

「腹減ったね。朝マックしようか」

リオナが誘うと、真由が頷いた。

「マックくらいなら、まだお金があるからリオナにおごる」

マックで、ソーセージエッグマフィンを口いっぱいに頬張った真由が、ようやく呑み込んだ後、まだ口を動かしながらリオナに訊ねた。

「ねえ、リオナ。ＪＫって、どのくらい稼げるもんなの？」

「最高で、一日十万ってことがあった。でも、八千円くらいの日もあるし、ならせば、そんなに多くはないかも。あたし、あまり裏オプとかしたくないから、稼げない方なの」

マックのコーヒーは熱くて薄い。舌を火傷《やけど》しそうになったリオナは、慌てて紙コップの水を口に含んだ。リオナが落ち着くのを待ってから、真由が問う。

「じゃ、十万の時はどうしたの？」

「その時は断れなくて、裏オプを取ったの。延長、延長ですごく嫌らしい客だった」

とても不潔でしつこい中年男だった。その時の嫌悪感が蘇って思わず顔を顰《しか》めると、真由が視線を外した。

「それって、秀斗みたいな客だったの？」

「秀斗はドMだから、ラクチンだよ。そいつは不潔でキモかった」

「あたし、男が嫌いだから、JKはやっぱできないな」

真由が独りごとのように呟くので、リオナは笑った。

「この仕事やると、もっと嫌いになるよ。一生、恋愛なんかできないと思うもん」

「何で？」

「男がみんなキモい動物に見える」

「わかるような気がする」

真由が鼻に皺《しわ》を寄せた。

「でも、JKビジネスやってる子って、みんなお金が欲しくて、切羽詰まってる子が多いんだよ。ミトみたいに親がいなくなったり、あたしみたくネグレクトされたり、すごく貧乏で住む場所もない子とか、家族と一緒にいて、家もあるけど、ものすごく仲が悪くて口も利かないとか、みんな、なんかかんか事情がある子が多い」

真由みたいに普通のうちの子はいないよ、という言葉を呑み込んだ。真由の家はどんな事情があったのかわからないのだから、簡単に口にしてはいけないと思う。

「それを大人の男が利用してるんだね」

真由が悔しそうに言った。

「そうだよ」と、リオナは吐き捨てる。

「そういえば」真由が懐かしそうに言った。「さっきのカラオケで、リオナと初めて会ったんだよね。ほんとに知り合えてよかった」

「そうだったね」

リオナは生返事をした。店長からＬＩＮＥがきていた。

りおなちゃん、今日はお店に出ているのか、
という問い合わせが多いです。

お客様を失望させないためにも、
今日こそ出勤してくださいね。

リオナは、真由とミトが秀斗の部屋に転がり込んでから、ほとんど仕事に行っていない。

だが、店長からは毎日のようにＬＩＮＥがくる。リオナが出勤予定を破って、欠勤しているからだ。当欠の罰金も、溜まっているはずだ。

「すみません。じゃ、五時から行きま～す」とやむを得ず返信すると、その直後、店のツイッターには、「りおなです。休んでしまってごめんなさい。今日は夕方からお店に行く予定です。みんな来てね～」と、顔をハートマークで隠したリオナの写真がアップされていた。

「守銭奴め」

リオナは、まだ三十代の店長のにやけ顔を思い出して罵倒する。

「守銭奴か」と、真由が繰り返す。「レジェンドな言葉だな」

「しかも、こいつドスケベなんだよ」

「どういう風に？」と、真由が笑う。

「自分好みの子には真っ先に手を付けて、その子ばかり優遇する」

「リオナは可愛いのに、大丈夫だったの？」

「あたしは何か、あそこに来ている子たちとは違うみたいなの。だから、ちょっと苦手だったんじゃないかな。何となく距離があった」

「それ、わかる。リオナは自分があるからね。言うこと聞かないでしょう」

「そうかなあ」と、首を傾げる。

「ねえ、裏オプって、具体的に何をするの」

真由が興味津々の様子で聞いてくる。

「手でいかせたり、口でやったり、本当にセックスしたり、いろいろだよ」

「お風呂にも入らないのに触るの？」

「そう。あたしはそれが嫌だった」

「みんながみんな、それやってるの？」

「人による。でも、やらせなきゃ、全然儲からないもん」

「じゃ、店長は裏オプやってくれる子の方がはるかにいいんだね」

「もちろん。だからさ、これからは個人営業しかないのかもしれない」

ふと思いついて、リオナはスマホで、出会い系ＳＮＳを覗いてみた。そのサイトのことは、店の仲間に聞いていた。セキュリティがしっかりしていて、すぐに適当な客と出会えるサイトだという。

店長に搾取されないためには、こういうサイトで客を見つけた方が手っ取り早いし、会う前に客も選べるからいいのではないだろうか。

真由が何も知らずにマフィンを食べている間、リオナはプロフを作った。名前は「りお」。営業用に撮った、横向きで顔がわからない写真を使う。年齢は「十八歳」とサバを読み、職業は「秘密」と書いて、女子高生を匂わせる。

後は適当に埋めた。場所は「渋谷、新宿」。体型については、「百五十センチ、血液型Ｂ型。小柄で骨細、可愛くてロリっぽいって、よく言われちゃいます」などと書いた。

「相手へひとこと」という欄には、「デートやお食事、カラオケなどに付き合います。時々いちゃいちゃも。待ち合わせは駅がいいです。お小遣い頂けたら嬉しいです」

　送信した後、すぐさまメールがきたのには驚いた。相手は二十歳の会社員だという。「今日の夕方、会えませんか」と聞いてきた。しかし、二十歳の男は金がなさそうだ。今日は店になど行かずに、どこかで時間を潰しながら、いい客から連絡がくるのを待つことにする。

「リオナ、何してるの」

　真由に訊かれて、リオナはゆっくり首を振った。

「何でもない。メールチェックしてただけ。それよっか、ミトの病院に行って、時間潰さない？」

「いいけど、あたし、渋谷警察署に電話するから、一緒に行ってくれない？」

　真由はマジで行く気だったのか、と驚いた。

「これから電話するの？」

「うん、ネット見たら、相談の電話があるから、まず電話してから、行ってみようと思うんだ。リオナ、悪いけど付き合って」

　リオナと真由は、駅のロッカーに荷物を入れてから、西武デパートに入った。トイレで、顔を洗って歯を磨き、髪を梳《と》かす。

　真由が西武のA館からB館に向かう通路の端っこで、被害相談に電話した。その間、リオナは下の道路を歩く人々を眺めていた。薄曇りの蒸し暑い空は、今にも雨が降りだしそうだ。ホームレスに一番辛いのは雨降りだ。雨が降りだしたら、ホテルにでも行くしかないと覚悟する。

　すると、真由の思い切ったような声が聞こえてきた。

「すみません、あの、あたし、この間レイプされたんです。悔しくてどうしたらいいかわからないから、電話しました」

　真由がそう訴えながら涙ぐんだのか、目の辺りに手をやった。真由のトラウマは当分治らないだろうと、リオナは暗い気持ちで道路の方に視線を戻した。外国人観光客の一団が、笑いながらLOFTの坂を下って来る。

「二週間前なんです。遅くなったのは迷っていたから」

　電話の相手は、辛抱強く話を聞いているようだ。真由はほっとした様子で話している。その声音がしっかりしているので、リオナは安心した。

「あたしですか？　十六歳です。ラーメン屋さんでバイトしていて、そこの店の二階に泊まっていました。部屋を貸してくれると店主が言うので、使わせてもらってました。そこに夜中、ラーメン屋のチーフが入ってきたんです」

　相手が何か間違っているらしく、真由が必死に言い直している。

「違うんです、店主じゃなくて、チーフと呼ばれている人です。名前はわかりません。みんなチーフと呼んでましたから。え？　まだいると思いますけど、確かめたわけじゃないので、ちょっとどうかな」

真由は話をやめて、相手が喋っているのを黙って聞いている。

「やっぱ被害届出すんですね。あたしがそっちに行かなきゃならないんですね？」と、真由。「じゃ、これから行きますんで」

電話を切った後、真由がリオナの方を見遣る。ほっとした様子だった。

「これから警察に来てくださいって。専門の女の刑事さんが話を聞いてくれるんだって」

だったら、真由一人で大丈夫だね、と念を押しそうになったが、万が一、真由が児童相談所になど送られることになったら、二度と会えなくなるかもしれない。それでは寝覚めが悪いので、リオナは付き添うことにした。

「じゃ、一緒に行く。でも、あたしは余計なことは喋らないからね。真由も黙っててね」

「わかってる」

真由が嬉しそうにリオナの腕を取った。

6

渋谷警察署は、渋谷駅の東側にある。受付で、電話に応対した警察官の名前を言うと、すぐに髪の短い中年女性が現れた。紺色のスーツを着て、まったく化粧気がない。茶色く陽に灼けた顔に、薄くそばかすが散っていた。

「こんにちは。私は桂《かつら》と言います。あなたが伊藤さん？　電話くれたっていう人？」

リオナの方を向いて聞くので、リオナは黙って隣の真由を指差した。

「ああ、あなたが伊藤さんですか？」

桂は意外そうに、真由とリオナを見比べた。真由はいかにも渋谷で遊んでいる高校生とは無縁に見える。ショートカットで健やかなよく伸びた体軀。だが、リオナは痩せて小さく、前髪を揃えて切った長い髪は少し茶色で、いかにもＪＫだった。それでベテランの刑事も間違えたのだろう。リオナは可笑《おか》しかった。

真由に差し出した名刺をちらっと覗くと、「主任」とあった。願わくば、桂が適切な手を打ってくれればいいがどうだろうか。リオナは心の中で首を傾げる。

「さ、こっちのお部屋でお話ししましょうか」

桂は真由の肩を抱くようにした後、リオナを振り返った。その目がきらりと光ったように見えたのは、気のせいだろうか。

「そっちのお友達も、よかったらどうぞ」桂は一階の奥にある小さな部屋に案内し、パイプ椅子を二人に勧めた。「そこに腰掛けてね。楽にして」

会議室にあるような大きなテーブルとパイプ椅子のほかは、何の調度もない殺風景な部屋だった。

刑事ドラマで見るような壁面の鏡などはない。壁面に目を遣ったリオナが視線を戻すと、にやりと笑った桂と目が合った。正対すると、人の好さそうな垂れ目だ。

「マジックミラーなんかないよ。ここでの話は、私以外に聞く人はいないから、安心してね」

途端に、真由の肩の力が抜けたのが伝わった。話のわかりそうな女性刑事だったので、安心したのだろう。

桂は、テーブルの上にノートと赤いボールペンを出した。ボールペンのキャップには、キティちゃんが付いている。

「ちょっとメモだけ取らせてね。構わないでしょ？」

桂が真由に訊ねた。真由は、どうしよう、という風にリオナを見るので、リオナはＯＫという風に頷いた。

「はい、いいです」

リオナの承認を得た真由が答えると、桂がリオナの方を向いて礼を言った。

「ありがとう。お姉さんみたいだね」

「そうなんです」と、真由が答える。

「いいお友達がいてよかったね」

だが、真由はまだ緊張を解かない様子で、再度リオナを振り返った。警察での真由は自信なげで、いつもより子供っぽく見える。

「まず、名前と住所を教えてくれる？　あ、よかったら、ここに自分で書いてね」

桂がノートを差し出した。受け取った真由は、几帳面な字で丁寧に書き始めた。

「埼玉県K市新町五丁目二番地二十八号」と、自宅の住所を書いている。次いで、「伊藤真由」。

上から覗き込んだ桂が、驚いた顔をした。

「K市なの？　ずいぶん遠いところから渋谷に来てるんだね」

誘導尋問か？　家出がばれる。リオナは、真由がこの先うまく答えられるだろうかとはらはらした。

「でも、電車で一本だから、案外近いです」

真由は気付いているのかいないのか、あっけらかんと答える。

「なるほど。伊藤さんは渋谷の街が好き？」

「あんまり」と、真由が首を傾げたので、桂が苦笑した。

「あんまり好きじゃないけど、ここに来ちゃうんだね。どうしてかな」

「だってバイトとかできるし。K市は何もないから」

「なるほど。バイトは何をしてたんだっけ？」

真由の顔が強張った。

「ラーメン屋です」

「それが例のお店なのね？」

あらかじめ電話でした相談内容の報告を聞いているのだろう。桂の目が、底の方でぎらりと光ったように思えて、リオナは目を逸らした。自分は正しいことをしていると信じている大人が苦手だった。

「そうです」

真由が身を竦める。

「何という名前のお店ですか」

「『ゲン兵衛』です。ゲンはカタカナで、兵衛はこういう字」と、ノートに書いてみせる。

「道玄坂にあるお店です」

「ゲン兵衛ね」と、桂は暗記するように繰り返す。「その話は後で詳しく聞かせてもらいますね。伊藤さん、ノートに生年月日も書いてくれる？」

真由が素直に「はい」と答えてから、「平成十二年五月十日」と書くと、桂が暗算をするように目を細めた。

「てことは、今、十六歳かしら」

「そうです」

「じゃ、こっちにノートを返してね」

真由からノートを受け取って、桂は自分の前に置いた。改まったように、態度も変える。

「さあて、十六歳か。困ったね。お父さんとお母さんのお名前も教えてくれる？」

「お父さんは、伊藤伸一。お母さんは、伊藤英子」

字を聞かれて、真由は素直に答えている。桂が案外美しい字で、すらすら書いた。

「後でお父さんに連絡することになるけど、いいかな？　十八歳未満の場合は、保護者に連絡することになっているの」

曖昧に頷いた真由が、ちらりとリオナの方を見遣ったので、リオナは代わりに答えた。

「あのう、真由はレイプされたことを、親には知られたくないと思います。親って余計な心配をするし、場合が場合だから、怒り狂うかもしれないし。そうなると、娘としては絶対に恥ずかしいし、嫌だと思う」

桂が迷ったように、首を傾げたまま、自分の短い頭髪を手で触った。硬そうで量の多い髪は、ところどころ白髪が目立った。四角い爪は、短く切られている。左手の薬指にしている結婚指輪を見て、この人にも子供がいるのかな、とリオナは想像する。

「伊藤さんの気持ちはわかるけど、保護者に連絡するのが規則だからね。というか、保護者は、まだ十六歳の伊藤さんを保護して、養育する義務があるの」

「わかってます。でも、知られたくない」

真由がぽつりと言うと、桂は陽灼けした顔を綻ばせた。

「じゃ、その判断は後でしましょう。ともかく、話してくれる？」

真由がつかえながらも、淡々と話し始めた。何度聞いても、嫌な話だ。リオナは耳を塞ぎたくなるのを我慢して聞いていた。

「上の部屋が空いているから、遅くなった時は泊まってもいいよって、店主の人に言われたんです。その部屋は、皆が荷物を置いたり、制服に着替えたりする部屋なんです。畳が敷いてあって六畳くらいの小さな部屋。それで、終電を逃した時とかに泊まらせてもらってました。そしたら、ある晩、夜中に、お店のチーフが入って来たんです。びっくりして起き上がろうとすると、いきなり覆い被さってきて動けなくなった。抵抗したら顔を殴られた」

真由が涙ぐんで話せなくなった。桂は悲しげに眉を顰めたまま、真由の言葉が出てくるのを待っているようだ。真由がしゃくり上げてなかなか話さないので、とうとう我慢できなくなったのか口を開いた。

「その時、伊藤さんはどうしたの」

「逃げようと思ったけど、金縛りにあったみたいに、体が動かなくて、すごく怖かったし、痛いし、どうしたらいいかわからなくて」

「それは、いつのことですか？」

「七月二日」

桂がノートに日付を書いた。

「妊娠はしていない？」

「わかりません。でも、その後、生理が来たから大丈夫だと思います」

「そう。それはよかった。不幸中の幸いだわね」

桂がほっとしたように言ったので、真由が手で涙を拭った。

「そのチーフという人は、お店のオーナーなの？」

「違います。店主は木村という人で、チーフの名前は知らない。でも、いつもラーメンのスープ取ったり、そういう重要な仕事をしている」

「名前はわからないの？」

真由が困ったようにリオナの方を振り返ってから、もぞもぞとスマホを取り出した。

「聞けばわかるかもしれない。あの、一緒にバイトしていた人がいるので、その人に聞いてみます」

桂が頷いたので、真由はその場で電話した。相手は、この間ＬＩＮＥで話していた、クマという男だろう。

「もしもし、あたし真由だけど。お店のチーフって何て名前なの？　うん、名字だけでいいよ。キヨタケ？『清い』に武士の『武』？　ありがとう。それから、前に何かお店のことを言ってたでしょう。木村さんのこと、そう、あの人ヤバい、とか何とか。あれ、どういう意味だったの？　ほんと？　ありがとう」

ぼそぼそと話して電話を切り、真由は桂に告げた。

「清武って名前らしいです。下の名前は知らないって」

桂がノートに書き付けている。

「今言ってた、あの人ヤバいってどういう意味？」

「前にバイトしていた男の人が言うには、お店の二階で変な上映会みたいなのやってたことがあったたって。それがロリだったたって言ってました」

「あたしが思うに、それって店ぐるみです。すごく悪質だと思う」

リオナが思わず口を出すと、桂がリオナの方を見た。

「そう言えば、あなたのお名前をまだ伺ってなかったね」

「あたしはルイです」

リオナは咄嗟《とっさ》に嘘を吐いた。いや、涙華が本名なのだから、嘘ではないのだが、滅多に使わないので、こちらの方が変名のような気がした。

ルイと名乗ったのは、秀斗が意識を取り戻して、リオナと真由の名前を出すと困ると思ったからだ。

「ルイさんね」

桂はもっと聞きたそうだったが、リオナが口を噤んでいるうちに諦めたらしく、視線をノートに戻した。

「確かに悪質なケースね。泊まっていいと言っておいて、夜になって入って来るというのは、計画的な感じがする」

「そうです」

「入って来たのは合い鍵を使ってだったのかな？」

「はい、私は持たされていなかったけど、チーフは持っていたんだと思います」

「怪我はしなかったの？」

「怪我？　怪我って」

真由が混乱した様子で目を泳がせた。リオナは思わず口走った。

「真由、あの時、頬骨に痣《あざ》があったよ」

「ああ、ここんとこ殴られたから」

真由が左の目の下を押さえて、辛そうな顔をした。

「出血なんかはしなかったの？」

「少ししました。しばらく沁みて痛かった」

「その時、警察に来てくれたら、すぐに病院に行って手当てもできたのに。どうして来なかったの？」

桂が当然の質問をする。

「どうしたらいいかわからなくて、迷っていました。初めてだったし、死にたいくらい嫌だった。だから、不快で不快でどうしようかと思って」

真由が、その時のことを思い出したのか、暗い顔をする。

「翌朝、すぐに警察に来てくれたら、まだ痕跡も残っていただろうし、すぐに捕まえることができたかもしれないよ」

「そうだけど」と、真由は悔しそうに俯いた。

「あのう、真由は混乱していて、どうしたらいいかわからなかったんです。真由は初めてだったから、ショックも激しかったんです」

リオナは見かねて口を出した。桂が、うんうんと何度も頷いた。

「そうよね。かなり、悪質な手口だと思う。時間が少し経ったけど、大丈夫ですよ。ただね、やはり保護者の方に連絡しないとならないの。電話番号を教えてくれる？」

真由がスマホを見ながら、すらすらと答えた。

「お父さんじゃなくて、お母さんの方がいいでしょう。お母さんに電話してみるわね」

桂がノートを片手に部屋から出て行ったので、真由が疲れた顔でリオナの方を見た。

「無駄だと思うけど、仕方ないよね」

「うん、こうなったら、ともかくレイプ犯であいつらを捕まえてもらおうよ」

「わかってるけどさ。何か疲れたよ」

真由が冴えない表情で溜息を吐く。桂はしばらく戻ってこなかった。

7

「ねえ、真由。桂さんが戻ってきて、うちのこと聞かれたら、何て答える？」

リオナは真由に訊ねた。消耗した様子で俯いていた真由が、顔を上げた。

「何とか誤魔化そうと思っているよ。でもね、ダメならダメでもいい。ここまできたら、もういいよ。あたし、何でもする。あいつらが逮捕されるなら、あたしはどうなってもいい。あんな店、潰れればいいんだよ」

真由がきっぱりと言った。

「逮捕されたら、店なんか潰れるよ」

「でしょう？　いい気味だよ」

真由が憎々しげに吐きだした。

「でも、真由はそれで児童相談所とか、保護施設みたいなところに行くことになってもいいわけ？」

真由が迷うように目を泳がせた。

「リオナは行かないんでしょ？」

リオナは激しく首を振った。

「あたしは絶対に行かない。それくらいなら一人でいる」

会ったこともない大人に、あなたはこんな気持ちだったのね、と知ったかぶりされたり、可哀相に、と同情をされるくらいなら、一人で野垂れ死んだ方がいい、とさえ思う。

でも、真由はたとえ自由を制限されたり、監視されるようになったとしても、「ゲン兵衛」の連中を告発したいと願っているのだ。そこが分かれ目だった。

「あたし、リオナとは別れたくないよ」

真由が急に元気をなくしたように呟いたので、リオナも寂しくなって真由の肩に手を置いた。

「元気出せよ」

「うん、ありがとう」と、真由がしんみり答える。

「お待たせしました」

桂が、手に数枚の書類を持って戻って来た。椅子に座ると、ちらりと真由を見てから、心配そうに首を傾げた。

「お母さんの携帯、使われていないね。どうしたんだろう?」

「やはり、そうですか」

真由が暗い面持ちで頷いた。

「だから、お父さんにも電話してみたんだけど、同じなの。どうしたの、電話番号変わった?」

真由は頭を振った。

「そんなことはないと思うけど」

「やはりそうですかって、今言ったのは、どういう意味かしら」

「時々そういうこともなくはないし」

真由が曖昧な返答をした。桂は不審げに真由をしばらく見つめていたが、真由が顔を上げないので話を変えた。

「だったら、おうちの電話番号は?」

「イエ電はないんです」

「あら、そう」と、桂は苦笑する。「じゃ、どんな方法で連絡取ればいいのかな」

真由は首を傾げたままだ。リオナは、真由がどうやってこの局面を切り抜けるのだろう、とまたしても気を揉んだ。が、桂は焦れたらしく、別の質問をした。

「ところで、さっき聞くのを忘れちゃったけど、その夜、そんな嫌なことがあって、翌日はどうしたの。そのチーフという人は、謝ったりしなかったの？」

真由の顔がまた不快そうに歪んだ。

「翌日、マックで時間を潰していたんだけど、どうしても我慢できなかったのと、バイト代も貰ってなかったから、思い切ってお店に行きました。そしたら、チーフはカウンターの中で知らん顔していて、全然、顔を上げなかった。謝るどころか、あたしのことなんかガン無視でした。これはなかったことにしてるな、と思ったから、木村の方に『一週間分のお給料ください』って怒って言ったら、『ほらよ』って感じで五万円寄越した。『足りない』って文句言ったら、『休憩室を宿代わりにしていたから』みたいなことを言われたんです。それで『チーフが、昨日の夜、入ってきた』って訴えたんだけど、『そんなことでもないと、あんた、出て行かねえだろう』って言われたんです」

喋っているうちに悔しくなったのか、真由がはらはらと涙をこぼした。桂はメモを取るのも忘れたかのように、啞然としている。

「それは酷い目に遭ったね。絶対に何があったかわかって言ってるね。本当に悪質だ」

「舐められてたんです。あたしが」

真由は、自分が家出同然だったから舐められていた、と言いたかったのだろう。だが、相手が桂なので、慌てて言葉を切った。

「伊藤さんの何が原因で舐められているって思うの？」

桂は聞き逃さなかった。

「あたしが若いから。まだ、高校生だからです」

真由がうまく切り抜けた。

「高校生なのね。高校はどこですか？」

真由が埼玉の公立高校の名を告げた。桂はメモしながら、ぽつりと言う。

「学校にはちゃんと通っているの？」

「行ってます」

真由が決然と断言した時、ドアがノックされて別の女性が入って来た。紺のパンツスーツ。まだ二十代のようだが、長い髪をひとつにまとめて、化粧気のない陽灼けした顔をしている。桂と同様、婦人警官なのだろう。彼女は、桂に紙を一枚渡して出て行った。

桂が、紙に目を落としながら言った。

「伊藤さんが書いた住所だけど、別の人が住んでいるようなの。この住所で、合っているのかしら？」

真由がこくりと頷いた。

「じゃ、お父さんとお母さんはどこに住んでいるの？」

「教えてもらってないんでわかりません。二人でお金稼ぎに行ったみたいです」

「子供置いて、どっかに行っちゃったの？　まさか、ネグレクトじゃないよね」

リオナは慌てて桂に抗議した。

「ネグレクトじゃないです。だって、真由はその事情を親から聞いて知ってるんだもん。そうだよね？」と、真由に同意を求める。

「そうなの？　聞いているの？」

桂が真剣な表情で、真由の方に向き直って訊く。真由は、はい、と頷いた。

「お母さんたちは、すごくたくさんの借金があったそうです。それで、家も誰かに渡して、どこかに働きに行きました。あたしは、親戚の家に預けられたから、別にネグレクトじゃありません」

「借金のために、ご両親は出て行ったの？　お二人の仲はどうだったの？」

意外なことを訊かれたのか、真由はしばらく絶句したまま答えられない。

「仲は普通だと思う」

その躊躇い方にリオナは違和を感じたが、桂は気付かない様子だった。

「そう。じゃ、あなたが預けられた親戚の連絡先を教えてくれない？　一応、保護者ということになるわけだから」

「どうしても言わなきゃダメですか？」

真由が強情に唇を引き結ぶ。

「何度も言うけどね、伊藤さんは未成年だから、訴えるにしても保護者の同意が必要なの。保護者の方がいるなら、このことを相談しなきゃならないから教えてくれないと困る」

観念したように、真由が叔父の名前と住所を告げた後、必死の面持ちで言った。

「この人は、父の弟ですけど、あたしのこと言わないでください」

「どうしてなの」

「言いたくないです」

「それは理由があるのね？」

「その家を出て来たからです」

ああ、とうとう言っちゃった。リオナは頭を抱えたくなったが、黙っていた。

「家を出てからどうしたの。お店に泊まり込んでいるというから、変だなと思っていたの。どこで寝ていたの？」

桂が身を乗り出した。

「真由は、あたしの家に泊まっていました」

リオナは口を挟んだ。桂が、やはりそうか、という風にリオナの顔を見た。

「ルイさんはどこに住んでいるの？」

リオナは、そこまで調べないだろうと高を括って、横須賀の祖母の住所を告げた。焼失して存在していないが、秀斗の部屋にいたことがばれると困る。

「横須賀？　遠いわね。交通費、大変だったでしょう」

桂は端《はな》から、横須賀に帰っていることなど信用していない口調で言う。真由は、助けてくれてありがとう、という風にリオナの顔を見遣った。

「それなら、伊藤さんは学校にもあまり行けてないいんじゃない？　学校は埼玉ですもの最初はレイプ被害相談で、桂も同情的だったが、次第に補導でもされそうな雰囲気になってきた。

「まあ、あまり行きたくはなかったですね。あたしは親がいなくなる前は、ちゃんと勉強もしてたし、実際、割とできた方だから、都内の女子高に進学も決まっていたんです。でも、親がいなくなっちゃったんで、あまり行きたくない学校に行くことになって、正直、乗り気じゃなかったです」

真由も開き直ったのか、率直に言いたいことを言うようになってきた。

「なるほどね。ただね、伊藤さんのケースは悪質なんで、そのお店の余罪の方も案外出てくるんじゃないかと思っているの。だから、何とか立件したいんで、あなたの事情は考えていきたいとは思っているのよね」

「よかった」

真由が心底ほっとした様子で嘆息した。

「でも、叔父さんにはちょっと連絡させてもらおうと思っています」

桂がそう言って、立ち上がりかけたので、真由が縋《すが》った。

「叔父には絶対に知らせないでください」

桂が驚いたように、また椅子に腰を下ろす。

「何かあったの？」

「叔父は、あたしをレイプしようとしたことがあります」

　真由が沈痛な面持ちで言ったので、リオナは耳を疑った。初耳だった。リオナは思わず真由の顔を見た。以前リオナが、叔父に何かされなかったかと訊いた時、真由は「だって、あたしの叔父さんだよ」と呆れていなかったか。あの、子供っぽい幼稚な口調は、何かを隠蔽《いんぺい》しようなどと、考えていなかったはずだ。

「差し支えない程度に話してくれる?」

　それまでフレンドリーな口調だった桂が、にわかに険しい表情になった。

「叔父は、父親の弟ですけど、あたしに興味があったみたいで、叔母さんがいない時とかに触ろうとしたり、布団に入ってこようとするんです。それが嫌で出てきたから、絶対に知らせないでほしいです」

「つまり、性的虐待があったということね?」

「でも、レイプまではされていません。その危険があったから、出てきたんです」

「なるほどね」と、桂は溜息を吐いた。「大変な経験をしていますね。児童相談所の方と相談してくるので、ちょっと待っててください」

　桂が再び部屋を出て行った。真由はほっとした様子で息を吐く。

「ねえ、真由。叔父さんのこと、初耳なんだけど」

「ごめん、嘘だよ」と、真由が笑った。

「嘘だよね、やっぱ。びっくりした」

「リオナの話を聞いていたんで、思わず真似して言っちゃった。だって、叔父さんの家に連絡がいくと嫌なんだもん」

真由は、そんな理由で、自分の辛い経験を使ったのか。リオナは不愉快さに身悶えした。

真由がどんな言い方、使い方をしたところで、自分は永遠に不快に決まっている。

なぜなら、真由の事件は警察が解決してくれても、自分に起きた出来事は、誰にも解決できるものではないからだ。そのくらい、傷が深いということを、真由は知らないのだ。

気が付くと、リオナは椅子から立ち上がっていた。

「リオナ、どこに行くの？」

真由が驚いたように訊いたが、リオナは答えずに部屋から出た。

8

リオナが部屋を出た直後、ガタンと大きな音がした。パイプ椅子を引っくり返さんばかりの勢いで、真由が立ち上がった音だった。

「リオナ、どこに行くの？」

真由が追いかけて来て、リオナの腕を摑んだ。リオナは何も言わずに、振り切る。

「ちょっと待って。何で怒ってるの？」

真由が呆然とした表情をしたが、リオナは構わず、蛍光灯の青い光に照らされた警察署の廊下を歩きだした。

「リオナ、待ってよ」

真由が慌てて追いかけてきたが、ちょうどその時、廊下の向こうから、桂があたふたとこちらに向かってくるのが見えた。

「桂さんが戻ってきた。真由は部屋にいた方がいいよ」

振り返って言うと、真由が困り果てたように肩を落とした。リオナの態度がどうして急変したのか、合点がいかない様子だった。

「そうだけど、リオナはどうするの？」

「もう行く」

「どこに行くの？」

黙っていると、真由はやむを得ないという様子で留まった。

「後で連絡するね」

リオナは答えない。

「あら、あなた、帰っちゃうの？」

桂が擦れ違いざま、リオナを引き留めようかどうしようかと迷った風に、唇を嚙んで立ち止まった。

「すみません、用事があるんで」

リオナは小さな声で答えて、逃げるように玄関の方に向かった。真由を一人置いて出てきたことが気になったものの、あの後、真由が桂の質問に答える内容を、聞きたくなかった。自分の経験をそのまま喋ったりしたら、絶対に真由を許さないことはわかっていた。

大人の男たちが、バイトの高校生の女の子を騙して泊まらせ、その寝込みを襲ってレイプしたのは、卑劣で許しがたい犯罪だ。死刑にしたっていい。だけど、その男たちを罰することはできるとわかると、自分の場合はどうなのかと、遣り切れなくなる。

母親さえ味方になってくれないことを呪いながら、声も出さなくなった自分は、義父に「協力」したことになるのか。義父は、そんな自分を舐めていたからこそ、レイプし続けた。

それが本当の意味での「舐める」ことだ。真由、年齢じゃないんだよ。毅然とした態度を取れないということでもない。逃げられない状況を知っているということなんだ。

ある日、義父が耳許で囁いたことがあった。

『本当は、こういうのが好きなんだろう?』

その時、湧き上がったリオナの殺意と絶望を、真由はどこまで理解できるだろうか。

隣の部屋では、母親が鼾《いびき》をかいている。助けてくれる者はどこにもなく、どこに逃げたらいいのかもわからなかった。夜になるのが怖くて嫌で、仕方がなかった日々。リオナは、義父が同じ部屋にいるだけで、吐き気を催したものだ。本当に殺してやりたい。

あの時、どぶ板通りで、父方の祖母と偶然出会わなかったら、リオナは気が狂っていたかもしれない。でなければ、とっくに自殺していた。

自分がどうなってしまうか、わからない恐怖。思わず声が出るほどの、おぞましさ。自分が、取り返しのつかない不潔さを抱えてしまったような、自分を軽蔑する感覚。そんな遣り切れない戦《おのの》きや怯えが、経験していない人間に伝わるはずはないのだった。

警察の正面玄関にある受付のデスク前には、事務方らしい女性が一人座っていた。その近くで、桂に書類を持ってきた若い婦人警官が、上司らしいスーツ姿の男と立ち話しているのが見えた。二人ともリオナには気付かず、真剣な顔で話し込んでいる。リオナは彼らに気付かれずに、無事に表に出ることができた。

渋谷警察署前の歩道橋を渡りながら、警察署を振り仰ぐ。今頃、真由は桂に何を話しているのだろう。同じレイプという行為を経験しているのに、まさか、こうして別れていく時がくるとは、思いもしなかった。

立っているだけでじっとりと汗をかく。蒸し暑さに閉口して、リオナは「ヒカリエ」の中に入った。エレベーターホールの隅で、スマホを眺める。

朝、登録したSNSの出会い系サイトの方には、さらに三通のメールがきていた。ざっと見ると、会社員、学生、自由業の男が一人ずつだ。

誰と会うか決める前に、ミトからのLINEに気付いて、そちらを先に見た。

リオナ、まだ腹いてえよ。

あと三日は入院だってさ。

病室はWi-Fiないし退屈。

早く来てよ。

リオナは微笑みながら、「これから見舞いに行くよ。何か持ってってあげるよ」と、返信した。すると、すぐにLINEが返ってきた。

リオナ来ない方がいいよ。

今、点滴ぶらさげて、休憩室にいるんだけどさ。

ここはWi-Fiがあるからなんだけど。

どうやら、秀斗がここの病院に運ばれたみたい（笑）。

けーさつがたくさん来てる。

横のおばさんが話してんのに、聞き耳立ててるところ。

また連絡する。

リオナは驚いて、「秀斗、生きてるの？」と聞くと、たちまち「生死不明（笑）」と返ってきた。（笑）だって。笑えるような出来事じゃないのにと呆れるが、ミトと秀斗は互いに嫌っていたと思い出す。いがみ合っていた二人が、偶然にも同じ病院にいるとは皮肉な出来事だった。が、リオナは秀斗の収容先がわかってほっとした。

しかし、ミトの見舞いに行って、出会い系サイトの相談でもしようと思っていたのに、またしても、行き場を失ってしまった。仕方がないので、ヒカリエの上階で、落ち着けるベンチでも探そうと、エレベーターのボタンを押した。その時、当のミトから、電話がかかってきた。

「リオナ？　ミトだよ」

舌足らずの甘え声は、相変わらずで元気そうだ。

「ミト、話しても平気なの？　痛くない？」

リオナは、ミトと話すために、地階から上ってきて扉の開いたエレベーターに、背を向けた。中でリオナが乗るのを待っていた中年女が、リオナを睨みながら扉を閉める。

「平気だよ。今は手術の後の消毒だけだから、本当は今日から通院でもいいんだって。みんなそうしてるらしいの。でも、あたしは泊まる場所もないからさ。家が遠いって嘘吐いて、入院させてもらってる。ご飯も出るし、気楽なもんだよ」

「家が遠いのは嘘じゃないじゃん。横須賀だもん」

「まあね。彼氏のうちは、もっとど田舎だったけどね」

「入院費、足りそう？」

「何とかなるんじゃね？　もし足りなかったら、リオナ貸して」と、暢気《のんき》に続ける。「リオナ、結構、病院食ってうまいよ。あ、リオナはポテチで生きてるから関係ないか。あんた、イモ好きだもんね」

まだまだ続くミトのお喋りを遮る。

「ねえ、秀斗はそこに運ばれたんだね」

「そうなんだよ。あたし、退屈なんで休憩室に入り浸ってるんだけどさ。制服のおまわりがたくさん来てて、何ごとかと思ったら、内科のおばさんで詳しい人がいて教えてくれたの。昨日、救急車で運ばれてきた、熱中症の東大生のことを調べに来てるんだよって。何だ、それ、秀斗のことじゃん、と思って可笑しかった。あいつ、生きてるみたいだよ」

「よかった。あたしたち、殺人犯にならなくて済んだじゃん」

リオナは心から安堵して大きな声で言った。リオナの言葉にびっくりしたのか、近くでスマホを眺めていた若い男がリオナの顔を凝視したので、リオナはさりげなく、入り口の方に移動して、そのまま外に出た。たちまち、騒音に囲まれてミトの声が聞き取りにくくなる。仕方ないので、再びビルの入り口付近に戻った。

「あんなのどうでもいいけどね」

ミトが鼻先で嗤《わら》ったようだ。

「何で警察が来てるの？」

「誰かに閉じ込められていたんじゃないかって、騒ぎになってるんだって。これから、Ｙａｈｏｏ！ニュースとかに出るんじゃね？　東大生が女の子に閉じ込められて、熱中症になって死にかかったなんて、面白すぎるじゃんか」

リオナは、秀斗が暴れて大声を出したために、住人が駆け付けてきたことを思い出した。

インターホンを二度鳴らされたのだから、よほど大きな音が聞こえたに違いない。警察が来てもおかしくなかったのだ、と思うと、冷や汗が出るような事態だった。

「ミトだって関わってたんじゃん。防犯カメラの映像解析なんかされたら、ヤバいんじゃない？」

「あのさ、一番ヤバいの、リオナじゃん。リオナが一番映ってるよ。だって、リオナはかなり前から、秀斗の家に出入りしてたんでしょ？　映像がネットに出たりしたら、どうなるんだろう」

全員の本名も住所も暴かれて晒《さら》されるよ、という言葉を呑み込んだ。錠前まで取り付けて、秀斗を監禁していたのだから、自分たちも罪を犯していたのだ。

「プレイ、プレイ。監禁プレイ。それで押し通す」

リオナが不安を吹っ切るように言うと、ミトが笑った。

「それ、正しいじゃん。ドMなんだからさ」

しかし、ミトの入院費は秀斗の貯金から下ろした金だった。それも、暗証番号を聞き出して、許可も得ないままに引き出した。自分たちは泥棒でもあるのだ。

コンビニのATMでも、自分の顔はばっちり映っているだろう。下手したら、今警察にいる真由も、そのまま補導されてしまうかもしれないような事態だった。補導されることになったら、真由はリオナの本名を喋るだろうか。叔父にレイプされそうになったと真由が言ったことで、急激に真由への信頼が失せていることに、リオナは気付く。

「ええい、なるようになる、だね」

「そうだよ」ミトも景気よく答える。

「これから、ミトのお見舞いに行こうと思っていたのに」

「うん、会いたかった。だけど、絶対にヤバいよ。秀斗が意識戻ったら、警察にいろいろ喋っちゃうわけでしょう。リオナって名前も言うと思うし、真由の名前も出すと思うよ」

「真由は渋谷警察にいるんだよ」

「げっ、何で。飛んで火に入る夏の虫状態じゃね？」

でも、真由は自分がどうなっても、「ゲン兵衛」の連中を獄に送る覚悟をしているのだ。だから、何が起きても平気だろう。

「リオナ、今どこにいるの」

「あたし、ヒカリエ」

「ヒカリエにいるんだったら、サダハル・アオキのマカロン買ってきて。甘いの食べたい」

「暢気だな。今、来ない方がいいって、言ったばかりじゃん」

「ああ、そうだったね」

ミトはへらへら笑っている。リオナは仄暗《ほのぐら》い思いでいっぱいになった。行き場がない。

「ところで、真由はどうしたの？」

ミトに聞かれて、リオナは何と答えようか迷った。

「真由はきっと児童相談所かどっかの施設に連れて行かれると思うよ」

「何でー?」と、ミトが素っ頓狂な声を上げた。「どうして?」

「だって、あのラーメン屋を告発しに行ったんだもん。そしたら、保護者に連絡行くのは当たり前じゃん。未成年だからさ」

「でも、保護者なんか、いないんでしょう?」

「だからさ、保護されちゃうんだよ」

「あ、なるほど。だから、リオナは逃げてきたんだね」

ちげえよ。そう言いたくなったが黙っていた。ミトは寂しいらしく、なかなか電話を切ってくれない。リオナは腕時計を覗いた。昼前。

夕方会う相手を見つけなければならない。誰にしようか。イラストレーターをやっているという男は、プロフィールの写真がちょっと長谷川博己に似ていてカッコよかった。その人にしようと心の中で決めている。

9

ジョナサンで時間を潰した後、リオナは、自称イラストレーターの男にメールを送った。相手がいい人ならば、ひと晩付き合ってくれるように頼んでみるつもりだ。うまくいけば、今夜の食事と、泊まる場所にはありつけそうだ。昨夜、カラオケでオールしたので、シャワーを浴びたくて仕方がない。

こんにちは。りおです。

今日、会えますけど、すぐ来れますか？

いいよ。

どこに行けばいい？

五分も経たないうちに、男から返事が来た。いきなりタメ口だったので、少し気にはなった。しかし、プロフィールの写真は感じがいいし、イラストレーターという仕事にも興味がある。

リオナは、ＪＫ散歩から始めて、ＪＫリフレ、ＪＫコミュと、業務形態の変化とともに、仕事の内容を少しずつ変えてきた。金のために裏オプションもやっているから、不快な思いをすることは何度もあった。だが、店という後ろ盾があるせいか、危険な目に遭ったことはない。

しかし、個人で客をつかまえるからには、危険が常に伴うことになる。プロフィールを読む限りでは何も問題はなさそうだが、会うまでは心配だった。

三十分後に、渋谷のヒカリエの前にいます。

今日は私服で、ジーンズはいてる小柄な女の子です。

着いたら、メールください。


男からは、「了解。急いで向かうから待ってて」という簡潔なメールが返ってきた。

リオナは、ヒカリエのトイレに入って、黒いカットソーとジーンズに着替えた。急いで洗顔して、簡単なメイクを施す。なるべく高校生に見えるように、目許には何も付けなかった。

三十分後、リオナは会う前に相手を観察しようと、ヒカリエの中から、しばらく外の様子を窺っていた。だが、それらしき男はまだ到着していないようだ。思い切って外に出ると、中年の男がすっと近寄って来た。

「りおちゃん？」

耳許で囁く。どうやら、建物の脇で姿を隠していたらしい。リオナは一瞬、不安になったが、男がにこやかなので少し安心した。

「はい、そうです」

可愛らしく聞こえるように、甲高い声で返事をしながら、リオナは男を一瞥《いちべつ》した。

プロフィールには三十代、とあったのに、写真はよほど若い時のものを使っていたのか、本人は四十代後半にしか見えない。髪がかなり薄くなっていて、背も低かった。体重も増えていて、写真の面影はない。リオナは、長谷川博己のような長身の男を想像していたので失望したが、顔には出さないように努めた。

「こんちは。僕、鈴木です」

　男は、平凡な名を名乗った。

「りおです」

　鈴木の方も、品定めをするかのように、リオナの頭から足元まで、露骨に全身を眺めた。値踏みされていると思った瞬間、リオナの腕に鳥肌が立った。自分でもその反応にうろたえて、首を傾げる。いったいどうしたんだろう。

　鈴木は見たところ、看板に偽りはあるが、服装などはこざっぱりしていて清潔そうだった。ベージュのジャケットに、チノパン。ジャケットの下は、白いポロシャツを着ている。確かに、自由業らしい身形《みなり》だった。

　ＪＫリフレに来る客は、もともと服装や髪型には無頓着の男が多い。それでよく、若い女子高生と恋愛をしたい、などと言えるものだと呆れるが、男たちは、自分たちが選ぶ側で客だからと、女の子たちを下に見ている。その視線は圧倒的に一方的で、だからこそ、身形に無頓着でも許されると思っているのだった。その点、鈴木は、ＪＫリフレの店に来るような客たちとは、少し違うタイプのようだ。

「りおちゃん、今日、どうしたいの」

　鈴木が、ねちっこい目でリオナの口の辺りを見ながら訊ねる。鈴木は、なかなか目を見ない。

「今日、りおは泊まるところがないから、お泊まりしたいんだけどいいですか」

後でトラブルになるのが嫌だから、はっきり言うと、鈴木は喜んだ。

「え、マジ？　泊まり、ＯＫなの？」

「いいよ」と、蓮っ葉に言ってみる。「あたし、ずっと一緒にいたい」

「いて、どうするの？」

鈴木が、確かめるように訊く。

「いろいろしたい。カラオケに行ってもいいし、お食事もしたい」

「いいよ、嬉しいなあ」

鈴木が腕時計を見たので、リオナも一緒に覗く。午後五時。時計は安物のようだ。

「じゃ、早速ホテルに入ろうか」

ちょっと早くないだろうか。リオナは頭を振った。

「え、今から？」

「だって、ひと晩いいんだろう？　だったら、部屋でのんびりしようよ」

これからずっと、鈴木とひと晩同じ部屋で過ごすのかと思うと、さすがに怖《お》じるものがあった。

「いいけど、お金は幾ら貰えますか」

鈴木が驚いたように、リオナの顔を見た。初めて目が合う。

「はっきりしてるね」

「すみません」

　リオナはぺこりと頭を下げて、舌を出す。

「いいよ、いいよ。当たり前だよね。りおちゃん、幾ら欲しいの？」

　リオナは小さな声で囁く。

「三万頂けますか？」

「いいよ。ホテルで渡すから、それでいい？」

「わー、嬉しい。ありがとうございます」

　リオナはことさらに高い声で礼を言った。

　三万という額は、もちろんセックスする値段が入っている。鈴木は好みではないが、不潔な若い男なんかよりは、ずっとマシだった。もっとも、この仕事をしていて、好みの男に会う確率などまったくない。

　鈴木はリオナの左手を握って、「小さな手だね」と笑った。その後、リオナの手を引っくり返して、手首の内側にある傷をちらりと見た。まるで、自傷した痕があるのを知っていて、引っくり返したかのようだった。

　鈴木は何も言わなかったが、リオナはうっかりと傷を隠すのを忘れていたことに気付いて、愕然《がくぜん》とした。傷を見た客は、リオナがメンヘラと思うのか、例外なく不安そうな表情をするのだ。

「ラブホじゃなくてさ。普通のホテルにしようか」

鈴木が傷のことなんかに触れずに、何気なく言う。リオナは手を取られたまま、はしゃいで言った。

「マジすか。りお、行ったことないよう」

鈴木に連れて行かれたのは、シティホテルとビジネスホテルの間程度のランクの、カジュアルなホテルだった。部屋はそう広くはないが、ダブルベッドだ。リオナは、生まれて初めて、ラブホテル以外のホテルに入った。

「うわー、初めて。嬉しい」

リオナはベッドの上に腰掛けて、わざと弾んでみせた。JKの客は、コミュニケーション能力が低いので、気まずくなるのを嫌がる。だから、リオナの方から機嫌よく話しかける癖が身に付いている。

「もしかして、女子高生？」

鈴木がまたねちっこい目をして言う。

「あ、はい。そうです」

「じゃ、制服着てよ。俺、興奮しちゃう」

臆面もなく言われて、リオナは仕方なく頷いた。

「じゃ、シャワー浴びてからでいいですか？」

「いいよ。先にお風呂に入っておいでよ。俺、ビール飲むからさ。ゆっくり入ってきていいよ」

鈴木がジャケットを脱ぎながら言った。

「じゃ、そうしまーす」

懸命に可愛い子ぶって鈴木を見たが、鈴木の方から視線を外された。また、目が合わなくなっている。リオナの左手首の傷を見たからではないだろうか。

リオナは不安に思ったが、浴室に入って湯を出した。とりあえず、風呂に入って髪を洗えるのは嬉しかった。

備え付けのアメニティでシャンプーして、体を丹念に洗い、湯に浸かった。狭いユニットバスの曇った鏡を見ながら、ドライヤーで髪を乾かして、歯を磨く。

薄いバスタオルを体に巻き付けて浴室から出ると、鈴木はビールを飲みながら、テレビを見ていた。リオナの姿を見てから、テレビを消す。

「りおちゃん、どこの高校？」

「言えないですよ、そんなこと」と、嘘を吐く。

「ね、教えてよ。どこの高校？」

「言えないよ、そんなの」

誤魔化していると、鈴木が近寄ってきて、ビールと口臭の混じった息を吐いた。

「ちょっと、キスしようよ。俺、女子高生とキスするの、初めてだからさ」

「うっそー」と、驚いてみせる。

「嘘じゃないよ」

仕方がないので、鈴木の口にちょっと唇で触れると、リオナの顔を両手で押さえて、舌を絡ませてきた。鈴木の舌は大きくて分厚くて、息ができなくなる。苦しがってバタバタしていると、鈴木がようやく手を離して、嬉しそうに笑った。こいつ、ドSじゃないか、と不安になった。

「可愛いな」と、鈴木が取って付けたように言う。

「鈴木さんも可愛いよ」

すると、鈴木はむっとしたような顔をした。こんなおじさんは、どう扱えばいいのかわからない。リオナは、困惑して話を変えた。

「じゃ、制服着るね」

「それ、どこの制服なんだよ」

「だから、言えないの」と、にこにこ笑って誤魔化す。

リオナの制服は、女子高生風の制服で、どこでも売っているコスチュームだ。チェックのミニのプリーツスカートと、白いブラウス。ブラウスには、スカートの柄と同じチェックのリボンを合わせる。そして、紺色のハイソックスと、茶のスリッポンで完成だ。

「鈴木さんがお風呂に入っている間に着るから」

「じゃ、急いで入ってくる」

鈴木が浴室に消えたので、制服に着替えた。リボンのスナップを後ろで留めて、部屋にある鏡で確かめる。

「いいねえ」

鈴木が浴室から出てきた。太鼓腹にバスタオルを巻いている。

「ありがとう」

「てことは、アンダー？」

「そうです。高二だから」

「いつから、こんなバイトしてるの？」

鈴木が、そう言いながらバスタオルを取った。性器がだらけている。リオナが目を背けると、リオナを跪《ひざまず》かせた。

「ほら、サービスして」

ほら来た。まずはフェラだ。リオナは鈴木の性器に口を付けた。鈴木の性器がリオナの口の中で大きくなる。大きくなって喉に突き刺さるようだ。苦しさに身悶えするが、鈴木はキスの時と同様、リオナの顔を両手で摑んで離さない。そのうち前後に揺するように動かし始めたので、リオナは吐き気を催した。しかし、吐くこともできず、呼吸困難に陥りそうになりながら、十分も耐えた。

鈴木は動物を思わせるような声で喘ぎ、長い時間をかけて口の中に放出した。出し終わると、まるで汚いものでもあるかのように、リオナの顔を両手で突き放した。

思わず尻餅をついたリオナは、弾みで精液を飲み込んでしまって、吐き気を催した。鈴木は、リオナのことなど忘れてしまったかのようにベッドに座って、腑抜けのような笑みを浮かべている。

リオナは、なるべく駆け込んだりしないように鈴木に気を遣いながら、ユニットバスに入った。洗面台で、急ぎ精液を吐き出して、音が出ないようにうがいした。上を向いたら急にえずいて、リオナは、浴室のまだ濡れた床に膝を突いた。吐き気がおさまると、両目から涙が出る。

何でこんなことになったのだろう。そして、自分はどうして鈴木なんかに気を遣っているのだろうと、リオナは、自分が腹立たしい。

JKリフレの裏オプションでフェラをやる時は、客もここまで身勝手で乱暴ではなかった。だから、一人でも何とかなるだろう、と思っていたのだが、甘かった。

JKリフレの客は、単に店側と、店の商品である女の子に気を遣っているだけなのだ、と気付いた途端、リオナは不快になった。

金を払っているんだから何をしたっていいだろう、という客の本心を、まざまざと見せつけられているような気がして、心が冷える。

一人でワリキリをするということは、こういう嫌な思いが伴うのだ。金を払う側と払われる側の越えられない深い溝。大海に漕ぎ出してはみたものの、木の葉のようなボートは、すぐに転覆しそうで、怖くて堪らない。

　この後、鈴木は食事にも連れて行かずに、ひと晩中、自分を犯すつもりなのだろうか。そう思うと、一刻も早くホテルを逃げ出した方がいいのかもしれないと、気持ちが逸《はや》った。しかし、まだ金は貰っていない。いつくれるのだろう。自分から言えばいいのか。

　真由やミトよりも、自分は遥かに実社会の経験を積んでいる、と自負していたリオナの腰が退けている。

「りおちゃん、どうしたの。大丈夫？」と、鈴木の明るい声がした。

「だいじょぶでーす」

　リオナは顔を拭いて、念入りにうがいしてから、ユニットバスのドアを開けた。バスタオルを腰に巻いた鈴木が、浴室の前に立っていた。

「りおちゃん、グッジョブ」

　軽薄なVサインを出す鈴木に、リオナも調子を合わせてVサインをする。

「サンキュー」

　だけど、心中は泣きそうなくらい、不安が募っていた。

「りおちゃん、フェラうまいからさ。たくさん出しちゃったよ。ビールがうまいわ」

　鈴木は機嫌がいい。小さなソファセットを独り占めしてどっかり腰を下ろし、飲みかけの缶ビールに口を付けた。だが、リオナには、飲み物を一切勧めてくれない。浴室の水で十分だと思っているのだろう。

「鈴木さん、カラオケ行かない？　りお、歌いたいよ」

ためしに言ってみると、鈴木は露骨に顔を顰めた。

「ん？ ここでいいよ。だって、また出るの面倒じゃない」

「そうだけど。ちょっとつまんないなあ」

鈴木は、五十歳近いだろうから、回復するのに時間がかかるはずだ。鈴木とホテルでひと晩中一緒に過ごすのは、気詰まりだし、危険な気がする。

「歌いたいならさ。そこでちょっと歌ってみなよ」

鈴木が煙草に火を点けながら、顎で床を示す。

「何を歌うの？」

「ほら、ＡＫＢとかさ。せっかく制服着てるんだから、何か歌ってみせてよ」

「え、やだー。恥ずかしいもん」

身をくねらせて嫌がるリオナを、鈴木が凝視している。その視線に気付いて、うろたえた内心を隠そうと媚態《びたい》を続けていると、鈴木がぽつんと言った。

「何かさ、りおちゃんて、心《しん》から笑ってないよね」

「そんなことないですよ」

リオナは必死に言ったが、鈴木は真面目な顔で言う。

「いや、笑ってないよ。どっか、相手を観察してる」

鈴木は何を言いたいのだろう、と焦りながらも、必死に言い募った。

「そんなことないよ」

「大人を舐めちゃいかんよ」

「えっ？」

驚いて鈴木の顔を見上げたリオナの視線を受け止めて、鈴木は笑ってみせた。

「大人を舐めちゃいけないよって言ったの。りおちゃん、いくつだか知らないけど、高校生なんて嘘だろ？」

「嘘じゃないです。ただ、校名を言いたくないだけ」

「じゃ、それが制服なの？」

鈴木が煙草の煙に目を細めながら訊いた。

「そうです」

リオナは、首元に垂れ下がるタータンチェックのリボンに、指で触れた。

「そんなのどこでも売ってるよ。ドンキとかでもさ」

小馬鹿にしたように言い捨てる。リオナは言い張った。

「本当のことを言うと、うちの制服、地味なんです。セーラーだし、古臭いの。だから、この制服、可愛いから着てるの。高校生って嘘じゃないです」

「じゃさ、しつこいみたいだけど、学生証見せて」

「嫌だあ」

何でそこまでしなければならない、と憤然とした後、鈴木はリオナが女子高生らしいから、買う気になったのだと気付いた。プロフィールに明記はしていないものの、女子高生を匂わせたのは確かだった。

「りおちゃん、歳は確かに若いよね。膚《はだ》の張りが違うもんね。俺、アンダーと十八歳以上の見分けつくもん。十八オーバーはね、何か、脂肪が乗っちゃうの、体全体にうっすらと付いちゃうんだよね。それがちょっと、女の自己主張をしてきてさ。うざいの。でもね、アンダーは、まだ蕾みたいに全体が硬いんだよね。それはもう、生物本来の強さっていうのかね。これから咲く感じっていうのが、よくわかって、おじさんたちは皆、じーんとくるんだよね。感動のあまり、涙流すヤツもいるよ。ともかく若いってだけで、凄いことなんだからさ」

鈴木が滔々《とうとう》と喋るのを、リオナは黙って聞いていた。自分たちは、まるで若くなければ価値のない動物のような言われようだと思いながら。

「あのう、あたし、お腹空いちゃった」

鈴木は、やっと気が付いたように、小さなテーブルの上に置いてあった腕時計を眺めた。

「八時前か。そうだなあ」と、考えている。「でも、制服の子を連れて行くわけにいかないでしょう? コンビニで何か買おうか」

コンビニ弁当か。一瞬、躊躇《ちゅうちょ》したのが顔に出たのだろうか。鈴木がにやりと笑った。

「そうか、そうか。メシも食いたいよね。さては、りおちゃん、家出少女だな」

「違います」

「じゃ、うちどこ?」

鈴木が新たな煙草に火を点けて、横柄な態度で訊く。

「鎌倉」

嘘を吐く。家出ではなく、家に帰らないのは、単に遠いからだと主張したかった。

「鎌倉のどこ。俺、あの辺、詳しいの」

やばい。リオナは口を噤んだ。鈴木は、詮索し過ぎたと気が付いたらしく、話を変えた。

「じゃ、オヤジさん、何してるの」

「医者。精神科医」と、堂々たる嘘を吐く。

鈴木の顔に少し怖じたような色が表れた。

「マジ？　じゃ、何でこんなことしてるの？」

「反抗」

わかりやすい説明だったが、鈴木は納得したようだ。

「なるほどね」

親が医者だと言った途端に、少し萎縮したような気がする。鈴木は権威主義者だと、リオナは軽蔑した。もっとも、十八歳以下の女を買おうとする男なんて、ろくな人間じゃない。リオナはもう一度言った。

「お腹空いちゃった。ご飯行こうよ」

「わかった。じゃ、行こうか。鎌倉のお嬢さんなら、食いものにうるさいんじゃないの。何がいいの」

リオナは絶句した。ポテチで生きている時だってあったのだから、特に食べたいものもないし、料理の種類も知らない。

「ラーメンでいい」

面倒になって言うと、鈴木が呆れたように笑った。

「お嬢さんが、ラーメン好きか。庶民的じゃないの」

鈴木が服を身に着ける間に、リオナも手早く私服に着替えた。キャリーバッグの中に制服を仕舞う。中に入れてあったメイク道具や、下着の袋などが乱れているような気がする。リオナがシャワーを使っている間に、鈴木が覗いたのかもしれない。バッグの中に入っている財布を何気なく確かめた。金は減っていないようだが、数千円しか入っていないことがばれたかもしれない。スマホは、ロックをかけてあるから、触られても見られることはない。よかった。狐と狸の化かし合いだ、とリオナは苦笑いした。

何かあったら逃げなければならないが、食事に行く間は、怪しまれないように、荷物は置いていかなければならないだろう。リオナはキャリーバッグを入り口付近に置いた。

「じゃ、行こうか」

鈴木は、カットソーにジーンズという、会った時と同じ格好をしたリオナの腕を取った。まるで連行されるようで、気分が悪い。

「どっか行きたい店ある？　渋谷でうまいラーメン屋知ってる？」

「道玄坂のゲン兵衛」

　反射的に答えてから、後悔した。桂たちが内偵にでも来ていたらどうする。見付かったら、何と申し開きをしようか。しかし、真由の話を聞いてから、一度も行ったことのない店だけに、好奇心は募っていた。

「聞いたことないけど、うまいの？」

「まあまあらしいです」

「何だ、まあまあかよ」と、鈴木はがっかりしたらしいが、すぐに歩きだした。「そこにしよう」

　明治通りから、道玄坂を上って行く。夜になって蒸し暑さは少し軽減していたが、風がないせいで、排気ガスの臭いが漂っている。

　スクランブル交差点の辺りには、大勢の若者がたむろしていた。歩道から溢《あふ》れて、邪魔で歩けない。サッカーの試合でもあったのか、大声を上げて騒いでいる。

　横を歩く鈴木は、物色するような目付きで、嬌声を上げている若い女をじろじろと眺め回していた。その連れである自分は、いかにも金で買われた風の若さだ。リオナは恥ずかしさに俯いて歩いた。

「ゲン兵衛」には、桂の姿はなかった。警察官らしき影も見えない。

「ここか。普通の店だな」

　鈴木が独りごとのように呟いている。リオナはその脇に目立たないように隠れながら、店を覗いた。

接客しているのは、店のオーナーらしき太った中年男だった。厨房《ちゅうぼう》にいるのは、若い男ばかりで、真由をレイプした中年の「チーフ」はいないようだ。早くも逮捕されたか、逃げたのか。

リオナが厨房を凝視しているせいで、オーナーらしき男と目が合った。

「らっしゃい」

カウンターの席に、鈴木と並んで腰掛けた。鈴木は、ラーメンをふたつと、餃子ひと皿、ビールを頼んでいる。

「グラスはおふたつで？」

バイトらしき若い男に訊ねられ、鈴木がリオナを振り向いた。

「りおちゃん、未成年だもんな。ビール要らないよね？」

未成年という言葉が聞こえたのか、店主がリオナを見た。その目に好奇心と、よく見慣れたものが浮かんだ。欲望だ。真由、可哀相に。あんたには、まだ見破れなかったんだね、とリオナは思った。

10

脂がぎらぎら浮いたラーメンが運ばれてきたが、リオナはこの店の二階で起きたことを想像して、食欲が湧かなかった。脂身の多いチャーシューや、汁を吸ってふやけた海苔をぐずぐず食べていると、店主がカウンター越しに覗き込んだ。

「口に合わない？」

リオナが若い商売女と読んだのか、横柄なタメ口だった。

「いや、旨かったよ」

答えたのは、鈴木の方だ。鈴木はとっくにラーメンと餃子を食べ終わり、楊枝で歯をせせっていた。

「そりゃ、どうも」

店主が取って付けたような笑いを浮かべて、鈴木のどんぶりと皿を下げる。鈴木はスープもほとんど飲み干していた。

「ちょっと、電話」

鈴木が誰にともなくスマホを見せながら、席を立った。店を出て、表で電話をかけている。口許を手で覆って喋りながら、リオナの視線を遮るように背を向けた。それを見たリオナは、割り箸を置いた。

「もういいの？　まずかった？」

ほとんど手が付けられなかったラーメンを見て、店主が不快そうな顔をした。

「いえ、すみません」

店主は、リオナのどんぶりの中身を、ザッと大きな音を立ててシンクに捨てた。カウンターに座ってビールを飲んでいたサラリーマンらしい二人連れが、反射的に嫌な顔をした。

何も客の前で捨てなくても、と思ったのだろう。だが、店主は仏頂面を崩さない。

リオナも腹が立ったので、思い切って聞いてみる。

「ここにいたチーフって人は？」

「チーフ？」

店主が、にわかに慌てたような顔をしたのが愉快だった。

「そう、チーフ。友達が酷い目に遭わされたって」

大きな声で言うと、店主が怪訝《けげん》そうな顔をして、首を傾げてみせた。そのまま後ろを向いて、振り返らない。若い男たちが、そっと目配せしているのがわかった。

間違いない。きっと、警察から何か聞かれたのだ。いい気味だ。しかし、この店主が裁かれないのは癪《しゃく》に障る。リオナは、店主の背中を睨み続けた。

「りおちゃん、行こう。ご馳走さん」

何も知らない鈴木が戻って来た。黒革の長財布を出して勘定を済ませると、返事を返さない店主を不思議そうに見たが、店主は俯いて作業に没頭しているふりをしている。

「何だよ、愛想悪いな」

ぶつくさ文句を垂れながら、鈴木が財布を尻のポケットに仕舞った。店を出ると、分厚い手をリオナの肩に置いた。

「腹減ったって言ってたのに、ラーメン、何で残したの？」

「ごめーん。だって、脂っこいんだもん」

「りおちゃん、鎌倉のお嬢さんだからね」

まったく信用していない調子で言う。再び連れ立って、道玄坂を下りて、明治通りまで歩いた。原宿寄りに少し歩いたところに、そのホテルがある。

部屋に入ると、鈴木が言った。

「りおちゃん、友達呼んでいい？」

3Pか。さすがに顔色が変わるのが、自分でもわかった。さっきの電話は、友達を呼んでいたのだろう。

「りお、そういうの苦手。それに、まだお金貰ってないし。最初の話と違うし」

リオナは、殴られるのを警戒しながら、にこやかに言った。ともかく何とか誤魔化して、この場をうまくやり過ごさなければならない。

男の待つ部屋に行かされるJK派遣で、知っている子が輪姦されたことがあった。約束の部屋に行くと、若い男に、にこにこと迎えられた。優しそうな客だと安心した途端に、トイレに隠れていた男二人が現れて、輪姦されたのだという。おまけに性交の写真も撮られた。ばらまくと言えば、女の子が訴えないだろうと思っている、悪質な客だった。自分もそうなるかもしれないと焦る。

「あのさ、りおちゃん、三万て言ってたじゃない。それね、相場からすると高いよ。りおちゃん、それにJKじゃないだろう。顔は可愛いけど、腕に堂々と傷あってメンヘラみたいだし、痩せてるし、そんな価値ないと思うよ」

価値がない、と言われたのは初めてだった。プライドが傷付くというよりも、こんな中年男に偉そうに言われているのが悔しい。

「わかった。じゃ、やるから、先にお金ちょうだい」

「了解、了解」

鈴木が嬉しそうに長財布から、皺だらけの万札を三枚出した。リオナは札を受け取って、さっさと財布に仕舞う。

「あと一人来るってことですか？」

確かめると、「そうそう」と、鈴木が曖昧に頷く。

もしかすると、あと二人来て、一人一万で自分をオモチャにする気かもしれない。リオナは焦ったが、顔には出さずに落ち着いた素振りで訊ねる。

「じゃ、制服着てた方がいいよね」

「うん、着てよ」

わざと鈴木の前で着替えた。鈴木がにやけた顔で眺めている。近付いて来て、覆い被さるようにキスしようとした。リオナは顔を背けて笑う。

「きゃー、ニンニク臭いよー」

「餃子か」

鈴木が、歯を磨きに洗面所に入った。リオナを見張るためにドアを開けたままで、歯を磨いている。リオナは怪しまれないように、ベッドに腰掛けてスマホを眺めるふりをした。

リオナの態度に安心したのか、鈴木が放尿を始めた。さすがに遠慮して、開け放してあったドアを半分閉めた。

リオナは躊躇なく立ち上がり、キャリーバッグを手で抱えて外に出た。バタンとドアを閉めると同時に、何か叫んでいる鈴木の声が聞こえたが、全力で廊下を走った。

下から仲間が来ると捕らえられる可能性があるので、エレベーターは使わずに階段を駆け下りる。ホテルの人間に何か言われたら、「助けて。レイプされそうになった」と叫ぶつもりだ。

しかし、ロビーでは、特に注目もされずに、うまく外に出ることができた。三万は手に入れたが、危ない橋を渡ったと思う。まだ動悸がする。

鈴木が追いかけてくるかもしれないので、タクシーを拾って、「新宿駅」と叫ぶように言った。

「修学旅行？」

タクシーの運転手がキャリーバッグを見て、バックミラーでリオナの顔を見ながら聞く。

リオナは無視して口を利かなかった。大人の男のほとんどは、女子高生を一人の人間として扱おうなんて、まったく考えていない。まして、女子高生を買う男たちは、女子高生たちは、遊ぶ金が欲しいから、平気で身を売っていると蔑んでいる。

リオナは、出会い系サイトを見た。また違う客を見付けた方がいいのだろうか。それとも、今日はこの金で休もうか。

遠くに見える新宿の盛り場のネオンが、闇に沈んで色を失ったように見えた。真由やミトと三人で暮らしていたのは短い間だったが、楽しかった。たった一人きりで彷徨《さまよ》う街は危険過ぎて、涙が出るほど寂しい。

新宿駅の東口でタクシーを降りて、構内に入った。このまま横須賀に帰ろうかと思う。弱気になった証拠だった。母親の家に帰ったところで、憎い義父と顔を合わせねばならない。でも、街を彷徨っていても、もう誰もいないのだ。ミトも横須賀に帰ってくるかもしれないから、二人でバイトでも探して一緒に暮らそうかと思う。

その時、電話がかかってきた。真由からだ。リオナはほんの少し躊躇ったが、電話に出た。真由と話そうという気になったのは、「ゲン兵衛」に行ったせいだ。自分がどうなっても店を告発したい、という真由の気持ちが痛いほどわかったからだ。

「もしもし、真由?」

「ああ、よかった。電話に出てくれて」と、ほっとしたように真由が言う。

「どうして?」

「あたし、明日から一時保護所ってところに入るの。そこに入ると、携帯を預けなきゃならないんだって。だから、入る前にリオナと話したかったの」

「そうか、やっぱ入るんだ」

児童相談所の判断で、真由は一時保護所に入ることになるのだろう、と思っていた。

リオナは、以前、保護所にいたことのある友達から話を聞いていたので、そこの厳しい生活をよく知っていた。学校にも通わされず、黙々と日課をこなすのみだという。

「そうなの。叔父さんのことで嘘吐いたでしょ？　それで、児童相談所の人も焦ったみたい」

「レイプされそうって話ね」

言う端から、不快さに顔が歪んだ。

「そのことだけど、ごめんね、リオナ。あたしが、叔父さんに性的虐待を受けてるなんて、嘘言ったから、怒ってるんでしょう？　まるで、リオナから聞いた話を、そのまま使っているみたいだもんね。後で気が付いたよ。ああ、リオナはこのことが嫌だったんだって。ごめんね。そんなつもりはなかったけど、逆を考えたら、あたしもすごく不快だと思う。ほんとにごめん」

真由は泣いているかのように声を震わせた。

「いいよ、あたしも意地になってて悪かったと思う。さっき、客に連れられて『ゲン兵衛』に行ったの。デブの店主がいて、何か不快だった。そのチーフらしきヤツはいなかったけど、雰囲気は伝わってきたから、真由の気持ちがすごくよくわかった。マジむかつくよね」

「うん、桂さんが調べたら、チーフは少し前に辞めていたんだって。木村って店主に事情を聞きに行ったら、知らぬ存ぜぬだったって、桂さんが怒ってた」

木村とは、あの太った中年男だろう。リオナは一緒に腹を立てた。

「あいつ、最低。絶対にグルだと思うよ」

「うん、警察にもそう言っておいた」

「じゃ、いずれ告発されるね」

「木村の方も何とか立件したいって、桂さんが言ってた」

真由がほっとしたように言う。代わりに、保護所に入れられて、自由を失うのだと思ったが、真由がそれで気が済むのなら、他人がとやかく言うことではないのだった。リオナはそれ以上言うまいと、口を噤む。

「真由、そこにどのくらいいるの？」

「わかんない。明日、児童相談所の人や桂さんと一緒に、叔父さんと会うことになっているの」

「叔父さんは、自分が性的虐待をしていると真由に言われたこと、知ってるの？」

「知らないと思う」

さすがに真由の声が沈んで聞こえる。

「自分で言ったことなんだから、自分で始末つけなよ」

「わかってる」真由が神妙に答えた。「言っていいことと、悪いことがあるよね。それが嘘だとばれると、今度はチーフのことも嘘っぽく聞こえるかもしれない。狼少年みたく。あたし、それが心配になってきた。だから、リオナにも、叔父さんにも悪いことしたなと思って」

「うん」

リオナは新宿駅の雑踏を眺めながら生返事をした。これでしばらく真由とは会えなくなる。どうしようか。またしても、はぐれた気分が戻ってきて鬱《ふさ》いだ。

「リオナ、これからどうするの？」

「まだ決めてない」

「また会えるよね」

「もちろん。出て来たら、連絡してね」

「秀斗、どうしたかな。死んじゃったかな」

「言うの忘れてた。秀斗は生きてて、ミトと同じ病院に運ばれたんだって」

「へえ、それはよかった」

「マジ、偶然」

二人して声を上げて笑っていると、少し元気が出てきた。視線を感じて目を上げる。券売機の前に立った、サラリーマン風の男がリオナを見つめていた。またか。リオナは顔を背けながら、真由に言った。

「じゃ、頑張れよ。また会おうね」

第五章　家族

1

リオナと話し終えた真由は、スマホのスイッチを切って、部屋の隅にあるコンセントに繋げて充電を始めた。改めて、今夜泊まる部屋を見回す。

集合住宅の玄関脇にある、納戸のような小さな部屋だ。白いビニールクロスの壁で、窓はない。桂の夫の両親や、母親が泊まる時の予備の部屋だそうだが、秀斗を閉じ込めた部屋によく似ていた。

真由は、秀斗を金属バットで殴った時の感触を思い出して、悲鳴を上げそうになった。慌てて、口を手で押さえる。

危うく人殺しになるところだったのに、さらに、ＡＴＭの暗証番号を聞き出して、秀斗の金を堂々と盗んだのだ。何ということをしたのか。

そして、自分は「ゲン兵衛」の男たちを裁こうとしているけれど、叔父の靖に性的虐待を受けた、と嘘を吐《つ》いてもいる。どうしたらいいんだろう。真由は急に怖くなって、肩を落とした。

その時、キッチンに引っ込んでいた桂が声をかけながら、顔を出した。

「伊藤さん、電話、終わりましたか?」

「はい、終わりました」

真由は慌てて答えた。桂が部屋の中を覗《のぞ》いた。感情を押し隠したような無表情な顔で、スマホの充電器をちらりと見る。

「すみません、勝手に充電してます」

「構わないよ。使ってちょうだい」

真由は恐縮して、立ち竦《すく》んだままだ。桂が真由の顔を見て笑った。

「そんなに気にしなくていいのよ。たいしたことじゃないもの」

真由はぺこんと礼をした。

ここは、桂の一家が住む公団住宅だ。公団と言っても、青山に近い一等地にある。

桂は、一般の会社に勤めている夫と、公立小学校五年の娘との、三人暮らしだそうだ。夫は岡山に単身赴任中。娘は塾に行った後、中野の夫の実家に泊まることになっているとかで、留守だった。

真由は、女性刑事が、こんな普通の暮らしをしていることが、にわかに信じられなかった。警察には、未成年が街をうろついているだけで補導されるような、負のイメージが強くある。だが、桂は、一時保護所に行くのは、翌日以降でいいから、自宅に泊めてあげると申し出てくれたのだ。

一時保護所に入れれば、携帯電話は取り上げられて、私服も禁止されて、全員制服を着なくてはならないのだそうだ。外出もままならないし、日課も厳しいので、その前に、自由にさせてやろう、という温情なのだろう。

相棒の若い女性刑事が、『伊藤さん、今夜はうちに泊めてあげるよ』という桂の台詞《せりふ》を聞いて、驚いた顔をしたのだから、よほどの例外だったのだろう。

「今、誰と話してたのか、聞いてもいい？」

桂が、押入からマットレスと布団を出しながら、さりげなく訊いた。

真由も手伝ったが、布団からは微かに洗剤の匂いが漂っていた。洗い立てのシーツの香りを思い出して、真由の手が一瞬止まった。

「おうちの人とかと、じゃないよね？」

「違います。さっき一緒にいた子です」

桂は思い出すように、三白眼で空を睨んだ。

「ああ、先に帰ってしまった子ね。ルイさんだっけ？」

桂が、掛け布団をふわりと持ち上げて言う。真由は、リオナは確か変名を使っていたはずと思い出し、曖昧に頷《うなず》いた。

「あ、はい、そうです」

「一時保護所に入ったら、しばらく会えなくなっちゃうから、話ができてよかったね」

「ほんとによかったです」

桂に言われるまでもなく、リオナと話せた喜びが、じわじわと湧いてくる。リオナはいつも自分の少し先を行って、振り返っては、真由が追い付くのを待っててくれる。

おとなのリオナ。賢いリオナ。優しいリオナ。

リオナに連絡が取れないまま保護所に入ってしまったら、自分はどんなに落ち込んで暮らしたことだろうか。

「年齢の割に、落ち着いた子だったね」

桂が、枕にカバーを付けて、景気よくパンパンと叩いた。

「お姉さんみたいな人なんです」

真由は、今頃、リオナは一人で何をしているのだろうと案じた。ミトは病院にいるし、自分はじきに一時保護所に入所して、友達とは会えなくなる。

リオナのことだから、うまくやっているだろうけれど、リオナが努力して何とか住まわせてもらっていた秀斗のところも、真由とミトが図々しく乱入して、破壊したようなものだった。申し訳なさに身が縮む。

「さあ、布団はこれでいいよ。ご飯の前にお風呂に入ってきて」

「いいんですか」

「いいよ。だって、明日は病院に寄って、検査しなきゃならないもん」

桂が両頰を膨らませて、ふざけて睨んでみせた。

そうだった。明日は病院で診察があるのだ。二週間前なら裂傷や鬱血などが生々しく残っていたのに、早く回復する自分の若さがうらめしい気がする。

前の晩は、リオナとカラオケでオールだったから、体がべたついて気持ちが悪い。真由は、桂の差し出したタオルセットと着替えを持って、浴室に行った。

キッチンからは、カレーの匂いが漂ってきている。誰かが作ってくれたカレーライスを食べたい。思わず涙が出そうになり、真由は慌てて顔を洗った。

リオナやミトと出会って、自分の境遇が恵まれていたことを知った。中学を卒業した途端に、両親が突然いなくなるなんて想定外だったけれど、リオナやミトが経験したような、不遇や不運とは、無縁の生活をしていたのだと思った。

「お母さん」

真由は声に出して呼んでみた。家を出てから、初めてその言葉を声に出したような気がして、その響きの懐かしさに自分で驚いた。次いで、「ただいまー」と言ってみる。

いったい両親はどこにいて、何をしているのだろう。これまで夢中で、渋谷の街を彷徨《さまよ》ってきた。それは現実を忘れるためでもあったはず。生々しい現実から、真由は目を背けたくて仕方がない。

風呂から上がると、ユニクロ製品らしい半袖のパジャマが洗濯機の上に置いてあった。パジャマからも、洗剤のいい香りがする。

「すみません、お風呂もらいました」

キッチンに行って、桂に礼を言った。

「さっぱりしたでしょ?」

カレーの皿を並べていた桂が、振り向いて微笑《ほほえ》んだ。テーブルの上には、野菜サラダの大きなボウルもある。

「はい、ありがとうございます」

桂がトングをかちかちと合わせた。

「たくさんサラダ取ってね」

「はい」と返答しながら、遠慮なく皿にたくさん盛った。市販のドレッシングをかける。家では、母の手製だったと思い出しながら。

「いただきます」

レタスを幾枚もフォークに突き刺して口に入れた。ファミレスのセットじゃなくて、コンビニで買ったサラダじゃなくて、誰かが野菜を洗って切って混ぜて作ってくれる野菜サラダは新鮮で美味しい。

「さっき、叔父さんと話したよ」

カレーを食べていた桂が、突然言った。

「何て言ってましたか」

真由は少し緊張して、フォークを皿に置いた。緊張した理由はもちろん、嘘を吐いたからだった。

「実の兄の娘だから、兄がいないなら、自分が面倒を見るしかない。だから、現時点での保護者であることは確かだが、真由はあまり馴染まなかったって」

真由は軽く頷いて、桂の言葉を待っている。

「それで？」

「そんなに悪くしていたとも思わないが、何せ家が狭いので、真由には可哀相だったかもしれない。でも、あれがうちでできる精一杯のことだった。帰って来るなら、家でまた面倒見たいって」

「でも、叔母さんが」

真由の言葉を遮るように、桂が振り向いて手を伸ばし、キッチンカウンターにあるノートを手にした。食べるのをやめてノートを見る。

「叔母さんの幸恵さんとも話したよ。叔父さんとは違う意見だった。少し長くなるけど、言うから聞いてね。

真由を預かると聞いた時、もちろん反対した。理由は、自分の家にはそんな余裕はないということ。経済的にもそうだけど、狭いダイニングの他に部屋はふたつしかなくて、ひとつは寝室、もうひとつは小学校に行っている娘たちが使っている部屋だ。寝室に寝かせるわけにはいかないので、娘たちの部屋で寝かせたけど、もちろん勉強机も置けないし、布団さえも敷けない。真由も不満だったろうけど、うちもかなりの我慢を強いられていた。

義兄たちから預かった金もほとんどなくて、私学なんて無理だから、近くの公立に行かせたけど、真由はそれが不満らしくて、しょっちゅうお金がないと文句を言っていた。果ては、私たちがその金をネコババした、とまで言うので、泥棒呼ばわりするのかと本当に腹立たしかった。生活態度も悪く、午前中は部屋で不貞寝していて、昼過ぎに出かけて朝方まで帰ってこない。どこで何をしているのかさっぱりわからず、注意しても逆ギレするだけ。私もパートをやっている身なので、家にいつも不機嫌な娘がいるのが辛かった。娘たちの教育にもよくないと思った。しかし、ひと月前に、真由が出て行った時は唖然とした。私の給料を盗んで、卵を全部持って出て、おまけに上の娘の自転車を、どこかに乗り捨てた。家出するにしても、酷いことをする。あの子を預かるのは無理だから、施設かどこかに行ってほしい」

真由は反論する。

「高校のお金はうちの親が出したって言ってました。だから、叔母さんは嘘を言ってると思います。お小遣いだって足りなかったし、ご飯もお腹いっぱい食べたことないし」

「叔父さんのところは、貧しいお宅だったんじゃないの？」

真由は驚いて桂の顔を見た。

「桂さんは、叔母さんの味方するんですか？」

「してないよ」と、苦笑いしながら首を振る。「そんなことじゃないの。大人の事情を、子供は知らないことがある。逆に、子供の苦しみを大人がわからないこともある」

「そうです。そんなことわかってます」

真由の頰を悔し涙が伝った。

「それで、叔父さんに聞いてみたの。あなたの言ったことを」

「何て言ってました？」

真由は涙を手の甲で擦った。

「まったくの事実無根だって。それまで、戻ってきたらあなたの面倒を見る、とまで言ってたのに、落胆した様子だった。すごく心外だって。叔父なんだから、そんなことがあるわけがないし、うちには娘が二人もいるんだから、考えたこともないって。かなり傷付いている様子だった」

「だから？」

真由は反抗的に顎《あご》を上げた。

「大事なことだからね、伊藤さん。嘘を言わないでね」と、桂が念を押した。「叔父さんは、本当に性的なことを仕掛けてきたの？」

「そうです。叔母さんに内緒で、よく触られました。叔母さんは何も知らないんです」

「どこを触ったの？」

「お尻とか胸とか」

真由は嘘を吐き通した。

「叔母さんが嫌いで帰りたくないから、言ってるんじゃないよね？」

桂が念を押す。

「まさか。違います」

桂はしばらく真由の目を見つめていたが、わかりました、と小さな声で言った。

「あなたの保護者にはならないわね」

そうです、と真由は心の中で答える。私の保護者はお父さんとお母さんだけです。二人とも立派な大人です、と。

2

真由はスプーンで掬《すく》ったカレーをしげしげと眺めた。桂が作ってくれたカレーは、市販のカレールーを使ったポークカレーだ。子供向けなのか、少し甘い。

真由の父親は調理師だが、家で作るカレーには、市販のルーを使っていた。でも、父のカレーは、どこよりも美味しかった。何を入れたら、あんなに美味しくなるのだろうか。父親が作ってくれたから、美味しく感じたのだろう。でも、もう父親のカレーを食べることはないのかもしれない。そんなことを考えていたら、急に食欲が失せた。

真由がカレーの皿を向こうに押しやると、桂が声をかけた。

「伊藤さん、まだ残ってるよ。もう、食べないの？」

「すみません。お腹がいっぱいになっちゃった」

真由は首を横に振った。

「何か思い出したんじゃないの？」

桂は勘がいい。隠しごとはできそうにないと思いながらも、真由は首を横に振った。

「いや、そういうことじゃなくて。すみません」

皿にスプーンを置いて礼をすると、桂が笑った。

「伊藤さんは、礼儀正しいね。育ちがいいと言うか、すごくきちんとしてる。携帯の充電をしている時にも、恐縮していたでしょう。誰かに何かしてもらえば、必ず礼を言うし、それが自然に身に付いている。だから、渋谷の街を彷徨っているお嬢さんたちとは、ちょっと違う印象があるのよね。そんなあなたが、どうして一時保護所に行かなきゃならないのだろうと、不思議なのよ。他に、親戚はいないの？」

真由は、名古屋の伯母のことを言おうかどうしようか、迷った。しかし、あの道玄坂の雨の夜に、十万貸してほしいと頼んだ時の伯母の冷たい態度に、傷付けられていた。行き場がなくて本当に切羽詰まっていたのに、伯母はそのことに気付かないふりをして、真由の夜遊びを怒ったのだ。

弟がどうしているかも、まったく連絡をくれない冷たい伯母。家には男兄弟しかいないから女の子は困る、とあたかも真由が誘惑するかのような言い方をして、自分を排除した伯母。弟を可愛がって、皆で楽しく暮らしているのではないか、という被害妄想が消えない。だから苦しくて、存在すらも思い出したくないのだった。

「じゃ、あなたの係累のことは、明日、叔父さんがいらっしゃるから聞いてみるわ」

「明日、渋谷警察署に来るんですか？」

「ええ、事情を聞きたいと言ったので、ご夫婦で見えるって」

カレーを食べ終わった桂は、ティッシュで口許を拭いながら言った。丁寧に拭った後、真由の顔を正面から見つめた。桂に凝視されると、何もかも見透かされているようで怖い。

真由は目を逸らした。

「叔父さん、どんな感じでした？」

「あのこと？」

「はい」と答えながら、真由は桂の表情を窺《うかが》った。

しかし、桂は何も気付かぬ様子で答えた。

「電話だからわからないけど、当惑していたわね。『何でそんな嘘を吐く必要があるんだろう』と、言っていた。さっきあなたに伝えた通りよ」

「嘘じゃないですよ」

真由は平然と言い募った。叔母が一緒に来ると聞いて、叔父の家での居場所のない苦しみが蘇った。

「というかね、叔父さんはあなたのことを心配してたよ。お金もないだろうから、どこでどんな風に生きていたのか、すごく心配だったって言ってた」

「そうかなあ。そんな人に見えなかった」

真由は反感を隠さずに首を捻る。叔父は無気力な酒飲みで、帰宅すれば寝室に籠もって酒を飲み、家のことはすべて叔母任せだった。真由は食事も満足に与えられないばかりか、風呂も勧められずに暮らしていたのに、叔父は見て見ぬふりだった。

「確かにね」と、桂が頷いたのは意外だった。「姪を預かっていて、その子が家出したのに、捜索願も出してない人たちだものね」

「あの人たちは、あたしのことなんか、基本的にどうでもいいと思ってる」

悔し涙が出そうになるのを必死に堪えた。リオナに出会うまでの、独りきりの辛い出来事が思い出されて、どうしてこんな目に遭わねばならなかったのだろうと、理不尽な思いでいっぱいになる。

「だから、叔父さんに復讐《ふくしゅう》したの？」

桂に言われて、真由ははっと顔を上げた。

「どういうことですか」

「性的虐待の話よ」

桂が真面目な顔で言った。

「それは本当です」

リオナの顔がちらついて、桂の問うような視線と目を合わせられなかった。

「じゃ、具体的に言ってくれない？」

桂がノートに書き取る姿勢を見せた。真由は、リオナの話を思い出しながら語ろうとしたが、リオナに謝ったばかりだったので言えなかった。

「思い出したくない」

やっとのことで誤魔化すと、桂がボールペンを置いた。

「じゃ、叔父さんってどんな人？」

「お父さんの四歳下の弟で、気が弱くて体も弱くて、お酒が大好きなの。いつもお父さんが悪口言ってた。あいつは駄目なヤツだって」

「お父さんたちは、そんな人のところに、あなたを預けたの？　よほど切迫してたんだね」

桂が呆れ顔で言う。いつの間にか、事情聴取のような形になっていた。桂は、警察署ではなく、場所を変えて詳しく聞こうと思っていたのだろう。

「じゃ、叔父さんの奥さんはどんな人？」

「ヤンキー」と、真由は吐き捨てた。

「ヤンキーなの？」桂が苦笑した。「叔父さんの奥さんにしては若い感じじゃない？」

「だって、あんまりお酒飲むから、最初の奥さんは逃げて、今の叔母さんは後妻だもん」

桂が面白そうに顔を歪めて笑う。

「伊藤さんは、よく後妻なんて言葉を知ってるね。あなたは賢いよね。勉強もできたでしょう？」

「勉強は好き。なのに、希望の高校も行けなくなって、最低の学校に通ってる。お金ないから大学も行けないし」

「奨学金とかもあるから、何とかなるよ」

桂がノートに何かを書き付けたまま言ったので、真由は反駁《はんばく》した。

「奨学金なんて、借金でしょう。返せる当てもないのに、借りるわけにはいかないじゃないですか」

桂が苦笑いした。

「確かにそうだ。あなたは本当にしっかりしているね。それで、叔母さんの話に戻すけど、叔母さんとはどうだったの？」

真由は口許を引き結んだ。

「あたし、あいつが大嫌い」

「あいつなんて言わないのよ」と、桂にたしなめられた。「叔母さんとは、気が合わないのね」

「合わないなんてもんじゃないです。あの人はあたしが来ることに反対で、あたしには最初から喧嘩腰だった。あたしのことが気に入らないの」

「生活がかつかつなのに、突然、あなたを預かることになって、重荷だったとは考えられない？」

「だけど、あたしにはどうすることもできないじゃないですか」

真由が思わず大声を上げると、桂が両手で制した。

「まあまあ、抑えて。伊藤さんの気持ちもわかるけど、叔母さんの気持ちもわかってあげないと駄目じゃない」

真由はかぶりを振った。

「そんなの絶対にあり得ないです。あたしはあの人に苛《いじ》められました。お弁当もないし、お金も少ししか貰ってないから、お昼ご飯が食べられなくて、毎日お腹空いてたし。自炊させてほしかったのに、台所使っちゃいけないって言われてて、どうしようもなかった。洗濯機も使うなって言われたから、手で制服のブラウス洗ってました。お風呂も入りにくかったので、学校サボって、昼間にこっそりシャワー浴びたりして。それでお金が欲しいと思ってバイトしたら、あんな目に遭ったんです」

喋っているうちに、様々なことが思い出されて、また悔し涙が浮かんだ。すべてが叔母の幸恵のせいに思えてくる。

桂は真由の様子を観察しているようだ。

「じゃ、伊藤さんは、叔父さんたちとは会いたくないし、暮らしたくないのね」

「会いたくないです。だっていやらしいし」

「その問題はまた後でね。でもね、叔父さんが、あなたにまだ言っていないご両親のことを知っていたとしたら？」

真由は顔色を変えた。

「それ、どういうことですか」

桂が真由の視線を受け止めながら、首を傾げた。

「わからない。ただ、勘で言ってるだけ。だって、突然、両親が失踪するなんて、事件絡みとしか思えないでしょう？　あたしはそっちの方が気になるけどね」

「あたしも気になってるけど、お母さんは詳しいことは教えてくれなかった」

「お母さんは、何て言ったの？」

　真由は思い出しながら答えた。

「お父さんが新しいお店を出して失敗したから、家を売って借金に充てるって言ったんです。それで、お父さんと二人でお金を作るから、あたしと弟は親戚のところでちょっと待っててって。そのまま、家を売ってしまって夜逃げしちゃった」

「弟さんがいるのね」

　桂の目が光った。真由はうっかり口が滑ったことに気付く。伯母の存在がばれてしまう。

「弟さんはどこに預けられたの？」

　桂がカレーの皿を避けて、ノートを広げたので、真由は諦めて正直に告げた。

「六歳下の弟が、名古屋の伯母さんのうちに預けられています」

「伯母さんて、どんな係累？　その人の名前と住所教えて」

　仕方がないので、伯母は母親の姉であることなどを正直に告げた。

「後で電話して聞いてみるわね」

「じゃ、弟がどうしているかも聞いてください。名前は亮介っていうの」

　桂がノートを差し出したので、真由は余白に「亮介」と書いた。

「亮介さんね。わかりました」

　ぼんやりとした不安が、ひとつひとつ霧の中から姿を現すように明白になっていくのだろうか。真由は初めて自分の背負った荷が重かったことに気付いて、脱力した。

「伊藤さんは、叔父さんのところには戻りたくないから、一時保護所に入りたいのね？」

「第一希望じゃないけど、そっちの方がマシ」

　即座に答える。

「第一希望は？」

「独りで暮らす。あるいは、友達と」

　すると、桂は溜息を吐いた。

「そう言うけどね、あなたはまだ未成年だから、保護者が必要なの。それに、一時保護所がマシだと言うけど、それは、あなたが一時保護所を知らないからよ。生活も厳しいし、規則がいっぱいある。虐待を受けた子とか、親に捨てられた子とか、彼氏に騙されて客を取らされた子とか、本当に行き場のない、辛い目に遭った子たちが来てるから、みんなトラウマがあるし、一筋縄ではいかない子ばかり。所内の苛めも深刻だって聞いた。伊藤さんは、芯がしっかりしてるし、親から虐待を受けたわけでもないから、やっかまれるかもしれない」

「やっかまれるの？　あたしが何で？」

　真由は驚いて問い返した。自分のどこがやっかまれるというのだろう。街を彷徨って、挙げ句、レイプされたではないか。

桂は、グラスにペットボトルの茶を注ぎながら言った。

「想像を絶する辛い目に遭った子は、伊藤さんみたいにしっかりしていないよ。もっと精神的に病んでる。自傷したり、異様に自己評価が低かったり、救いたくても、その術《すべ》さえ見付からない子が多いのよ」

真由は、リオナの手首の傷を思い出して沈黙した。だが、受けた傷の深さで、対応を違えることに違和感がある。

「親戚がいるなら、十八歳になるまで、そこにいさせてもらった方がいいよ。多少嫌なことがあっても、我慢して高校出なさい」

桂が論すように、あと二年我慢しろ、と言う。だが、我慢できないのは、大人たちの方ではなかったか。意地悪をしたり、締め出したり、十分な小遣いを与えずに飢えさせたり。あんな辛い生活を我慢するくらいなら、一時保護所で辛抱していた方がどんなにマシかと思う。

「つまり、一時保護所には行かない方がいいってことですか?」

桂が力強く頷いた。

「伊藤さんは、できればその方がいいと思う。いったん入ると、なかなか出にくいよ。学校にも行けないし、外出もままならない。規則規則で、刑務所みたいだって人もいる。それに行く場所がある子は、本当に困っている子に譲ってあげてほしいのよ」

どのみち学校には行っていない。

「じゃ、どうしたらいいんですか」

「明日の保護所に行く予定をペンディングにして、一応、名古屋の伯母さんに、保護してくれるかどうか、聞いてからにしましょう」

桂は手際よく食器を片付けた後、寝室らしき部屋に入った。そこで名古屋の伯母と、電話で相談するつもりらしい。

真由はしばらく待っていたが、電話はなかなか終わらなかった。退屈してスマホで動画を見ていると、桂がノートを片手に戻って来た。話し疲れたらしく、グラスに注いだままになっていた茶を飲み干した。

「伯母さんて人は、あなたが家出したことを知って驚いてた。一回だけ、お金を貸してほしいと電話があったけど、その後何もないから、特に問題もなく高校に通っていると思ってたって。叔父さんは、あなたのことは何の連絡もしなかったみたいね。私は、それがちょっと信じられなかった。だって、姪が家出したんだから、普通は別の親戚のところに行ってるんじゃないかと思って、電話したりしないかしら。叔父さんの家は、本当にあなたに無関心ね」

叔父は父の弟で、伯母は母の姉だから、普段は疎遠だ。

父親の両親はとうの昔に別れて、真由の祖父になる、父親の父親は五年前に事故で亡くなった。祖母の方は早くから認知症になって、今は介護施設にいる。

母親の両親は、数年前に二人とも病死していた。もともと、係累の少ない家ではある。

「てか、厄介払いしたと思ってると思う」

真由の言葉に、桂が念押しする。

「でも、性的虐待はあったって言ってたわよね。だったら、叔父さんも無関心というわけでもないと思うのだけど」

真由は桂を遮った。

「あのう、ゲン兵衛の方はどうなったんですか」

桂はすらすら答えた。

「チーフの清武《きよたけ》は、とっくに店を辞めてるって話はしたはずよね。多分、あなたをレイプした翌々日じゃないかと思う。突然、店を辞めると言うので驚いた、と店主がしれっと言ってた。捕まると思ったんじゃないかしら。行方を追ってるから、ちょっと待ってね」

「木村の方はどうなるんですか？」

『そんなことでもないと、あんた、出て行かねえだろう』真由は、バイト料を支払われた時の屈辱を思い出して、声を震わせた。

「何とか立件したかったけど、そこは難しいかもしれない」

桂が残念そうに首を振った。

「悔しいです」

「私も悔しい。でも、こういうことって、バイトの子なんかから、何となく噂が立つものよ。だから、この先、商売がうまくいかなくなる可能性もあるよ」

「そんな暢気《のんき》なことじゃ我慢できないよ」真由は吐き捨てた。「あいつら、みんな死ねばいいのに」

「ほんとに。かなり悪質だものね」

珍しく、桂が怒気を含んだ声で同意した。捨て身で訴えたのに、チーフは逃亡し、木村に咎《とが》めはないという。真由は落胆した。

「ともかく、明日決めましょう」と、桂が欠伸《あくび》を嚙み殺しながら言った。

今、桂さんて、女の刑事さんの家に泊めてもらってる。
明日、一時保護所に入れられるかと思ったんだけど、
名古屋に伯母さんがいることがわかって、気が変わったみたい。
伯母さんちに行くくらいなら、保護所に入った方がいい。
リオナはもともと保護所に反対してたよね。あたし、間違ったかもね。　真由

保護所って鬼キビシイって噂だよ。

伯母さんちに行った方がマシじゃんか。

ところで、秀斗、個室に移ったみたい。

お母さんらしき人見た。やっぱマザコン男だった。　ミト

真由のいいようにしなよ。
鬼キビしくても、親戚のうちよりマシなら、そうしたらいいよ。
こっちは新宿のマン喫に入ろうとしたら、補導されそうになった。
あわてて逃げて、山手線に乗ったところ。
ミトが退院するのを、渋谷で待ちます。
これから一人マック。さびしいなあ。　リオナ

リオナ、一人でかわいそうだね。
あたしは明後日退院だって。どっかで待ってて。
真由は刑事の家なんか出て、三人で暮らそうよ。　ミト

ミト、金だよ、金(笑)。
金がなかったら、どうしようもないじゃん。
それまで稼いでおく。　リオナ

最後は、リオナからだった。深夜、LINEで報告し合ううちに、真由は泣きそうになった。三人で暮らしたいのに、ゲン兵衛での出来事が許せなくて警察に飛び込んでしまった。

た。それなのに、保護されて親戚の元に帰されてしまいそうだ。

3

翌朝は、トーストと紅茶、ヨーグルトの朝食を馳走になった。その後、桂に付き添われて、警察近くの産婦人科に寄り、診察を受けた。結果は警察に後送するというので、二人で渋谷警察署に向かった。

受付付近のベンチで、桂を待っていた女性がいた。四十歳前後で、長い髪を後ろで纏《まと》め、白いシャツに紺色のスカートという、地味な形《なり》をしている。だが、はっとするような赤い口紅をつけていた。

「山崎さん、どうも」

桂が挨拶してから、真由に言った。

「この人は児童相談所の山崎さん。あなたの担当で、一時保護所を手配してくださったの。今日、相談に乗ってもらうことになってます」

「伊藤真由さんね、山崎です。あなたのことは聞きました。何とかしたいわね」

山崎は、真由の目を覗き込んで、同意を求めるように言った。真由はたじろいで何も言えずに後退《あとずさ》った。昨日からいろんな大人が登場しては、真由の心を白日の下に晒《さら》して、あれこれと注釈を加えているような気がしてならなかった。

「桂さん、伊藤さんご夫婦がいらしてますよ」

髪の長い女性刑事が、桂の耳許で囁いたのが聞こえた。叔父が来たのだ。桂が真由の方を見る。

「叔父さんたち、いらしたって。会う？」

躊躇《ちゅうちょ》していると、桂が真由の肩を抱いた。

「久しぶりでしょう。会って話した方がいいよ。言いたいことがあったら、その場で言いなさい。私たちも同席して聞いているから」

真由は何も言わずに俯《うつむ》いていたが、桂に何度も促されて、仕方なく頷いた。

「じゃ、会議室にいらしてるそうだから、行きましょう」

真由は、やむなく桂と若い女性刑事、そして児童相談所の山崎に付き添われて、二階の会議室に向かった。

「今日はご足労をおかけしてすみません」

桂が先に入って、そつなく挨拶した。入り口に背中を向けて、長机の前に座っている叔父夫婦が儀礼的に頭を下げる。

後ろにいる真由は、叔父の後頭部が丸く薄くなっていて、父親の頭にそっくりになっているのを見て驚いた。そもそも叔父の頭など、よく見たことがなかった。

叔母の幸恵は、髪をバレッタで留めて、黒と青のボーダー柄のワンピースを着ている。気配を察したのか、幸恵が振り向いて真由を見遣った。その目に敵意があるのを見て取って、真由も反抗的に頭を反らす。だが、山崎に背中を押されて、部屋に入った。

「さあさあ、桂さんの横に座ってね。皆さん、すみませんが、録音させてください。よろしいですか」

山崎がＩＣレコーダーを置いた途端に、叔父が声をかけてきた。

「真由ちゃん、心配したんだよ」

嘘吐け。真由の心は容易に開かない。

家では酒ばっか飲んでいたから、話したことなどない。もし、叔父が少しでも、この不運な姪のことを気にしていたら、小遣いを充分に与えなかったために、体操着やノートを買えなかったことや、昼食をほとんど食べられなかったことや、洗濯できずに小綺麗な服装もできなかったことなど、気付くことはたくさんあったはずだ。

「真由ちゃん、あんた、今までどこにいたの」

叔母が太い声で訊ねる。その声には、責めるようなトーンがある。自分だけにわかる、叔母の苛立ち。

答えないでいると、山崎が猫撫で声で諭す。

「真由さん、これまで、どこにいてどうしていたのか、叔父さんたちに説明してあげたらいかがですか。叔父さんは、とても心配していらしたんですよ」

余計なお世話だ。児童相談所の人なんて、何もわかっていないじゃないか。真由は口を噤《つぐ》んだまま、ずっと俯いていた。

「真由ちゃんは、うちを出て行く時に、私のパート代の入った封筒を盗んでいったんですよ。私のパート代がないとやっていけないので、その月は大変でした。子供の給食費さえも払えなかったんですから。うちは主人が工場で非常勤なので、二人で働かないと暮らしていけないんです。それを何度も説明しましたが、真由ちゃんはわかってくれなかったみたいですね。真由ちゃんは、うちと違って、お父さんたちに甘やかされていましたからね。真由ちゃんのお父さんは、レストランやったり、和食の店をやったり、それなりに頑張ってましたからね、お金もたくさんあったと思いますよ。だから、真由ちゃんはもともと贅沢な子供なんです。うちのレベルに合わない子なんだから、最初から来なければよかったと思いますよ」

叔母が不満たらたら、山崎にぶつける。山崎は大きく息を吐いてから、真由の方を見た。

「真由ちゃん、パート代を盗ったことは本当なの？」

「いえ、知りません」

叔母がまくしたてる。

「そんなはずはありません。それに、この子は上の子の自転車に乗って行って、どこかに乗り捨てちゃったんですよ。酷いでしょう。二台目なんて到底買ってやれませんから、それきりですよ。うちの子は、『絵莉ちゃんの自転車、どうしてないの、自転車、何でなくなったの』って、わんわん泣いて、本当に可哀相だったんですよ。それに、冷蔵庫の中のものも、よくなくなりました。油断も隙もないって言うか、何て言うか。こんなことを言ったらあれですけど、家の中に泥棒猫がいるような感じで、片時も気が休まることはなかったですね。そりゃ、もちろん、家出なんかされちゃうと、心配ですよ。どこでどうしてるんだろうと思って、眠れなくなる夜もありました。私が厳しかったのかしらって、この人に聞いたこともありますよ」

叔母が、隣にいる叔父の膝に手を置くのが見えた。

「真由さんのお話では、お宅ではあまりご飯も食べさせてもらえなかったとか。お小遣いも充分ではなかったので、昼食も食べられないことが多くて辛かった、と聞いていますが、これは真実ですか？」

山崎が少し躊躇しながら、叔母の幸恵に訊いた。幸恵がよく喋るので、辟易《へきえき》しているような口ぶりだった。

「そうだって答えたら、虐待ってことになるんでしょうか？」

幸恵があからさまにむっとした表情で反撃する。喧嘩腰だった。叔父は黙ったままだ。

「いえいえ、そんなつもりはありません。お宅にそういう余裕がなかったということでしたら、虐待というよりは、生活保護の範疇《はんちゅう》に入るかどうかと」

山崎がたじろいだ風に答えると、幸恵はたちまち色をなして途中で遮った。

「そんな人聞きの悪いこと言わないでくださいよ」と、言い捨てる。「うちはね、余裕はないけど、ちゃんと食べていけてましたよ。ただ、もう一人増えるというのは、想定外でした。想定外のことが起きて、どうにもならなくなったからと言って、あんたのとこは貧です。だから生活保護を受けるべきだ、とか何とか、他人に勝手に決め付けられたくはないですけどね」

幸恵はどこで覚えたのか、「想定外」という語を使った。違和を感じて顔を上げた時、叔父と目が合った。叔父の顔を正面からまともに見たことはあまりなかったが、人相が変わっているので驚いた。過度の飲酒がたたってか、目の下のたるみが大きくなって、目が窪み、ひどく疲れているように見える。視線は、叔父の方から冷たく外された。

「いえ、そんな、生活保護を受けるべきだ、なんてひと言も言ってませんよ」

山崎が慌てて首を振る。幸恵が怒っているので、叔父が口を添える。

「子供の二人も三人も同じだ、なんて大嘘ですよ。一人増えたら、みんな共倒れです。特に高校生は、金がかかりますからね」

今度は幸恵がタッグマッチのように引き取って、真由の方に向かって顎をしゃくった。

「真由ちゃんは、育ち盛りだからお腹もすぐ空くしね。うちの子たちは給食があるからいいけど、真由ちゃんは高校生でしょ。私はお弁当作ってあげるほどの能力も時間も経済力もありませんから、適当に食べてって言って、お小遣いを渡してました。それで足りないというのなら、うちはどうしようもないです。そもそも、真由ちゃんの世話を頼む、と言われた時、うちは真由ちゃんのお父さんから、十万しか貰ってないんですよ。十万って言ったら、高校の制服買って、定期買ったら、ほとんどなくなってしまいますよ」

「嘘ばっか言って」と、真由は怒って叫んだ。「お母さんたちが、もっとお金を出したはずだよ。お母さんが言ってたもの。叔父さんのうちには、たくさんお金を渡しておいたから、安心してって。それなのに、あたしが貰ったのは、月に二千円ぽっちだった。毎日、お昼におにぎり一個買ったって、月に三千円はかかるんだから、足りないに決まってるじゃないの。学校に行けば、文房具だって必要なんだから、絶対に足りないよ」

山崎が助けを求めるように桂の方を見たが、桂は気付かない様子でペンを走らせている。

幸恵が反論しようとしてか、口を開きかけた時、それを制して山崎が訊いた。

「幸恵さんはちょっと待ってください。じゃ、お金がなくて困った時、真由さんはどうしてたんですか」

「だから、バイトしてた」

ゲン兵衛を思い出して、声のトーンが下がった。

「あのね、何のバイトしてたんだか、わかったもんじゃないですよ。だって、バイトだって、近所のコンビニとかですれば済むじゃないですか。何も交通費かけて、渋谷になんか行くことないじゃないの。要するに、この子は遊びたかったんですよ。だったら、勝手に出てって遊べばいいのに、まるで復讐するみたいに、私の給料袋を盗んでいって。ほんとに酷いったらないですよ」

幸恵がさも憎々しげに言う。

「伊藤さん、それは本当なの？」

桂が急に低い声で真由に質《ただ》した。

「だって、お母さんが充分なお金は渡したよって言ってたから、あたしは叔母さんたちが、私に渡さないで、勝手に遣ってると思ってました。だから、そのくらい貰っても構わないだろうと思ったんです」

真由が言うと、「何でそういうこと言うかなあ」と、幸恵が同意を求めるように語尾を伸ばして、誰にともなく言う。山崎が真由に訊いた。

「叔父さんたちは、真由さんに遣うお金は、十万しか受け取っていないって言ってるよ。だから、お母さんが本当のことを言ってないんじゃない？」

「お母さんは嘘なんか言わない」

真由は思わずムキになって怒鳴った。母親の悪口を言われると、頭に血が上る。

「そうだよ。真由ちゃんのお母さんが嘘を吐いたのよ」

幸恵がしれっと言うのが、悔しくて仕方がない。

「お母さんは嘘なんか吐いてないよ」

真由が涙ぐみながら抗議しても、幸恵は素知らぬ顔で、高校生がしているような安物のフープピアスを、右手でいじっていた。

「はっきり言いますけど。真由ちゃんのお父さんから預かったお金は、きっかり十万でした。それも皺だらけの札で十枚。いかにもお金に困っているって感じがありありでしたよ。こんなに問題になるのなら、領収証でも発行すればよかったですね」

山崎が、叔父の方を向いて訊いた。

「伊藤さんたちは、真由さんのご両親から、どういう形で依頼があったんですか」

俯いていた叔父は、痰《たん》の絡んだ咳払いをしてから顔を上げた。

「突然、兄貴から電話がかかってきて、少しの間だけ、娘を預かってくれないかって言うんです。少しの間なんて、普通、一週間かそこらかと思うじゃないですか」

幸恵が叔父の顔を見ながら、深く頷いた。

「そうよね」

「それが、預かる直前に、高校の三年間、と言われて仰天しましたよ」

「十万じゃ、とっても足りないよね」と、幸恵。「私立なんかとてもやれないから、高校を探さなきゃならなかったし」

「その三年間、という期間は、真由さんのお父さんが仰《おつしや》ったんですね？」

「英子さんも言いましたよ」と、叔父。

「その時、真由さんはどうしてたんですか」

叔父夫婦が顔を見合わせた。

「確か、二月の終わりだったから、試験か何か終わった後で友達と買い物かなんかに出かけていたんじゃないかな。その場にはいなかった」

山崎が質問しようとしたのを手で遮ってから、桂が訊いた。

「その時の真由さんのご両親の様子は、どうだったんですか？」

「べつに、何も変わったところはなかったですね。私はあまり兄貴と普段会わないので、比較のしようがないのですが、窶《やつ》れてもいないし、元気そうでした。『仕事どうしたの』って私が訊いたら、『失敗しちゃったよ。借金作っちゃってさ』って、笑って言って。詳しく聞こうかと思ったけど、借金の保証人になってくれ、なんて言われると厄介だなと、こっちもちょっと腰が退けていたんですよね。でも、兄貴はそんなことは言わなかった。ともかく、娘をちょっとの間だけ預かってくれって、そればかりでした」

「お母さんの方はどうだったんですか」と、桂。

答えを引き受けたのは、幸恵の方だ。

「英子さんは、ちょっと元気がなかったように見えたわね。いつもネイルとか綺麗にしているんだけど、その時は剝げていてね。生え際にも白髪が目立って、何かとてもくたびれている様子だった」

「そりゃそうだろ。家を売ってすぐに明け渡すことになったんだから」

叔父が引き取って説明する。

「借金はわかりましたが、他にはどんな理由で、お子さんたちを預けることになった、と仰ったんですか?」

「だから、あまり詳しくは言いませんでしたよね」

叔父が思い出すように、虚空を睨みながら答える。

「伊藤さんも、よくそれで真由さんを引き受けられましたよね。お嬢さんと言ったたって、もう高校生だし、おうちが狭かったら、引き受けにくいですよね」

桂がにこやかに言った。

「だから、真由ちゃんを連れてくる日に、きちんと断ろうと思ったのに、さっさといなくなってしまったんです。びっくりしましたよ。真由ちゃんが『お母さんは?』って聞くけど、答えようがないんですよ、こっちも。どこに消えたのかわからないんだから」

「何があったんでしょうね」

桂が顎に手を置いて、独りごちた。

「ところで、真由さんの訴えの中に、伊藤さんとしては、どうしても納得のいかないものがある、というお話でしたね」

今度は、山崎が婉曲に訊ねた。即座に、叔父が怒気を含んだ声で答えた。

「あの件ですね。私が真由に関心を寄せていたという話ですね。まったくあり得ないです。事実無根です」と、叔父がきっぱり言ってかぶりを振った。「絶対にあり得ません。そもそも、真由と二人きりになったことなんかほとんどないし、うちは狭いから、個室もありませんしね。いったい何でそんな嘘を吐いたのか、その理由が知りたいです」

真由が黙っていると、幸恵が睨みながら言った。

「これも復讐じゃないですか、私らに対する。この人のお兄さんの娘だっていうから、私も何とか仲良くなりたいと思っていたけど、この子は、何よりもうちの暮らしを馬鹿にしているんです。覚えてますよ、あの目付き。うちの台所を、気持ち悪いものでも見るように眺め回していた目付きです。それはもう、傷付きますよ。この子のうちは、金持ちでしたからね。貧しい人に対する想像力が備わっていないんです。娘たちにも、上から目線でね。居候という立場そのものをわかってないんです」

ショックだった。血が繋がっていないとはいえ、叔母の口から、自分の悪口が滔々《とうとう》と語られることに慣れていない。そして、叔母が憎むものは、自分だけでなく、自分の「うち」もそうなのだ。

「うちの人が病気になって会社をクビになった時は、本当に落ち込んで大変だったんですよ。経済的にも辛い時期でした。お兄さんに借金を頼んだけど、お兄さんは、お金を貸してくれなかった。基本的に、助け合いはしない家族なんだなと、私は思ってました。だから、今度のことは本当にびっくりでした。私たちを見殺しにしたくせに、今度は頼るのか、と。お兄さんは、そんなことも忘れているんでしょうけど、私は忘れません。いえ、この人も忘れてないと思います。でも、引き受けたんですよ。なのに、その仕打ちがこれなんですからね」

幸恵の言葉は奔流のように流れ出て、身を硬くした真由の全身を打っている。もちろん、これまでに幸恵の本音なんか、一度も聞いたことがなかった。

「伊藤さん、真由さんに何か言いたいことがありますか?」

「いえ、何もありません」

桂に訊ねられた叔父が、一瞬、うんざりしたように顔を背けて息を吐いてから答えた。

その瞬間、見捨てられた、と真由は思った。ほっとしたような、寂しいような、不思議な心境だった。

「真由さんは、叔父さんや叔母さんに何か言いたいことはありますか？」

「すみません、嘘を吐きました」

思い切って謝ると、叔父夫婦が脱力して目を見合わせた。安堵の息を吐く音までが聞こえてきそうだ。

「ごめんなさい」と、もう一度謝る。

「何か変だなとは思ったのよね」

桂がノートに何かを書き込みながら、呟いたのが聞こえた。

「ちょっと訊きたいんだけど、いいかしら？」山崎が、真由の目を見ながら言った。「何でそんなことを言ったの？」

「叔父さんの家に帰りたくなかったから」

いきなり幸恵が椅子を蹴って立ち上がった。

「そんな理由で、血の繋がった叔父さんを貶《おとし》めたの？　信じられないよ。あんたがそこまで腐っているとは思わなかった」

真由は驚いて座ったまま、頭を庇った。殴られると思ったが、幸恵は何も言わずに涙を流していた。

「信じられない。面倒を見た子にこんなことを言われるなんて。うちの人が可哀相だし、我慢していた私たちがみんな可哀相だ」

「でも、この子は謝ったんだし、この子も被害者なんです。許してやってください」

桂の声が聞こえる。

4

物事がこじれてゆくのは、すべて自分のせいらしい。真由は、一人残された会議室でぽつねんと座っていた。目の前には桂が買ってきてくれたコンビニ弁当が置かれていたが、ほとんど手を付けなかった。

幸恵が涙を流して怒り、自分を詰《なじ》ってやまない。だったら、これまでの幸恵の仕打ちはどうなるのだ。茶碗に半分しか盛られていないご飯。実のほとんど入っていない薄い味噌汁。おかずがなく、ご飯に食卓塩をかけて食べたことだってあった。

あれは貧しさというよりは、苛めではなかったか。自分を養うだけのお金がないと今更言うのなら、最初からそう宣言してくれた方が有り難かった。あの家を出て、高校など行かずに働いただろう、リオナのように。その方がずっとましだった。

桂と山崎は、これから帰るという叔父夫婦と一緒に部屋を出て行って、なかなか戻って来ない。真由は手持ち無沙汰にスマホを見たが、リオナやミトからは何の連絡もなかった。寂しさに身悶えしそうだ。誰よりもまず、母親に会いたかった。

お母さんは、どうして連絡ひとつくれないのか。もしかすると、とっくに死んでいるのかもしれない。そう思った時、真由の全身に鳥肌が立った。

後ろ姿がよほど頼りなく見えたのだろう。会議室に戻って来た桂が、心配そうに声をかけた。

「真由ちゃん、大丈夫？　もう少ししたら、名古屋から伯母さんが見えるからね」

「伊藤さん」と呼ばれていたのに、いつの間にか、「真由ちゃん」となった。振り向いて桂を見ると、怒ったような丸い目をして、おどけて見せた。

「叔父さんたちは、今、山崎さんと話している。やはり、うちでは引き取れませんって断っているようだから、名古屋の伯母さんが保護してくれないのなら、一時保護所行きになるかもね」

「それでいいんです」

真由は目を伏せたまま、小さな声で言った。

「そうだよね。それが真由ちゃんの狙いだったんだね。よく、わかった。でも、叔父さんは真由ちゃんの嘘に傷付いたと思うよ。帰る時なんか、へなっと元気なくしちゃってた。幸恵さんて人も、がっくりしてたよ」

「そうかな」

真由は首を傾げる。まだ、叔父や叔母に対する不信感が消えていない。

「そうだよ。あの人たちは、そんな悪い人じゃないよ。それに、お父さんの弟なんだからさ」と、桂。

「お父さんの弟って言うけど、叔父さんたちは、自分の家族のことしか考えられないんだと思った。あたしは姪だけど、叔父さんの家族じゃないんだよね」

「確かにね。今の人たちは、親戚の子の窮状を救おうとは思っていないよね。お金がないというよりは、そんな面倒なことを引き受けたくないんだよ。昔は貧しくても、みんな親類同士で助け合っていたけどね」

桂はぶつくさ言いながら、会議室のずれて曲がったテーブルをまっすぐに直した。パイプ椅子をひとつ真由の前に置いて言う。

「ところでさ、山崎さんが戻って来る前に、真由ちゃんに聞いておきたいことがあるんだよね」

桂がいきなりパイプ椅子を引いて座ったので、椅子の脚が床に擦れて耳障りな音がした。

「何を？」

真由は挑戦的に言った。桂の紺サージのジャケットは少しきつめと見えて、肩の辺りに皺《しわ》が寄っている。その皺を見つめていると、桂が咳払いをした。

「真由ちゃん、ここに来る前に、警察について来たもう一人のお友達の家に泊まっていたと言ってたでしょう？　あれは本当なの？」

「本当ですけど」

「確か横須賀だって言ってたよね。遠いのに、渋谷からそんなところまで帰って、泊めてもらっていたの？」

「そうだけど」

真由は必死に平静を装って答えた。桂が、ほんの一瞬、真由の目を試すように見つめたが、気付かぬふりをする。

「それまでに、あの子と一緒にどこかに泊まっていなかった？」

「例えば、どこに？」

「実はね、一昨日、S病院に救急車で搬送された大学生がいるんだけどね。その人の親御さんが、息子は、数人の女の子によって部屋に閉じ込められて、熱中症になったって言い張ってるんだよね。錠前の付けられた部屋の写真を皆に見せて回ってね。近所の人たちが女の子たちの出入りを目撃していたとも言ってね。あと、預金も残金がないから、ATMの映像も調べてほしいって。幸い、大学生は一命を取り留めたけど、親は怒ってるわけよ。刑事事件だから、捜査してほしいってね」

ああ、どうしよう。真由はパニックになりそうになった。動揺を顔に出さないよう、無表情を装う。

「それで、少年課でマンションの防犯カメラの映像を見せてもらったんだけど、一番映っている女の子というのが、昨日来ていた子に似ているような気がしてね。他の子もちょこっと映っているんだけど、あまり鮮明じゃなくて特定できない」

桂が言葉を切って、真由の目を見た。

「真由ちゃん、何か知らない？」

「知りません」と、もちろんシラを切る。

「そう、知らないか」桂が肩を落とすのと同時に否定した。

「全然、知らない。てか、何でそんなこと聞くんですか?」

「関係ないならごめん。若い子の髪型とか、みんな似てるもんね」

「その学生って、どうしたの?」

真由は思い切って訊いてみた。すると、桂が愉快そうに笑った。

「いや、実は大どんでん返しがあってね。意識を取り戻した大学生が、その子たちは友達だから訴えない、ちょっとゲームみたいなことをしていただけだと言うんだって。それから、お金も自分が貸してあげたんだと言い張ってるらしい。それで親は訴えるのを諦めたんだけど、このこと、何か知らない? 何か聞いたことない?」

「いや、知らないけど」

はっきりと否定する。内心はほっと安堵している。その安堵の表情が面《おもて》に出ないように苦労した。

「そうだよね。真由ちゃん、関係ないよね」

桂がうんうんと頷いた。

「関係ないです」

真由は再び否定した。

「じゃ、少年課にちょっと行ってくるから」

桂が出て行ったので、ほっとしたのも束の間、入れ替わりに山崎が入って来た。

「今回のことは、初めてのケースなんで驚いたわ」

憮然《ぶぜん》とした顔でいきなり言った。真由が嘘を吐いたことを怒っているのだろう。たちまち真由の心は、山崎に対する反感でいっぱいになった。今、真由に関わっているすべての大人たちが敵に思える。ぶすっとして黙っていると、山崎が口を開いた。

「真由さん、名古屋の伯母さんが、あなたを引き取ると思う？」

「思わない。だって、前に断られたから」

真由も憮然として答える。

「でも、弟さんは引き取っているのよね」

弟は今頃どうしているのだろう。四人家族が急に二人きりになってしまったのに、その二人が一緒に暮らせないなんて。誰も助けてくれようとしないのはなぜ。それは、自分の周りには、頼りになる大人が一人もいないからだ。自問自答した真由は、絶望的な気分になって、気持ちが重く沈んだ。数分後、静まり返った部屋のドアがノックされた。

「名古屋から、藤沢さんが見えましたよ」

伯母が、桂と一緒に入ってきた。

「どうも、藤沢でございます。このたびは、いろいろとすみません」

伯母はせかせかと入るなり、山崎の方に向かって何度も頭を下げた。

黒いトップスにベージュのパンツ姿。白いスニーカーを履いて、小さなバッグを斜め掛けしている。相変わらず、金のかかっていない質素な服装をしている。真由の母親とは対照的な地味な姉だ。

メタルフレームの眼鏡の奥の目が潤んでいるようだが、真由は拗《す》ねて目を背けた。伯母とは亮介を引き取りに来た時に会ったきりだから、ほぼ五カ月ぶりだった。

「真由ちゃん、あれから心配してたのよ。突然夜中に、お金貸して、なんて言うから」

真由は俯いて答えなかった。今更、何を言う。伯母に対しても、強い反感がある。伯母も自分を助けてくれなかったではないか。だから、あいつにレイプされたのだ。真由の心は、恨みでいっぱいになっている。

「今、真由さんの叔父さん夫婦が見えていたのですが、ちょっと折り合いが悪いようなので、藤沢さんのお宅で保護して頂ければと思います」

「うちは団地でね。狭い上に男の子が二人もいるので、部屋がないんですよ。しかも、亮ちゃん、預かっているしね。はて、どうしようか」

伯母が困り切った顔で言う。

「亮ちゃん、元気？」

真由が聞くと、伯母は古い形のフリップ型の携帯電話を取り出した。

「写真見る？」

目を眇《すが》めてボタンを操作し、数枚の写真を見せてくれた。いずれも、亮介が従兄弟《いとこ》たちと仲良く食事をしながら、Vサインをしている写真だった。

「楽しそうだな」

思わず感想を洩らすと、伯母が微笑した。

「最初は、お母さんに会いたいって、めそめそしてたけど、今はもう元気に学校に行ってるよ。サッカーやりたいって、地元のクラブにも入ったの。楽しくてしょうがないみたい」

弟は小学校に通えてサッカーもやれているのに、どうして自分だけが卑しい街で彷徨っているのだろう。真由は、不意に湧き上がった喪失感で、目が眩《くら》むような気がした。

「ご一緒に住むのが難しい場合でも、部屋代を援助して頂ければ、女子高生の入る寮とかもあるんじゃないでしょうか」

山崎が提言した。桂は無言で、伯母と真由を見比べている。

「そうですね。主人と相談してみないとなりませんけど、うちの数軒先にアパートがあるから、そこに住まわせることもできるかもしれませんね」

伯母が迷った末に答える。

「真由さんが十八歳になるまで、なんです。と言っても、実質は高校卒業まででですが。それまで、金銭的援助ができるということですよね？」

山崎が念を押すと、伯母が意を決したように頷いた。

「仕方ないでしょうね。うちも余裕はありませんけど、妹の子ですからね、何とかしないと可哀相ですものね」

「よかった」

山崎がほっとしたように微笑んだ。桂も緩んだ表情を見せて、山崎と目を見合わせている。一件落着という様子だ。

「伯母さん、お母さんたち、どうしたの？」

真由の質問に、伯母がはっと体を強張らせるのがわかった。

「さあ」と、首を傾げるので、真由はなおも言った。

「お母さんから何の連絡もないんだけど、もしかして、死んじゃったの？　借金作ったって言ってたから、お父さんとお母さんは、自殺とかしちゃったんじゃないの？　知ってるのなら、教えて」

「伯母ちゃんは知らない」

伯母が頭を振る。真由は食い下がった。

「嘘だよ、絶対に知ってる。お母さんが伯母ちゃんに言わないわけがないじゃん。二人きりの姉妹なんだし、亮ちゃんを預かったんだから。本当に借金だけなの？」

桂が身を乗り出したのが感じられた。山崎も真剣な表情で伯母を見つめている。

「何か事件性とかはないんですよね。恐喝されていたりとか」

桂が口を挟むと、伯母が大きな溜息を吐いた。

「子供たちには絶対に言わないでくれ、と頼まれています」

「そんな。あたしには知る権利があると思う。だって親のことなんだよ。あたしがこんな目に遭ってるのも、全部親のせいでしょ？　だから、何が起きたのか聞く権利があるし、何を聞いても平気だよ」

伯母は迷うように宙を見つめたまま、答えない。

5

あまりにも伯母の沈黙が長いので、真由は、遂に両親の死が告げられるのだと覚悟した。心配しながら生きているよりは、どんな事実でも知った方がいい。

不安で眠れない夜、絶望した時の衝撃を思って、希望をひとつひとつ潰してゆく作業は、気が変になりそうだった。今にも両親が迎えに来るような気がして、浮き浮きする日もあったし、両親を心底恨んだ日もある。激しく上下する気分を持て余して、死にたいと思ったことも何度かあった。

「伯母ちゃん、言ってよ。あたし、平気だから」

伯母は迷っているらしく、何度も嘆息して喋らない。

「これは余計なことかもしれないけど、真由さんがそこまで言ってるのだから、真実を伝えてあげたらいかがですか？　十六歳なら、いろんな事情もわかると思いますが」

山崎が言い添えたので、伯母が口を開いた。

「英子に約束したんです。少し時間が経つまで、子供たちには言わないって」

「少しって、どのくらい？」

「さあ、どのくらいでしょう」

伯母がぽつんと呟く。伯母自身もわからないのだろうか。真由は、大人の身勝手さに腹を立てた。

「もういいじゃん。教えてよ。あたしだって迷惑してるんだから」

両親が「金を稼ぐ」と言っていなくなってから、五カ月の月日が経った。いったいいつまで待てばいいのか。

「あたしはいきなり叔父さんの家に預けられて、学校も違うところに行かされて、めちゃくちゃだったんだよ。それなのに、少し経ってから教えるなんて、ひどくない？　あたし、お母さんたちが嫌いになった」

伯母が苦笑いをして、同意するように頷いた。

「どんな事情があったんですか？」

桂が冷静な声で訊ねた。伯母が諦めたように桂の方を見た。

「英子が悪いんです。姉として、本当に申し訳ないと思っています」

「伯母ちゃん、誰に謝ってるの？」

真由は苛々して叫んだが、「しっ、黙って」と、桂に制された。伯母が続ける。

「どこから話していいのか、わかりませんが、相談を受けたのは、二月の終わりの方の月曜日でした。突然、英子がうちにやって来たんです。私は名古屋に住んでいますし、英子は飲食、うちも工務店ですから、忙しくて滅多に会うことはありません。だから、驚いて、いったいどうしたのか、と聞いたんです」

「その時、英子さんは一人でお見えになったんですか？」

　桂がメモを取りながら確かめる。伯母が頷いた。

「そうです。それも、店に来て、一時間で帰らなきゃならないから、すぐに話せないかって言うんです。仕方がないので、仕事の途中で自宅に戻って話しました」

「お母さん、何て言ったの？」

　真由は畳みかけるように訊いたが、伯母は気持ちを落ち着けるように、バッグの中から小さな緑茶のペットボトルを出して口に含んだ。

「伊藤が自首する、と」

　全員がはっとしたように息を呑んだ。

「自首すると仰ったんですか？」

　桂の質問に伯母が頷いた。

「そうなんです。あまりに唐突なので、私も驚いたのですが、英子の話はこういうことでした。英子たちのレストランで雇っていた、ソムリエの男と英子が恋仲になって、互いに離婚して一緒になることにしたんだそうです」

「お母さんが？　嘘でしょう」

伯母の口から出た言葉は、ひとつとして信じられなかった。真由は伯母に摑《つか》みかかりたい衝動を必死に抑えた。

「嘘じゃないのよ、真由ちゃん。本当のことなの。あんたが聞きたいって言うから、あたしも英子との約束を破って話してるの。確かに、あんたは英子の子供なんだから、本当のことを聞く権利があるものね。だから、最後まで聞いて」

伯母がまたペットボトルに口をつけてから、真由を見て穏やかな口調で言った。

「ともかく、二人は一緒になると決めたんだそうです。ところが、伊藤は何も気付かなかったらしくて、二人に裏切られた、と激怒したそうです。絶対に納得しないし、離婚にも応じないと。それでソムリエの方は、当然いられなくなりますから、大阪に職を見つけて移ったそうです。彼はすでに離婚していたらしいです。そしたら、伊藤が大阪に追いかけて行って、包丁で刺してしまった。伊藤はいったん逃げて家に戻り、男を殺してやった、と英子に告げたらしい。英子は仰天して男に連絡を取ると、急所は外れていて命に別状はなかったのですが、今度は男の方が収まらない。伊藤を訴えると騒いでいる。それで、伊藤は、大阪で自首することにしたんです」

伯母が言葉を切ったので、山崎が呆然とした様子で喋った。

「だから、急遽《きゅうきょ》、お店を畳んで自宅を売り、お子さんたちを遠ざけたんですね」

「そうです。でないと、噂の的になると思ったんでしょう。子供たちを守ったつもりなんです。私も一人残った真由が不憫《ふびん》でしたが、真由は東京にいた方がいいんじゃないかと思いました。埼玉に伊藤の弟がいますからね。あそこは女の子ばかりだし、仲良くやっていけるんじゃないかと思って」

「いいえ、大変だったようですよ」

山崎が気の毒そうに言い添えてくれたが、真由はまったく気付かない。ショックを受けて、何も考えられなかった。

「藤沢さん、傷害だけなら、示談にできますよ。そのケースなら、示談にできるのではないですか。そのために、おうちを売られたんじゃないんですか？」

桂が伯母に言ったが、伯母が首を振る。

「後で報告を聞きましたけど、伊藤が自首した際に、殺してやるつもりで研いだ包丁を持参した、と警察に言ったそうです。それで殺人未遂と傷害の罪に問われているんだとか。あと、店や家を処分したことですが、結構、借金もあって抵当に入っていたのは事実のようです。それで綺麗にして自首することにしたんでしょう」

「じゃ、まだ伊藤さんは拘置所ですか？」

「そうだと思います」

「調べてみます」と桂。「じゃ、真由さんのお母さんは大阪にいらして、伊藤さんに差し入れとかをなさってるんですか？」

伯母がゆっくり首を振った。

「それが、お恥ずかしい話ですけど、ソムリエの男と一緒になったんだと思います。私にも全然連絡がありませんから、わかりませんが。でも、もうじき、赤ん坊が生まれるんです。赤ん坊のことがあるので、離婚を申し出たのでしょう。それで、伊藤も逆上したんだと思います」

真由は、咄嗟《とっさ》にリュックサックの中から、母親に買ってもらった電子辞書を出して壁に投げ付けた。壁に当たった時よりも、床に落ちた時の方が激しい音がした。単三の電池がころころと転がり出る。

桂と山崎がほぼ同時に立ち上がって、真由の方に向かって来た。

「何だよ、その顔。平気だよ、そんなこと」

真由は、桂に言い放った。桂がどうしようかと迷った風に、唇を噛むのが痛快だった。

「真由ちゃん」と、山崎が泣きそうな顔で肩に手を置いたので、思い切り振り払う。

「触んなよ」

伯母が、あちこちに転がった電子辞書の部品を拾って、机の上に置いてくれた。

「こんなになっちゃって、使えないかもね」

「どうってことねえよ」

そうだ、どうってことない。これが本当に母親に棄てられるってことなんだ。父親も嫉妬に狂ったんだか何だか、よくも自暴自棄になれたものだ。呆れてしまって、言葉も出ない。涙も出ない。

「真由ちゃん、お母さんとお父さんのこと、何も気が付かなかった？　あなたは敏感だから、気が付いていたんじゃないの？」

山崎が職業的な態度で真由の顔を見る。ほら、新たなトラウマを負った少女がここにいる、さて、どうしようか。きっと、そう思っているに違いない。

「んなの、知るわけねえじゃん」

真由の母親は、太り気味の伯母と違って背もすらりと高く、いつも身綺麗にしていた。月に一度は美容院に行って髪を整え、若い女みたいに流行の服を纏《まと》って、ネイルサロンやエステに通っていた。

真由は小さい時から、誰よりも美しい母親が自慢だった。その母親が、父親を裏切り、罪を犯させ、自分と弟を平気で棄てたのだ。そして、ソムリエの男と一緒になって、新しい子供を育てるのだ。自分は、大人の男にレイプされたというのに。何も知らずに、母親の心配をしていた自分が可哀相でならない。

許せない。真由は急に憤怒の発作が起きて、自制できなくなりそうだった。自分が怖くなって、発作を抑えるために腕組みをした。

「ソムリエの人のこと、知ってる？」

桂が真由の目を見つめながら訊ねる。

「知ってるよ、だから？」

真由は挑戦的に桂を見返した。桂は動じない。

「どんな人だった？」

突っ込んだ質問をする桂を、山崎が心配そうな表情で眺めている。

「お母さんより若い」

男について語る母親の豊かな表情を思い出す。

『今度、ソムリエの人を雇ったのよ。結構、カッコいい人なの。うちのワインの品揃えが偏っているって言われて、お父さんがむっとしてた。街のレストランなんだから仕方ないだろって。でも、ソムリエがいると違うわね。何か、一段上がった気がするの』

二年前だったか、真由は一度だけ店に行って、ソムリエに会ったことがある。姿勢のいい、気障《きざ》な男だった。厨房《ちゅうぼう》の父親が面白くなさそうな顔をしていたのを憶えている。メニューに口出しするようになったと父が愚痴り、母親と口喧嘩していたこともあった。

「それで、お父さんはどうなるの？」

「懲役五年以上でしょうね」

桂が平然と答えた。山崎は不安を隠せずに困った顔をして、伯母は時折涙ぐんでは、悄《しょ》気《げ》て肩を落としている。一人、桂だけが落ち着いていた。

「英子が、少し経つまで子供たちに知らせないで、と言ったのは、赤ん坊が生まれてから、という意味かもしれないわね」

「じゃ、もうじきじゃん。また弟ができるの？　それとも妹？」

真由は悪ぶって口にしたが、その赤ん坊は自分と血が繋がっていても、家族ではないのだと気付いた。自分一人が、風に舞う糸の切れた凧になったような気がした。寄る辺ない自分。弟は、いずれ真実を知っても生きていけるだろう、伯母の家があるから。でも、自分には居場所がない。どうする?

「結局、あたしは親に棄てられたんだね」

「違うわよ」伯母が慌てて言う。「英子はね、あなたのことが一番心配だったんだと思う。だって、親の事情なのに、陰で何か言われるかもしれないでしょう。あなたが傷付かないようにと、それだけを怖れていたのよ」

「嘘だよ」と、真由は笑った。「お母さんは、自分の幸福しか考えてなかったよ。それに、お父さんだって、叔父さんに本当のことを言わなかったじゃん。これから自首するって言えばよかったんだよ。二人とも自分勝手だ。一気に嫌いになった」

リオナやミトの話を聞いた時、自分は何て幸せに暮らしてきたのだろうと思っていたが、何も気付かなかっただけのことだった。

「真由ちゃん、これからどうする?」

桂が訊いた。

「うちにおいで。何とかするから」

伯母が必死に言う。

「何とかするというのは、アパートの部屋を借りてあげるということですか?」

山崎がちらりと真由を見遣った。

「そうです」

「ちょっと心配ですね。一人で大丈夫かな」

真由はスマホの電源を入れながら、伯母の方を見ずに答えた。スマホには、何の着信もない。

「あたしは平気」

「ともかく、放っておくわけにもいかないから、真由は今日、名古屋に連れて帰ります」

伯母は、真由の投げ遣りな態度にはらはらした様子だったが、早口に桂と山崎に告げた。

一刻も早く、警察署から出て行きたそうだった。

「藤沢さん、ちょっとお話がありますので、あちらの部屋で」

山崎が伯母に合図して、二人は部屋を出て行った。二人を見送った桂が、ノートを閉じ

て真由に言う。

「伯母さんの家に行くことになって、よかったじゃない」

「そうかな」真由は首を傾げた。「どうせ同じことだよ」

「何と同じなの？」

桂が顔を上げたが、真由と目を合わせなかった。

「叔父さんとこと一緒じゃね？ってこと。厄介者になるだけ」

「でもさ、叔父さんのところじゃ、真由ちゃんの世話をするのは、血の繋がってない若い

叔母さんだったじゃない。そういう時は、うまくいかないものだよ。だけど、伯母さんは

お母さんのお姉さんなんだから、もうちょっと親身だと思うよ」

真由も桂の方を見ずに答える。

「同じだよ、桂さん」

これまでと声の調子でも違ったのか、桂が驚いたように真由を見た。

「私は違うと思うけどね」

「じゃ、そう思ってればいいよ」

真由は、小馬鹿にしたように鼻で嗤《わら》った。すべてが笑いたくなるほど馬鹿げていて、大人たちと真剣に向き合うだけ、無駄なような気がした。

「真由ちゃん、いやにクールだね」

桂が取りなすように笑ってみせたが、真由は動じない。

「クールなんかじゃないよ。呆れてんの、いい気なもんだと思って。マジ、うんざりしてる。親のことなんか心配して損したよ」

「真由ちゃんに知らせるのが憚《はばか》られたんでしょう」

桂が腕時計を覗き込みながら言う。

「何で？」真由はムキになった。「何で憚るの？　要するに、子供に打ち明けるのが恥ずかしかっただけでしょ？　ダブル不倫して、妊娠して、お父さんとあたしたちを棄てようとしてるのが、恥ずかしかっただけだよ。そのくせ、大人はみんな言うんだよ。子供だからわからないし、理解できないだろうって。ちげえよ、子供だってわかるんだよ。親のことなんだから、受け入れるしかないじゃん。だから、正直に話して、こっちにも理解させろっつの。まったく馬鹿にしてるにもほどがあるよ」

「その通りだと思うよ」

桂が頷いた。

「そんなわかったような顔しないでよ。失礼なんだよ」

真由は拳でドンとテーブルを叩いた。誰彼構わず、当たり散らしたい気分だった。

「真由ちゃんが怒るのは理解できるって意味で言ったのよ」

桂が、自分を何とか落ち着かせたいと願っているのはわかっていた。

「それがわかったふりだって言うんだよ。みんなで、あたしをコケにしてる。子供だっていうけど、何でもわかってるんだよ。あたしのこと、何だと思ってるんだよ」

激昂した真由は、収拾がつかなくなって泣きだした。いったん泣き始めると、嗚咽《おえつ》が止まらない。まさか両親に裏切られるとは思ってもいなかったから、傷は深い。

その傷から血が噴き出て止まらない。やがて、レイプされた屈辱や、あてどなく渋谷の街を彷徨った時の寂しさ、叔父の家での恨みつらみ、ありとあらゆるネガティブな感情が湧き出てきて、真由は号泣した。

「泣きたい時はうんと泣きなさいよ」

桂が肩に手を置いて囁いた。

「適当なことを言うなよ」

真由は、その手を振り払った。桂は黙って、横に立っている。

ドアがノックされて、伯母と山崎が入ってきた。伯母が涙をタオルハンカチで拭いながら、真由に言った。

「真由ちゃん、山崎さんから聞いた。あんた、可哀相にね。だから、夜遊びなんかしちゃいけないって言ったじゃないの」

ラーメン屋でレイプされたことを、山崎が喋ったのだろう。

「遊んでなんかいなかったよ」

きっと伯母を睨み付ける。

「渋谷なんかでバイトしてるから、こんなことになったんでしょう。叔父さんのところにいればよかった」

「それ全部、お母さんのせいだよ。あたしのせいじゃない。いい加減にしてよ」

急に真由の涙は乾ききって、冷静な声が出る。

「英子も悪いけど、家出なんかするからですよ」

伯母も引かない。

「やめてよ。もう、うんざりだよ」

真由はリュックサックを手で持ち、部屋を出ようとした。

「ちょっと待って、真由ちゃん。待ちなさい」

桂と揉み合う形になったが、その腕を擦り抜けて廊下に走り出た。

「待って、真由ちゃん。行かないで」

桂が追いかけて来たが、真由は近くの階段を駆け下りた。制服警官やスーツ姿の男たちを突き飛ばして廊下を走った。

「真由ちゃん、連絡してよ」

真由の勢いに桂が諦めたのか、立ち止まって携帯電話をかける真似をしてみせた。だが、真由は振り向かずに表に出た。

6

真夏の太陽に照らされた渋谷の街を歩きだした時、解放感と同時に、喩えようもない心細さを感じた。まだ、たった十六年しか生きていないけれども、これほど寂しいと思ったことはなかった。

知らない街を彷徨っていても、心の中にはいつも、両親といつか再会するという希望があった。だが、その両親は家族を破壊したまま、真実も告げずに逃げた。

「許せねえよ」

真由はそう叫びながら、歩道橋を駆け上った。歩道橋の上を走ると、ゆらゆらと橋が揺れる。前を歩く若い女性が驚いたように振り向いたが、真由にとっては、他人の視線などどうでもよい。

スマホが鳴った。見ると、やはり伯母からだった。

「ああ、うぜ」

真由はスマホの電源を切った。

歩道橋の真ん中に立って、欄干に肘を突いて下を見たら、急に暑さを感じた。夏の夕暮れ時の、淀んだような熱気。歩道橋の下の、片側三車線に並んだ信号待ちの車列からは、太陽に炙《あぶ》られたルーフの熱気が上ってくる。

自分には暑さから逃れる部屋もないのだ。汗と埃にまみれて道端に蹲《うずくま》るのか。どうしよう、どうしようと、真由は目が眩むような思いで、下の車列を眺めている。

伯母の家に厄介になったとしても、居候には変わりない。弟はすでに家族として溶け込んでいるかもしれないが、真由には自信がなかった。親戚とはいえ、他人に囲まれて暮らすには、自分はすでに複雑な心を持ち過ぎていた。

しかも、名古屋には土地勘がない。知らない場所で新たな生活を送り、母親からの連絡を待つ、なんて耐えられそうもなかった。あてどなく歩いているうちに、どのくらい時間が経ったのかわからない。

「ねえねえ、いきなり飛び出したりしないでよ」

突然、肩をぽんと叩く人がいて、真由は驚いて振り向いた。中年男がにこにこ笑って眼前に立っていた。

自殺でもするように見えたのだろうか。真由は照れ隠しに薄く笑ってみせた。気が付けば、いつの間にか陽は暮れかかり、西の空は赤くなっている。

「どうしたの。行くところないの？」

素直に、こくんと頷いた。

「じゃ、うち来る？　この近くだよ。あまり綺麗じゃないけど、遠慮しなくていいから」

男はそう言って歩きだした。真由がそのまま突っ立っていると、男は手招きした。

「遠慮しなくていいよ。ついておいでよ」

男は白い半袖シャツを着て、灰色のズボンを穿いている。黒いベルトで締め上げているので、ズボンのウエスト辺りには皺ができている。黒いショルダーバッグを、斜め掛けにしている姿は冴えなかった。

だが、行くところがないだけでなく、意気消沈している真由には、考える余地もなかった。ふらふらと男について行く。

「タクシー、乗ろうか」

男が拾ったタクシーに、無言で乗り込んだ。男が近くに寄ると、つんと酸っぱいような汗の臭いがした。タクシーの中では、顔を背けて外を見ていた。暮れなずんだ空が藍《あい》色になり、夜が始まった。

裏通りに入ってから、男はタクシーを停めさせた。小さな黒い財布から、折り畳んだ千円札を二枚出して料金を払っている。

「もうちょっと先なのね。ね、もうちょっとだから」

真由が逃げるのを防ぐように、男は真由の背中のリュックサックに手をかけた。

「高校生？」

真由はまた、こくんと頷く。

「どうしたの、家出？」

「違います」

「あ、声、初めて聞いた。可愛い声だねえ」

甘えたような言い方が気持ち悪かったが、真由の心は麻痺したように動かない。並んで歩いていると、コンビニがあった。

「弁当買ってあげるよ。何でもいいかな？」

真由が頷くと、「ここで待っててね。逃げちゃいやだよ」と言い置いて、店の中に入って行った。逃げてしまおうかと思ったが、周囲はアパートや低層マンションが建ち並ぶ地域で、どこに行ったらいいかわからず、心許なくて決心がつかない。

「よかった。待っててくれたんだ。ありがとう」

男が真由の頭を「いい子いい子」という風に撫でる。真由は頭を振って逃れたが、男は意に留めず、嬉しそうだ。

「ほら、きみの分のお弁当もあるよ」

真由は何も言わずに、二つの弁当が入ったコンビニの袋を受け取った。

「あそこが僕のおうちだよ」

男が指差す先は、アパートに毛が生えたような、三階建ての貧相なマンションだった。

男の部屋は二階だというので、男の後をついて階段を上った。先を行く男が何度も振り向いては、値踏みするように自分を見つめるのはわかっていたが、真由は知らん顔をしていた。鍵を開けた男が、鋼鉄のドアを開け放して、照れ臭そうに言った。

「散らかしてるんで、ちょっと恥ずかしいんだけどさ。泊まっていってもいいからね」

「すみません」

真由が頭を下げると、男が喜んだ。

「ちゃんとお礼も言えるじゃないの」

玄関の先には、六畳ほどのダイニングキッチンがある。その先にもう一部屋あるようだが、襖《ふすま》は閉められていて見えない。男がエアコンのスイッチを入れた。

しかし、真由は部屋のあまりの汚さに唖然としている。キッチンの小さなテーブルの上は、カップ麺の殻や割り箸、弁当殻などのゴミで溢《あふ》れていた。シンクも同様で、カビで真っ黒だし、異臭が漂っている。

「ここで食べよう」

男がテーブルの上のゴミをビニール袋に移して、場所を空けた。真由は仕方なく、男と向かい合って座ったものの、異臭と目に入るゴミとで、食べられたものではなかった。弁当を半分以上残して、男に言う。

「トイレ貸してください」

玄関脇の扉がトイレだという。開けるとすぐに、貸してほしいと言ったことを後悔した。ここもカビで赤と黒に汚れ、とても使えたものではない。

自分はいったい何をしているのだろう、このままでは、この汚い部屋に住む男とセックスすることになる。真由は我に返った。床に置いたリュックを摑んで背負うと、男が啞然とした顔で立ち上がった。

「帰っちゃうの」

真由は何も言わずにスニーカーを突っかけたまま飛び出て、階段を走り下りた。熱い外気を感じると、涙が溢れた。

「ねえ、タクシー代と弁当代、払ってよ」

なよなよした男の声が耳許でした。驚いて振り向くと、さっきの男がすぐ後ろに立っていた。思わず悲鳴を上げて走りだす。

「何だよ、もう。あったまくるなあ」

男は追ってこなかったが、大声で叫んだ。

「この子、泥棒ですよお」

通行人がびっくりして、逃げる真由を見る。さすがに真由を追いかけようとする者はいなかったが、誰もが不審な眼差しで二人を見比べている。

「泥棒、泥棒ですよ。あんな可愛い顔して、泥棒さんなんですよ」

男が面白がって言い募った。

「あなた、大丈夫?」

タイトスカートにパンプスというＯＬ風の形《なり》をした中年女性が、逃げる真由と擦れ違いざま話しかけてきた。だが、真由は強張ったまま、首を横に振ることしかできない。男がまだ道で怒鳴っているからだ。

女性が、汚いものでも見るような目付きで男をひと睨みしてから、真由に言った。

「変な人がいるから、気を付けてね」

真由は返事もせずに、また走りだした。車の往来が激しい表通りに出て振り向くと、男の姿はなかった。ほっとして、額に噴き出る汗を手で拭う。そして、周囲を見回した。

今いるのは、笹塚という街らしい。位置関係がよくわからないが、渋谷からそう遠くはなさそうだ。さて、どうしよう。ファストフード店でもないか、GPSで確かめようとしてから、スマホの電源を切っていたことをようやく思い出した。

電源を入れると、着信が五件入っていた。三件が伯母からで、一件は桂からだ。残りの一件は、知らないナンバーだった。一応、伯母の留守電を聞いてみる。

「真由ちゃん、あたしの言い方が悪かったのなら謝るわ。お願いだから、戻ってきてね。桂さんも山崎さんも心配してるよ。あんた、どこにも行くところがないでしょう。うちなら、亮ちゃんもいるし、安心して来てよ。部屋がないなんて言っちゃったけど、そんなの何とかなるから。待ってるから、連絡してね。ほんと、あたしの言い方も悪かったよね。山崎さんの話を聞いて、動転しちゃったの。そんな目に遭うなんて、英子にも何て言っていいのかわからない。あんたを預けるって話の時に、女の子だから心配じゃないのって、あたしから言ったくらいなのよ」

伯母の伝言は長く、くどくどしかった。聞くのが苦痛で、真由は留守電を消去した。あとの二件も聞かずに消す。他方、桂の留守電は簡潔だった。

「真由ちゃん、あなた刑事事件に関わってるんだから、連絡してね。あと、伯母さんがとても心配してるよ。心配してくれる人がいることだって、幸せなんだからね。忘れないで」

残りの一件は、母からだった。沈痛な声音だった。

「真由ちゃん、ごめんね。お姉ちゃんから、あんたのこと全部聞いた。今度のことだけど、あんたが傷付くだろうと思うと、どうしても言えなかったのよ。お父さんも、子供たちには何も知らせたくないと言ってたしね。時期がきたら、すべて言おうと思っていたの。いろいろあって電話じゃ言えないから、少し落ち着いたら話すからね。この番号がお母さんの新しい携帯の番号なの。電話ちょうだい」

懐かしい声。とうとう、母から連絡があった。しかし、いくら何でも遅過ぎないか。伯母も、母と等しい裏切り者だった。母の連絡先を知っていて、何も教えてくれなかったではないか。二人とも、自分を騙《だま》していたのだ。

真由は、母からの電話の履歴を躊躇なく削除した。心配していた分だけ、憎しみも激しかった。母にも伯母にも会いたくないし、頼りたくない。

むしろ、男を刺して自首した父が哀れに思えてならなかった。父も弟も自分も、身勝手で自堕落な母親の犠牲になったのだ。

「許せねえよ」

この言葉を吐くのは何度目だろうか。絶対に母親だけは許せないと思った。かと言って、不潔な男たちに身を売って生きていくのだけはごめんだ。さあ、どうやって生きる。

7

真由は、道路脇の小さな公園で、リオナに電話した。甲州街道の上に高速道路が通っていて騒音がうるさいが、一刻も早く声が聞きたい。

「あれ、真由。どうしたの。一時保護所行くって言ってなかった?」

リオナは驚いたようだった。

「あれね、伯母さんが出てきたので、ペンディングになったの」

「じゃ、明日から入るの? 保護所行きだから、てっきり携帯も取り上げられたと思って、連絡しなかった」

「そうだったね。あの時は入ってもいいかと思ってた」

「今は?」

「逃げてきちゃったよ」

真由の言葉に、リオナが高い声で笑った。

「マジ? ラーメン屋のこと、どうすんの? あれ、どうなんの?」

「わかんない」

真由は友達の声を聞けたことで、安堵していた。分かり合えるのは、仲間しかいない。

「真由、今、どこにいるの？」

「笹塚ってとこ」

「じゃ、近いじゃん。あたしさ、ミトの病院にいるんだよ。こっちおいでよ」

「行く行く」

声が弾んだ。

「じゃ、ロビーにいる。面会時間は八時までだから、そろそろヤバいよ」

「急いで行く」

真由はスマホで場所を調べて駅に向かったが、面会時間に遅れそうなので、途中、コンビニのＡＴＭで預金を二千円だけ下ろして、タクシーを拾った。

病院の車回しにタクシーで乗り付ける。すると、外で煙草を吸っていたミトが、いちはやく真由を見つけて手を振った。ピンクの半袖パジャマを着て、長い髪をバレッタで留めている。横で煙草を持った同じ入院患者らしい老人に会釈している。

「煙草なんか吸って、大丈夫なの？」

「うん、もう平気だよ。明日退院なんだって。ゆっくり休んで、よく食ったよ」

満腹したように、腹をさすってみせた。おなかはえぐれているかのようにへこんでいた。

「じゃ、明日、迎えにくるよ」

「うん、来て。独りだと心細い」

ミトが気弱そうに眉を顰《ひそ》めた。

「リオナは？」

姿が見えないので訊ねると、ミトが声を潜めた。

「リオナさ、こっそり秀斗の様子を見に行った。もう面会時間が終わるから、母親もいないだろうって」

大胆なことをするものだ。間一髪で、刑事事件にならなかっただけなのに。そのことも報告しなければならない。

「中で待とうよ」

ミトが煙草を消して、真由の腕を取った。骨細の腕が絡んだ時、真由はほっとして頽《くずお》れそうになった。

「どうしたどうした」と、ミトが面白がる。

「いろいろあったから、疲れた」

「誰だって、いろいろあるんだよ」

ミトがこともなげに言って顔を綻ばせた。いつもは目の周りを黒く縁取る化粧をしているので、化粧をしていないと幼く見える。

面会時間が終わる頃になると、ロビーの照明が落とされる。しかし、ミトが明らかに入院患者だとわかるせいか、ベンチで話していても誰にも注意されなかった。

二人で一本のコーラを分けながら、ミトの話を聞く。

「手術終わってからも、ずっとお腹痛くてさ。これで死ぬのかなあと思ってた。実際、化膿していて危なかったよって言われた。でもさ、欲しくもない子供を妊娠させられてさ。その赤ん坊に殺されるのかと思ったら、何か女って虚しいなって思ったよ。あたし、ぜってえ子供なんか要らない」

ミトがだらだらと子供っぽい口調で喋る。母一人子一人だったミトも、母親に棄てられたのだと思い出す。

「ミトさ、お母さんに会いたくない？」

「会いたいよ」

あっけらかんと言う。

「会ったらどうすんの？」

「泣きついてからぶん殴って、ぶん殴ってから、また泣きついて。この繰り返しかな。それって果てることがないんだよ」

さんざんシミュレーションしたのか、ミトは迷いなく答える。

「果てることがない、ね」

言い方がおかしかったので、真由は少し笑った。

「でもさ、さっき赤ん坊に殺されるって言ったけど、あたしが子供を産んだりしたら、やっと果てない繰り返しが止まるかな、とも思うんだ」

「どういうこと?」

「妊娠したらさ、子供できるのなんか簡単なんだなと思ったの。それであっけなく産んじゃって、あたしみたいな子供ができたとするじゃん。そしたら、うざくて棄てるかもって思ったんだ。つまり、それって、リーインカーネーションじゃね?」

「リーインカーネーションて何?」

「そういう映画があったじゃん。見たことない?」

「ないよ」と首を振る。

「ぐるぐる因果が巡ることだよ。そしたら母親のことなんか、あまり考えなくなるなって。だって、自分も同じことするんだからさ。ね、そう思わない?」

　真由は曖昧に笑った。

「よくわかんないな」

妊娠がぴんとこないのは、レイプ事件のせいで、セックスを嫌悪しているからだった。

「真由はどうなの? お母さんに会いたくないの」

ミトに訊かれて、真由は答えが見つからず困惑した。真由の顔を、ミトが不思議そうに眺めている。

「会いたくないの?」

　その時、エレベーターホールから、リオナが戻ってきた。ノースリーブの黒いワンピースを着ていた。

「真由、何だよー。もう逃げてきちゃったの」

　リオナが真由に抱きついてきて、頭をくちゃくちゃと撫で回した。真由は嬉しくて、されるがままになっている。

「そうなの。嫌になっちゃったんだ」

　リオナが鋭い目で真由を観察した。

「疲れた顔してる」

「うん、すごく疲れた。後で話す」

　病室に戻るミトが、二人に手を振った。

「じゃ、あたしは部屋に戻るから、明日来てね」

　薄暗いロビーで二人きりになると、リオナが囁いた。

「どっかご飯食べに行こうよ」

「うん。リオナ、その服どうしたの？」

「母親に買ってもらった」と、憂鬱そうな顔で言う。「安物だよ」

「お母さんに会ったの？」

「うん。昨日、一人マックとか言ってたけど、あれ、嘘。あまりにも寂しくて、横須賀に帰ってたの」

「へえ、リオナでもそんなことあるんだ」

「あるさ」と、リオナは睨む真似をした。「実際、へこんだよ。出会い系で商売しようと思ったら、ヤバい客に捕まってね。危うく3Pとかさせられそうになって、慌てて逃げてきたの。そしたら、めげてさ、二度と帰らないと思ったのに横須賀に舞い戻って、早速母親と喧嘩なんかしてきちゃった」

道理で、今日のリオナは弱々しく見える。

「あたしもキモい男に声かけられて、そのままタクシーに乗って連れて行かれちゃったんだよ。警察から逃げてきたところだったから、何かふらっとついて行っちゃったの」

「わかる」

山手通りから、道玄坂を下る。リオナが、神泉《しんせん》のラブホテル街のネオンを指差した。

「ねえ、ラブホに泊まろうか？　金あるから、心配しなくても大丈夫だよ。横須賀で、あいつの財布から十万抜き取ってきたんだ。文句なんか言わせないよ。花の少女時代を奪われたんだからさ」

リオナが笑った。

8

コンビニで、弁当や総菜、リオナの好物のポテトチップスなどを買い込んで、二人で神泉のラブホに泊まることにした。

真由がトイレから出てくると、リオナが真由のスマホを指差した。

「また、電話鳴ってたよ」

発信元はやはり母親だった。

スマホの電源を入れてから、二度三度と鳴っている。その度に無視していた。

「うざいんだよ」

そう言いながら、真由がスマホの電源を落としたのを見てリオナが訊いた。

「伯母さんから？　それとも、あの女刑事？」

「違うの、母親」

「ええっ、お母さんから連絡あったんだ？」

何も知らないリオナが、驚いた表情をした。

「そうなの。あたしが母親のことを聞いて、ショックで出てきちゃったから、伯母さんが慌てて母親に連絡したらしい」

「何だよー、じゃ、伯母さんも連絡先を知ってたんじゃん」

ポテトチップスを絶えず摘まんでいるリオナは、塩まみれの指を舐《な》めながら、呆れたような声を上げた。

「そうなんだよ」

「いったい、何があったの」

「痴話喧嘩ってヤツ？　すっげえバカみたいで、人に話すのも恥ずいよ」

リオナには悪ぶって言うけれど、自分の口から語ろうとすると、うまく喋れるかどうか自信がなかった。

「何があったの」

「お母さんに恋人ができて、その人と結婚したいと言ったから、お父さんが怒って、相手の男の人を包丁で刺しちゃったんだって」

それだけ言うのが、やっとだった。

「大事件じゃん。何で、真由はそのこと知らなかったの？」

リオナが信じられないという顔で問う。

「相手の人は大阪にいたので、お父さんは大阪まで行って刺したらしいの。だから、全然知らなかった。でも、二月に入ってから、お父さんの機嫌がすごく悪くて、苛々して怒鳴ったり、急にお店を休業にしたり、バイトの人を辞めさせたり、何かいやな感じだなと思ってたんだよね。お母さんともしょっちゅう大喧嘩してた。それは、経営状態が悪いせいだと思ってたの。まさか、そんなことが起きているなんて、思いもしなかった」

言う端から、涙が出そうになるのを必死で堪《こら》えた。

「それで、お父さんたちはどうしたの？」

リオナが冷静な声で言って、ポテトチップスの袋を傍らに置いた。

「お父さんが自首することにしたので、あたしと弟には何も知らせずに親戚に預けておいて、これまでの友達関係とかも切るようにしたみたい」

「苛められるから？」

「だけど、ちょっと強引過ぎるよね。子供にだって、人間関係とか、複雑な生活があるんだからさ。そうじゃない？　だから、真由が苦労したんじゃんか、ねえ」

リオナが同情を込めて言ってくれたのが嬉しくて、真由は何度も頷《うなず》いた。

「そうなの。あたしが聞いたのは、借金を返すために、二人で働くことになったから、高校卒業するまで待っててねってことだった。それきり二人とも夜逃げしたみたいに、連絡が取れなくなったから、心配するしかなかったんだよね」

「でもさ、お父さんは警察に捕まったんだね」

「うん、可哀相だけど、何も刺さなくたっていいじゃない。すごくショックだった。お父さんが人を傷つけるようなことをするなんて」

「わかるよ」リオナが暗い声で呟いた。「あたしの実の父親も、刑務所に入ってたんだよね」

「で、どうしたの？」

「もうとっくに出たと思う。でも、わからない。てのも、あたしが面会に行ったのに、会えなかったから」

「何で？」

「父親の方から面会を断ってきたの。あたしはお祖母ちゃんが火事で死んだから、報告しようと思って行ったのに、会いたくないって言われたから、ショックだったよ。あたしのことなんか、今更、考えたくもなかったんだと思う」

「リオナが苦いものを噛むように言う。

「リオナと会うのが恥ずかしかったんじゃない？」

真由は、自分の父親の気持ちを想像して言ったのだが、リオナは首を横に振る。

「真由のお父さんはそうかもしれないね。でも、うちの父親は違うよ。あたしは、彼にとって、とうの昔に棄てた子供だからなんだよ」

「でもさ、あたしも棄てられたんだよ、リオナ」

真由の言葉に、リオナが首を傾げる。

「違うよ。だって、お母さん、何度も連絡くれてるじゃん。お父さんだって、思わずそういうことしちゃったけど、今頃反省してると思うよ」

「リオナんちだって、お母さんが連絡くれてたじゃん。帰っておいでって」

「やめてよ、うちはほんとのバカ親なんだよ」

リオナが吐き捨てるように言って、再びポテトチップスの袋に手を入れた。

「うちだってそうじゃん。父親は捕まってるんだから、連絡取れないのは当たり前にしても、頭にくるのは母親の方だよ。正直に話してくれればいいのに、電話番号も変えちゃってさ。別の生活をしているんだよ。自分の幸せしか考えてないの」

リオナが眉を顰めた。

「男と暮らしちゃってんでしょ？」

「そうだよ。もうじき赤ちゃんも生まれるんだって」

　裏切られた痛みが蘇って、涙がこぼれた。

「泣くなよ、そんなことで」

　リオナに肩をど突かれて、真由は嘆息する。

「でも、今日聞いたばっかだし、どうしても認めたくないんだよ」

「認めるしかないじゃん。現実なんだから」

　真由はむっとして、リオナを睨んだ。

「そうは言っても、あたしんちは、リオナやミトんちみたいじゃないんだからさ。普通のうちなんだよ」

「そりゃそうだ」

　怒るかと思ったのに、リオナがあっけらかんと認めたので真由の肩から力が抜けた。

「ごめん」

「いいよ、事実だもん。だって、うちの親も、ミトんちも、母親はヤンキーだもん。父親もそうだしさ。あたしの本当の名前、言ったっけ？　言ったよね。涙の華って書いて、『涙華』っていうんだよ。源氏名みたいな名前つけんなよって、マジ頭にくる。バカな親持つと、こういう痛いことばっかだよ」

「聞いたよ」

　真由は苦笑いした。

「そうだよ。そんで、うちの母親もミトんとこも、男を見る目がないから、ろくでもないヤツばっか来るんだよね。あたしは、母親が男と揉めて泣いたり喚いたりするたびに、ああ、こいつ現役の女なんだな、と思って気持ちが悪かった」

現役。そうだ。自分は、母親が不倫して父親が嫉妬のあまり逆上した、という事実よりも、両親が恋愛沙汰に現役だということに、衝撃を受けているのだった。

そのことが恥ずかしくて、子供に隠そうという気持ちはわからないでもない。しかし、子供の立場からすると、事実を隠そうとする親の態度にも傷付けられる。

「真由の気持ちはわかるけど、お母さんのことは許してあげた方がいいよ」

「何で？　リオナは自分は許せないくせに、人にはそういう綺麗ごとを言っちゃうわけ？」

リオナは、空っぽになったポテトチップスの袋を、ゴミ袋代わりのレジ袋に突っ込むと、真由の方に振り向いた。

「あたしが思うに、真由のお父さんとお母さんはマジだよね。だから、うちの母親なんかと全然違うと思う。真由のお母さんはその男の人のことが好きだから、お父さんと別れたいと思ったわけでしょう？　そしてお父さんは、お母さんが別れたいって言ったことが、本当にショックだったわけでしょう？　みんなマジじゃん。だったら、誰もどうしようもないんだから、諦めて受け入れるしかないよ」

「受け入れられないよ」

「何で」

「キモいじゃん。だって、親だよ。親がそんな生々しいことしてるんだよ。グロじゃん」

「しょうがないよ」

　水掛け論になった。

「何でリオナは、平気でいい子のフリができるんだよ」

　真由は苛立って怒鳴った。

「いい子のフリじゃないよ。仕方ないじゃん。何で認めないいんだよ。真由は子供だね。ほんと、いやになる。その辺にいる五歳の子と、全然変わんないじゃん」

　急に自信をなくして、真由は黙った。

「お母さん、真由のこと心配になって、何度も電話くれてるんでしょう。伯母さんだってそうでしょう。だったら、もう出てやれよ。お母さんの言い分も聞いてやれよ」

「いやだ」真由はきっぱり断った。

「何でいやなの?」リオナが珍しく怒った口調になる。「真由は、お母さんが心配しているのを知って、もっと心配させてやれと思ってるんでしょう? 自分が酷い目に遭ったと思っているから、親にもはらはらさせて復讐してやれ、と思っている」

「そうだよ、悪い?」

　そう言い切ってから、真由は虚しさに気付いて口を噤んだ。

「もういいじゃん。本当のことがわかったんだからさ。後は、お母さんやお父さんを一生恨んでもいいから、連絡だけはして、金を取ることだよ」

「金を取る？」

意外なことを言われたので、真由は驚いて繰り返した。リオナは、真由を横目で見ながら、コーラのペットボトルに口を付けた。

「そうだよ。お母さんたちから、なるべくたくさん金を取って、部屋を借りて一人で高校まで出るんだよ。でなかったら、あたしみたいに出会い系で仕事するしかなくなるよ。それ、やりたい？」

「やりたくないけど、やらなきゃならないなら、やるよ」

ふてくされて言うと、リオナが鼻で嗤った。

「へえ、じゃ、自分でやってみたら？　あたしなんか自慢じゃないけど、3Pの次の客には、おしっこかけられたよ」

「嘘！」真由は、リオナの細い腕を摑んだ。「やだー、リオナ、可哀相」

リオナが大きな溜息を吐いた。

「あんまり惨めなんで、ミトにも言ってないけどさ。あたし、3Pを持ちかけてきた客からうまく逃げられたんで、もう一件入れようかなと思ったの。それで、今度は三十代の会社員と新宿で会ったんだよね。そいつは見かけは若くてカッコよかったけど、最悪だった。最初は、二人でカラオケしようとか言ってたんだけど、急にホテルに行こうという話になって、ホテルに行ったら、いきなり縛ってきて、風呂場に転がされておしっこかけられた」

「怪我とかしなかった？」

「してない。でも、何度もレイプされた。朝になって解放されたけど、おしっこまみれだったから、体だけは洗わせてくれって頼んで、まだ濡れた髪のまま外に出たの。それで、実家に帰ったんだよ。あいつとは二度と顔を合わせたくないと思ったのに、よほど弱っていたみたい」

リオナが淡々と打ち明ける間、真由はラーメン屋での自身の出来事を思い出し、暗い気持ちで聞いていた。

「あたし、ＪＫやっても、危ういところをうまく凌いできたと思うんだ。でも、狡《ずる》い大人はやっぱ一枚上なんだよ。だから言うの。真由は、親から金を何とかふんだくって、ともかく居場所を作りなよ。でないと、もっと酷いことになるよ」

酷いことってどういうこと？　リオナにそう聞く勇気はなかった。

9

さんざん迷った挙げ句だったが、リオナが風呂に入っている間に、真由は母親からの留守電を聞いてみた。

「真由ちゃん、どうしても私と話したくないのね。じゃ、勝手に話すから、後で聞いてね。私たちが原因で、お父さんには本当に悪いことをしたと思っています。お父さんは、人を傷付けて、罪を犯しました。けれども、私たちに罪がないかと言えば、そんなことはないそのことは、痛いほどわかっています。だけど、人生にはどうにもならないこともあるのだと、知ってほしいの。今はわからなくても、いずれわかってくれる時がきたら、れでいいと思ってる。今度のことは、あなたがまだ子供だと思い込んでいた、私とお父さんの、大きな間違いでした。反発はあるだろうけど、正直に話せばよかったと反省しています。もちろん、今頃遅いと言われるかもしれないけど、私とお父さんはあなたたちを必死に守ったつもりだったのよ。わかってほしいです。でも、まさか、靖さんのおうちで、そんなことになっているなんて、まったく知りませんでした。児童相談所の山崎さんという人から、お姉ちゃんが詳しく聞いたそうで、さっき電話でいろいろ教えてもらいました。真由ちゃん、ほんとにごめんね。あなたには辛い思いをさせてしまったね。せめて声を聞きたいけれど、あなたはまだ許してくれないでしょうね」

母がゆっくり諭すように喋っている。真由は途中で留守電を消去した。あとふたつ、録音されていた。

「真由ちゃん、しつこくてごめんね。どうしても声が聞きたいから、また電話してしまいました。今更とあなたは思うかもしれない。でも、これだけは私の口から言おうと思います。もう知っているでしょうけど、来月、赤ちゃんが生まれるの。女の子だって、もうわかっているのよ。あなたの妹よね。名前も決めました。真実《まみ》です。あなたは真実の真に、自由の由だったわね。まみは、真実と書きます。私を放っておいて何を言ってるの、妹なんて認めたくない、とあなたは怒るかもしれないね。でも、いずれ、そうは思わなくなることを、私はわかっています。あなたは賢い子だからね。たとえ、私がお父さん以外の人と暮らしても、妹が生まれても、あなたはきっとわかってくれると信じています。あなたが私の娘であることには変わりがないもの。その真実は変わらない、という意味で、妹に真実と付けるの」

真由は、やや迷った後、このメッセージも消去した。迷った理由は、自分でも認め難い感情のせいだった。「真実」という名前の方が、自分のよりも高級で、素晴らしい意味が込められているような気がして、嫉妬したのだった。

新しいものに出会うと、失ったものの大きさがわかる。自分は彷徨い、父親は刑務所に行くのに、お母さんだけは浮かれているのではないか。怒りと反感が一緒になって、心の中でどんどん大きくなる。

次の留守電は、「真由ちゃん、お母さんです」と言ったきり、溜息がひとつ入っているだけだった。いかにも辛そうな母の嘆息を聞くと、さすがに消去するのが躊躇《ためら》われて、真由は、しばらくスマホを耳に押し当てていた。

真実という名前を付けられる十六歳下の妹を、自分は可愛く思えるだろうか。弟の亮介は、父の違う妹が生まれることを、どう感じるのだろう。

不意に、真由は弟の笑い顔やふざける声を思い出して、スマホに入っている写真を眺めた。叔父の家に預けられてから、何度見たかわからない家族写真だ。

自分たちは仲の良い家族だと信じていたのに、突然、こんな崩壊の仕方をするとは思ってもいなかった。親のせいにして拗ねるのは簡単だけれど、闇夜に放り出された自分は、これからも一人で生きていかねばならないのだ。

リオナやミトと一緒にいられるのなら乗り越えられるかもしれない。だが、誰にも埋めることのできない寂しさだけは、まだ知りたくなかったと思う。

「ねえねえ、ラブホのお風呂って、みんなでかいね」

リオナが、シャンプーの匂いをさせながら、浴室から現れた。涙を見られたくないので、真由は振り向かずに、ベッドに寝転がって答える。

「二人で入るからじゃない？」

リオナが、飲みさしのコーラを冷蔵庫から出した。

「落ち着かない大きさだよね。お祖母ちゃんと暮らしていた時、家にお風呂がなかったから、二日に一回、銭湯行くのがすごく楽しみだったんだ。帰りに、お祖母ちゃんがスナックでビールとか焼酎を飲むから、あたしはそこでコーラを飲ませてもらうの。お祖母ちゃんが新聞や週刊誌を読んでいる間、あたしはその店にあるマンガを読んでた。手で擦れて、ページが丸まったマンガの本がたくさん置いてあるんだよね。すごく古いマンガだった。手塚治虫の『火の鳥』とか、松本零士とか、『はいからさんが通る』とか、そういうの。真由、そういうマンガ知ってる？」

「みんな知らない」

「そうだと思うよ。あたしだけだもん、あんなレトロなマンガ読んでたの。でも、楽しかったな。ずっと読んでいたいのに、お祖母ちゃんはさっさと飲んで帰ろうとするから、急いで読むんだよ」

「へえ、リオナ、可愛いじゃん」

真由がからかうと、リオナが笑った。

「あたし、お祖母ちゃんが一番好きだったな。会えるものなら、お祖母ちゃんにもう一度会いたいよ」

悔しいことに、自分が会いたいのは母親だ。一番会いたくて、一番会いたくない人間。一番好きで、一番憎んでいる人間。だから、リオナには言わずに黙っている。

両親の行いを受け入れることができても、許すことはできない。しかし今度、母から電話がかかってきたら、話してみようか。そして、一人で暮らすための資金を出してくれないか、頼んでみるのはどうだろう。そんな風に考えると、別の扉が開く微かな音が聞こえたような気がする。

「何、考えてるの」

リオナに聞かれた真由は、正直に答えたくなくて、ベッドの上で転がってみせた。

「べつに何も」

「お母さんのことでしょ?」

「まさか」とぼけて、誤魔化した。「秀斗のことだよ。あいつ、どうしたかなと思って。ミトと同じ病院にいるんでしょう?」

ドライヤーをかけ始めたリオナには、聞こえなかったらしい。真由はもう一度言った。

「リオナ、桂さんが、秀斗のことを訊いてきたよ」

「桂さんて、あの女刑事でしょう？　何て言ってたの？」

リオナが心配そうに手を止めた。

「秀斗の親が、女の子たちが勝手に入り浸って秀斗を閉じ込めて、ATMでお金も盗ったって警察に訴えてきたんだって。桂さんが、マンションの防犯カメラの映像見たけど、リオナにちょっと似てる気がしたって」

「マジ、ヤバいじゃん、どうしよう。だから、警察行くの迷ったんだよね」

リオナの茶色い洗い髪が、はらりと額にかかっている。

「でも、秀斗がそれは自分の友達だからって言い張ったんだって。お金も自分が貸したって言ってくれたみたい。だから、親は引き下がったって」

リオナがほっと胸を撫で下ろす仕種をした。

「よかった。マジ助かった」

「リオナ、秀斗の病室に行ったんでしょう？」

真由が訊くと、リオナが頷いた。

「そうなの。あいつ、生意気に個室なんだよ。面会時間が終わる直前に行ったら、ちょうど、母親が帰るところだった。だから、廊下の端っこで待ってたの。その後、病室の前に行ったけど、入る勇気はなかった。明日、思い切って謝ってこようかな」

「じゃ、あたしも行くよ。バットで殴ったこと謝る」

「そうだね」

リオナが再びドライヤーで髪を乾かし始めたので、真由はベッドの上で欠伸した。

「秀斗の家で暮らしたみたいに、また三人で暮らしたいね。あたし、料理作りたい」

「でもね、そうなっても、ミトは来ないと思うよ」

「どうして？」

ミトは依頼心が強いと思っていたから、意外だった。

「あの子さ、病院で親しくなったお爺さんがいるのよ。その人のところに行くつもりみたい。そのこと言ってなかった？」

「初耳。ちっとも知らなかった」

「喫煙所でよく会うお爺さんだって言ってた」

そう言えば、外の喫煙スペースで、老人と話していた。

「その人なら、あたし見たよ。一緒に煙草吸ってたみたいで、じゃあね、とか言ってタメ口だった。お爺さんといっても、まだ七十歳くらいよ」

「その人だよ、きっと」リオナがまたドライヤーを止めて話す。「すごく気が合うんだって。その人は奥さん亡くして一人で住んでいて、お金もたくさんあるらしいの。ミトが煙草吸おうと思って、ライターを探していたら、横からさっと火を点けてくれたんだって。ミトは、何でも喋っちゃうからさ。どうして入院してるのって聞かれて、彼氏のうちから追い出されてきたのに、彼氏の子を妊娠していて、お金もないのに流産しちゃって大変だったって、打ち明けたんだって。そしたら、えらく同情されて、行くところがないなら、是非うちに来なさいって言われたらしい。その人は、糖尿病だかで入院していて、じきに退院らしいの。だから、ちょうどいいからおいでって」

「そんな知らないお爺さんの家に行って、大丈夫なのかな？　何かされたりしない？」

リオナが肩を竦めて、笑った。

「わかんないよ、そんなの。だけど、相手はそんなに若くないし、無茶なことはしないんじゃないかって、ミトは言ってた。ミトは調子がいいから、ホイホイ行くと思うよ。渡りに船、とか思って」

「そのまま結婚しちゃったりして。ほら芸能人とか、あるじゃない」

「案外そうかも。それで富豪夫人とかに突然なっちゃうわけね。そしたら急に、ミトの母親とかも現れたりしてね」

リオナが可笑《おか》しそうに言う。ミトのことだから、どんな事態が起きても、自分を置いて逃げた母親を許すだろう。同じように子供が邪魔になったら、自分も母親と同じことをする、と母親を理解しているミトは、誰よりも賢く生きる知恵があるのかもしれない。リーインカーネーション。

だったら、自分も母親のように誰かを好きになったら、リーインカーネーションだと思えるだろうか。

「真由、また考え込んでる」

リオナに再び、ど突かれた。

「あたしもすごい恋愛とかしたら、お母さんのことを許せるのかなと思って。したことないから、わからないけどさ。あるいは、逆に好きな人を、誰かに取られたりしたら、お父さんの気持ちもわかるのかな、とか思うわけよ。今は全然考えられないけどさ」

真由のたどたどしい説明を、リオナは辛抱強く聞いている。

「そうかも。だからさ、真由の場合は、うちなんかの親と全然違うよ。うちの親のことは、あたしは一生わかりたくないし、許さないよ。だって、ろくでなしだもん。母親は頭が悪いし、父親もヤンキーのバカ。あんな人たちみたいになりたくないから、リーインカーネーションだなんて絶対に思わない。真由が言うように、経験すればわかるとかいうケースでもないと思う。だからさ、母親のことが嫌いでも、それぞれみんな違うんだよ」

「ほんとに、リオナは頭がいいよね」

真由は肘枕をして、リオナの鼻先の尖った横顔を眺めながら言った。リオナがふっと笑う。

「こんなことで頭いいなんて、褒められたくないよね。それにしても、あたしのケースが一番悲惨だと思うよ」

そうだとも言えず、黙っている。すると、リオナが自分で言った。

「てか、こんなこと比べたって仕方ないんだけどさ」

「ねえ、リオナ。寂しくない？」

リオナは細い首を傾げたまま、すぐには答えなかった。

「寂しいというのと、少し違うかも。あたしは諦めてるからさ」

「そう？　あたしはすごく寂しいんだ。どこにも味方がいない感じなの。誰も頼れなくて生きるのが怖い。もちろん、リオナやミトがいるから、味方はいるんだけど、家族の味方は誰もいない感じ。それにまだ慣れてないんだよ」

「そんなの永遠に慣れることなんかないよ。真由はそれまでが幸せだったんだよね。あたしはもともと寂しかったから、今更どうってことはないな」

スマホは、もう鳴らなかった。リオナがベッドから下りて歯を磨きに行ったので、真由は横向きになったまま目を閉じた。

10

夢を見ていた。

真由は中学一年生の時の教室にいて、窓からフェンスで囲われたバスケットボールのコートを眺めている。コートは使われなくなって久しいので、雑草が茫々と生えている。時々、犬を連れた人が囲いの中で放すので、犬の糞だらけだと聞いた。

「真実」

数人の女子が、声を揃えて名を呼んでいる。真由は振り向いて、級友たちに笑いかけた。真由は、真実という名前になっているのだ。

「真実、あの子が本当の真実ちゃんだってさ」

誰かに告げられ、驚いて廊下の方を振り返る。制服を着た女子中学生が教室に入ってくるところだった。ショートカットでにこやかに笑っているけれど、見たことのない顔だ。私が本物の真実なのだから、あの子に抗議しに行くべきではないか。そう思ってやきもきしているところで、目が覚めた。

真由は、一瞬、自分がどこにいるのかわからなくなって、見慣れない部屋を眺め回した。ピンクの壁紙には、パステルカラーの風船が描いてある。ベッドもピンクだ。ぼんやりしていると、リオナの声が飛んだ。

「真由、早く起きないとチェックアウトの時間だよ」

そうか、リオナとラブホテルに泊まったんだった、と思い出す。

「変な夢見てた」

起き上がって、リオナの顔を見た。リオナは母親に買ってもらったという黒いワンピースを、頭から被って着ている最中だった。白い細い脚が何だか切ない。

「どんな夢見たの？」

ワンピースから頭を出したリオナが、真由の方を見た。

「言いたくない」

まさか、真実という名をもらうであろう「妹」になりたい夢を見るとは、思ってもいなかった。それに、中学一年の教室にいる自分が出てくるのも不思議だ。

あの雑草だらけのバスケットボール・コートの風景が心に残っていたのは、使われなくなったコートが寂しそうだと、いつも思っていたせいだろうか。

「何で言いたくないの?」

リオナが、たかが夢じゃん、と言いたげな不思議そうな顔をした。

「だって、恥ずかしい夢なんだもん」

リオナが笑った。

「じゃ、夢でよかったじゃん。現実だったら絶対にいやだって話でしょ?」

確かにそうだと思いながら、真由はベッドから下りた。今度はいつシャワーを浴びることができるかわからないので、急ぎシャワーを浴びることにする。

バスルームから出て、備え付けの薄いバスタオルで髪を拭いていると、リオナが真面目な顔で言った。

「真由、二人で泊まれて楽しかったよ」

「うん、あたしも。ずっと一緒にいたいね」

そうだね、とリオナが頷いたけれども、その頷き方が曖昧な気がして不安になる。独りっきりになった真由は、リオナやミトと永遠に一緒にいたいのに。

「リオナ、皆で暮らす部屋を考えようよ」

「それよっかさ、真由」リオナが、強い口調で言った。「あたし、考えてたんだけどね。あのラーメン屋に貼り紙してやらない？　まだ九時半だから営業してないでしょ？　今のうちに、シャッターに本当のことを書いた紙を貼り付けてやろうよ」

「でも、すぐ剝がされちゃうんじゃない？」

「ゲン兵衛」など二度と見たくない。真由の言葉に、リオナは首を横に振った。

「いいんだよ。貼ったら、あたしが写メして、ツイッターで拡散してやるから。他にも、道を通る人がどんどん写真撮るだろうから、ツイッターとかで広まると思うよ」

「だったら、毎日貼ってやろうかな。剝がされても剝がされても、毎日貼ってたら、絶対に本当のことだと思うでしょう？」

「そうだよ。そのうち、営業できなくなるよ」

「いい気味だ」

どうして、そんな単純なやり方が思いつかなかったのだろうか。ネットで噂を流布するよりは、もっと簡単で強い。それに、チーフの清武はいずれ警察に捕まるとしても、店主の木村に何の咎めもないのは悔しくてたまらない。

「ゲン兵衛が開店するの何時？」と、リオナ。

「十一時半から。早くしないと駄目だね」

真由は濡れ髪のまま、急いでTシャツとジーンズを身に着けた。リオナはもうキャリーバッグを引いて待っている。

「コンビニで紙とマジック買って、どこかで書こうよ」

真由はリオナに首を振った。

「コンビニには画用紙ないよ。小学生の時、買いに行ったら売ってなかった」

あれは、防災訓練のポスターを描かされた時だった。学校で配られた画用紙は、皺だらけになってしまったので、母親と一緒に買いに行ったのだった。不意に、母親の声や手の感触などが蘇って、真由は懐かしさにうろたえた。同時に、父親の笑い顔が思い出されて涙が出そうになる。もう二度とない失われた時間だ。

リオナは、真由の様子に気付かない様子で、のんびり言った。

「なるほどね。この辺に文房具屋なんかあるかな」

「それよっか、一〇〇均ないかな。一〇〇均なら、文房具売ってるよ」

リオナが、素早くスマホで場所を調べている。

「センター街にあるみたい」

チェックアウトしてから、二人でスマホの地図を頼りに、一〇〇均へと向かう。店が開店するまで、近くのコンビニでおにぎりを買って立ち食いして待った。一〇〇均で、画用紙と赤と黒のマジック、ガムテープを購入してから、イートインスペースのあるナチュラルローソンに行って、真由は画用紙にマジックで大書した。

——告発——

「ゲン兵衛」は、レイプラーメン屋です。

私はこの店の二階で、レイプされました。

リオナが浮き浮きと声を上げて、拍手した。その声に釣られて覗き込んだ隣の男性客が、驚いた顔で真由の方を見遣った。

「いいぞ、いいぞ」

「画用紙たくさんあるから、毎晩貼ってやる」

携帯で時刻を確認すると、すでに十時を二十分も過ぎていた。木村が店に出てくるのが十一時前だから、この告発文が人の目に触れるのは、ほんの三十分程度ということになる。

「早く行こう」

ナチュラルローソンを出て、「ゲン兵衛」に走って行く。早くも気温が上がっていて、真由はシャワーを浴びたばかりなのに、体じゅうに汗をかいた。しかし、直接的な復讐に心が躍っている。チーフの清武は逃げたが、清武が捕まるだけでは許せない。

「ゲン兵衛」の、赤ペンキでいたずら描きされた灰色のシャッターは下りていた。路面が、店内から染み出す脂で黒く汚れているのを見て、真由は吐き気がする。

通行人はまばらだが、昼時になれば、近くの勤め人たちが定食屋やラーメン屋に食べにくる通りだ。その頃までには剝がされてしまうのが残念だった。

「こんな貼り紙に目を留める人がいるかな」

真由は急に自信をなくしたが、ガムテープを持ったリオナが急かした。

「真由、真ん中に紙を置いて」

真由がシャッターの中央に、両手で画用紙を固定すると、リオナが素早くガムテープで四方をがっちりと留めた。灰色のシャッターに貼られた白い画用紙は、赤で書いた「告発」と「ゲン兵衛」「レイプ」の文字が浮き上がって、人目を引いた。

早速、通りかかった勤め人風の若い男が驚いて立ち止まり、店を見上げている。通りの向こう側のうどん屋からも、白い帽子にエプロンを着けたバイトの若い女が出てきて、好奇心丸出しの視線を投げかけている。

リオナが「ゲン兵衛」という看板が入るようにして写真を撮った。真由も同じように写真を撮った後、リオナにスマホのカメラを向けた。リオナが顎を引いて睨み、ポーズする。

「真由の写真も撮ってあげるから、その横に並んでよ」

「記念写真ってこと？　これをツイッターに上げないでよ」

真由は苦笑して、リオナに写真を撮ってもらった。互いに、その場で写真を送り合っていると、通りかかった学生風の男が告発文の写真をスマホで撮った。

「これ、本当のことなので、拡散してください」

真由が頼むと、男が頷いた。数人の通行人が写真を撮ったので、すべての人に話しかけてツイッターなどで拡散するように頼んだ。

「ねえ、これ本当のことですか？」

そう聞いてきたのは、表に出て様子を眺めていたうどん屋の若い女だった。被っている白い帽子から、茶髪がはみ出ている。

「本当です。この店、気を付けた方がいいよ」

「誰がやったの？　あの、いつも威張ってる太った人ですか？」

木村のことだ。

「いや、前にいたチーフって男。いつも厨房でラーメンを作っていた人」

「見たことある。ちょっと痩せた人ですよね」

二人で話していると、スマホをいじっていたリオナが口を挟んだ。

「ねえ、もしツイッターかインスタやってたら、この写真撮って拡散してくれる？」

女がパンツの尻ポケットからスマホを取り出して、素早く撮影した。

「警察に行ったんですか？」

女がスマホをポケットに仕舞いながら聞く。

「行った。でも、あの店主も共犯なのに、証拠がないから駄目みたい」

「最低だ」

女が吐き捨てるように言ったのが、痛快だった。

「真由、あいつ来たよ。隠れた方がいい」

スポーツ新聞を小脇に挟んだ木村が、シャッターを開けようとして貼り紙に気付き、周囲を見回している。真由とリオナはうどん屋脇の路地に身を隠した。木村が告発文をガムテープごと剝がして、憤怒の表情で振り返った。舌打ちが聞こえてくるようだ。

「いい気味」と、リオナが横で呟くのが聞こえた。「あんなヤツ、死ねばいい」

木村が、二階の休憩室への階段を足音荒く上って行ったので、真由とリオナは路地裏から飛び出して、井の頭線の改札の方に逃げた。

「明日も貼りにこようよ。あの店、潰れるまで貼り続けてやる」

真由が言うと、リオナが愉快そうに笑った。

「真由、少し元気出たね」

井の頭線のガードをくぐり、ミトの病院方向に歩きだした時、真由の電話の着信音が鳴った。番号は母だ。たちまち動悸がする。

「どうしたの、出なよ」

リオナが、真由の肩を叩いて促した。

「だって、母親からだよ」

「そうだと思った。だからさ、出てあげなよ。出てお母さんと話してみなよ」

「いやだよ」と、電話を切ろうとすると、リオナに止められた。

「真由はお母さんのこと、好きなんじゃん。意地張らないで、早く出て話しな」

「でも」と、躊躇する。「あたしはリオナたちと生きていくからいいよ。お母さんはあたしのこと棄てたんだから」

「真由には、こういう暮らしは無理だよ」

「そんなことない。見捨てないで」

電話が鳴り続けている。

「見捨てるんじゃないの。真由はそっちの落とし前つけた方がいいってことだよ」

「リオナはどうするの」

「あたしは客からメール来たから、仕事してくるよ」

真由は慌ててリオナのワンピースを摑んだ。

「一緒にミトの病院に行くって言ったじゃない。秀斗に謝りに行くって」

真由はリオナを追いかけようとしたが、リオナは、真由を拒絶するように身を捩《よじ》り、頑《かたく》なな背を見せて去って行った。

11

電話は切れた。真由は呆然として、リオナの背中を見送っていた。井の頭線のガードをくぐって、リオナは坂道をすたすた上っていく。

追いかけようかと思ったが、リオナの「真由はそっちの落とし前つけた方がいいってことだよ」という言葉が胸に残って、体が動かなかった。

確かに自分は、真実を伝えてくれなかった母親に怒り、そして新しい命を授かった母親とその新しい家族に嫉妬し、相手を刺したという父親に同情し、どうしたらいいかわからないで拗ねまくっているだけだ。

リオナが言うのなら、それは多分、正しいのだろう。落とし前をつけることができたら、自分はこのどうしようもない気持ちから解放されるのだろうか。

真由はマークシティの中に入って隅っこに行き、着信履歴に残った母親の番号に電話することにした。

「もしもし」と、母親は待っていたかのようにすぐ出た。「真由ちゃん、真由ちゃんでしょう？　電話くれてありがとうね」

声を聞いた途端に、怒りが蘇り、思ってもいない言葉がぽんぽんと出る。

「そんな、ぺこぺこすることないじゃん」

「えっ」と、母親が驚いた様子で声をあげた。

「ぺこぺこすることないって言ったんだよ。どうせ棄てた子供なんだしさ」

母親が心外そうに言った。

「あなたたちを棄てたつもりは一度もないよ。ただ、私とお父さんにいろんなことが起きて、大混乱してるから、ちょっとだけ待っててほしい、と思っただけなのよ。まさかこんなことになるなんて、本当に悪かったと思ってるの」

大混乱とは、母親がいろいろな場面でよく使う言葉だった。

『今日はお客様が多くて、みんな大混乱だった』『みんなお喋りだから、それぞれいろんなこと言って大混乱だったわ』

そのシチュエーションや口調を思い出して、真由は懐かしさに言葉が詰まった。

「本当に、あなたたちには悪かったと思っている。正直に言えばよかったけど、お母さんがレンアイして子供ができちゃって、お父さんが怒ってカレを刺したなんて、子供にカッコ悪くて言えなかったのよ」

実際の年齢より十歳以上若く見える、自慢の母親だった。しかし、その母親の口から「レンアイ」とか「カレ」という言葉が出るのが生理的に嫌だった。

「てかさ、あたしたちが離れていくと思ったんでしょう？　それが怖かったから、嘘吐いて誤魔化して、あたしたちをどっかに預けて時間稼ごうと思っただけなんじゃんか。てめえの都合しか考えてないじゃんか。それでもさ、亮ちゃんはいいよ。伯母ちゃんのうちなんだから。でも、あたしなんか、お父さんと仲の悪い叔父さんのうちだよ。お母さんだって、幸恵叔母さんの悪口、しょっちゅう言ってたじゃん。あの人は育ちが悪いとかさ、それなのに、そんなところにあたしを追いやるなんて、酷いじゃないか」

「ごめん、本当に悪かったわ」

母がしょんぼりして謝った。

「ごめんじゃねえよ。だから、あたしはレイプなんかされて。もう二度と元のあたしじゃなくなったんだよ。それなのに、お母さんは、カレシとうまくやってるんだよね。最低だよ、最低の親だよ」

言う端から涙が溢れて止まらなくなった。

「ほんと、最低の親だよね。真由には本当に可哀相なことしたと思ってる。許してくれなくてもいいよ」

母親がしゅんとして洟《はな》を啜り上げた。

「許さねえよ、一生」

「わかった、許されなくてもしょうがないよね。やり方が悪かったと反省してる」

「それで、新しく生まれる子供には、もっといいやり方するわけだよね。あたしに間違ったことしたからさ」

「そんなこと思ってないよ」と、母親が溜息混じりに言った。「ともかくね、真由ちゃん。伯母ちゃんのところに行って、そこで学校に入り直してよ。そしたら、お母さんがお金を送るから、アパートで一人暮らししてもいいし」

母親は、一緒に暮らしたいから来い、とは言ってくれないのだ。真由は改めて衝撃を受けた。しばらく沈黙する。

「東京の高校に行きたいのなら、何とか方法を考えるから。ともかく、高校だけは出てちょうだい。今時、高校出てないと困るでしょう。あなたが公立に転校した上に、途中でやめたって聞いて、お母さん、ショックだったわ。叔父さんのところは、全然教育熱心じゃないのね」

母親が喋っている言葉は虚しい。真由の心を燃やしていた何かが急に失せて、しんと冷えてゆくのを感じる。

「お母さん」

「なあに？」

「だったらさ、あたしの口座に二百万振り込んでくれないかな。そのお金で、東京で一人で生きていくから。心配しなくていいよ」

母親が慌てた風に遮った。

「ちょっと待って。生きていくって、あんた、まだ高校一年じゃないの。学校に行かなきゃ駄目よ。さっきも言ったけど、高校くらい出てないと駄目だから」

「だからさ、こっちで定時制でも入って、バイトしながら生きていくよ。部屋がないと駄目だから、最初に二百万出して。そしたら、そのお金でアパート借りて、家賃にして生きていく」

今度は母親が沈黙する番だった。

「そんなお金はないのよね」

「じゃ、どうすんだよ。ネグレクトしたくせに。てめえのことしか考えてないから、叔父さんたちにも十万しか渡さなかったって聞いたよ。これで高校も全部って言ったんでしょう。信じられないくらい、のんびりしてるよ。馬鹿じゃん」

親に向かって、そんなことを言ったことはなかった。居場所を失った半年間の経験が、自分にこんな悪罵を言わせているんだと、真由は思った。

「わかった」母親が力ない声で答える。「でもね、お母さんはお金がないので、二百万は出せないの。百万なら何とかできるかもしれない。明日振り込むようにする。お金を確認したら、伯母ちゃんに連絡してね。あと、刑事さんにも」

「いいよ。じゃ、頼んだよ」

「真由ちゃん、また連絡するから」

「それよっか、お父さんのこと教えて」

嘆息が聞こえる。少し時間が空いてから、母親が答える。

「わかった。でも、そのこと亮ちゃんには言わないでね」

真由は答えずに電話を切った。話しているうちに、涙は乾いていた。真由は壁に寄りかかって、リオナにＬＩＮＥした。


母親と話した。

お金くれるって。

だから、一緒に生きようよ。真由

うん。

リオナの返事は、たったこれだけだった。でも、すぐに返信がきたのだから、自分のことを心配していたんだなと思って、真由は少しだけ微笑んだ。

解説

仁藤夢乃

「これは私たちの物語だ」

この本を開いてすぐ、そう思った。

街をさまよっていた高校時代の「うちら」の日常にタイムスリップしたかのように、あまりにも自然に、あのときの気持ち、空気、匂い、街で出会う人々、友達との微妙な関係、信頼と裏切りと助け合い、そして、私たちを性的に消費しようとする男たちからの無数の声掛けと、私たちを蔑む目を思い出した。登場する少女たち一人ひとりに、かつての自分や、友人たちを重ね、自分を見ているような気持ちで読み進めた。

私は、中高時代、渋谷の街をさまよう生活を送った。街では同じように「ワケアリ」の少女たちと知り合った。そんな私たちに声をかけてくるのは、私たちを「買おうとする」男ばかりだった。そうした経験から、私は二〇一一年に『Colabo』という団体を立ち上げた。夜の街での少女たちへの声掛けや、繁華街での無料カフェの開催、シェルターの運営、買春の実態を伝える企画展「私たちは『買われた』展」などを通して、この物語に登場するような少女たちを支え、彼女たちと共に声を上げる活動をしている。そんな私には、この物語で描かれる一つひとつの出来事が、自分の経験と重なり、そして、今出会っている少女たちの現実と重なった。

物語の冒頭、始発で「家」に帰り、「音がしないように、注意深く玄関の鍵を開ける」とある。「家」にはご飯がなく、冷蔵庫にあるものを食べれば「泥棒」と言われる。家族から「気持ち悪い」とののしられ、「家」にいることも「迷惑だ」と言われる。机もなく汚い部屋で、落ち着いて勉強できる環境はない。だからといって、ファストフードやファミレスの机につっぷして寝るのも辛い。私も二〇〇五年ごろに経験したことだ。

最近は、警察による「補導」も厳しくなり、そうした店も二十二時以降は年齢確認され、十八歳未満が利用できないようになっていて、当時以上に行き場がない。渋谷のセンター街や、公園や駐車場にたむろしていると、すぐに通報され、「家に帰りなさい」と言われる。朝まで仲間と群れて安全に過ごすことも許されない社会になり、ますます少女たちは孤立している。そして、大人たちの目には見えにくくなり、存在しないものとされている。

当時は、「群れる」ことで、同じような境遇にある者同士で「あのスカウトの紹介する仕事はヤバい」「あの店は酒に薬を盛る」「あの先輩とは二人きりにならないほうが良い」「あそこの病院は休日でもアフターピルを処方してくれる」などと情報交換し、一緒に過ごすことで危険を少しでも回避しようとしていた。

それもできなくなった今の少女たちは、家に帰らず生活するために、ＳＮＳで泊めてくれる人を探すようになった。中高生が「家出したい」「泊めて」とつぶやくと、十分足らずで数十人の男たちが「サポートするよ」と声をかけてくる。「事件になっているような危ないことはしないから安心してください。今すぐ迎えに行きます」などと言い、少女に性暴力をふるうのもよくある手口だ。

「渋谷に一人でいると、常に騙されないよう、盗まれないよう、襲われないよう、気を張っていなければならない」という真由も、店長が自分を性的な目で見ているかもしれないことに気付きつつ、「何とか得られたバイト」を辞めたくないと考えていた。何かされるかもしれないと不安を感じながらも、他に行くところがないし、他よりマシ。だから店長を信じようと自分に言い聞かせていたに違いない。でも怖いから、店の二階に泊まるときはせめて鍵を閉めて過ごし、安心して眠ることはできなくても、それでも「家」よりはよく眠れたのかもしれない。

声をかけてくる男たちは、あからさまに少女たちを買おうとし、性的な目で若さや体を値踏みする。「大人の男のほとんどは、女子高生を一人の人間として扱おうなんて、まったく考えていない。まして、女子高生を買う男たちは、女子高生たちは、遊ぶ金が欲しいから、平気で身を売っていると蔑んでいる」。それどころか秀斗のように、自分を少女を助ける「神」であるかのように思っている。

日本では、こうした現実が「援助交際」という言葉によって、少女たちが好きでやっている行為として、大人から子どもへの援助であるかのように語られてきた。世界的に見ても、性搾取について、こんな呼び方をする国は他にないだろう。「少女の自由意思、選択だ」という言説を広めることで、少女を売り買いする男たちに都合の良い状況になっていき、少女の性を売り買いすることが堂々と「ビジネス」にできる時代になってしまった。

買う側を正当化する論理がこんなにも広がっている日本社会では、買う男がいること自体が問題だと、どれだけの人が考えているのだろう。それに対して「おかしい」と声にし、現状を変えるためにどれだけの人が行動しているだろう。この現状を見て見ぬ振りする大人たちも、少女たちにとって、加害者の一人であると言っても過言ではないことを知ってほしい。

そんな日常を生き抜くために、少女たちは互いの事情を察し、時に助け合ったり、支え合ったりして生きている。他の子には自分のように傷ついてほしくない気持ちがありつつも、生き延びるために誰かを食い物にして裏切らざるを得ないときもある。

私にも、ミックのように私のことを「捨て猫」と呼び、ファミレスで頼んだ洋食に「上品なものを食うね」と笑う悪友がいた。彼女の母親はシングルマザーで、朝も夜も仕事で家にいなかったので、私もよく泊まっていた。彼女の弟のつながりで、そこはやがて少年たちのたまり場になり、泊まったときに弟の先輩にレイプされそうになったので使えなくなり、遂には母親も手に負えなくなって男の家に逃げてしまった。

家出した真由に「珍しい話じゃないよ。一人で生きていけばいいじゃん」とミックが言ったように、これは特別な一部の少女たちの話ではない。大人になった今も、彼女たちのような生活をしている少女たちと、毎年数百人は出会っている。それも、氷山の一角だろう。

そして、それと同じだけ、いや、それ以上に、少女たちを利用し、買おうとする男たちがたくさん存在する。彼女たちは、そのことを知っている。見たくないものを、たくさん見てきてしまった。助けたくても、助かりたくても、どうする術もない。ミックが紹介した共同生活のアパートで、真由に「逃げな」と言った少女は、自分と同じような思いを真由にさせたくないと思いつつ、付いてこようとした真由を「うぜえな」と突き放した。自分のことだけで精一杯なのだから。

リオナが秀斗の家に真由を入れたとき、秀斗の性癖に付き合うことに嫌悪感を表す真由に「何でもしろよ」と「怒鳴りたくなる」リオナの気持ちもわかる。真由を男たちから守りたいからこそ、そのくらいのことは「覚悟した方がいい」と真由に迫るのは、そうでないとやっていけないことを知っているからだ。

「どうして、あたしたちはこんな目に遭わなくちゃいけないんだろうか」と、私も毎日何度も思った。周りもそれぞれ大変な事情を抱えているのを知っていたから、自分が一番かわいそうだと思うこともできない一方で、自分より幸せそうに見える家庭の子がうらやましく嫉妬することもあった。「育ち方の違う子への憎しみ」を向けられたこともあった。どうして私たちがそんな想いをしなければならなかったのだろう。

大人や社会の冷たさを知り、絶望し、それでも生きていかなければならないとき、自分より無垢だったり、恵まれていると思う相手から大切なものを奪うことで生き延びようとし、そうすることで自分を保つしかない状況にある友人もいた。お金と引き換えにカラオケに三人の男子高校生を呼んで、私を売ろうとした友達もいたし、一緒に泊まった男の家で、隣の部屋で体を売って私を守ってくれた友達もいる。

泊まった先でレイプされても諦めるのが当たり前で、生理が来るまで緊張した日々を過ごすなか、「妊娠しなかっただけ良かったね」「鼻の骨を折られたり、殺されたりしなくてよかったね」という会話は日常茶飯事だった。食生活や生活リズムの乱れやストレスで、半年間生理が止まったこともあった。逃げられない状況をつくるのが加害者の手口だが、被害者であるはずの誰もが「私が悪かった」と自分を責めた。同じような家庭環境にある男子高校生から性暴力被害に遭ったり、電車や街で痴漢に遭ったりしたこともある。でも、そのことを他の男子に話しても信じてもらえないことがよくあった。

この物語では、少女たちをモノとして扱い、性的に消費し、とことん搾取する男たちの姿もリアルに描いている。「俺と遊ばない？」と軽々しく声をかけてきて、しつこくつきまとい、断られると「援助何とか？」とニヤニヤしながらバカにしてくるナンパ男。「文句つける気か？」と突っかかってくるおやじ。頼れる大人がいないことをわかって、真由をチーフに売ったラーメン屋の店主。真由をレイプし「調子に乗るからだ」と暴言を吐くチーフ。そして、味方と思っていたクマも「気を付けたほうがいいよ」「ロリだから」と言いながら守ってはくれず、「何か企んでそうだからさ」と後から平然と話す。クマが優しい男に見えてしまうほど、誰も真由の力にならない。それどころか、性加害しやすい状況を放置し、利用する。

　加害者は、自分よりも弱く、力のない存在と考える相手を選んで支配しようとする。痴漢やJKビジネス、性暴力被害について啓発する行政のポスターなどでも、被害者に注意を促すようなものが多いが、加害者にこそ「やめろ」「それは犯罪だ」と言うべきだ。しかし、今の日本社会は被害者を責め、加害者の存在に目を向けない。

　同世代の間でも、少女たちは性的にモノとして扱われる。高校でも、真由は男子たちの性的な目線に晒され、「おもちゃ」にされそうになる。ミトの彼氏は、ミトが職場の親方にレイプされても、男同士の関係を優先し、妊娠がわかると「自分の子じゃない」と追い出す始末だ。こんな男たちを、私もごまんと見てきた。

　客として男の相手をするときは、少女たちはひどいことをされないために、「殴られるのを警戒しながら、にこやかに」対応したり、自分から進んで男たちとの時間を選んでいるかのように、楽しそうにしているかのようにふるまうことも強要される。それでも「心《しん》から笑ってない」とか「大人を舐めちゃいかん」とか責められ、「お金が欲しいんだろ？だったらやるからサービスしろ」と、男たちの欲望を満たす道具として扱われる。少女たちはそんな男たちの反応を先読みして、少しでも身を守ろうと行動しなければならない。

　スカウトが客について、「ギャルっぽいのが好きじゃない」「ちょっと自分に自信がない子」「小さなことでコンプレックス感じていたりする、そんなどこにでもいそうな子」が好きだと言うように、彼らは自分が支配できそうな少女を好み、力のない存在として少女たちを扱っている。

それなのに、業者も買う男たちも、女の子も「客とのコミュニケーションを楽しみにしている」と話す。JKビジネス店やスカウトは、性行為を「強制なんかしてない」という立場で責任逃れをし、困っている少女を見つけては、「稼げるよ」「困ってるでしょう?」と上手いことを言いながら、断れない状況をつくる。それでいて、少女を売り買いする側には悪気がなく、むしろ支援した気になっていることもよくある。

また、真由たちに手を差し伸べようとしない大人たちの姿もリアルに描かれている。引き取り先の義理の叔母に嫌味を言われても、食事を出してもらえなくても、なんの力にもなってくれない叔父。描かれることすらない真由の高校の教員たち。「小学生じゃないんだから、自分で何とかしなさい」と、都合よく大人扱いする伯母。「こうなったのはおまえのせいだ」「おまえが勉強しないから」「学校に行かないから」「親の言うこと聞かないから駄目だ」と言ってくる大人たち。

私が見ている現実でも、親から殴られて大けがをしたり、リストカットをして救急車沙汰になったり、母親の彼氏や義父から暴力や性虐待を受け、母親に被害を訴えても信じてもらえないどころか、女として敵に見られたり、家族じゅうに「嘘つき」呼ばわりされたりした人がいる。警察にレイプ被害を相談しても事件にならず、それどころか、児童相談所の一時保護所に入れられて、そこでも「どうして知らない人とホテルに行ったの」と責められ、保護やケアの対象ではなく、「性非行」や「家出」の問題ある子どもとして扱われることさえあった。様々なところで彼女たちがSOSを出しても、大人がそれを正しく理解し、支え、ケアできる土壌が今の社会にはない。

リオナのことを気にかけていた祖母のキミエやミトの母親は、この現状をなんとかしたいと思っていただろう。だけど、彼女たちも貧困や暴力の中を生き抜いていて、日々の生活に一杯いっぱいだった。子どもへの虐待事件があると、一方的に家族を責める声が上がるが、家庭だけでどうにかできることは少ない。地域で暮らす一人ひとりが、いかに子育て中の親や子どもたちを気にかけているか、家以外にもいくつも「ホーム」と感じられる場所があることが大切だ。

リオナが性虐待に遭ったとき、濡れた髪にタオルを巻いた女の子が夜の通りで冬の寒さに震えながら立っていたのに、「勤め帰りの男たちが何人か通ったが、不審そうに眉を顰めるだけで、誰一人、リオナに話しかけてはこなかった」という描写は、リアルだ。

二〇一九年に、Twitterで「家出したい」と発信した大阪の小学六年生の少女が栃木県の男の家で監禁されていた事件で、家から靴下のまま逃げて交番に駆け込んだときも、少女が自分で交番に助けを求めるまで、誰も彼女に声をかけなかった。誘拐した男は、中学生の少女も監禁しており、「その子の話し相手になってほしい」とSNSで小学生の少女を誘い出し、靴やスマホを取り上げ、食事も一日一回しか与えていなかった。

この本で描かれる少女たちの現実に衝撃を受ける人が多いのではないかと思う一方で、出てくる男や大人たちの反応に、違和感を持った人がどれだけいるだろうと考える。少女たちの気持ちより、彼女たちを助けようとしない、見て見ぬふりしてしまう大人の姿のほうが、すんなり理解できる人の方が多いのではないか。

私は十代の頃、すれ違う大人たちが無関心か、嫌そうな顔をすることに慣れていた。少女たちを無視したり、邪魔者扱いしたり、下に見たり、蔑んだり、消費しようとしたりする、彼女たちの人生を諦めている大人たち。自分もその一人ではなかったかと、胸に手を当てて考えてみてほしい。

私はよく、「どうやってその生活から抜け出したのか」と聞かれるが、三十代になった今も、抜け出したとは、思えない。現状は変わっていないからだ。私自身が十代の頃より、街で男に声をかけられなくなったのは、歳をとり、男たちにとっての「価値」が下がったことや、意志を持つ「モノ言う女」に成長したために、支配できない相手と見なされたからだろう。それでも、まだ街で声をかけてきたり、ぶつかってくる男はいる。活動の中で出会う男たちからセクハラや、女性蔑視を感じる言動を受けることも少なくない。若い女性に対して顕著だが、それだけ、日本社会には女性への差別が根強い。

そうした現実を生き抜いてきた少女たちが仕返しとして、男たちを騙そうとしたり、買おうとする男の言うことを聞かなかったりすると、すぐに「生意気だ」とか「ずる賢い」などと言われる。ずる賢くなったのは誰のせいだ。私たちだって、子どもらしく、安心できる環境でのびのびと育ち、甘えたかったた。現実を見ようとしなかったのは誰だ、と言いたい。

リオナは親に裏切られた真由に「認めるしかないじゃん。現実なんだから」と告げる。彼女は「諦めてるから」寂しいとも思わないと言い、「狡い大人はやっぱ一枚上」だからこそ、親からお金をふんだくり、居場所をつくるようにとアドバイスする。しかし、「酷い目に遭っても、どっか、のんびりふて腐れてる」と自己分析するほど、冷たく社会や自分を見つめざるを得なかった彼女たちを、「計算高い」と安全圏から大人は言うのだ。真由を助けようとせず、説教だけする伯母を見て「金出してくれる男の方がずっとマシ」と呟くものも登場するが、この言葉の意味も、考えてほしい。

多くの大人たちが彼女たちを見て見ぬふりする一方で、少女たちを性搾取に斡旋《あっせん》するスカウトや業者たちは、困っている少女たちを街やネットで探し、「話聞いてあげる」「助けてあげられるかも」「何か困ったことがあったらさ、ここに電話してよ。飛んで行く」と声をかける。彼らと同じような声掛けを、地域の大人たち、教育や福祉に関わる大人たちは、したことがあるだろうか。困っている子を見たら、「飛んで行く」大人がどれだけいるだろうか。

そんな真由を気にかけ、心配する大人は、女ばかりだった。ヨネダが用意した宿で、「あんた、お腹空いてるんでしょう。これ、食べる？」とパンをくれ、「逃げた方がいいわよ」と言ってくれたのも、トイレのスリッパで逃げたとき、「どうしたんですか。大丈夫?」と声をかけ、履物屋を教えてくれたのも、男の家から逃げたとき、「あなた、大丈夫?」と声をかけてくれたのも女性だった。こうした現状は「少女たちの問題」「子どもの問題」として語られることが多いが、「男たちの問題」であり「大人の問題」ではないか。

そんな社会の中で、大人にならざるを得なかったリオナの振る舞いも、現実の中で私が出会っている少女たちと重なった。例えば、リオナは真由に出会ってすぐ、レイプでできた痣を見つけて「どうしたの?」と聞くが、真由の反応から察して、「ごめんね。余計なこと聞いて」と言う。ミトが嘘をついた時も、「あの子、結構気が弱くて、その場凌ぎの嘘を吐くところがあるんだよね。あと、見栄張るし。きっと、本当のこと言えなかったんだと思う」と話したりする。

彼女はそこらの「支援者」よりもずっと、自分たちの状態に理解があり、相手を感じられる。真由のレイプは事件にできるかもしれないけれど、自分の性虐待は事件にできないだろうという気持ちを抱えながら真由を応援する姿も、現実で出会っている「あの子」と重なる。

彼女たちは痛みを分かち合い、励まし合ってきた。真由とリオナの「JKビジネスやってる子って、みんなお金が欲しくて、切羽詰まってる子が多いんだよ」「それを大人の男が利用してるんだね」という会話。「殴られてレイプされてどう思った?」とリオナが聞いたとき、真由が「はっきり言って、思い出したくなんかない」と言いながら、「痛かったし」「ショックだった」「殺されるんじゃないかと思って、すごく怖かった」「気持ちが悪い。自分がすごく汚れた気がするの。ごしごし洗っても、何をしても消えない感じ」と震えながら話したときの、「わかるよ。それに、痛かったでしょ」というリオナの共感。「誰かに頼りたくて必死だったから、何かおかしいなと思っても、抗えなかったんだよね」と話す真由。まだ十七歳なのに、一つ年下の真由の幼く見える顔を痛ましい思いで見つめるリオナ。どうにもならない現実を前に「頑張んなよ」とかける彼女の言葉。

こうした光景を、私はColaboの活動の中で何度も目にしてきた。彼女たちと共に、こうした時間を積み重ねてきた。そして、一緒に経験や想いを言葉にしてきた。『路上のX』は、当時の私たちが、実際には言えなかったことも言葉にし、少女たちに語らせてくれた。例えば、「買う男には、買われる女への蔑みがある」という言葉。感じていたものの言葉にできなかった想いや感情を、彼女たちが物語の中で、言葉にしてくれた。渦中にいるとき、私はこんな風に自分のことを客観視できなかった。だからこそ今、彼女たちと痛みを分かち合い、何が問題なのか、何が私たちを苦しめているのか、改めて言葉にしたい。被害を「被害だ」と思い、搾取を「搾取だ」と、暴力を「暴力だ」と言えることは力になる。そのためにも、加害者のやり口や社会の構造を理解することが必要で、この本には私たちの目を開かせる力がある。

十代の頃の私は、「わかってくれる大人なんていない」と思っていた。この物語に出会った私は、「私たちのことをわかっている、わかろうとしている人がいる」と嬉しくなった。そして、被害者を責める社会のおかしさや、加害者を野放しにする社会の無関心など、少女たちを追い詰める社会の構造に目を向けようとする大人がいることに、「まだ、世の中捨てたもんじゃない」と、少しの希望を持つことができそうだ。

私たちの言葉にならない想いや経験を言葉にしてくれた桐野さんに、心から感謝したい。

桐野さんが取材に来られたとき、私の話を聞いて「現実は小説より残酷ね」と言われた。その現実を重く受け止めようとする大人が、増えてほしい。

この物語から感じる絶望の中に、ずっといる少女たちが今もいる。真由もリオナも、たくさんの傷を抱えながら、この日常を生きていく。彼女たちは、物語の中でだけ生きているのではない。

読者の皆さんも日常の中で、彼女たちときっとすれ違っている。この子たちにどんな出会いがあればよかっただろうか、あなたなら何ができるか、考えてほしい。この現状を知った者として、「あなたは今日からどのように生きるのか」と、彼女たちは問いかけている。

（にとう　ゆめの／一般社団法人 Colabo 代表）

路上《ろじょう》のX《エツクス》
朝日文庫

2021年２月28日　第１刷発行

著　者　桐《きり》野《の》夏《なつ》生《お》

発行者　三宮博信
発行所　朝日新聞出版
〒104-8011　東京都中央区築地5-3-2
電話　03-5541-8832（編集）
03-5540-7793（販売）
印刷製本　大日本印刷株式会社

ISBN978-4-02-264980-5